AF278173

La marcha Radetzky

Joseph Roth

La marcha Radetzky

Traducción de Isabel García Adánez

Alianza editorial
El libro de bolsillo

Título original: *Radetzkymarsch*

Primera edición: 2020
Tercera edición: 2025

Diseño de colección: Estrada Design
Diseño de cubierta: Manuel Estrada
Fotografía de Lucía Moreno

PAPEL DE FIBRA
CERTIFICADA

© de la traducción: Isabel García Adánez, 2020
© Alianza Editorial, S. A., Madrid, 2020, 2025
   Calle Valentín Beato, 21
   28037 Madrid
   www.alianzaeditorial.es

ISBN: 978-84-1148-940-9
Depósito legal: M. 162-2025
Printed in Spain

Si quiere recibir información periódica sobre las novedades de Alianza Editorial, envíe un correo electrónico a la dirección: alianzaeditorial@anaya.es

Índice

Primera parte

Capítulo 1

Los Trotta eran nuevos nobles. Al fundador de su linaje le
habían concedido el título nobiliario después de la batalla
de Solferino. Era esloveno. Sipolje, el nombre del pueblo
del que procedía, fue lo que dio el complemento a su título.
El destino había elegido a aquel Trotta para llevar a cabo
una gran hazaña. Luego ya se encargó él de que la posteri-
dad olvidase su nombre. En la batalla de Solferino le habían asignado el mando de una sección como teniente de
infantería. Había transcurrido media hora de combate.
Veía la espalda blanca de los soldados a tres pasos de distancia. La primera fila de su pelotón estaba de rodillas; la
segunda, de pie. Todos se sentían animados y seguros de
la victoria. Habían comido en abundancia y bebido aguardiente, a costa y a la salud del emperador, que desde la víspera se hallaba en el campo de batalla. Aquí y allá caía algún soldado de la fila. Trotta volaba a cada hueco y
disparaba las escopetas huérfanas de muertos y heridos.

Tan pronto ceñía la fila deshilvanada como la aligeraba de nuevo, centuplicando la agudeza de sus ojos para mirar en todas direcciones, aguzando los oídos en todas direcciones. Entre el fragor de los disparos, su prodigiosa audición le permitía distinguir la voz brillante del capitán dando órdenes puntuales. Su vista de lince atravesaba la niebla gris azulada que envolvía las líneas del enemigo. No disparó ni una vez sin apuntar certeramente y no hubo disparo que no diera en el blanco. Los hombres percibían su mano y su mirada, oían sus órdenes y se sentían seguros.

El enemigo se tomó un descanso. Por la larguísima hilera del frente se había transmitido el alto al fuego. Aquí y allá se captaba todavía el traqueteo de alguna baqueta cargando el arma; aquí y allá resonaba todavía algún disparo solitario y tardío. La niebla gris azulada que mediaba entre los frentes empezó a clarear un poco. De pronto, se encontraron en pleno calor del mediodía, bajo un sol plateado, cubierto y tormentoso. Y, entre el teniente y la espalda de los soldados, emergió el emperador junto a dos oficiales del Ejército Mayor. En ese momento, el soberano se llevaba a los ojos los prismáticos que le alargaba uno de ellos. Trotta sabía lo que implicaba eso: aun suponiendo que el enemigo estuviera batiéndose en retirada, la retaguardia vuelta hacia los austriacos, quien levantaba unos prismáticos se delataba como un blanco idóneo para recibir un disparo. Y era el joven emperador. Trotta sintió el corazón en un puño. El miedo a una catástrofe inimaginable e infinita que lo aniquilaría, como aniquilaría también al regimiento, al ejército, al Estado y al mundo entero, le provocó un escalofrío de fuego por todo el cuerpo. Le temblaban las rodillas. Y fue la eterna rabia que el oficial subalterno destinado al frente alberga hacia los caballeros de alto rango del Ejército Mayor, esos caballeros que no tienen ni idea de la amarga realidad del campo de batalla, la que lo empujó a hacer aquello que habría de inmortalizar al apellido Trotta en la historia de su regimiento. Con ambas manos, agarró al monarca por los hombros para obligarlo a agacharse. Debió de agarrarlo con demasiada fuerza. El emperador cayó al suelo de inmediato. Los escoltas se apresuraron a atenderlo. En el mismo instante, una bala le atravesó el hombro izquierdo al teniente, la misma bala que habría dado de pleno en el corazón del monarca. Mientras este se incorporaba, el teniente se desplomó. Por doquier, a lo largo de todo el frente, fue despertando el desordenado e irregular repiqueteo de los fusiles, alarmados, arrancados del sueño. El emperador, pese a las impacientes advertencias de sus acompañantes para que abandonase el lugar del peligro, se inclinó sobre el teniente caído y, cumpliendo con su obligación imperial, preguntó cómo se llamaba al desmayado, pero ya no oía nada. Corriendo, con la espalda encogida y agachando la cabeza, llegaron un médico del regimiento, un suboficial sanitario y dos hombres con una camilla. Los oficiales del Ejército Mayor ordenaron al emperador ponerse cuerpo a tierra y luego se echaron ellos.

—¡Aquí! ¡Al teniente! —gritó el emperador desde el suelo al médico que llegaba sin resuello.

Entretanto, el fuego había cesado de nuevo. Al tiempo que el alférez se plantaba frente a la fila y anunciaba con voz brillante: «¡Yo asumo el mando!», Francisco José y sus escoltas se levantaron, los sanitarios abrocharon cuidadosamente las correas de la camilla para sujetar al teniente y se retiraron hacia el puesto de mando del regimiento, donde una tienda de campaña blanca como la nieve protegía el puesto más próximo para atender a los heridos.

Trotta tenía destrozada la clavícula izquierda. La bala, alojada directamente bajo el omóplato, se la extrajeron en presencia del supremo señor de los ejércitos y entre los atroces gritos del herido, a quien el dolor despertó de su inconsciencia.

Trotta se recuperó al cabo de cuatro semanas. Cuando regresó a su guarnición del sur de Hungría, le habían concedido un ascenso a capitán, además de la más alta de las condecoraciones —la Orden de María Teresa— y un título nobiliario. A partir de entonces su nombre sería capitán Joseph Trotta von Sipolje. Como si le hubieran cambiado su propia vida por una ajena, nueva y confeccionada en un taller, cada noche antes de dormir y cada mañana al despertar se repetía su nuevo rango y su nueva condición, se miraba al espejo y constataba que su cara seguía siendo la misma de antes. El ahora noble capitán Trotta parecía haber perdido la pauta entre, por un lado, el torpe trato campechano con que sus camaradas intentaban salvar la distancia que el inexplicable destino había abierto de golpe entre ellos y, por el otro, sus propios esfuerzos vanos por tratar a todo el mundo con la naturalidad de siempre, y tenía la sensación de que, en adelante, se vería condenado de por vida a caminar sobre terreno resbaladizo con botas prestadas, perseguido por inquietantes rumores y recibido con miradas recelosas. Su abuelo había sido un pequeño campesino; su padre, suboficial contable y, más adelante, guardia de la gendarmería en el territorio fronterizo del sur del Imperio. Después de perder un ojo defendiendo la frontera de los contrabandistas bosnios, había vivido como militar inválido y guarda de los jardines del castillo de Laxenburg, donde daba de comer a los cisnes, recortaba los setos, guardaba el laburno en primavera y después el escaramujo de manos ladronas no autorizadas a llevarse sus flores, en las noches templadas, echando a las parejas de enamorados sin techo de los bancos a oscuras que tan amablemente se les ofrecían. El rango de teniente de infantería parecía lo natural y apropiado para el hijo de un suboficial. Sin embargo, el capitán condecorado y noble que ahora iba como flotando en una nube de oro, envuelto en el esplendor ajeno y casi inquietante que implicaba la gracia del emperador, de pronto vio cómo su padre pasaba a ocupar un lugar en la distancia, y también el amor contenido que profesaba hacia el anciano pareció imponer una nueva forma de trato entre ellos, un comportamiento más distante. El capitán llevaba cinco años sin ver a su padre; no obstante, cada dos semanas, cuando en la eterna rutina castrense volvía a tocarle el turno de guardia en el cuartel, escribía al anciano una breve carta a la luz mortecina y temblorosa de la vela de la oficina, después de inspeccionar los puestos y anotar las horas de los relevos correspondientes en el diario de operaciones, haciendo constar bajo la rúbrica «Incidencias» un enérgico y claro «Ninguna» que casi parecía negar hasta la posibilidad más remota de que pudiera darse una incidencia alguna vez. Las cartas se parecían unas a otras como los partes administrativos: todas iban escritas en papel amarillento y fibroso, tamaño octavo; a la izquierda, el encabezado «Querido padre:», a cuatro dedos del margen superior y dos del lateral; comenzaban con la escueta referencia al buen estado de salud del remitente, seguían con la esperanza de que así fuera también el caso del destinatario y, en párrafo nuevo y simetría diagonal con respecto al encabezado, abajo a la derecha, concluían siempre con el invariable giro «Con la devoción de tu agradecido y fiel hijo, Joseph Trotta, teniente». ¿Cómo hacer, ahora que, gracias al nuevo rango, ya no le tocaba participar en los antiguos turnos de guardia, para cambiar aquella forma reglamentaria de las cartas, la que así venía preestablecida para toda la vida de un soldado, e insertar, entre aquellas frases normativas, noticias extraordinarias sobre circunstancias que también resultaban extraordinarias y que ni siquiera él mismo había llegado a asimilar aún? La silenciosa noche en que el capitán Trotta, por primera vez desde su recuperación, se sentó a cumplir con el deber de la correspondencia ante aquella mesa en la que tantos hombres aburridos se habían entretenido haciendo muescas y tallas con sus cuchillos, reconoció que jamás llegaría más lejos del encabezado «Querido padre:». Y apoyó la infértil pluma en el tintero, retiró un trocito del tembloroso pábilo de la vela como si esperase de su luz conciliadora alguna feliz ocurrencia y alguna frase acertada, y su mente se disipó suavemente hacia los recuerdos, hacia la infancia, el pueblo, la madre y la escuela de cadetes. Se puso a contemplar las gigantescas sombras que arrojaban objetos pequeños sobre las paredes desnudas y pintadas de azul y la línea brillante, ligeramente curva, del sable colgado del gancho de la pared junto a la puerta, con la dragona enganchada en la empuñadura. Escuchó el incansable sonido de la lluvia en el exterior y su alegre tamborileo sobre el alféizar revestido de metal de la ventana. Y se levantó por fin, con la determinación de visitar a su padre a la semana siguiente, después de la audiencia a la que le ordenarían ir unos días más tarde para expresarle su agradecimiento al emperador.

Pasada una hora, directamente después de la audiencia, que consistió en diez minutos de graciosa presencia del emperador y luego diez o doce de unas preguntas leídas de los papeles a las que había que responder bien firmes —«¡Sí, majestad!»— para luego, con suavidad pero también con determinación, concluir con una salva de fusil, partió en coche de caballos para ir a ver a su padre en Laxenburg. Halló al anciano en la cocina de su vivienda de guarda, en mangas de camisa, sentado a la mesa de madera sin barnizar, sobre la que tenía un pañuelo azul oscuro con ribetes rojos, frente a una hermosa taza de café humeante y aromático. El bastón de madera de guindo, rojiza y muy nudosa, estaba colgado del puño en el tablero de la mesa y se mecía sin hacer ruido. Una bolsa de cuero rugoso, medio abierta y repleta de hebras de tabaco de liar, descansaba junto a la pipa larga de arcilla blanca, amarillenta y tostada. Su tono hacía juego con el imponente bigote blanco del padre. El capitán Joseph Trotta von Sipolje se vio como un dios militar en medio de aquella esfera íntima tan rústica y humilde, con su banda resplandeciente, el casco brillante como un sol negro que desprendiera rayos propios, las botas de caña alta y lisa, lustradas con fogoso brío, con espuelas relucientes, dos hileras de botones tan dorados que casi centelleaban en la levita y bendecido por el poder supraterrenal de la Orden de María Teresa. Así se encontraba ahora el hijo frente al padre, quien se puso lentamente de pie, como intentando que la lentitud del saludo estuviera a la altura del esplendor del joven. El capitán Trotta besó la mano de su padre, inclinó la cabeza y recibió un beso en la frente y otro en la mejilla.

—Siéntate —le dijo el anciano.

El capitán se desabrochó parte de sus refulgentes accesorios y se sentó.

—Te felicito —dijo el padre con su voz de siempre, en ese alemán lleno de aristas de los oficiales eslavos. Las consonantes brotaban de sus labios con la dureza de los truenos y cargaba ligeramente las sílabas finales. Cinco años atrás aún hablaba a su hijo en esloveno, aunque el muchacho no entendía más que cuatro palabras y no era capaz de articular él mismo ni una sola. Ese día, en cambio, al padre habría de antojársele una muestra de confianza excesiva el uso de su lengua materna con aquel hijo al que la gracia del destino y del emperador habían colocado ahora tan lejos, en tanto que el capitán prestaba atención a los labios de su padre esperando celebrar el primer sonido esloveno como algo lejano, aunque familiar, y propio, si bien ya perdido.

—¡Te felicito! ¡Qué gran honor! —repetía el guarda del castillo con sus atronadoras consonantes—. En mis tiempos nunca iban las cosas tan deprisa. ¡En mis tiempos aún estaba Radetzky haciéndonos la vida imposible!

«Este es el final definitivo», pensó el capitán Trotta. Lo separaba de su padre una pesada montaña de grados militares.

—¿Le queda *rakija*, padre? —dijo por aferrarse al último ápice de algo en común.

Bebieron, brindaron y volvieron a beber; después de cada trago, el padre gemía, se perdía entre interminables toses, se ponía morado y escupía, y ya se tranquilizó poco a poco y empezó a contar toda suerte de historias de sus propios tiempos en el ejército, con la inequívoca intención de hacer que los méritos y la carrera de su hijo parecieran menores. Finalmente, el capitán se puso de pie, besó la mano de su padre, recibió un beso paternal en la frente y en la mejilla, se abrochó el sable, se puso el casco y se marchó..., con la consciencia y la certeza de que había visto a su padre por última vez en la vida.

No le volvió a ver. El hijo siguió escribiendo al padre las cartas de siempre, pero ya no existía más relación visible entre ambos: el capitán Trotta se había soltado definitivamente de la larga cadena de campesinos eslavos que fueran sus antepasados. Como correspondía a su rango, Trotta se casó con la adinerada —ya no tan joven— sobrina de su coronel, hija de un capitán de distrito de la Bohemia occidental; engendró un hijo varón; disfrutó de la uniformidad de su sana vida militar en la pequeña guarnición, y se dedicó a cabalgar hasta el campo de ejercicios cada mañana y a pasar la tarde jugando al ajedrez con el notario en el café; se hizo a su rango, su posición, su dignidad y su fama. Poseía unas aptitudes militares acordes con la media y todos los años, durante las maniobras, daba de ellas una prueba acorde con la media, era un buen esposo, desconfiado con las mujeres; contrario a los juegos de azar; gruñón, pero justo en su servicio al ejército, y acérrimo enemigo de toda mentira, del comportamiento poco masculino, del cobarde afán de seguridad, de los elogios farragosos y de las ambiciones enfermizas. Era tan básico e intachable como su hoja de servicios y únicamente la cólera que a veces se adueñaba de él habría permitido intuir a un buen conocedor de la naturaleza humana que también en el alma del capitán Trotta apuntaban esos abismos nocturnos en los que duermen las tormentas y las voces desconocidas de ancestros sin nombre.

El capitán Trotta no leía libros y compadecía en secreto a su hijo, quien, a medida que se hacía mayor, se veía obliga-

do a enfrentarse a pizarra, estilete y borrador, papel, carta-
bón y reglas de multiplicar, y a quien ya esperaban los in-
evitables libros de lectura. El capitán aún estaba convencido
de que también su hijo sería soldado. Ni se le pasaba por la
cabeza que (desde su presente hasta la extinción de su estirpe) un Trotta pudiera ejercer ninguna otra profesión. De
haber tenido dos, tres, cuatro hijos —aunque su esposa era
enfermiza y necesitaba médicos y curas de reposo, y un embarazo suponía un riesgo para ella—, todos habrían sido soldados. Así pensaba entonces, todavía, el capitán Trotta. Se
hablaba de una nueva guerra y él estaba dispuesto a ir cualquier día. Es más, casi daba por hecho que había nacido
para morir combatiendo. Su sólida sencillez consideraba la
muerte en el campo de batalla una consecuencia necesaria
de la fama del guerrero. Hasta que, un día, con displicente
curiosidad, cogió el primer libro de lectura de su hijo, que
acababa de cumplir los cinco años y que, gracias a la ambición de su madre, ya tenía un profesor particular para enseñarle antes de tiempo lo que son las calamidades de la escuela. Leyó la oración matinal en verso, la misma desde
hacía décadas; él mismo la recordaba todavía. Leyó «Las
cuatro estaciones», «La zorra y la liebre» y «El rey de los
animales». Abrió por la página del índice y encontró el título de un texto que parecía aludir a su propia persona, pues
rezaba: «Francisco José I en la batalla de Solferino»; leyó y
necesitó sentarse. «En la batalla de Solferino —así comenzaba el pasaje—, nuestro emperador y rey Francisco José I se
vio en grave peligro». El propio Trotta salía en el texto,
Pero ¡qué tremenda transformación! «En el frenesí de la
batalla —se leía—, el monarca se había aventurado a avanzar
tanto que, de pronto, se encontró rodeado por la caballería

enemiga. En aquel instante de emergencia máxima, apareció un jovencísimo teniente a lomos de un alazán bañado en sudor, blandiendo el sable. ¡Ah! ¡Cómo llovieron los golpes sobre la cabeza y el cuello de los jinetes enemigos!» Y luego: «Una lanza enemiga atravesó el pecho del joven héroe, aunque la mayoría de los enemigos habían sido aniquilados ya. Espada en mano, al joven monarca impertérrito no le costó defenderse de los ataques, cada vez más débiles. Para entonces, la caballería enemiga al completo había sido hecha prisionera. El joven teniente (Joseph von Trotta era el nombre de tal caballero), a su vez, recibió el más alto reconocimiento que nuestra patria concede a sus héroes: la Orden de María Teresa».

Con el libro en la mano, el capitán Trotta se dirigió hacia el pequeño huerto de frutales que cuidaba su esposa las tardes de buen tiempo y, con los labios sin sangre y en voz muy baja, le preguntó si tenía conocimiento de aquel texto infame. Ella asintió sonriendo.

—¡Pero si es todo mentira! —gritó el capitán, arrojando el libro a la tierra húmeda.

—Es para niños —respondió su esposa con dulzura.

El capitán le dio la espalda. La cólera lo hacía temblar como la tormenta a un débil arbusto. Se apresuró a entrar en la casa, con el corazón desbocado. Era la hora del ajedrez. Descolgó el sable de su gancho, se lo abrochó a la cintura con un tirón fuerte y rabioso y abandonó la casa dando grandes y muy enérgicas zancadas. Quien lo viera lo habría creído capaz de llevarse por delante a un tropel de enemigos. En el café, tras perder dos partidas sin haber dicho ni una palabra, con la pálida y estrecha frente surcada por cuatro profundas líneas horizontales bajo el cabello

cortado a cepillo, derribó las figuras con un rabioso mano-
tazo y le dijo a su compañero de juego:

—¡Tengo que despachar con usted!

Silencio.

—Se ha cometido un abuso para con mi persona —prosiguió, clavando la mirada en los brillantes cristales de los an-
teojos del notario; al cabo de un rato, se dio cuenta de que
le faltaban las palabras. Tendría que haber traído consigo el
libro de lectura. Con el abominable objeto entre las manos
le habría resultado la explicación mucho más fácil.

—¿Qué clase de abuso? —preguntó el jurista.

—Yo jamás he servido en la caballería. —Creyó el capitán
Trotta que era la mejor manera de comenzar, aunque él
mismo hubo de reconocer que así no iban a entenderlo—.
Y ahora van esos sinvergüenzas de escribientes y ponen en
los libros infantiles que irrumpí a lomos de un alazán bañado en sudor, eso escriben, para salvar al monarca, eso es lo
que ponen.

El notario comprendió. Él mismo conocía el texto de los
libros de lectura de sus hijos.

—Le está dando usted una importancia excesiva, capitán
—dijo—. Tenga en cuenta que es para niños.

Trotta lo miró espantado. En aquel momento, tuvo la
sensación de que el mundo entero se había confabulado en
su contra: los que escribían los libros de lectura, el notario,
su esposa, su hijo, el profesor particular...

—Todos los hechos históricos —dijo el notario— se representan de otra manera para enseñarlos en la escuela. Y está
bien así, en mi opinión. Los niños necesitan ejemplos que
ellos entiendan, que se les queden grabados en la memoria.
La verdad ya la descubren más adelante.

—¡La cuenta! —pidió el capitán, poniéndose de pie.

Se dirigió al cuartel, sorprendió al oficial de servicio, el teniente Amerling, con una señorita en el despacho del oficial contable, fue él mismo a inspeccionar los puestos de guardia, mandó llamar al sargento mayor, mandó que se presentara a redactar el parte el suboficial de servicio, mandó formar a la compañía y mandó hacer ejercicios de artillería en el patio. Confusos y temblorosos, todos lo obedecieron. En todas las secciones faltaban algunos hombres, porque no pudieron localizarlos. El capitán Trotta mandó leer sus nombres en voz alta.

—¡Que consten en el parte de mañana! —le dijo al teniente.

La tropa resollaba haciendo sus ejercicios. Las baquetas traqueteaban, las correas volaban por los aires, las manos ardientes agarraban los fríos cañones de metal con sonoras palmadas, las potentes culatas se clavaban con rotundos golpes en el suelo seco y blando.

—¡Carguen! —ordenó el capitán.

El aire se quedó temblando por las huecas salvas con cartuchos de fogueo.

—¡Media hora de ejercicios de salutación! —ordenó el capitán.

A los diez minutos, dio una orden diferente:

—¡De rodillas! ¡A rezar!

Más tranquilo, se quedó escuchando el ruido sordo de las duras rodillas que caían sobre tierra, gravilla y arena. Seguía siendo el capitán, amo y señor de su compañía. Ya les enseñaría él la lección a esos escribientes.

Aquel día no fue al casino, ni siquiera cenó, se metió en la cama. Durmió pesadamente y sin soñar. A la mañana siguiente, junto con el parte de los oficiales, presentó al coronel una queja, escueta pero enérgica. Se le dio curso. Y ahí comenzó el calvario del capitán Joseph Trotta, caballero de Sipolje, el Caballero de la Verdad. Pasaron semanas hasta que, desde el Ministerio de Guerra, llegó la respuesta de que la queja había sido trasladada al Ministerio de Cultura y Educación. Y de nuevo pasaron semanas, hasta que, un día, llegó la respuesta del ministro. Rezaba así:

Ilustrísimo capitán, muy señor mío:

En respuesta a la queja de Su Ilustrísima con respecto al texto número quince de los libros de lectura homologados para la enseñanza en escuelas populares y burguesas de Austria por mor de la Ley del 21 de julio de 1864, texto redactado y editado por los catedráticos Weidner y Srdcny, el ministro de Educación se permite, con todos los respetos de Su Ilustrísima, rogarle preste atención a la circunstancia de que los textos de los libros que incluyen lecturas de relevancia histórica, y en especial lecturas que tratan de Su Majestad el emperador Francisco José en persona, o también de otros miembros de la más alta Casa Imperial, por mor del Decreto del 21 de marzo de 1840, han de ser adaptados a la capacidad intelectual de los escolares y elaborados para responder a los mejores fines pedagógicos. El texto mencionado, la susodicha lectura número quince a la que Su Ilustrísima alude en su queja, le fue presentada personalmente a Su Excelencia, el ministro de Cultura, y por él mismo fue autorizada para su uso en la enseñanza en las escuelas. Obedece por entero a las intenciones de las altas instancias educativas, y no menos a las de las inferiores, presentar a los escolares de la monarquía los actos heroicos llevados a cabo por los miembros de nuestro ejército en la forma que más se adecúen al carácter infantil, la fantasía y los sentimientos patrióticos de esas generaciones en fase de desarrollo, a saber, sin restarles veracidad a los acontecimientos relatados, pero también sin caer en un tono seco, tan carente de todo estímulo de la fantasía como de dichos sentimientos patrióticos. A la vista de estas consideraciones y de otras similares, el abajo firmante ruega a Su Ilustrísima, con el mayor de los respetos, tenga a bien desestimar la queja que presenta.

El escrito venía firmado por el ministro de Cultura y Educación. El coronel se lo entregó al capitán Trotta con un paternal comentario: «Deja el asunto».

Trotta cogió el documento y no dijo nada. Una semana más tarde, por el procedimiento pertinente, solicitó una audiencia con Su Majestad y, tres semanas después, por la mañana, se encontró cara a cara frente al supremo señor de los ejércitos.

—Hágase cargo, querido Trotta —dijo el emperador—. Es un asunto muy desagradable. Claro que ninguno de los dos salimos mal parados... ¡Déjelo estar, hombre!

—Majestad —replicó el capitán—, es una mentira.

—Es que se miente mucho —corroboró el emperador.

—Yo no puedo..., majestad —logró articular el capitán.

El emperador se acercó al capitán. El monarca apenas era más alto que Trotta. Se miraron a los ojos.

—Mis ministros —comenzó Francisco José— tienen que saber lo que hacen. Yo me tengo que fiar de ellos. ¿Me entiende, querido capitán Trotta?

Y, al cabo de un rato, añadió:

—Ya lo arreglaremos. Ya verá.

La audiencia tocó a su fin.

El padre aún vivía. Pero Trotta no fue a Laxenburg. Regresó a su guarnición y solicitó la licencia del ejército.

Fue licenciado con el grado de mayor. Se trasladó a Bohemia, a la pequeña hacienda de su suegro. La gracia del emperador, sin embargo, no lo abandonó. Unas semanas más tarde, recibió la noticia de que el monarca había decidido destinar cinco mil coronas de sus arcas privadas a la educación del hijo de quien le había salvado la vida. Al mismo tiempo, se firmó la concesión del título de barón a Trotta.

Joseph Trotta, barón Von Sipolje, aceptó las mercedes del emperador de mala gana, como una ofensa. La campaña contra Prusia se hizo sin él y se perdió. Sentía rencor. Sus ojos habían perdido el brillo, ya se le habían vuelto plateadas las sienes, el paso lento, la mano pesada, la boca más parca en palabras que antes... Aunque era un hombre en la mejor edad, tenía aspecto de estar envejeciendo deprisa. Expulsado del paraíso de la sencilla fe en el emperador y la virtud, en la verdad y la justicia, preso del soportar y callar, hubo de reconocer que es la inteligencia lo que garantiza la continuidad del mundo, el poder de las leyes y el esplendor de las majestades. Gracias al deseo que el emperador expresó en cierta ocasión, el texto número quince desapareció de los libros de lectura de las escuelas de la monarquía. El nombre Trotta tan solo se conservó en los anales anónimos del regimiento. El mayor siguió con su vida en calidad de anónimo portador de una fama que se había desvanecido pronto, como sombra fugaz que arroja al luminoso mundo de los vivos un objeto secreto escondido. En la hacienda de su suegro, trajinaba con la regadera y las tijeras de jardín, y, a semejanza de su padre, recortaba los setos y repasaba el césped; en primavera guardaba el laburno y después el escaramujo de manos ladronas no autorizadas a llevarse sus flores; sustituía los piquetes ennegrecidos de las cercas por otros nuevos y bien lijados; arreglaba los pertrechos y herramientas; ponía el bozal y ensillaba él mismo los caballos castaños; reemplazaba los candados oxidados de portones y verjas; se esmeraba en colocar palitos de madera recién tallados para sujetar los goznes de las puertas que cedían al cansancio; pasaba días enteros en el bosque cazando presas menores; pernoctaba donde el guardabosques, y se ocupaba de las gallinas, el abono y la tierra, de la fruta y las flores de los emparrados, del mozo y del cochero. Hacía las compras con racanería y desconfianza, sacando las monedas de su gastado saquito de cuero como si le quemaran los dedos y apresurándose a guardarlo de nuevo en la pechera. Se convirtió en un pequeño campesino esloveno. A veces aún se adueñaba de él su antiguo espíritu colérico y lo hacía temblar como una tormenta fuerte a un débil arbusto. Entonces azotaba al mozo y azotaba los flancos de los caballos; daba tremendos portazos con las puertas que él mismo había arreglado; amenazaba a los jornaleros con la muerte y el exterminio, y, en la mesa, apartaba el plato de la comida con rabioso ademán y se quedaba en ayunas y rabiaba. A su lado, débiles y enfermizos, en habitaciones separadas, vivían la esposa, el hijo —para quien sentarse a la mesa a comer era la única ocasión de ver a su padre, al que tenía que presentar las notas del colegio dos veces al año, sin recibir nunca ni elogios ni críticas de su parte— y el suegro, un hombre que gastaba su pensión alegremente, amaba a las jovencitas, pasaba semanas en la ciu-

dad y tenía miedo a su yerno. Un pequeño campesino esloveno: eso era el barón Trotta. Seguía escribiendo a su
padre, dos veces al año, a última hora de la tarde y a la temblorosa luz de una vela, una carta en papel amarillento en
tamaño octavo, a cuatro dedos del margen superior y dos
del lateral, con el encabezado «Querido padre:». Muy raras
veces recibía respuesta. Cierto es que el barón pensó más
de una vez en ir a ver a su padre. Hacía mucho que sentía
añoranza del viejo guarda, con su rústica y humilde parquedad, sus hebras de tabaco de liar y su *rakija* casero. Pero el
hijo no era dado a gastar, como no lo habían sido su padre,
su abuelo ni su bisabuelo. Ahora volvía a estar más cerca
del inválido del castillo de Laxenburg que años atrás, cuando, envuelto en el recién estrenado esplendor de su nuevo
título nobiliario, se había sentado a beber aguardiente con
él en su pequeña vivienda de paredes pintadas de azul. Con
su esposa no hablaba nunca de sus orígenes. Sentía que a la
hija del anciano funcionario del Estado la separaría de un
guarda esloveno un embarazoso sentimiento de superioridad. Así que tampoco invitaba a su padre.

Una vez, un día de marzo de cielo despejado, mientras el
barón se dirigía a ver al administrador de la hacienda dando zancadas por el pedregoso suelo, un criado le trajo una
carta de la Administración del castillo de Laxenburg. El inválido había muerto; el deceso se había producido durante
el sueño, sin sufrimiento, a la edad de ochenta y un años.
Todo lo que dijo el barón Trotta fue:

—Ve a decirle a la baronesa que se ocupe de la maleta,
esta noche me voy a Viena.

Siguió su camino hacia la casa del administrador, se informó sobre la siembra, habló del tiempo, dio orden de adqui-

rir tres arados nuevos, de que acudieran, el lunes, el veterinario y, ese mismo día, la matrona para asistir a una criada encinta, y al despedirse dijo:

—Ha muerto mi padre. Pasaré tres días en Viena.

Displicente, hizo el saludo militar con un dedo y se marchó.

Tenía preparada la maleta, los caballos estaban enganchados al coche y hasta la estación había una hora de viaje. Se tomó la sopa y la carne a toda prisa. Luego le dijo a su esposa:

—¡No puedo seguir así! Mi padre era un buen hombre. ¡Tú no lo viste ni una vez en tu vida!

¿Era una llamada de atención póstuma? ¿Un reproche?

—¡Tú vienes conmigo! —le dijo a su hijo, para susto de este. La mujer se levantó a preparar también la maleta del niño. Mientras ella se afanaba un piso más arriba, Trotta le dijo al pequeño—: Ahora conocerás a tu abuelo.

El niño se echó a temblar y bajó los ojos.

El guarda del castillo de Laxenburg estaba amortajado cuando llegaron. Con su imponente bigote erizado, de uniforme azul marino y con tres brillantes medallas en el pecho, yacía sobre el catafalco instalado en su cuarto de estar, enmarcado por ocho velas de un metro de altura y custodiado por dos camaradas, inválidos como él. Una ursulina rezaba en el rincón, junto a la única ventana, tapada por una cortina. Los inválidos se pusieron firmes al entrar Trotta. Llevaba su uniforme de mayor y la Orden de María Teresa; se arrodilló y también su hijo se puso de rodillas a los pies del difunto, y ante su joven rostro quedaron las imponentes suelas de las botas del cadáver. Por primera vez en su vida, el barón Trotta sintió una pequeña punzada, muy aguda, en la región del corazón. Sus ojos pequeños se mantuvieron secos. Murmuró uno, dos, tres padrenuestros de compromiso, se levantó, hizo una reverencia al difunto, le besó el imponente bigote, hizo el saludo militar a los inválidos y le dijo a su hijo:

—Ven.

Ya fuera de la casa, le preguntó:

—¿Lo has visto?

—Sí —dijo el niño.

—No era más que un guarda de la gendarmería —dijo el padre—. Yo le salvé la vida al emperador en la batalla de Solferino... y nos concedieron la baronía.

El niño no dijo nada.

Enterraron al inválido en el pequeño cementerio de Laxenburg, en la sección militar. Seis camaradas de azul marino transportaron el ataúd desde la capilla hasta la fosa. El mayor Trotta, con casco y uniforme de gala, mantuvo la mano sobre el hombro de su hijo todo el tiempo. El niño sollozaba. La música triste de la banda militar, el melancólico y monótono canto de los sacerdotes y el olor a incienso que se iba disolviendo en el aire le causaban un dolor incomprensible y que no le dejaba ni respirar. Y las salvas que medio pelotón disparó ante la tumba lo hicieron estremecerse con una crueldad que tardaría mucho en borrarse de su recuerdo. Despedían con saludos militares el alma del difunto que ascendía directa al cielo, abandonando este mundo para siempre.

Padre e hijo regresaron a casa. Durante el camino, el trayecto entero, el barón guardó silencio. No habló hasta que bajaron del tren para subir al coche que los esperaba detrás del jardín de la estación:

—No te olvides de él, de tu abuelo.

Y siguió con su rutina cotidiana. Y pasaron los años, corrieron como si fueran sobre ruedas, en uniformidad, paz y silencio. El guarda del castillo de Laxenburg no fue el único a quien el barón habría de enterrar. Primero enterró a su suegro y unos años después a su esposa, que murió en poco tiempo, sin ruido y sin despedida, de una pulmonía severa. Trotta mandó a su hijo a Viena a un internado y dispuso que no se le permitiera nunca ser soldado en el servicio activo. Él se quedó solo en la hacienda, en la casa blanca y espaciosa por la que aún transitaba el aliento de los difuntos, sin hablar más que con el guardabosques, el administrador, el mozo y el cochero. Cada vez era menos frecuente que se adueñara de él la cólera. Sin embargo, la gente a su servicio sufría constantemente bajo su puño de campesino y su enconado silencio lleno de rabia les pesaba como un duro yugo sobre la nuca. Porque, en su presencia, se imponía el mismo silencio impregnado de temor que cuando se avecina una tormenta. Dos veces al mes recibía las obedientes cartas de su hijo. Una vez al mes respondía él con dos frases escuetas, en guardosos papelitos: los márgenes de respeto que se dejan en las cartas y que él a su vez recortaba de las que recibía. Una vez al año, el dieciocho de agosto, el día del cumpleaños del emperador, se ponía el uniforme para viajar a la ciudad con guarnición militar más próxima. Dos veces al año venía de visita el hijo, en sus vacaciones de Navidad y de verano. Cada Nochebuena, el niño recibía tres pesadas coronas de plata, por las que debía firmar un recibí y que nunca le permitían llevarse. La misma noche, las monedas pasaban a una cajita fuerte que el padre guardaba en su cajón. Junto a las monedas se guardaban las notas del colegio. Daban testimonio de que el muchacho mostraba verdadera aplicación y un talento regular, pero siempre suficiente. Jamás recibió como regalo un juguete, jamás recibió una asignación, jamás recibió un libro que no fueran los obligatorios para estudiar. Era un muchacho de mente limpia, lúcida y honesta. En su parca fantasía no había lugar a otro deseo que el de dejar atrás los años de escuela lo antes posible.

Tenía dieciocho años cuando su padre, la noche de Nochebuena, le dijo:

—Este año ya no te voy a dar tres coronas. Puedes retirar nueve de la caja, previa firma del recibí. Ten cuidado con las chicas. La mayoría están enfermas. —Y, tras un silencio, añadió—: He decidido que seas jurista. Te quedan dos años. Para el servicio militar ya habrá momento. Se puede retrasar hasta que termines la carrera.

El muchacho cogió las nueve coronas, tan obediente en esto como con respecto al deseo de su padre. Raro era que alternase con chicas, las escogía con mucho cuidado, y aún le quedaban seis monedas cuando volvió a casa en las vacaciones de verano. Pidió permiso a su padre para invitar a un amigo.

—Está bien —dijo el mayor con cierto asombro.

El amigo llegó con poco equipaje, pero con una voluminosa caja de pinturas que al anfitrión no le gustó nada.

—¿Pinta? —preguntó el padre.

—Y muy bien —dijo Franz, el hijo.

—Que no me eche pegotes de pintura dentro de la casa. Que pinte el paisaje.

El invitado se puso a pintar en el exterior, pero no el paisaje. Estaba pintando un retrato del barón Trotta de memoria. Cada día, en la mesa de la comida, memorizaba los rasgos de su anfitrión.

—¿Por qué me mira tan fijamente? —preguntaba el padre.

Los dos muchachos se sonrojaban y clavaban la vista en el mantel. El retrato salió adelante a pesar de todo y, de despedida, se lo entregaron enmarcado al barón. Él lo examinó a conciencia, pensativo y sonriente. Le dio la vuelta, como si aún buscara en el reverso detalles que pudieran haberle pasado desapercibidos en el frente; lo sostuvo a la luz de la ventana, luego lo contempló desde lejos, se miró al espejo, se comparó con el retrato y, finalmente, dijo:

—¿Dónde lo colgamos?

Era la primera cosa que le hacía ilusión en años.

—Puedes prestarle dinero a tu amigo en caso de que lo necesite —le dijo a Franz en voz baja—. Y espero que os llevéis bien.

Aquel retrato era y siguió siendo el único que se hizo del viejo Trotta. Más adelante estaría colgado en el salón de su hijo y aún tendría su papel en la mente del nieto.

Por aquel entonces, el retrato mantuvo al mayor en un estado de ánimo inusual durante algunas semanas. Tan pronto lo colgaba en una pared como en otra; halagado, se recreaba en contemplar su nariz dura y prominente, su boca pálida y fina, sin barba, los pómulos huesudos como dos montículos ante los ojos negros y pequeños, y la frente estrecha, surcada de arrugas, bajo la visera de un cabello cortado a cepillo, casi rapado. Fue entonces cuando realmente supo cómo era su cara; a veces mantenía un diálogo mudo con ella. Despertaba en él pensamientos que no había conocido nunca, recuerdos, incomprensibles sombras de melancolía que luego se aprestaban a desvanecerse. Le había hecho falta el cuadro para advertir su prematura vejez y su enorme soledad; fue el lienzo pintado el que se los hizo ver: la soledad y la vejez. ¿Ha sido así siempre? Se preguntaba. ¿Siempre ha sido así? Sin hacerlo a propósito, empezó a ir de cuando en cuando al cementerio, a la tumba de su esposa; contemplaba la lápida gris y la cruz blanca como la tiza, la fecha de nacimiento y la de la muerte, echaba la cuenta de que había muerto demasiado joven y reconocía que no se acordaba bien de ella. De sus manos, por ejemplo, se había olvidado. Le vino a la mente el China-Eisenwein, un tónico que ella estuvo tomando durante años para combatir la anemia. ¿Y su rostro? Cerrando los ojos aún lograba recordarlo, pero no tardaba en desdibujársele de nuevo en una especie de círculo de penumbra rojiza. Se volvió más dulce en la casa y la hacienda, a veces acariciaba algún caballo, sonreía a las vacas, se tomaba un aguardiente con más frecuencia que antes y una vez escribió a su hijo una breve carta en un día que no tocaba. La gente comenzó a saludarlo con una sonrisa y él asentía con la cabeza, complacido. Llegó el verano y las vacaciones le trajeron la visita del hijo con el amigo; con ambos se fue a la ciudad, entró en una taberna, se tomó unos tragos de *slivovitz* y pidió comida abundante para los muchachos.

El hijo se hizo jurista. Volvía a casa más a menudo y se paseaba por la hacienda; un día sintió ganas de administrarla y abandonar la carrera en la jurisprudencia. Se lo confesó a su padre. El mayor dijo:

—Es demasiado tarde. Tú ya no serás campesino ni administrador de una hacienda en tu vida. Serás un funcionario eficiente, nada más.

Era un asunto zanjado. El hijo llegó a ser funcionario político, comisario de distrito en Silesia. El nombre de Trotta habría desaparecido de los libros de lectura autorizados, pero no lo hizo de los expedientes confidenciales de las altas instancias políticas, y las cinco mil coronas que en su día le donara el emperador le aseguraron al funcionario Trotta una constante consideración especial y ascensos gracias a superiores desconocidos. Dos años antes de su nombramiento como jefe de distrito, el padre murió.

Dejó un testamento sorprendente. Como tenía la certeza —así lo escribió— de que su hijo no sería buen administrador de la finca, y como albergaba la esperanza de que los Trotta, en agradecimiento al emperador por su eterna gracia, podrían alcanzar una posición y ciertas dignidades en el servicio al Estado, además de una felicidad mayor que la del autor del testamento, en honor a la memoria de su padre, había tomado la determinación de legar al fondo de los inválidos de guerra aquella hacienda que a su vez había recibido él como herencia de su suegro, y con ella todos aquellos bienes muebles e inmuebles que llevaba aparejados, dejando al legatario como único deber el de darle sepultura al testador con la máxima sencillez, en el mismo cementerio donde descansaba su padre y, de ser posible, cerca del difunto. En calidad de testador, rogaba abstenerse de toda pompa. El dinero en efectivo, quince mil florines incluidos intereses, depositados en la Banca Efrussi de Viena, así como cuanto restara en la casa más la plata y el cobre, su anillo, su reloj y la cadena de su difunta madre, pasarían a ser propiedad de su único hijo, el barón Franz von Trotta und Sipolje.

Una banda militar de Viena; una compañía de infantería; un representante de la Orden de María Teresa; representantes del regimiento del sur de Hungría, cuyo humilde héroe había sido el mayor; todos los inválidos en condiciones de desfilar; dos funcionarios de la Cancillería Imperial; un oficial del Gabinete Militar, y un suboficial que portaba la Orden de María Teresa sobre un cojinete cubierto por un velo negro compusieron el cortejo fúnebre. Franz, el hijo, iba de negro, menudo y solo. La banda tocó la misma marcha que en el entierro del abuelo. Las salvas que se dispararon en esta ocasión fueron más sonoras y su eco tardó más tiempo en desvanecerse. El hijo no lloró. Nadie lloró por el difunto. Todo fue seco y solemne. Nadie dijo nada junto a la tumba. Al mayor, barón Von Trotta und Sipolje, el Caballero de la Verdad, se le dio el descanso eterno cerca del guarda de la gendarmería. Le pusieron una sencilla lápida militar sobre la cual, junto al nombre, el rango y el regimiento, se leía en alargadas letras negras el orgulloso apodo de Héroe de Solferino.

Pues poco más quedó del difunto: aparte de esta lápida, una fama olvidada y el retrato. Así recorre su sembrado un campesino en primavera... para que, más adelante, en verano, la huella de sus pasos se haya borrado con la bendición del trigo que sembró. La misma semana, el comisario de distrito Trotta von Sipolje aún recibió una carta de pésame de Su Majestad, donde dos veces se hacía mención de los siempre «inolvidables servicios» del difunto; Dios lo tuviera en su gloria.

Capítulo 2

En todos los dominios de la división no había banda militar más hermosa que la del Décimo Regimiento de Infantería de la pequeña ciudad de W., en el distrito de Moravia. El director de la banda todavía era uno de esos músicos militares austriacos cuya memoria muy precisa y necesidad permanente de introducir variaciones en las melodías de toda la vida los impulsaban a componer una marcha cada mes. Las marchas se parecían entre sí como los soldados. La mayoría comenzaban con un redoble de tambor, contenían el motivo rítmico de la retreta, que tanto se prestaba a ir acelerando el tempo, la sonrisa estridente de los graciosos platillos, y terminaban con el atronador golpe del timbal, alegre y breve tormenta de la música militar. Lo que hacía que el maestro Nechwal destacara sobre sus compañeros no era tanto su fecundísimo tesón para componer, sino el brioso y feliz rigor con que ejercía la práctica musical. Para él, la displicente costumbre que tenían otros directores de dejar que la primera marcha la dirigiera el sargento músico y no levantar ellos la batuta hasta el segundo número del programa era una clara muestra de la decadencia de la real e imperial Casa de Habsburgo. En cuanto veía que la banda se había colocado en el semicírculo establecido y que las delicadas patitas de los pequeños atriles se habían asentado en las juntas negras de tierra entre las grandes losas de la plaza, ya estaba él plantado en el centro de los músicos, con su batuta de madera de ébano y mango de plata discretamente en alto. Todos los conciertos de la plaza —tenían lugar bajo el balcón del jefe de distrito— empezaban con la *Marcha Radetzky*. Aunque los miembros de la banda se la sabían tan bien que eran capaces de tocarla en mitad de la noche y hasta dormidos sin que nadie los dirigiera, el maestro Nechwal seguía considerando necesario respetar la partitura hasta la última nota. Y como si ensayara la *Marcha Radetzky* con sus músicos por primera vez, todos los domingos daba muestra de su cumplimiento del deber militar y musical levantando la cabeza, la batuta y la mirada y dirigiendo las tres, desde el centro del círculo, a aquella sección que en cada momento se le antojaba necesitada de sus indicaciones. Los ásperos tambores redoblaban, silbaban las dulces flautas y chocaban los graciosos platillos. En el rostro de todos los espectadores afloraba una sonrisa de satisfacción y ensimismamiento y les cosquilleaba la sangre en las piernas. Incluso de pie, sentían la ilusión de estar desfilando. Las jovencitas contenían la respiración y entreabrían los labios. Los hombres mayores inclinaban la cabeza sobre el pecho y rememoraban las maniobras de sus tiempos. Las mujeres de edad se sentaban en el parque vecino y sus cabecitas grises temblaban. Y era verano.

Sí, era verano. Los viejos castaños que había enfrente de la casa del jefe del distrito solo movían sus extendidas copas frondosas de color verde oscuro por la mañana temprano y al caer la tarde. Durante el día, permanecían inmóviles, exhalando un aliento áspero y arrojando su amplia y fresca sombra hasta el centro de la calle. El cielo siempre estaba azul. Sin cesar trinaban las alondras, invisibles, por encima de la ciudad en silencio. A veces se oía el traqueteo de un coche de punto que atravesaba el empedrado para llevar a algún desconocido de la estación al hotel. Otras veces se oían los golpes huecos de los cascos de los dos caballos del coche que llevaba al señor Von Winternigg de paseo por la calle principal, de norte a sur, desde el castillo del propietario de la finca y las tierras hasta su inmenso coto de caza. El señor Von Winternigg, un hombre muy menudo, anciano y achacoso, un viejecito amarillo y de cara diminuta, seca como una pasa, viajaba en su calesa envuelto en una gran manta amarilla. Atravesaba el exuberante verano como un mísero pedacito de invierno. Silenciosas ruedas con cubiertas de goma y delicados radios cuyo barniz marrón reflejaba el sol lo transportaban directamente de la cama a sus posesiones en el campo. Ya lo esperaban allí los grandes y oscuros bosques y los rubios guardabosques vestidos de verde. Los habitantes de la ciudad lo saludaban. Él no les respondía; atravesaba el mar de saludos sin moverse. Por encima del coche sobresalía la silueta negra de su cochero, la chistera casi rozaba las copas de los árboles, el flexible látigo acariciaba los lomos castaños de los caballos y de la boca cerrada salía en determinados momentos, en intervalos regulares, un chasquido de la lengua, más sonoro que los cascos de los caballos y parecido a un melódico disparo de escopeta.

Por esas fechas comenzaban las vacaciones. El hijo del jefe del distrito, Carl Joseph von Trotta, de quince años, alumno de la escuela de cadetes de caballería en Mährisch-Weiß-kirchen, tenía de su ciudad natal la idea de que era un lugar para el verano; era la patria del verano igual que era la suya. En Navidad y Pascua lo invitaban a casa de su tío. A la casa paterna no iba más que en verano. Siempre llegaba en domingo. Era así por voluntad de su padre, el jefe del distrito, el barón Von Trotta und Sipolje.

Las vacaciones de verano, con independencia de cuándo se las dieran en la escuela de cadetes, contaban en casa a partir del sábado. El domingo libraba el barón Von Trotta und Sipolje. La mañana del domingo entera, de nueve a doce, se la reservaba a su hijo. Puntualmente, a las nueve menos diez, un cuarto de hora después de la primera misa, el joven acudía a la puerta de su padre vestido con el uniforme de los domingos. A las nueve menos cinco bajaba la escalera Jacques, con su librea gris, y decía:

—Joven caballero, ya baja su señor padre.

Carl Joseph se atusaba la casaca una vez más, se ajustaba el cinturón, se quedaba con la gorra en una mano y, como imponía la norma militar, se pegaba la otra a la cadera. Llegaba el padre y el joven se cuadraba con el taconazo de rigor, que retumbaba por toda la casa, antigua y silenciosa. El padre abría la puerta y, con un suave gesto con la mano, le indicaba al hijo que entrase él primero. El muchacho se quedaba parado, haciendo caso omiso de la invitación. Así pues, era el padre quien cruzaba la puerta primero, seguido por Carl Joseph, que se quedaba parado en el umbral.

—Ponte cómodo —decía el jefe de distrito al cabo de un rato.

Hasta entonces no se acercaba Carl Joseph al gran sillón de terciopelo rojo para sentarse, enfrente de su padre, con las rodillas bien pegadas y en tensión y la gorra y los guantes blancos encima de ellas. A través de las rendijas de las contraventanas verdes caían delgadas líneas de sol sobre la alfombra, de un rojo oscuro. Se oía el zumbido de una mosca y el reloj de pared empezaba a dar sus campanadas. Extinguido el último eco de los nueve toques dorados, el jefe de distrito tomaba la palabra:

—¿Cómo está el coronel Marek?

—Gracias, *papa*[1], se encuentra bien.

—¿Sigues flojo en geometría?

—Gracias, *papa,* voy algo mejor.

—¿Has leído algún libro?

—Por supuesto, *papa.*

—¿Cómo vas con la equitación? El año pasado no fue como para presumir...

—Este año... —empezó Carl Joseph, pero su padre lo interrumpió enseguida. Su padre había estirado la mano, una mano estrecha, medio escondida bajo el brillante puño redondeado de la camisa. Centelleaba el oro del enorme gemelo cuadrado.

—Decía que no fue como para presumir. Fue... —Aquí, el jefe de distrito hizo una pausa para continuar con una voz sin sonido—: Una vergüenza.

Padre e hijo guardaron silencio. Aunque se hubiera pronunciado sin sonido, la palabra *vergüenza* se quedó flotando en el aire. Carl Joseph sabía que, tras una severa crítica

1. Utiliza la palabra francesa como es típico en Austria, lo cual denota especial respeto y distancia, dado el peso del francés como lengua de las clases refinadas. *(N. de la T.).*

de su padre, se imponía guardar silencio un rato. Se imponía asumir el veredicto en toda su relevancia, procesarlo, grabárselo bien, asimilarlo con el corazón y con la cabeza. Sonaban el tictac del reloj y el zumbido de la mosca. Entonces Carl Joseph empezó a hablar con voz cantarina:

—Este año se me ha dado notablemente mejor. El propio sargento lo dijo varias veces. Y también me gané el elogio del teniente Koppel una vez.

—Me das una alegría —apuntó el jefe de distrito con voz de ultratumba. Acercó el puño de la camisa al canto de la mesa para empujarlo y que no asomara por la manga y la tela produjo un crujido.

—Cuéntame más cosas —dijo, encendiendo un puro.

Ésa era la señal de que podían relajarse. Carl Joseph dejaba la gorra y los guantes sobre un pequeño atril, se levantaba y empezaba a relatar todo lo sucedido durante el último año. El padre asentía con la cabeza. De pronto, dijo:

—Si es que estás muy mayor, hijo mío. ¡Estás cambiando! ¿Te habrás enamorado y todo?

Carl Joseph se puso colorado. Le ardía la cara como un farolillo rojo; valientemente, reconoció que no.

—Conque todavía no... —dijo el jefe de distrito—. Bueno, no te interrumpo. Sigue contándome.

Carl Joseph tragó saliva, se le fue pasando el rubor y de pronto le entró frío. Contaba las cosas despacio y haciendo muchas pausas. Luego sacó del bolsillo la lista de libros que había leído y se la entregó a su padre.

—¡Una lectura como mandan los cánones! —dijo el jefe de distrito—. A ver, resumen del contenido de *Zriny*[2].

2. *Zriny*, de 1812, es un drama de Theodor Körner que se caracteriza por sus tintes patrióticos. (*N. de la T.*).

Carl Joseph le contó la obra acto por acto. Luego se sentó, cansado, pálido y con la boca seca.

Lanzó una mirada furtiva al reloj; no eran más que las diez y media. Le quedaba hora y media de examen. Al padre se le podía ocurrir poner a prueba sus conocimientos de historia de la Antigüedad o de mitología germánica. Se paseaba por la habitación fumando y con la mano izquierda a la espalda. En la derecha, se oía el suave crujido del gemelo en el puño. Cada vez eran más intensos los rayos que caían sobre la alfombra, cada vez estaban más próximos a la ventana. El sol ya debía de estar muy alto. Las campanas de la iglesia empezaron a tocar con una fuerza atronadora, muy cerca del salón, como si se balancearan justo al otro lado de las contraventanas. Aquel día, el padre solo quiso examinar a Carl Joseph de literatura. Se explayó acerca de la importancia de Grillparzer y, como «lectura ligera» para los días de vacaciones, le recomendó a Adalbert Stifter y Ferdinand von Saar. Luego volvió a los temas militares, el servicio de guardias, el reglamento: segunda parte, la composición del cuerpo de ejército, las fortalezas de cada regimiento en la guerra. De pronto, preguntó:

—¿Qué es la subordinación?

—La subordinación es el deber de obediencia incondicional —recitó Carl Joseph— que está obligado a prestar todo subordinado a su superior y todo inferior...

—¡Alto ahí! —interrumpió el padre, corrigiendo—: *Así como* todo inferior...

Carl Joseph siguió:

—... así como todo inferior a su superior, cuando...

—*En cuanto* —corrigió el padre—, en cuanto este asume el mando.

Carl Joseph soltó un suspiro de alivio. Dieron las doce.

Ahora sí que empezaban las vacaciones. Un cuarto de hora más tarde escucharía ya el primer redoble del tambor de la música que se iría desplegando después. Todos los domingos al mediodía, la banda tocaba frente a la residencia oficial del jefe de distrito, que en aquella pequeña ciudad representaba nada más y nada menos que a Su Majestad el emperador. Carl Joseph se quedaba de pie, escondido detrás de la espesa parra del balcón, y sentía el concierto de la banda militar como un homenaje. Se sentía un poco emparentado con los Habsburgo, cuyo poder en la ciudad representaba y defendía su padre y por quienes, en su día, él mismo habría de marchar a la guerra y a la muerte. Se sabía los nombres de todos los miembros de la más alta Casa Imperial. Los amaba a todos de corazón, con la entrega de un corazón infantil, y más que a ninguno al emperador, que era bondadoso y grande, noble y justo, infinitamente lejano y a la vez muy cercano, y sentía un especial afecto hacia los oficiales del ejército. La mejor forma de morir por el emperador era con música, y la música más fácil: la *Marcha Radetzky*. Las ágiles balas silbaban al compás sobrevolando la cabeza de Carl Joseph; su pulido sable brillaba, y, con la mente y el corazón henchidos por la divina ligereza de la marcha, sucumbía a la embriaguez del fragor de la música y su sangre goteaba como un delgado hilo rojo oscuro sobre el dorado de las trompetas, el negro intenso de los timbales y la victoriosa plata de los platillos.

Por detrás de él apareció Jacques y carraspeó. Eso significaba que era la hora de comer. Cuando paraba la música, se oía un suave tintineo de platos procedente del comedor. Dos espaciosas habitaciones lo separaban del balcón, justo en el centro de la segunda planta. Durante la comida, la música sonaba lejana pero nítida. Era una pena que no tocasen todos los días. La música era buena y útil, prestaba un marco dulce y conciliador a la solemne ceremonia de la comida y evitaba las conversaciones correosas, parcas y duras que tan a menudo gustaba de empezar el padre. La música permitía callar, escuchar y disfrutar. Los platos tenían finas rayas doradas y azules ya desvaídas en el borde. A Carl Joseph le encantaban. Solía acordarse de ellos durante el año. Los platos y la *Marcha Radetzky* y el retrato de su difunta madre (de la que el joven ya no era capaz de acordarse) que había en la pared y el pesado cucharón de plata y la sopera y los cuchillos para la fruta, con su mango repujado, y las diminutas tacitas de café y las delicadas cucharillas, tan finas como delgadas monedas de plata: todas aquellas cosas juntas eran sinónimo de verano, de libertad y de hogar.

Le entregó a Jacques el guardapolvo, la gorra y los guantes y se dirigió al comedor. El padre entraba al mismo tiempo y sonrió al hijo. La señorita Hirschwitz, el ama de llaves, llegó un poco después, con su atuendo de los domingos, de seda gris; la cabeza levantada con el cabello recogido en un pesado moño bajo, y un imponente broche de metal retorcido cruzándole el pecho como una especie de sable tártaro. Parecía que iba armada y pertrechada para una guerra. Carl Joseph le dio un atisbo de beso en la mano, alargada y dura. Jacques retiró las sillas de la mesa. El jefe de distrito hizo un gesto con la mano para que se sentaran. Jacques desapareció y al rato volvió a entrar con unos guantes blancos que parecían cambiarlo por completo. Bañaban en un brillo blanco como la nieve su rostro, ya blanco de por sí;

su barba, ya blanca de por sí, y su cabello, ya blanco de por sí. Pero, además, se diría que su luminosidad superaba a cuanto pudiera llamarse luminoso en este mundo. Con aquellos guantes sujetaba una bandeja oscura, sobre la que iba la sopera humeante. Sin demora, la había colocado ya en el centro de la mesa, con cuidado, sin hacer un solo ruido y en un instante. Siguiendo la vieja costumbre, la sopa la servía la señorita Hirschwitz. Cuando le tendía el plato a uno, había que corresponder alargando los brazos en gesto de cortesía y con una sonrisa de agradecimiento en los ojos. Ella sonreía también. Un resplandor caliente y dorado flameaba en los platos; la sopa: sopa de fideos. Transparente, con tiernos fideos finos, enredados unos con otros y de un amarillo dorado. El señor Von Trotta und Sipolje comía muy deprisa, a veces como con rabia. Era como si liquidara un plato tras otro con una inquina silenciosa, expeditiva y propia de los nobles, como si les diera el golpe de gracia. La señorita Hirschwitz tomaba raciones mínimas en la mesa y después, acabada la comida, repetía de toda la secuencia de platos en su habitación. Carl Joseph, temeroso, se apresuraba a tragar cucharadas ardiendo y bocados de gran tamaño. Así terminaban todos al mismo tiempo. Si el señor Von Trotta und Sipolje guardaba silencio, no se hablaba una palabra.

Después de la sopa servían la carne: *tafelspitz,* el típico plato vienés de carne guisada con guarnición que el barón Trotta tomaba todos los domingos desde tiempo inmemorial. Regodearse en la contemplación del plato lo llevaba más de la mitad del tiempo que se prolongaba la comida. Sus ojos empezaban acariciando la suave capa de grasa que envolvía la colosal pieza de punta de cadera de ternera; luego los múltiples platitos de verduras: las remolachas de brillo violeta, las sobrias espinacas verde oscuro, la divertida ensalada de colores claros, el blanco áspero del puré de rábano picante, el óvalo perfecto de las patatitas nuevas que nadaban en mantequilla derretida y se antojaban de juguete. Trotta tenía una relación muy peculiar con la comida. Era como si la parte más importante se la comiera con los ojos; su sentido de la belleza devoraba, sobre todo, la sustancia de los platos, el alma, por así decirlo; y la carcasa hueca que luego llegaba a la boca y al paladar ya era aburrida y tenía que engullirla lo antes posible. El buen aspecto de los platos le proporcionaba tanto placer como la sencillez de estos. Pues valoraba el que fueran lo que se podría llamar «comida burguesa», y esto era un tributo que obedecía tanto a su propio gusto como a su filosofía de vida, que él mismo llamaba espartana. Unía felizmente la satisfacción de sus placeres con las exigencias de su deber. Él era espartano. Solo que en austriaco.

Se dispuso entonces, como todos los domingos, a filetear la carne. Se remetió los puños de la camisa en la manga, levantó ambas manos y, clavando el cuchillo y el tenedor en la pieza, empezó a decirle a la señorita Hirschwitz:

—Ya lo ve usted, mi querida señorita Hirschwitz, no basta con encargarle al carnicero una pieza tierna, hay que prestar atención al corte. Me refiero a si la pieza está cortada a lo largo o a lo ancho. Los carniceros de hoy en día ya no saben hacer su trabajo. Un mal corte echa a perder hasta la carne más refinada. Aquí lo está viendo usted. Apenas tengo por dónde cogerla. Se me deshace toda en puras hebras. En conjunto se puede decir que ha quedado blanda. Pero luego los bocados en sí estarán correosos, enseguida lo verá usted misma. Por lo que respecta a las «guarniciones», por utilizar la palabra de Alemania, espero que otras veces esté más espeso y seco el *kren,* o, por utilizar de nuevo una palabra de Alemania: el *rábano rusticano.* Pierde todo el punto picante si se remoja demasiado en la leche. Y hay que prepararlo justo antes de llevarlo a la mesa. Este ha estado demasiado tiempo en remojo. ¡Qué error!

La señorita Hirschwitz, que había vivido muchos años en el vecino Reich alemán y hablaba siempre alemán estándar y a cuyas preferencias lingüísticas se debía la imposición de expresiones del estrato culto de la lengua, como la *guarnición* y el *rábano rusticano* a los que se había referido el barón Von Trotta, asintió con la cabeza con gesto lento y esforzado. Obviamente, le costaba mucho despegar el pesado moño de la nuca para que su cabeza realizase un gesto de asentimiento. Así, su diligente amabilidad adquiría un aire de contención; es más, incluso parecía reflejar cierta reticencia. Y el jefe de distrito se veía obligado a decir:

—Tengo la certeza de no estar equivocado, mi querida señorita Hirschwitz.

Hablaba con la articulación nasalizada que caracteriza el alemán de los altos funcionarios y la baja nobleza de Austria. Recordaba un poco a las guitarras en la noche, o también a los suaves ecos finales de las campanas que se extinguen; era un habla dulce, pero también precisa, delicada y, a la vez, como maliciosa. Resultaba acorde con el rostro delgado y anguloso del hablante, con una nariz estrecha y curva donde parecían residir aquellas consonantes un tanto melancólicas. Cuando el jefe de distrito hablaba, nariz y boca eran más instrumentos de viento que partes de la cara. Excepto los labios, no se movía nada en aquella cara. La oscura barba —al estilo de Francisco José, con la barbilla afeitada, que el caballero llevaba como un componente más del uniforme, como un símbolo que quisiera demostrar su condición de servidor del soberano, como una prueba de sus convicciones con respecto a la dinastía— tampoco reflejaba movimiento alguno cuando el barón Trotta und Sipolje hablaba. Se sentaba a la mesa muy tieso, como si sostuviera unas riendas entre sus duras manos. Cuando estaba sentado, parecía que estuviera de pie, y cuando se ponía de pie, sorprendía cada vez por lo alto y lo erguido. Iba siempre de azul marino, en verano y en invierno, los domingos y los días de diario; llevaba una levita azul marino y pantalones grises a rayas que se ajustaban a sus largas piernas y que unas trabillas mantenían siempre bien estirados sobre los botines. Entre el segundo plato y el postre, tenía la costumbre de levantarse de la mesa para hacer «un poco de ejercicio». Sin embargo, lo que parecía era que quería enseñar a sus compañeros de mesa cómo levantarse, quedarse de pie y pasearse por la sala sin perder el efecto de inmovilidad. Jacques recogía la carne y tomaba nota de una mirada furtiva de la señorita Hirschwitz con la que le transmitía que después le calentase esos restos. El señor Von Trotta se dirigía con paso mesurado hacia la ventana, aireaba un poco la cortina y regresaba a la mesa. En ese instante aparecían los buñuelos de cereza en un amplio plato. El jefe de distrito se servía solamente uno, lo partía con la cuchara y le decía a la señorita Hirschwitz:

—Esto sí que es un buñuelo de cereza como mandan los cánones, señorita Hirschwitz. Posee la consistencia necesaria al cortarlo, pero luego se deshace sobre la lengua.

Y, dirigiéndose a Carl Joseph, añadía:

—Te aconsejo que hoy te pongas dos.

Carl Joseph se sirvió dos. Los engulló en un abrir y cerrar de ojos; terminó el segundo antes que su padre y se bebió un vaso de agua —vino solo se tomaba en la cena— para hacerlos bajar al estómago desde el esófago, donde aún podían seguir atascados. Al mismo ritmo que el padre, dobló la servilleta. Se levantaron de la mesa. En la calle, la banda tocaba la obertura de *Tannhäuser*. Con sus sonoros acordes de fondo, se dirigieron al gabinete, la señorita Hirschwitz por delante. Allí les sirvió Jacques el café. Esperaban al maestro Nechwal, el director de la banda. En tanto que sus músicos formaban en la plaza para retirarse, llegó este, vestido con su levita de gala azul marino, su sable reluciente y un broche en el cuello que eran dos brillantes arpitas doradas.

—Me ha entusiasmado su concierto —decía el señor Von Trotta, como todos los domingos—. Hoy ha sido realmente extraordinario.

El señor Nechwal le hacía una reverencia. Ya había estado una hora sentado en la misa de oficiales sin poder esperar más el café; aún tenía el sabor de la comida en la boca y se moría por encender un Virginia. Jacques le trajo un paquete. El maestro Nechwal boqueó un buen rato ante la llama del mechero que Carl Joseph sostenía con valiente firmeza ante el pie del largo puro, arriesgándose a quemarse los dedos. Estaban sentados en amplios sillones de cuero. El maestro Nechwal les habló de la última opereta de Léhar que se tocaba en Viena. Era un hombre de mundo, el director de la banda. Iba a Viena dos veces al mes y Carl Joseph intuía que el músico guardaba en el fondo de su alma muchos secretos del gran mundo galante de la noche. Tenía tres hijos y una esposa «de origen humilde», aunque él mismo vivía a todo lujo, desvinculado de los suyos. Disfrutaba y se regodeaba contando mordaces chistes de judíos. El jefe de distrito no los entendía y tampoco se reía, aunque comentaba: «Bueno, bueno...».

—¿Cómo se encuentra su esposa? —solía preguntar el barón Von Trotta. Llevaba años haciendo la misma pregunta. No había visto a la señora de Nechwal en su vida y tampoco deseaba conocer jamás a la mujer «de origen humilde». Al despedirse le decía todas las veces:

—Salude a su esposa de mi parte, aunque no tengamos el gusto de conocernos.

Y el maestro Nechwal prometía que le daría recuerdos, asegurando que a su esposa le alegraría mucho.

—¿Y cómo están sus retoños? —preguntaba el barón Von Trotta, que nunca se acordaba de si eran hijos o hijas.

—El mayor va bien con los estudios —decía el director de la banda.

—¿Será músico también? —preguntaba Trotta con secreto desprecio.

—¡Qué va! —decía Nechwal—. Le queda un año para entrar en la escuela de cadetes.

—Conque oficial... —decía el jefe de distrito—. Eso está bien. ¿Infantería?

Nechwal sonreía y decía:

—¡Por supuesto! Es un chico muy trabajador. Igual hasta llega al Ejército Mayor.

—Sin duda, sin duda —decía el jefe de distrito—. Casos similares se han visto.

Una semana más tarde se le había olvidado todo. Los hijos de los directores de banda no se guardaban en la memoria.

El maestro Nechwal se tomaba dos tacitas de café, ni una más ni una menos. Lamentándolo mucho, apagaba el puro cuando aún le quedaba un tercio. Tenía que marcharse y no era de recibo despedirse con el puro encendido.

—El concierto de hoy ha sido realmente extraordinario. Salude de mi parte a su esposa. Aunque no hayamos tenido el gusto de conocernos —decía el barón Von Trotta und Sipolje. Carl Joseph chocaba los tacones para despedirse. Acompañaba al maestro hasta el primer tramo de las escaleras. Luego regresaba al gabinete. Se quedaba de pie frente a su padre y le decía:

—Salgo a dar un paseo, *papa.*

—Eso está bien, eso está bien. Que lo disfrutes —decía el barón Von Trotta, y lo despedía con la mano.

Carl Joseph salía con la intención de pasear despacio, de deambular casi, demostrándoles a sus pies que estaban de vacaciones. Pero el deber lo llamaba, como se dice entre los militares, en cuanto se cruzaba con el primer soldado. Se ponía a desfilar. Llegaba a donde terminaba la ciudad, al gran edificio amarillo de la Consejería de Finanzas, que el pleno sol tostaba a placer. Le salían al encuentro la fragancia de los campos y el estrepitoso canto de las alondras. El horizonte azul estaba limitado al oeste por colinas de un tono grisáceo, se veían las primeras cabañas campesinas con sus tejados de ripias y paja, las voces de las aves rompían como fanfarrias el silencio estival. El campo dormía, envuelto en luz y en la claridad del día.

Detrás de las vías del ferrocarril se hallaba el puesto de la gendarmería, a cargo de un suboficial. Carl Joseph lo conocía, era el sargento Slama. Decidió llamar a la puerta. Pasó a la veranda bañada por el sol, tocó a la puerta y tiró del cordel de la campanilla, pero no respondió nadie. Se abrió una ventana. Por encima de los geranios se asomó la señora Slama y dijo:

—¿Quién es?

Se dio cuenta de que era el joven Trotta y dijo:

—¡Voy enseguida!

Abrió la puerta que daba paso al corredor de la casa, que olía a fresco y un poco a perfume. La señora Slama se había echado unas gotas de olor en el vestido. A Carl Joseph le vinieron a la mente los locales nocturnos de Viena. Dijo:

—¿No está en casa el sargento?

—Está de servicio, señor Von Trotta —respondió la señora Slama—. Pero pase, pase.

Ahora Carl Joseph se encontró sentado en el salón de los Slama. Era una estancia rojiza de techo bajo, muy fresca, daba sensación de estar dentro de una nevera; los respaldos altos de los sillones tapizados tenían un marco de madera barnizada en marrón y con unos ornamentos de hojas talladas que se clavaban en la espalda. La señora Slama trajo unas limonadas frías y ella se puso a beber a sorbitos, con el dedo meñique estirado y una pierna cruzada sobre la otra. Estaba sentada al lado de Carl Joseph y vuelta hacia él y balanceaba un pie, atrapado en una pantufla de terciopelo rojo, desnudo, sin medias. Carl Joseph miraba el pie y luego la limonada. A la señora Slama no la miraba a la cara. Estaba allí con la gorra sobre las rodillas, bien pegadas y en tensión, firme ante la limonada, como si bebérsela formase parte de su deber como soldado.

—Mucho tiempo sin venir por aquí, señor Von Trotta —dijo la señora del sargento—. ¡Qué alto está! ¿Ya cumplió los catorce?

—Sí, señora, hace mucho.

Pensó en abandonar la casa lo antes posible. Tenía que tomarse esa limonada de un trago y hacer una bella reverencia y dar recuerdos para el marido y marcharse. Miraba la limonada descorazonado, no había modo de que se terminara. La señora Slama le rellenaba el vaso. Le trajo cigarrillos. Él tenía prohibido fumar. Ella se encendió uno y chupó, como con desgana, y se le inflaron las aletas de la nariz, y empezó a balancear el pie. De pronto, sin mediar palabra, le quitó la gorra de las rodillas a Carl Joseph y la depositó sobre la mesa. Luego le metió el cigarrillo en la boca; la mano le olía a humo y a agua de colonia; la manga de color claro de su veraniego vestido de flores fue como un chorro de luz ante los ojos del muchacho. Por cortesía, él continuó fumando el cigarrillo, cuya boquilla aún conservaba la humedad de los labios de ella, y clavó la mirada en la limonada. La señora Slama volvió a ponerse el cigarrillo entre los dientes y se colocó de pie por detrás de Carl Joseph. El muchacho tenía miedo de darse la vuelta. De repente, se encontró con las dos resplandecientes mangas del vestido alrededor del cuello y la cara de la señora Slama apoyada en su pelo. Carl Joseph no se movía. Pero su corazón latía haciendo ruido; en su interior estalló una gran tormenta, compulsivamente retenida por el cuerpo rígido y los botones bien abrochados del uniforme.

—Ven —musitó la señora Slama. Se le sentó en el regazo, le dio un beso fugaz y puso ojos de pícara. Por casualidad, un mechón de cabello rubio le cayó sobre la frente; levantó la vista y trató de apartárselo soplando. El joven comenzaba a sentir su peso sobre las piernas, pero al mismo tiempo lo invadieron nuevas fuerzas y apretó los músculos de muslos y brazos. Abrazó a la mujer y sintió la fresca blandura de sus pechos a través del rígido paño del uniforme. Una risita ahogada se escapó de la garganta de la señora Slama, un poco como un sollozo y un poco como el trino de un pájaro. Tenía lágrimas en los ojos. Luego se reclinó hacia atrás y, con tierna precisión, comenzó a desabrocharle un botón del uniforme tras otro. Le posó en el pecho una mano fresca y amorosa, empezó a besarlo largamente en la boca, sabiendo cómo disfrutarlo al máximo, y se levantó de golpe, como si algún ruido la hubiese hecho estremecer. Él se puso de pie de un salto, ella le sonrió y, caminando hacia atrás, con ambos brazos estirados y la cabeza inclinada hacia atrás, con la cara iluminada, fue atrayéndolo poco a poco hacia la puerta, que abrió de una patadita, de espaldas. Como un cautivo privado de voluntad, con los párpados entrecerrados, el joven vio que lo desvestía, despacio, a conciencia, de forma maternal. Con cierto estupor se dio cuenta de que pieza tras pieza de su uniforme de gala iban cayendo al suelo, inertes; oyó el golpe seco de sus zapatos sobre el piso y, al instante, sintió la mano de la señora Slama en el pie. Desde abajo, una nueva oleada de calor y frío le fue subiendo hasta el pecho. Se abandonó a su suerte. Recibió a la mujer como una gran ola suave de placer, fuego y agua.

Se despertó. La señora Slama estaba de pie frente a él, tendiéndole las prendas del uniforme una tras otra; él comenzó a vestirse a toda prisa. Ella corrió al salón y le trajo los guantes y la gorra. Se puso a atusarle la casaca; él sentía sus constantes miradas en la cara, pero evitaba devolvérselas. Juntó los talones dando un sonoro taconazo y le estrechó la mano, si bien manteniendo los ojos cerrilmente clavados en su hombro derecho, y salió.

Desde una torre se oyeron siete campanadas. El sol se aproximaba a las colinas, que ahora se veían azules como el cielo y apenas se distinguían de las nubes. De los árboles al borde del camino emanaba un olor dulce. La brisa del atardecer peinaba las plantitas silvestres de las praderas que se extendían en pendiente a ambos lados del camino; ondulaban temblorosas por el roce del viento con su ancha mano invisible y silenciosa. En los pantanos, a lo lejos, empezaban a croar las ranas. En la ventana abierta de una casita de las afueras, pintada de amarillo chillón, había una mujer joven asomada a la calle vacía. Aunque no la conocía, Carl Joseph la saludó, con mucho respeto y poniéndose firme. Ella asintió con la cabeza un tanto extrañada y agradecida. Él sintió como si fuera entonces cuando se despedía de verdad de la señora Slama. La íntima desconocida estaba en su ventana como un guardia de frontera entre el amor y la vida. Después de saludarla, Carl Joseph se sintió de nuevo en el mundo. Apretó el paso. A las ocho menos cuarto de reloj estaba en casa, anunciando a su padre que había regresado, pálido, con parquedad y determinación, como está mandado entre los hombres.

El sargento tenía turno de servicio cada dos días. A diario se presentaba en el despacho del jefe de distrito con un fajo de documentos. Con el hijo de este no coincidió jamás. Cada dos días, a las cuatro de la tarde, Carl Joseph emprendía la marcha hacia la gendarmería. A las siete de la tarde salía de allí. El olor de la señora Slama que llevaba consigo se mezclaba con los aromas de los atardeceres de verano sin lluvia y permanecía en las manos de Carl Joseph día y noche. El joven ponía cuidado en no acercarse a su padre en la mesa más de lo necesario.

—Aquí huele a otoño —dijo el barón Von Trotta una noche.

Generalizaba. La señora Slama se ponía sistemáticamente reseda.

Capítulo 3

En el gabinete del jefe de distrito tenían colgado el retrato, en la pared opuesta a las ventanas y tan alto que la frente y el pelo se perdían en la sombra marrón oscuro de la vieja moldura de madera del techo. La curiosidad del nieto revoloteaba constantemente en torno a aquella figura desdibujada y en torno a la fama perdida del abuelo. A veces, en las tardes tranquilas —las ventanas permanecían abiertas y la sombra verde oscuro de los castaños del parque municipal llenaba la estancia de toda la calma plena y poderosa del verano; el jefe de distrito se había ido a dirigir alguna de sus comisiones fuera de la ciudad; desde alguna escalera lejana llegaba el susurro fantasmal de los pasos del viejo Jacques, que recorría la casa con sus zapatillas de fieltro, recolectando zapatos, ropa, ceniceros, candelabros y lámparas de pie para limpiar—, Carl Joseph se subía a una silla para contemplar el retrato de su abuelo de cerca. Todo se descomponía en múltiples sombras profundas y claras manchas de luz,

en pinceladas y motas, en una especie de tejido caleidoscó-
pico del lienzo pintado, un duro juego de colores del óleo
reseco. La sombra verde de los árboles se proyectaba sobre
la levita marrón del abuelo, las pinceladas y motas de color
volvían a recomponerse para formar el rostro tan conocido
como impenetrable, y los ojos adquirían su mirada de siempre, lejana, pronta a perderse en la oscuridad del techo. Todos los años, durante las vacaciones, tenían lugar aquellas
conversaciones mudas entre el nieto y el abuelo. El difunto
no revelaba nada. El joven no averiguaba nada. De año
en año, el retrato parecía tornarse más pálido y más del
otro mundo, como si el héroe de Solferino volviera a morir
en él, como si él mismo arrastrara su memoria poco a poco
hacia su territorio, y como si inevitablemente estuviera por
llegar un tiempo en que fuera un lienzo vacío aún más
mudo que el retrato quien mirase al sucesor desde el marco
negro.

Abajo, en el patio, a la sombra del balcón de madera, Jacques se sentaba en un taburete frente a la fila de lustrosas
botas, alineadas como soldados. Cada vez que Carl Joseph
volvía de estar con la señora Slama, iba al patio y se sentaba
en el borde del banco con Jacques.

—Cuénteme cosas del abuelo, Jacques.

Y Jacques dejaba a un lado el cepillo, la crema de zapatos
y el Sidol y se frotaba las manos como para limpiarlas de
faenas y suciedad antes de empezar a hablar del difunto. Y
como siempre, como ya había hecho unas veinte veces más,
empezaba:

—Yo siempre me llevé muy bien con él. Ya no era yo joven precisamente cuando entré a su servicio, no me casé
nunca, eso no le habría gustado a su difunto abuelo. No le

hacía ninguna gracia ver a ninguna mujer, a excepción de su esposa, pero la señora baronesa murió joven, de una enfermedad de los pulmones. Todo el mundo lo sabía: su abuelo había salvado la vida del emperador, en la batalla de Solferino, pero él no lo mencionaba nunca, ni palabra decía al respecto. Por eso también le pusieron «Héroe de Solferino» en la lápida. Tampoco era tan mayor cuando murió, fue a última hora de la tarde, hacia las nueve, debía de ser noviembre. Ya había nevado, esa tarde había estado en el patio y me había preguntado: «Jacques, ¿dónde pusiste las botas de piel?». Yo no me acordaba, pero le dije: «Ahora mismo voy a buscarlas, señor barón». «Puede esperar a mañana», dijo, y esa mañana ya no le hicieron falta. ¡Yo no me casé nunca!

Eso era todo.

Una vez (eran las últimas vacaciones, pues un año más tarde Carl Joseph tendría las pruebas de ingreso en el ejército), el barón Von Trotta le dijo al despedirse:

—Espero que todo salga de maravilla. Eres el nieto del héroe de Solferino. Tenlo presente y no podrá pasarte nada.

También lo tenían presente el coronel, todos los profesores y todos los oficiales, de modo que, efectivamente, a Carl Joseph no podía pasarle nada. Aunque no era lo que se dice un gran jinete, flaqueaba en Ciencia Militar, era un auténtico fracaso en Trigonometría y superó las pruebas «con un buen número», se lo consideró apto para incorporarse como teniente y fue destinado al Décimo Regimiento de Ulanos.

Con los ojos embriagados de su propio esplendor recién estrenado y de la última misa solemne, resonando aún en sus oídos los atronadores discursos de despedida del coronel, vestido con su uniforme de levita azul celeste con botones dorados, su cartuchera de plata con la sublime águila bicéfala dorada en el reverso, el casco con su barboquejo de relucientes eslabones metálicos y su penacho en el lado izquierdo, pantalones de montar de color rojo brillante, botas cual espejos, espuelas tintineantes y el sable de empuñadura ancha a la cadera: así se presentó Carl Joseph ante su padre un caluroso día de verano. Esta vez no era domingo. A un teniente también le estaba permitido acudir en miércoles. El jefe de distrito estaba en su despacho.

—Ponte cómodo —le dijo.

Se quitó los quevedos, apretó los párpados, se levantó, examinó a su hijo de arriba abajo y lo encontró todo en orden. Abrazó a Carl Joseph y se besaron fugazmente en las mejillas.

—Siéntate —dijo el padre, sentando a su hijo en un sillón. Él mismo se quedó de pie, paseándose por la estancia. Pensaba en una forma de empezar su discurso. Pegas no hallaba ninguna esta vez, pero una expresión de satisfacción no es manera de empezar nada.

—Ahora deberías dedicarte —dijo por fin— a estudiar también un poco de la historia del regimiento en el que combatió tu abuelo. Tengo que ir a Viena por trabajo dos días, me acompañarás.

Ahí tocó la campanilla que tenía en la mesa. Apareció Jacques.

—Que la señorita Hirschwitz —ordenó el barón— mande subir un vino para esta noche y, si fuera posible, que preparen una pieza de ternera y buñuelos de cereza. Hoy cenaremos veinte minutos más tarde de lo habitual.

—Sí, señor barón —dijo Jacques, que miró a Carl Joseph y susurró—: Mi más cordial enhorabuena.

El jefe de distrito se dirigió hacia la ventana; la escena amenazaba con ponerse sentimental. Captó cómo, a su espalda, el hijo estrechaba la mano del mayordomo, cómo Jacques arrastraba los pies y musitaba algo incomprensible sobre su difunto señor. No se dio la vuelta hasta que Jacques no hubo salido por la puerta.

—Hace calor, ¿verdad?

—Sí, *papa.*

—Creo que vamos a salir a tomar el aire.

—Sí, *papa.*

El barón cogió su bastón negro de madera de ébano con puño de plata, no el de caña amarilla que solía gustarle llevar las mañanas de buen tiempo. Tampoco se quedó con los guantes en la mano izquierda, se los puso. Se puso un sombrero de copa baja y salió del despacho, seguido de su hijo. Despacio y sin intercambiar palabra, recorrieron el silencio estival del parque de la ciudad. El policía municipal les hizo el saludo reglamentario, los hombres se levantaban de los bancos para saludarlos. Al lado de la solemnidad oscura del padre, el colorido tintineante del joven resultaba todavía más brillante y ruidoso. En la avenida, donde una joven rubia ofrecía gaseosa con zumo de frambuesa debajo de una sombrilla roja, el padre hizo un alto y dijo:

—Un refresco no puede hacernos ningún mal.

Pidió dos gaseosas y, con disimulado orgullo, observó a la joven rubia, que pareció fundirse feliz e incondicionalmente con el brillo multicolor de Carl Joseph. Se tomaron el refresco y siguieron paseando. A veces, el jefe de distrito meneaba un poco el bastón, señal de una arrogancia que sabía cómo mantener dentro de sus límites. Aunque iba en silencio y se mostraba tan serio como de costumbre, a su hijo, aquel día, le resultaba incluso un poco frívolo. De sus regocijados adentros salía todavía algún carraspeo complacido, una suerte de risa. Cuando alguien lo saludaba, se levantaba el sombrero un instante. Hubo momentos en los que hasta verbalizó alguna osada paradoja, como «Hasta la cortesía puede llegar a ser un fastidio». Prefería hacer comentarios audaces a que se le notara el contento ante las miradas de asombro de quienes se cruzaban con ellos. Acercándose ya a la puerta de su casa, se paró de nuevo. Volvió el rostro hacia su hijo y le dijo:

—En mis años jóvenes también me habría gustado ser soldado. Tu abuelo lo prohibió expresamente. Ahora me alegro de que no seas funcionario.

—Sí, *papa* —respondió Carl Joseph.

Había vino y también consiguieron la pieza de ternera y los buñuelos de cereza. La señorita Hirschwitz se puso su traje de seda gris de los domingos y, al mirar a Carl Joseph, no reparó en dejar a un lado la mayor parte de su severidad.

—Me alegro mucho —dijo— y me congratula de corazón.

—Así dicen *felicitar* en alemán de Alemania —apuntó el barón.

Y empezaron a cenar.

—No hace falta que te apresures —dijo el padre—. Si termino yo antes, esperaré un poco.

Carl Joseph levantó la mirada. Comprendió que su padre siempre había sido plenamente consciente del esfuerzo que le costaba seguir su ritmo. Y por primera vez creyó poder traspasar la coraza del viejo y ver su corazón vivo y el entramado de sus pensamientos secretos. Aunque ya era teniente, Carl Joseph se sonrojó.

—Gracias, *papa* —dijo.

El barón no interrumpió la velocidad de la cuchara. Fue como si no lo hubiera oído.

Unos días más tarde subieron al tren que los llevaría a Viena. El hijo se puso a leer el periódico, y el padre, sus documentos. En un momento dado, el jefe de distrito levantó los ojos y dijo:

—En Viena te vamos a encargar un pantalón de vestir, que solo tienes dos.

—Gracias, *papa.*

Siguieron leyendo.

Faltaba un escaso cuarto de hora para llegar a Viena cuando el padre cerró sus carpetas de documentos. El hijo se apresuró a dejar a un lado el periódico. El jefe de distrito miró el cristal de la ventanilla y luego a su hijo durante unos segundos. De repente, dijo:

—Conoces al sargento Slama, ¿verdad?

El nombre resonó en la memoria de Carl Joseph, un eco de tiempos perdidos. Al instante brotó en su mente la imagen del camino que conducía hasta la gendarmería, la habitación de techo bajo, el camisón de florecillas, la cama ancha y bien vestida, olió la fragancia de las praderas y, al mismo tiempo, la reseda de la señora Slama. Prestó oídos a su padre.

—Por desgracia, se ha quedado viudo, este mismo año —prosiguió el padre—. Qué triste. La esposa murió en un parto. Deberías ir a visitarlo.

De repente, hacía un calor insoportable en el vagón. Carl Joseph intentó aflojarse el cuello. Mientras se debatía por encontrar una palabra adecuada, lo asaltaron unas necias, apremiantes e infantiles ganas de llorar; se le hizo un nudo en la garganta y se le quedó la boca tan seca como si llevara días sin beber nada. Sentía la mirada de su padre, se forzaba a contemplar el paisaje, sentía la cercanía de su lugar de destino como una intensificación de su tormento, deseaba poder salir al pasillo al menos, aunque a la vez comprendía que no podía escapar de la mirada y la noticia de su padre. Con las pocas y débiles fuerzas de que pudo hacer acopio por unos instantes, dijo:

—Iré a visitarlo.

—Parece que te sienta mal viajar en tren —comentó el padre.

—Sí, *papa*.

Mudo y envarado, presa de un sufrimiento al que no habría sabido dar nombre, que jamás había conocido hasta entonces y que se le antojaba una enfermedad misteriosa venida de latitudes remotas, Carl Joseph llegó al hotel. Aún fue capaz de articular: «Discúlpame, *papa*». Luego se encerró en su habitación, deshizo la maleta y sacó la carpeta en la que guardaba unas cuantas cartas de la señora Slama, en los mismos sobres que había recibido, con la dirección en clave de Mährisch-Weißkirchen, *poste restante*[1]. Los folios azules tenían el color del cielo y un ligerísimo olor a reseda y las delicadas letras negras parecían volar como una bandada de esbeltas golondrinas bien ordenadas. ¡Cartas de la difunta señora Slama! A Carl Joseph le parecieron las mensajeras tempranas de su repentino final, del refinamiento fantasmal que solo puede salir de manos ya consagradas a la muerte, saludos anticipados del más allá. A la última carta no había respondido. Las pruebas de ingreso,

---

1. Lista de correos. *(N. de la T.).*

los discursos, la despedida, la misa, el nombramiento, el nuevo cargo y los nuevos uniformes perdían toda su importancia frente a aquella ingrávida bandada oscura de letras aladas sobre fondo azul. Aún sentía sobre la piel el rastro de las caricias de las manos de su amante muerta, y sus propias manos calientes conservaban aún el recuerdo de su pecho fresco, y, con los ojos cerrados, volvía a ver la expresión de su cara de felicidad, rendida al cansancio después de saciar su amor, la boca roja y abierta, por donde asomaba el blanco brillo de los dientes, el brazo curvado con desidia, en cada línea de su cuerpo, el fluido reflejo de sueños sin mayores aspiraciones y de un descanso dichoso. Ahora, sobre aquel pecho y aquellos muslos correrían los gusanos y la podredumbre estaría royendo aquel rostro a conciencia. Cuanto más horrorosas se volvían las imágenes de la descomposición ante los ojos del joven, más encendían su emoción. Parecía brotar desde la incomprensible infinitud de aquellas regiones en las que había desaparecido la difunta. «Posiblemente, ni habría vuelto a visitarla», pensó el teniente. «La habría olvidado». Sus palabras eran tiernas, era una madre, me amaba... ¡Ha muerto! Estaba claro que él tenía la culpa de su muerte. La señora Slama yacía en el umbral de la vida de Carl Joseph, un cadáver amado. Era la primera vez que se topaba con la muerte. De su madre ya no se acordaba. Ya no recordaba nada de ella excepto la tumba y el arriate de flores y dos fotografías. Ahora, la muerte irrumpía ante sus ojos como un rayo negro, golpeaba la cándida alegría del joven teniente, arrasaba como el fuego su juventud y lo lanzaba hasta el borde de los oscuros abismos que separan lo vivo de lo muerto. Le esperaba, pues, una larga vida llena de tristeza. Se preparó para asumir el sufrimiento, con determinación, pálido, como está mandado en un hombre. Guardó las cartas y cerró la maleta. Salió al pasillo, tocó a la puerta de su padre, entró y, como si le llegara a través de una gruesa pared de cristal, oyó la voz que le decía:

—Se ve que tienes un corazón sensible.

El jefe de distrito se arreglaba la corbata frente al espejo. Todavía tenía asuntos que resolver en la Gobernaduría, en la Dirección General de la Policía y en la Audiencia Provincial.

—Me acompañarás —dijo.

Tomaron un coche de dos caballos con llantas de caucho. El ambiente de las calles le resultaba a Carl Joseph más festivo que nunca. El manto dorado de la tarde de verano se desplegaba sobre casas y árboles, tranvías, viandantes, policías, bancos verdes, monumentos y jardines. Se oía el fugaz y hueco golpeteo de los cascos de los caballos sobre el empedrado. El verano soplaba dulcemente sobre la gran ciudad. Pero todas las bellezas del verano resbalaban ante los ojos indiferentes de Carl Joseph. Sus oídos recibían las palabras del padre. El viejo tenía que dar cuenta de cientos de cambios: tiendas de tabaco y prensa que habían cambiado de sitio, quioscos nuevos, líneas de ómnibus prolongadas, paradas en lugares que no eran los de antes... ¡Cuántas cosas eran distintas en sus tiempos! No obstante, todo lo que pertenecía al pasado y todo lo que se conservaba permanecían grabados en su fiel memoria; con un cariño delicadísimo y desacostumbrado, su voz iba rescatando diminutos tesoros de tiempos ya recubiertos de polvo y su mano enjuta iba señalando aquellos puntos donde de antaño había florecido su juventud. Carl Joseph guardaba silencio. También él acababa de perder su juventud. Su amor había muerto, pero su corazón estaba abierto a la melancolía paterna y empezó a intuir que tras la huesuda dureza del jefe de distrito se ocultaba otro hombre, uno misterioso y, al mismo tiempo, bien conocido, un Trotta, descendiente de un inválido de guerra esloveno y del peculiar héroe de Solferino. Y, cuanto más animados sonaban los comentarios y las exclamaciones del viejo, más escasas y menos audibles eran las obedientes constataciones del hijo, y el diligente y envarado «Sí, *papa*» para el que la lengua se había entrenado desde la más tierna infancia de pronto sonaba distinto, fraternal e íntimo. Pararon frente a varios edificios oficiales, en los que el jefe de distrito preguntó por compañeros de antes, testigos de su juventud. A Brandl lo habían ascendido a consejero de la Policía, Smekal era jefe de sección, Monteschitzky, coronel, y Hasselbrunner, consejero de legación. Pararon frente a las tiendas; en las arcadas donde están las sastrerías encargaron en Reitmeyer unos botines de vestir de piel de cabritilla, en mate, para los bailes y audiencias en la corte; donde Ettlinger, el sastre de los militares y miembros de la monarquía, un pantalón de vestir para ir al teatro, y luego sucedió lo increíble: en la joyería de la corte —Schafransky—, el jefe de distrito escogió una tabaquera de plata, bien sólida y con el reverso ondulado, un objeto de lujo en el que mandó grabar estas palabras de consuelo: «*In periculo securitas*. Tu padre».

Desembocaron en el Volksgarten y bajaron a tomar café. El blanco de las mesas redondas de la terraza resplandecía en medio de la sombra verde oscura, los sifones se veían azules sobre los manteles. Cuando paraba la música, se oía el jubiloso canto de los pájaros. El barón levantó la cabeza y, como si recogiera recuerdos de las alturas, comenzó:

—Aquí conocí yo en tiempos a una chica. ¿Cuánto tiempo hará? —Se perdió en cálculos mudos.

Larguísimos años parecían haber transcurrido desde entonces; a Carl Joseph le daba la sensación de que no era su padre, sino un tatarabuelo, quien tenía sentado al lado.

—Mizzi Schinagl, así se llamaba —dijo el viejo.

Buscó la imagen perdida de la señorita Schinagl en las espesas copas de los castaños, como si hubiera sido un pajarillo.

—¿Y vive aún? —preguntó Carl Joseph por cortesía y como queriendo encontrar un punto de referencia en el ensalzamiento de las épocas pasadas.

—¡Ojalá! En mis tiempos, ya sabes, no éramos sentimentales. Uno se despedía de las chicas y también de amigos...

De pronto, se interrumpió. Un desconocido se había quedado de pie junto a su mesa, un hombre con sombrero de ala ancha y corbata suelta, con un chaquetón gris viejísimo y dado de sí en los laterales, espeso cabello largo en la nuca, el ancho rostro gris mal afeitado... Un pintor, sin duda alguna, con una fisonomía tan exageradamente exacta al estereotipo del artista que no parecía real, sino sacada de viejas ilustraciones. El desconocido dejó su cartapacio encima de la mesa e hizo ademán de mostrarles sus obras con la displicente suficiencia que le otorgaban pobreza y vocación a partes iguales.

—Pero... ¡Moser! —dijo el barón Von Trotta.

Lentamente, el pintor abrió bien los ojos —grandes, claros y de pesados párpados—, observó al jefe de distrito durante unos segundos, extendió la mano y exclamó:

—¡Trotta!

Al instante había superado tanto la perplejidad como la cortesía, soltó el cartapacio sobre la mesa con tal energía que temblaron los vasos; exclamó tres veces seguidas «¡Rayos!», con tanta fuerza como si quisiera producirlos él mismo; recorrió la terraza con la mirada con gesto triunfal en espera del aplauso de los clientes; se sentó; se quitó el sombrero para, a continuación, soltarlo en el suelo de gravilla al lado de su asiento; apartó de un codazo el cartapacio, sin reparo en calificarlo de «basura»; inclinó la cabeza hacia delante para acercarse al teniente; frunció el ceño; volvió a apoyar la espalda en la silla, y dijo:

—¿Bueno, qué, señor gobernador? ¿Es tu hijo?

—Te presento a mi amigo de juventud, el profesor Moser —explicó el jefe de distrito.

—¡Rayos, gobernador! —repitió Moser.

Al mismo tiempo, agarró del frac a un camarero; se levantó y le pidió algo, susurrando como si fuera algo muy secreto; se sentó, y se quedó callado, con los ojos fijos en la dirección de la que tenían que venir los camareros con las bebidas. Por fin, tuvo delante un vaso de refresco, lleno hasta la mitad de *slivovitz*, transparente como el agua; se lo acercó varias veces a la nariz para olfatearlo, tomó impulso como si se tratase de apurar de un trago una de esas pesadas jarras de cerámica y, después de todo, no dio más que un pequeño sorbo y luego se relamió las gotitas que se le habían quedado en los labios.

—Llevas dos semanas aquí y no has venido a verme... —empezó a decir con la severidad inquisitiva propia de un superior.

—Querido Moser —dijo el barón Von Trotta—, llegué ayer y me voy mañana.

El pintor miró al barón a la cara durante un buen rato. Luego volvió a agarrar el vaso de *slivovitz* y esta vez se lo bebió de un trago, como si fuera agua. Al querer devolverlo a la mesa no acertaba con el plato y dejó que Carl Joseph se lo cogiera de la mano.

—Gracias —dijo el pintor—. ¡Extraordinario parecido con el héroe de Solferino! Solo que algo menos duro. Nariz un poco débil. Boca blanda. Claro que eso puede cambiar con el tiempo...

—El profesor Moser es quien retrató al abuelo —comentó el viejo Trotta. Carl Joseph miró a su padre y al pintor y le vino a la memoria el retrato del abuelo, desdibujándose en la sombra de la moldura del techo del gabinete. Le parecía inconcebible que su abuelo pudiera haber guardado relación con aquel pintor; la confianza que se mostraban su padre y Moser lo tenía asustado, vio la mano ancha y sucia de aquel desconocido cayendo en amistosa palmada sobre el pantalón a rayas del barón y el sutil movimiento de rechazo de la pierna de su padre. Estaba sentado, tan digno como siempre y con la espalda bien recta sobre el respaldo, gracias a lo cual se alejaba también del aliento a alcohol que apuntaba hacia su pecho y su rostro; sonreía y lo consentía todo.

—Te vendría bien un remoce —soltó el pintor—. ¡Hay que ver lo ajado que estás! Tu padre tenía otro aspecto.

El jefe de distrito se acarició las patillas y sonrió.

—Ay, sí, el viejo Trotta... —volvió a empezar el pintor.

—La cuenta —pidió el barón de repente, en voz baja—. Tendrás que disculparnos, Moser, tenemos una cita.

El pintor se quedó sentado y padre e hijo abandonaron el jardín. El jefe de distrito se enganchó del brazo de su hijo.

Era la primera vez que Carl Joseph sentía el huesudo brazo de su padre junto al pecho. La mano de su padre, con guante de cabritilla gris oscuro, reposaba sobre la manga azul del uniforme en un gesto de intimidad ligeramente forzado. Era la misma mano que, esquelética e iracunda, envuelta en el puño tieso y rumoroso de la camisa, podía increpar y amenazar, hojear papeles con las puntas de los dedos y, sin hacer ruido, cerrar cajones con un golpe furioso, echar la llave en las cerraduras con tal determinación que se creían cerradas hasta el fin de los tiempos. Era la mano que tamborileaba sobre la mesa con ansiosa impaciencia cuando las cosas no iban según la voluntad del señor, o sobre el cristal de la ventana si había surgido una situación embarazosa en el interior de la estancia. Aquella mano levantaba el huesudo índice cuando algún empleado de la casa había pasado por alto una tarea; se cerraba en un puño que jamás llegaba a golpear, ofrecía alivio a la frente, se quitaba los quevedos con cuidado, se curvaba ligeramente alrededor de la copa de vino, se llevaba el puro negro con mimo a la boca... Era la mano izquierda del padre, bien conocida por el hijo desde hacía mucho tiempo. Y, sin embargo, era como si, por primera vez, tomara consciencia de que era la mano del padre, la mano paterna. Carl Joseph sintió la necesidad de apretar aquella mano contra su pecho.

—Ya ves, Moser... —comenzó el jefe de distrito; calló un rato, buscando una expresión con que calificarlo de una manera justa, y dijo por fin—: Habría podido llegar a ser alguien.

—Sí, *papa*.

—Cuando pintó el retrato del abuelo tenía dieciséis años. ¡Los dos teníamos dieciséis años! Era mi único amigo en toda la clase. Luego ingresó en la Academia de Bellas Artes. Pero cayó en la bebida. A pesar de todo... —Guardó unos minutos de silencio y luego añadió—: Entre tanta gente como he vuelto a ver hoy, sigue siendo mi amigo a pesar de todo.

—Sí..., padre.

Era la primera vez que Carl Joseph pronunciaba la palabra *padre*.

—Sí, *papa* —se apresuró a corregirse.

Oscureció. La noche cayó con dureza sobre la calle.

—¿Tienes frío, *papa?*

—Ni por asomo.

Pero el jefe de distrito apretó el paso. No tardaron en llegar a los alrededores del hotel.

—¡Señor gobernador! —dijeron a sus espaldas. El pintor Moser debía de haberlos seguido. Se dieron media vuelta. Allí estaba, con el sombrero en la mano, la cabeza gacha en gesto de sumisión, como si quisiera compensar la ironía que encerraba su exclamación—. Disculpen los caballeros —dijo—. Me he dado cuenta tarde de que llevo la pitillera vacía. —Les mostró una cajita de hojalata abierta y vacía. El jefe de distrito sacó un estuche de puros.

»Puros no fumo —dijo el pintor.

Carl Joseph le tendió un paquete de cigarrillos. Aparatosamente, Moser dejó el cartapacio sobre la acera, a sus pies, rellenó su pitillera, pidió fuego y mantuvo las manos alrededor de la llamita azul. Las tenía coloradas y pegajosas, demasiado grandes en comparación con las muñecas, temblequeaban, se antojaban herramientas absurdas. Las uñas eran como pequeñas palas negras con las que hubiera estado hurgando en tierra, estiércol, pasta de pinturas y nicotina líquida.

—Así que ya no volveremos a vernos —dijo, agachándose para recoger el cartapacio. Se irguió. Por sus mejillas corrían gruesas lágrimas—. ¡No volveremos a vernos nunca! —sollozó.

—Yo tengo que subir un momento a mi habitación —dijo Carl Joseph, y se metió en el —hotel.

Corrió escaleras arriba, se asomó por la ventana y observó angustiado a su padre, que sacaba la billetera, y, dos segundos más tarde, al pintor ponerle en el hombro aquella horrenda mano con fuerzas rejuvenecidas, al que aún oyó exclamar: «¡Entonces, Franz, el tercer día del mes, como de costumbre!». Carl Joseph volvió a bajar corriendo, sentía como si tuviera que proteger a su padre; el profesor Moser le hizo el saludo militar y dio un paso atrás; con un último saludo, se marchó con la cabeza alta, con el paso mecánico propio de los sonámbulos, cruzó la calzada en línea recta y aún los saludó con la mano una vez más antes de desaparecer por una callejuela lateral. Pero apareció de nuevo al cabo de un instante; exclamó «¡Un momento!» tan fuerte que resonó por toda la calle en silencio, volvió a cruzar la calle con unas zancadas increíblemente firmes y se plantó delante del hotel, todo despreocupado y como si acabara de llegar, como si no se hubiera despedido unos minutos atrás. Y, como si viera a su amigo de juventud y a su hijo por primera vez, empezó a contarles con voz lastimera:

—¡Qué triste es volver a verse así! ¿Te acuerdas de cuando nos sentábamos juntos en la tercera fila? El griego se te daba bastante mal, yo siempre te dejaba copiar. Si realmente eres un hombre honrado, dilo tú mismo, aquí, delante de tu retoño. ¿A que te dejaba copiar siempre? —Y a Carl Joseph le dijo—: Su señor padre era un buen muchacho, pero un cobardica. En ir con mujeres también tardó lo suyo, que tuve que darle ánimos yo, de otro modo nunca habría encontrado el camino. ¡Sé justo, Trotta! ¡Reconoce que fui yo el que te llevó!

El jefe de distrito sonrió ligeramente y no dijo nada. El pintor Moser se dispuso a soltar una buena perorata. Depositó el cartapacio en la acera, se quitó el sombrero, adelantó un pie y empezó:

—La primera vez que vi al viejo fue en las vacaciones, tú te acordarás.

De pronto se interrumpió y empezó a palparse todos los bolsillos con las manos enloquecidas. En su frente aparecieron gruesas perlas de sudor.

—¡Lo he perdido! —exclamó, temblando y tambaleándose—. ¡He perdido el dinero!

En ese instante salió el portero del hotel. Saludó al barón y al teniente quitándose la gorra de cenefas doradas con mucho brío y puso cara de disgusto. Daba la sensación de que iba a echar de allí al pintor Moser por alborotar, importunar y ofender a los huéspedes del hotel. El viejo Trotta se llevó la mano al bolsillo de la pechera y el pintor se calló.

—¿Me puedes ayudar? —preguntó el padre.

El teniente respondió:

—Acompañaré un rato al profesor Moser. Adiós, *papa.*

El barón se despidió levantándose un poco el sombrero y entró en el hotel. El teniente le dio un billete al pintor y entró detrás de su padre. El pintor Moser recogió su cartapacio y se alejó tratando de que sus eses no mermaran la dignidad del paso.

Ya reinaba la oscuridad en las calles y también el vestíbulo del hotel estaba a oscuras. El jefe de distrito, sentado en un sillón de cuero, con la llave de la habitación en la mano, el sombrero de media copa y el bastón al lado, formaba parte de la penumbra. El hijo se quedó de pie, manteniendo una distancia de respeto, como si se presentara a dar el parte oficial de que el asunto Moser estaba resuelto. Aún no habían encendido las lámparas. Desde el silencio de la penumbra respondió la voz del padre:

—Volvemos mañana a las dos y cuarto.

—Sí, *papa*.

—Antes, al oír la música, se me ha ocurrido que deberías hacerle una visita al maestro Nechwal. Después de ir a ver al sargento Slama, se entiende. ¿Qué te queda por hacer en Viena?

—Mandar recoger los pantalones y la tabaquera.

—¿Y qué más?

—Nada, *papa*.

—Mañana por la mañana aún irás a presentarle tus respetos a tu tío. Es evidente que no te has acordado. ¿Cuántas veces te han invitado a su casa?

—Dos veces al año, *papa*.

—Por eso mismo. Dale recuerdos de mi parte. Y excúsame. Por cierto, ¿qué aspecto tiene el bueno de Stransky?

—Muy bueno, según la última vez que lo vi.

El jefe de distrito alargó la mano hacia su bastón y la apoyó en el puño de plata igual que solía hacer cuando se quedaba de pie, como si incluso sentado necesitara un punto de anclaje especial en cuanto salía a colación aquel Stransky:

—Desde la última vez que lo vi han pasado diecinueve años. Ahí todavía era oficial del ejército. Y ya andaba enamorado de esa Koppelmann... ¡Perdidamente! Una historia fatídica, en verdad. Ir a enamorarse de una Koppelmann. —Y pronunció este nombre más fuerte que el resto de la frase y separando bien cada sílaba—. Obviamente, no alcanzaban a reunir la fianza[2]. Tu madre casi me convence para aportar la mitad.

—¿Y dejó el ejército?

—Sí, así es. Y entró en los Ferrocarriles del Norte. ¿Qué ha llegado a ser ya? Consejero y todo, creo, ¿no?

—Sí, *papa.*

—Para que veas. ¿Y no ha puesto al hijo a estudiar para boticario?

—No, *papa,* Alexander todavía no ha terminado el bachillerato.

—Ajá. Cojea un poco, según me han contado, ¿no?

—Tiene una pierna más corta.

—Bueno —concluyó el viejo con satisfacción, como si ya hubiera intuido él, diecinueve años atrás, que Alexander cojearía.

Se levantó y las lámparas del vestíbulo se encendieron y alumbraron su palidez.

—Voy a coger dinero —dijo, y se acercó a la escalera.

—Ya voy yo, *papa* —dijo Carl Joseph.

—Gracias —dijo el jefe de distrito.

»Te recomiendo —dijo después, mientras tomaban el postre de repostería— que visites los Bacchussäle. ¡Al parecer, esos "salones de Baco" son un local de lo más moderno! A lo mejor hasta te encuentras a Smekal.

—Gracias, *papa.* Buenas noches.

---

2. Los oficiales del ejército austrohúngaro estaban obligados a aportar una fianza para obtener el permiso de matrimonio que, en caso de defunción, cubría la pensión de viudedad. *(N. de la T.).*

Entre las once y las doce de la mañana, Carl Joseph fue a visitar a su tío. El señor Stransky, consejero de los Ferrocarriles del Norte, aún estaba en la oficina; su esposa, de soltera Koppelmann, le dio recuerdos cordiales para el jefe de distrito. Carl Joseph regresó al hotel paseando lentamente por el Ringkorso. Se desvió para pasar por las arcadas, pidió que le enviasen los pantalones nuevos al hotel y recogió la tabaquera. Estaba fría, lo sentía en la piel a través del bolsillo de la fina camisa. Pensó en la visita para darle el pésame al sargento Slama y tomó la decisión de no pisar el salón de la casa bajo ningún concepto. «Mi más sentido pésame, señor Slama», diría desde la propia veranda. Las alondras trinan invisibles en la cúpula azul. Se oye el áspero zumbido de los grillos. Huele a heno, a la fragancia tardía de las acacias, a los capullos recién florecidos del pequeño jardín de la gendarmería. La señora Slama ha muerto. Kathi, Katharina Luise en la partida de bautismo. Ha muerto.

Tomaron el tren de vuelta. El jefe de distrito dejó a un lado sus carpetas de documentos, acomodó la cabeza entre los cojines de terciopelo rojo del rincón junto a la ventana y cerró los ojos.

Era la primera vez que Carl Joseph veía la cabeza del barón Von Trotta en posición horizontal, con las aletas de la nariz, estrecha y huesuda, inflándose al respirar; la pequeña hendidura de la barbilla, bien afeitada y empolvada, y las dos mitades de la barba al estilo de Francisco José, enlazada con las patillas, como dos anchas alas negras a los lados. Ya plateaban en los extremos algunas canas, ahí se le notaba ya el roce de la edad, como también en las sienes. «¡Algún día morirá!», pensó Carl Joseph. «Morirá y le darán sepultura. Y quedaré yo».

Iban solos en el coche del tren. El rostro del padre dormido se mecía apaciblemente bajo la sombra rojiza de la tapicería. Debajo del bigote negro, los labios finos y pálidos no eran más que una línea, entre los picos del cuello alto de la camisa se veía el bulto desnudo de la nuez de Adán; las mil arrugas azuladas que formaba la piel de los párpados cerrados temblequeaban sin cesar; la ancha corbata de color rojo vino subía y bajaba acompasadamente, y también las manos dormían, escondidas bajo las axilas, pues llevaba los brazos cruzados sobre el pecho. El padre durmiente emanaba una gran calma. Acallada y apaciguada dormía también su severidad, recogida en el surco vertical que se le marcaba entre la nariz y la frente, igual que duerme la tormenta en la descarnada grieta entre las montañas. Carl Joseph conocía aquel surco, incluso le era muy familiar. Al rostro del abuelo del retrato del gabinete lo adornaba el mismo surco, el rabioso ornato de los Trotta, la herencia del héroe de Solferino.

El padre abrió los ojos.

—¿Cuánto falta?

—Dos horas, *papa*.

Empezó a llover. Era miércoles y el jueves a primera hora de la tarde tendría que ir a expresarle sus condolencias a Slama. También llovió el jueves por la mañana. Un cuarto de hora después de la comida, mientras aún tomaban el café en el gabinete, dijo Carl Joseph:

—Voy a casa de los Slama, *papa*.

—Está solo, por desgracia —respondió el barón Von Trotta—. El mejor momento para encontrarlo en casa es a las cuatro.

En ese mismo instante se oyeron dos nítidas campanadas desde la torre de la iglesia; el jefe de distrito levantó el dedo índice para señalar hacia la ventana en dirección a las campanas. Carl Joseph se sonrojó. Parecía que el padre, la lluvia, los relojes, la gente, el tiempo y hasta la propia naturaleza hubieran determinado hacerle el camino todavía más difícil. También aquellas tardes en las que podía ir a ver a la señora Slama, cuando aún vivía, estaba muy pendiente del dorado toque de las campanas, impaciente igual que hoy, solo que justo porque calculaba para no cruzarse con el sargento. Muchas décadas parecían sepultar ya aquellas tardes. La muerte las cubría con su sombra y las guardaba, separaba el antaño del ahora y se entrometía entre el pasado y el presente con todas sus tinieblas sin tiempo. Pero, a pesar de todo, el toque dorado de las horas no había cambiado nada... y, como antaño, estaban sentados en el gabinete tomando café.

—Llueve —dijo el padre, como si no lo hubiera advertido antes—. ¿No prefieres tomar un coche?

—Me gusta caminar bajo la lluvia, *papa*.

Quería decir: largo y bien largo va a ser mi camino. El coche quizá debería haberlo tomado en tiempos, cuando ella aún vivía. Todo estaba en silencio, menos la lluvia tamborileando en las ventanas. El jefe de distrito se puso de pie y dijo:

—Yo me tengo que ir a lo mío. —Se refería al despacho—. Nos vemos luego, pues.

Cerró la puerta con más suavidad que de costumbre. Carl Joseph tuvo la sensación de que su padre se quedaba un rato al otro lado de la puerta, escuchando. El reloj de la torre tocó el cuarto de hora, luego la media. Las dos y media; aún faltaba otra hora y media. Salió al pasillo, cogió el abrigo, pasó un buen rato arreglándose los pliegues de la espalda que el protocolo manda llevar, forcejeó para meter la empuñadura del sable por la ranura del bolsillo, se puso la gorra frente al espejo con gesto mecánico y salió de la casa.

Capítulo 4

Recorrió el camino de siempre, atravesando las barreras del paso a nivel y pasando por el adormilado edificio amarillo de la Consejería de Finanzas. Desde allí ya se veía la gendarmería solitaria. Siguió caminando. A diez minutos, detrás de la gendarmería, se encontraba el pequeño cementerio, con su valla de madera. El velo de lluvia que se extendía sobre los difuntos parecía más espeso al caer. El teniente bajó el picaporte de hierro y pasó. Se oían los trinos de un pájaro desconocido, perdido. ¿Dónde se escondería? ¿No saldría aquel canto de una tumba? Carl Joseph abrió la puerta de la casa del guarda del cementerio y encontró a una anciana, con gafas en la punta de la nariz, pelando patatas. Dejó que tanto las mondaduras como las patatas cayeran por su delantal hasta el cubo que tenía a los pies y se levantó.

—¿La tumba de la señora Slama?

—Penúltima fila, cuadrante catorce, tumba siete —respondió la anciana al instante, como si llevara mucho tiempo esperando esa pregunta.

La tumba se notaba aún reciente; un pequeño montículo, una pequeña cruz de madera provisional y una corona de violetas como de cristal que recordaban a las confiterías y a los caramelos, estropeada por la lluvia. «Katharina Luise Slama, nacida, fallecida». Bajo aquella tumba estaba ella; los gordos gusanos anillados ya estarían comiéndose a placer sus pechos blancos y redondos. El teniente cerró los ojos y se quitó la gorra. La lluvia le acarició el cabello repeinado con húmeda ternura. La tumba no significaba nada para él, el cuerpo en descomposición que yacía bajo aquel montículo no tenía nada que ver con la señora Slama; estaba muerta, muerta, y eso significaba que era inalcanzable, por más que él se encontrase junto a su tumba. Más cercano que el cadáver bajo aquel montículo sentía el cuerpo que guardaba enterrado en su memoria. Carl Joseph se puso la gorra y miró el reloj. Faltaba media hora. Abandonó el cementerio. Llegó a la gendarmería y apretó el timbre, pero no acudió nadie. El sargento todavía no estaba en casa. La lluvia caía con un sonoro murmullo sobre las espesas parras silvestres que cubrían la veranda. Carl Joseph se puso a dar zancadas de un lado para otro, de acá para allá; se encendió un cigarrillo y lo volvió a tirar; sintió que parecía un centinela, volviendo la cabeza cada vez que su mirada iba a posarse en cierta ventana de la derecha por donde siempre se asomaba Katharina; miró el reloj, volvió a apretar el botón blanco del timbre y esperó.

Cuatro campanadas amortiguadas llegaron lentamente desde el campanario de la iglesia de la ciudad. Entonces apareció el sargento. Mecánicamente, hizo el saludo militar antes de ver siquiera a quién tenía delante. Como si no respondiera tanto al saludo del gendarme como a una amenaza, Carl Joseph exclamó más fuerte de lo que era su intención:

—¡Buenas tardes, señor Slama!

Le tendió la mano y se lanzó a aquel saludo casi como quien se lanza a una trinchera, esperando con la impaciencia de quien espera un ataque a que el sargento llevara a cabo los trabajosos preparativos para la respuesta: el esfuerzo que le costó quitarse el guante de hilo empapado, la diligente concentración en tal tarea y la mirada clavada en el suelo. Por fin se reunió con la del teniente su mano desnuda, húmeda, ancha y de apretón flojo.

—Gracias por su visita, señor barón —dijo el sargento, como si el teniente no acabase de llegar, sino que ya estuviera en disposición de marcharse.

El sargento sacó la llave y abrió la puerta. Una ráfaga de viento convirtió la lluvia en un latigazo de gotas contra la veranda. Parecía que empujara al sargento hacia el interior de la casa. El pasillo estaba en penumbra. ¿No había un rayito de luz, muy fino, plateado, huella terrenal de la difunta? El sargento abrió la puerta de la cocina y el rayito de luz se ahogó en el torrente de luz.

—Quítese el abrigo, por favor —dijo Slama; él mismo aún tenía puestos el abrigo y el cinturón.

«Mi más sincero pésame», pensó el teniente. «Se lo digo ahora rápidamente y me marcho».

Slama ya abre los brazos para cogerle el abrigo al teniente. Carl Joseph no es capaz de resistirse a esta cortesía, la mano de Slama roza la nuca del teniente por un instante, el nacimiento del pelo, por encima del cuello de la casaca, justo el lugar donde solían cruzarse las manos de la señora Slama, tierno cerrojo de las amadas cadenas. ¿En qué preciso momento?, ¿cuándo podrás soltar la fórmula de condolencia de una vez?, ¿cuando pasemos al salón o ya después de habernos sentado?, ¿hay que volver a ponerse de pie a continuación? Tienes la sensación de no ser capaz de producir el más mínimo sonido hasta no haber dicho cierta palabra estúpida, una cosa que has llevado contigo durante todo el camino, que llevas todo el tiempo en la boca. La tienes en la punta de la lengua, pesada e inútil, con un sabor que no dice nada.

El sargento baja el picaporte, pero la puerta del salón está cerrada con llave. *Pardon,* dice, aunque tampoco tiene por qué disculparse. Rebusca de nuevo en el bolsillo del abrigo, que se ha quitado ya —parece que hiciera muchísimo rato—, y se oye el típico ruido de llaves. Aquella puerta nunca estaba cerrada con llave cuando vivía la señora Slama. «Es que ella no está aquí», piensa el teniente de pronto, como si su visita no se debiera precisamente a que ella ya no estaba, y se da cuenta de que, todo el tiempo, ha albergado en secreto la idea de que ella pudiera estar allí, sentada en una habitación, esperando. Ahora sí que es seguro que no está. Es un hecho que yace en la tumba que acaba de ver. Un olor a humedad impregna el salón; de las dos ventanas, una tiene las cortinas echadas y por la otra entra borrosa la luz gris del día de lluvia.

—Hágame el favor de pasar —repite el sargento, que mantiene la posición, de pie detrás del teniente.

—Gracias —dice Carl Joseph.

Y entra en el salón y se dirige hacia la mesa redonda; conoce a la perfección el dibujo del tapete de punto que la viste, y la manchita en forma de estrella que hay en el centro, y las volutas de las patas acanaladas. Detrás está el aparador, con sus vitrinas, tras las que hay copas de alpaca y figurillas de porcelana y un cerdito de barro amarillo con una ranura en el lomo para meter monedas.

—Concédame el honor de tomar asiento —murmura el sargento. Él permanece de pie detrás del respaldo de un sillón, agarrándolo con ambas manos, como si sostuviera un escudo delante del pecho. Han pasado más de cuatro años desde que Carl Joseph lo vio la última vez, un día que estaba de servicio. Llevaba un plumero de vivos colores en el gorro negro y varias correas cruzándole la pechera, y esperaba frente a la oficina del jefe de distrito en posición de presenten armas. El sargento Slama: el nombre iba unido al rango, tanto el plumero como el bigote rubio formaban parte de su fisonomía. Ahora lo tiene enfrente con la cabeza descubierta, sin sable ni correajes ni cinturón; se ve el brillo grasiento de la tela acanalada del uniforme sobre la ligera curva de la barriga que sobresale por encima del respaldo del sillón, y ya no es el sargento Slama de antaño, sino el señor Slama, un suboficial de la gendarmería de servicio, antes esposo de la señora Slama, ahora viudo y señor de esa casa. El pelo rubio, fino y cortado con la raya en medio, parece un cepillito doble sobre la frente, sin arrugas, pero con una línea rojiza horizontal que se le ha quedado marcada de llevar la dura gorra muchas horas. Sin gorra y sin casco, esa cabeza está huérfana. Sin la sombra de la visera, la cara es un óvalo regular que completan mejillas, nariz, barba y unos ojos azules pequeños, tozudos, de buena persona. Espera a que se haya sentado Carl Joseph, retira luego el sillón para sentarse él también y saca su pitillera.

La tapa es de esmalte, con una pintura de colores. El sargento la deposita en el centro de la mesa, entre el teniente y él, y dice:

—¿Le apetece un cigarrillo?

Es el momento de las condolencias, piensa Carl Joseph, que se pone de pie y dice:

—¡Mi sentido pésame, señor Slama!

El sargento Slama permanece sentado, con las dos manos apoyadas en el borde de la mesa; de entrada, parece no entender de qué se trata, intenta sonreír, se levanta demasiado tarde, en el mismo momento en que Carl Joseph hace ademán de sentarse otra vez, retira las manos de la mesa, se las pega a las perneras del pantalón, inclina la cabeza, la vuelve a levantar, mira a Carl Joseph como si quisiera preguntarle qué hacer.

Se sientan de nuevo. Ya pasó. Se quedan callados.

—Una gran mujer, la señora Slama, en paz descanse —dice el teniente.

El sargento se lleva la mano al bigote y, con una de sus finas puntas entre los dedos, dice:

—Era guapa, el señor barón tuvo ocasión de conocerla.

—Cierto es que conocí a su esposa. ¿Tuvo una muerte dulce?

—Dos días se prolongó. Llamamos al doctor demasiado tarde. De otro modo, habría vivido. Me tocaba guardia esa noche. Al llegar a casa, estaba muerta. Estuvo con ella la vecina de enfrente, la mujer del de Hacienda. —Y, de seguido, añadió—: ¿Le apetece un agua de frambuesa?

—Gracias, gracias —respondió Carl Joseph en un tono más animado, como si el agua de frambuesa pudiera crear una situación completamente distinta; ve cómo el sargento se levanta y se dirige hacia el aparador, pero sabe que el sirope de frambuesa no está ahí, sino en la cocina, en el armario blanco, detrás de los vasos, que es de donde siempre lo traía la señora Slama. Sigue con atención todos los movimientos del sargento: los brazos cortos y fuertes, con la guerrera que le aprieta, se estiran para coger la botella del estante más alto y luego caen en gesto de desolación al tiempo que también los talones vuelven a posarse en el suelo, y Slama, como quien regresa a casa de un territorio desconocido por el que hubiera emprendido una expedición tristemente fracasada, se gira de nuevo hacia él y, con un desconsuelo conmovedor en la mirada, le ofrece una simple notificación:

—Ruego me disculpe, por desgracia no lo encuentro.

—No tiene la menor importancia, señor Slama —lo consuela el sargento.

El sargento, sin embargo, sale de la habitación como si no hubiese escuchado el consuelo o como si tuviera que cumplir una orden que, dada expresamente por un superior, no admitiera atenuación por parte de ningún subordinado. Se lo oye trajinar en la cocina, vuelve con la botella en la mano, saca del aparador unos vasos de borde adornado con una cenefa mate, deposita una frasca de agua en la mesa, vierte el espeso líquido de color rubí de la botella de cristal verde oscuro y repite una vez más:

—Concédame el honor, señor barón.

El teniente añade agua al sirope, ninguno dice nada, cae un buen chorro de la boca ondulada de la frasca que produce un suave chapoteo en el vaso y se antoja una pequeña respuesta al incansable murmullo de la lluvia que cae fuera y no ha dejado de oírse. Envuelve (y ellos lo saben)

86

la casa solitaria y parece hacer que ambos hombres se sientan más solos todavía. Solos están. Carl Joseph levanta el vaso, el sargento hace lo mismo y el teniente prueba el líquido dulce y pegajoso. Slama apura el vaso de un trago, tiene sed, una extraña sed que no sabe explicar, con el día tan desapacible que hace.

—Así que ahora se incorpora al Décimo de Ulanos... —pregunta Slama.

—Sí, todavía no conozco el regimiento.

—Pues allí conozco yo a un sargento, Zenower, suboficial contable. Sirvió conmigo con los cazadores, luego pidió el traslado. Gente noble, muy culta. Sin duda, acabará haciendo el examen para oficial. Un servidor se quedará donde está. En la gendarmería ya no hay más perspectivas.

La lluvia ha arreciado, las ráfagas de viento son más fuertes, las gotas azotan la ventana una y otra vez.

Carl Joseph dice:

—Si es que las cosas son difíciles en nuestra profesión..., en el ejército, quiero decir.

De manera inexplicable, el sargento se echa a reír, parece que le hace una gracia tremenda que las cosas sean difíciles en la profesión que ejercen el teniente y él. Se ríe un poco más fuerte de lo que quisiera. Se le nota en la boca, más abierta de lo que la carcajada requiere y durante más tiempo del que dura esta. Así pues, por un momento parece que al sargento le costara retomar su seriedad cotidiana, para empezar, por cuestiones físicas. ¿Realmente le alegra tanto que Carl Joseph y él tengan las cosas tan difíciles en la vida?

—Permítame el señor barón —empieza a decir— hablar de «nuestra» profesión. Ruego no me lo tome a mal, pero el caso de un servidor no deja de ser un poco diferente.

Carl Joseph no sabe qué responder. Percibe (de un modo no definido) que el sargento siente cierta inquina hacia él, o tal vez hacia las condiciones que reinan en el ejército y la gendarmería. En la escuela de cadetes no le ha enseñado nadie cómo debe comportarse un oficial en una situación semejante. En cualquier caso, Carl Joseph sonríe y su sonrisa es como una presilla de hierro que le curvara los labios hacia abajo sin permitirle despegarlos, como si su boca racanease en la expresión del alborozo, en tanto que el sargento la derrocha sin reparo. El agua de frambuesa, cuyo sabor tonto aún conserva en la lengua, le devuelve desde la garganta un ligero regusto amargo que clama por un coñac. El salón de luz rojiza parece más pequeño y de techo todavía más bajo que de costumbre. Encima de la mesa está también el álbum de fotos, con sus esquinas de hojalata brillante; Carl Joseph lo conoce bien. Ha visto todas las fotos. El sargento Slama dice: «¿Me concedería el honor...?», y abre el álbum y lo sostiene para enseñárselo al teniente. En una fotografía aparece de paisano, un joven esposo con su señora al lado.

—Ahí todavía era yo maquinista de tren —comenta con cierta amargura, como si en realidad quisiera decir que ya entonces estaba llamado a un destino más alto del que habría de alcanzar.

La señora Slama, sentada a su lado, lleva un ajustado vestido de verano de color claro y cintura de avispa que parece una armadura vaporosa y una gran pamela blanca ladeada sobre el peinado. ¿Y esa foto? ¿Acaso no la había visto Carl Joseph nunca? ¿Cómo es que hoy le resulta tan nueva? Y tan antigua. Y tan ajena. Y tan ridícula. Sí, sonríe como si contemplara una estampa curiosa de tiempos más que remotos y como si la señora Slama jamás hubiera sido para él una persona cercana y amada, y como si tampoco hiciera tan solo unos meses de su muerte, sino años.

—Era muy guapa. Bien se ve —dice, ya no tanto por compromiso, como antes, sino ya por sincera hipocresía. De una mujer que ha fallecido lo suyo es decir algo amable en presencia del viudo al que se le da el pésame.

De inmediato, se siente liberado y alejado de la difunta señora Slama, como si todo se hubiese borrado. ¡Todo, mera ilusión! Se termina el agua de frambuesa, se pone de pie y dice:

—Ya me marcho, señor Slama.

Tampoco espera y da media vuelta sobre sus tacones; el sargento apenas ha tenido tiempo de levantarse cuando ya están ambos de nuevo en el pasillo; ya tiene Carl Joseph el abrigo puesto y se está poniendo el guante izquierdo tan tranquilo, pues ahora resulta que le sobra tiempo; entonces articula: «Bien, hasta la vista, pues, señor Slama», y él mismo percibe en su voz, y con satisfacción, un tono de superioridad que no conocía. Slama se queda allí de pie, con los ojos bajos y sin saber qué hacer con las manos, de pronto vacías después de haber estado sujetando algo, perdido ahora para siempre. Se dan un apretón de manos. ¿Tiene algo más que decir Slama? ¡Qué más da!

—Tal vez hasta otra, teniente —dice de todos modos.

¿No lo creerá en serio? A Carl Joseph la cara de Slama ya se le ha olvidado. No ve más que los bordes de un amarillo dorado del cuello del uniforme y los tres galones dorados de la guerrera de gendarme.

—Que le vaya bien, sargento.

Sigue lloviendo suave, incansablemente, con ráfagas sueltas de un viento bochornoso. Es como si tuviera que haber anochecido hace un buen rato, pero tampoco terminase de caer la tarde. ¡Qué fastidio de día gris rayado y mojado! Por primera vez desde que lleva uniforme, Carl Joseph tiene la sensación de que debe subirse el cuello del abrigo. Incluso levanta las manos un momento y se acuerda de que lleva uniforme y las deja caer otra vez. Es como si hubiera olvidado su profesión por un instante. Camina despacio, como tintineando sobre la gravilla húmeda del jardincillo delantero que cruje a su paso, y se regodea en su lentitud. No tiene motivos para darse prisa; no ha pasado nada, todo ha sido un sueño. ¿Qué hora será? El reloj le queda demasiado escondido debajo de la casaca, en el bolsillito del pantalón. No merece la pena desabrocharse el abrigo. De todas formas, pronto dará la hora el campanario.

Abre la verja del jardín y sale a la calle.

—¡Señor barón! —dice, de pronto, el sargento a su espalda.

Es un misterio cómo lo ha seguido sin hacer ruido alguno. Es más, Carl Joseph se sobresalta. Se detiene, pero no se decide a volverse de inmediato. Tal vez tenga el cañón de una pistola justo en el hueco que queda entre los pliegues del abrigo que manda llevar el protocolo. ¡Qué ocurrencia más espantosa e infantil! ¿Volverá a empezar todo desde el principio?

—¿Sí? —dice el teniente, aún en el tono de displicente superioridad que parece una forzada continuación de su despedida y que le cuesta un esfuerzo terrible..., y se vuelve.

Sin abrigo y con la cabeza descubierta, el sargento está parado bajo la lluvia, con ese pelo que parece un cepillito doble y gruesas perlas de agua en la frente rubia y sin arrugas. Sostiene un paquetito azul, atado en cruz con cordón plateado.

—Esto es para usted, señor barón —dice sin levantar los ojos—. Le ruego me disculpe. Son órdenes del jefe de distrito. En su día, yo se lo llevé de inmediato a él. Le echó un vistazo rápido y dijo que se lo tenía que entregar a usted en persona.

Transcurre un instante de silencio absoluto, solo la lluvia tamborilea sobre el pobre paquetito azul desvaído, que lo tiñe de oscuro; ya no puede esperar más, el paquetito. Carl Joseph lo coge, se lo guarda en el fondo del bolsillo del abrigo, se sonroja, piensa un momento en quitarse el guante de la mano derecha, recapacita, le tiende la mano con el guante de cuero al sargento, le da muchas gracias y se apresura a marcharse.

Nota que lleva el paquetito en el bolsillo. Desde este, a través de la mano y a lo largo de todo el brazo, le sube un calor desconocido que le ruboriza la cara más todavía. Ahora siente que necesitaría desabrocharse el cuello igual que antes sentía que tenía que subírselo. Le vuelve a la boca el regusto amargo del agua de frambuesa. Saca el paquetito del bolsillo. No cabe ninguna duda. Son sus cartas.

Ahora sí que tendría que hacerse de noche y dejar de llover de una vez. Algo tendría que cambiar en el mundo, quizás podría el sol de la tarde enviar un último rayo hacia allí. A través de la lluvia, las praderas respiran el perfume que tan bien conoce y resuena la llamada solitaria de un pájaro que no puede identificar; jamás se lo ha oído por esos lares, es como un territorio desconocido. Dan las cinco, con lo cual ha pasado justo una hora... y nada más que una hora. ¿Debe andar deprisa o despacio? El tiempo tiene una forma de transcurrir muy extraña, misteriosa, una hora es como un año. Dan las cinco y cuarto. Apenas ha recorrido unos pasos y Carl Joseph empieza a dar zancadas más rápidas. Cruza las vías del tren, ahí empiezan las primeras casas de la ciudad. Pasa por el café de la pequeña ciudad de provincias, el único local que tiene una de esas puertas giratorias modernas. Tal vez no estaría mal entrar, tomarse un coñac, de pie, y volver a marcharse. Carl Joseph entra en el café.

—Un coñac, rápido —pide en la barra.

Se deja la gorra y el abrigo puestos; algunos clientes se ponen de pie. Se oye el suave golpeteo de las bolas del billar y las piezas de ajedrez. Hay oficiales de la guarnición en la penumbra de los reservados, pero Carl Joseph no se fija en ellos y tampoco los saluda. Nada le urge más que ese coñac. Está pálido, la rubia descolorida que atiende la caja le sonríe maternalmente desde su posición privilegiada y, con mano bondadosa, le pone un terrón de azúcar junto a la copa. En su rostro, Carl Joseph no distingue más que el rubio platino y las dos fundas de oro en las comisuras de los labios. Se siente como si estuviera haciendo algo prohibido y no sabe por qué iba a estar prohibido tomarse dos coñacs. Después de todo, ya no es un cadete en edad escolar. ¿Por qué le sonríe la cajera de esa forma tan extraña? Al teniente le resulta embarazosa su mirada, de ese azul tan intenso, y esas cejas pintadas con carboncillo negro. Se da la vuelta y recorre el salón con la mirada. En el rincón junto a la ventana está su padre. Sí, es el jefe de distrito... ¿Qué hay de raro en ello? Va al café todas las tardes, de cinco a siete, lee *Das Fremden-Blatt*[1] y el *Boletín Oficial,* y se fuma

1. El periódico *Das Fremden-Blatt,* de tendencia más bien conservadora y muy a favor de la Casa Imperial, se publicó en el territorio austrohúngaro entre 1847 y 1919 y se concibió originariamente como diario de Viena. *(N. de la T.).*

un Virginia. La ciudad entera lo sabe; desde hace tres décadas. Ahí está el jefe de distrito, sentado, observando a su hijo, y se diría que sonríe. Carl Joseph se quita la gorra y se acerca a su padre. El viejo Trotta levanta la vista del periódico y, sin soltarlo, dice:

—¿Vienes de casa de Slama?

—Sí, *papa.*

—¿Te ha dado tus cartas?

—Sí, *papa.*

—Siéntate, por favor.

—Sí, *papa.*

El jefe de distrito por fin deja el periódico a un lado, apoya los codos en la mesa, se gira hacia su hijo y dice:

—Te ha puesto un coñac barato. Yo siempre bebo Hennessy.

—Tomo nota, *papa.*

—Raras son las veces que bebo.

—Sí, *papa.*

—Sigues un poco pálido. Quítate el abrigo. Ahí enfrente está el mayor Kreidl, nos está mirando.

Carl Joseph se levanta y saluda al mayor con una reverencia.

—¿Se ha mostrado desagradable Slama?

—En absoluto, es un hombre muy simpático.

—Pues ya está.

Carl Joseph se quita el abrigo.

—¿Qué has hecho con las cartas? —pregunta el jefe de distrito.

El hijo saca el paquetito del bolsillo del abrigo y el viejo Trotta lo coge. Calcula el peso con la mano derecha, vuelve a dejarlo y dice:

—Son bastantes cartas...

—Sí, *papa*.

Se quedan en silencio; se oye el suave golpeteo de las bolas de billar y las piezas de ajedrez y, en la calle, la lluvia chorreando por los canalones.

—Pasado mañana te incorporas al cuartel —dice el jefe de distrito, mirando por la ventana. De pronto, Carl Joseph siente la enjuta mano de su padre encima de su mano derecha. La del jefe de distrito reposa sobre la del teniente, fría y huesuda, un caparazón duro. Carl Joseph baja los ojos hacia el tablero de la mesa y se pone colorado. Dice:

—Sí, *papa*.

—¡La cuenta! —pide el jefe de distrito, y retira la mano—. Dígale a la señorita —le comenta al camarero— que solo bebemos Hennessy.

Trazando una línea diagonal perfecta, atraviesan el local en dirección a la puerta, el padre delante y el hijo detrás.

Ya no caen más que algunas gotas suaves y cantarinas de los árboles mientras caminan hacia casa a través del parque bañado en humedad. Por el portón de la jefatura del distrito justo está saliendo el sargento Slama, con su casco puesto, la bayoneta en ristre y el diario de operaciones bajo el brazo. Carl Joseph empieza a apretar el paso.

—¿Qué hay, Slama? —dice el viejo barón Von Trotta—. Sin novedad, ¿no?

—Sin novedad —repite el sargento.

Capítulo 5

El cuartel estaba al norte de la ciudad. En él desembocaba la ancha y cuidada carretera comarcal que, una vez pasado el edificio de ladrillo rojo, daba pie a una nueva vida y conducía muy lejos a través del campo azul. Parecía que el real e imperial ejército austrohúngaro hubiese colocado aquel cuartel en plena provincia eslava como expreso símbolo del poder de los Habsburgo. Cortaba el paso a la propia carretera, que era antiquísima y se había hecho muy ancha y extensa con el paso de siglos de migraciones de tribus eslavas. La carretera se veía obligada a ceder el paso al cuartel. Tenía que rodearlo. Desde el extremo norte de la ciudad, allí donde las casas son cada vez más pequeñas y terminan convirtiéndose en rústicas chozas, los días despejados aún se veía a lo lejos el gran portón abovedado del cuartel, pintado de amarillo y negro, cual imponente escudo habsbúrgico, símbolo de amenaza, de protección y de ambas a la vez. El regimiento estaba ubicado en Moravia. Sin embargo, su tropa no solo la formaban checos, como se habría podido pensar, sino también ucranianos y rumanos.

Dos veces a la semana realizaban maniobras en un campo al sur de la ciudad. Dos veces a la semana, el regimiento cruzaba la pequeña ciudad a caballo. El agudo y estridente sonido de las trompetas interrumpía a intervalos regulares el traqueteo de los cascos de los caballos y el rojo de los pantalones de los versados jinetes a lomos de sus brillantes corceles castaños bañaba la ciudad en un esplendor del color de la sangre. Los vecinos se quedaban de pie al borde de las calles; los tenderos abandonaban sus comercios; los ociosos clientes de los cafés abandonaban su mesa; los policías municipales, su puesto de turno, y los campesinos que acudían a vender sus productos frescos de la huerta en la plaza del mercado, sus carros y sus caballos. Únicamente los conductores de los contados coches de punto que tenían su sitio fijo cerca del parque de la ciudad permanecían impasibles en su pescante. Desde arriba, tenían una panorámica del espectáculo militar mucho mejor que quienes se quedaban de pie en la calle. Y sus jamelgos parecían saludar con sorda indiferencia la grandiosa llegada de sus congéneres más jóvenes y sanos. Los corceles de la caballería eran parientes muy lejanos de aquellos tristes caballos que, desde hacía quince años, no hacían más viajes que los de ida y vuelta a la estación tirando del coche.

A Carl Joseph, barón Von Trotta, los animales no le decían mucho. A veces creía sentir en sus venas la sangre de sus antepasados, que no montaban a caballo. Caminaban sobre la tierra, un paso detrás de otro con el rastrillo entre las duras manos. Clavaban el arado haciendo surcos en la jugosa tierra y andaban con las rodillas dobladas detrás del enorme tiro de dos bueyes. Azuzaban a sus animales con mimbres, no con látigo y espuelas. Con el brazo en alto, blandían la afilada hoz como un rayo y cosechaban la bendición que ellos mismos habían sembrado. El padre de su abuelo aún había sido campesino. Sipolje era el nombre del pueblo del que procedían. *Sipolje:* aquella palabra tenía un significado que se remontaba a otro tiempo. A los eslovenos actuales tampoco les decía ya mucho. Carl Joseph, sin embargo, sí que creía conocer aquel pueblo —lo veía cuando pensaba en el retrato de su abuelo, ese que se perdía en la sombra de la moldura del gabinete—, encajado entre montañas desconocidas, iluminado por los rayos de un sol desconocido, con sus chozas de barro y paja. Un pueblo bello, un buen pueblo. ¡Quién no habría dado su carrera de oficial por él!

¡Ay, pero no eres campesino, eres barón y teniente del cuerpo de Ulanos! No tienes un cuarto propio en la ciudad como el resto. Carl Joseph vivía en el cuartel. La ventana de su habitación daba al patio. Enfrente estaban los cuartos de la tropa. Cada vez que regresaba al cuartel, por la tarde, y el gran portón de doble hoja se cerraba a su espalda, tenía la sensación de estar preso; nunca volvería a abrirse delante de él. Sus espuelas producían un sonido de campanillas de hielo sobre la desnuda escalera de piedra y los pasos de sus botas retumbaban en el suelo de madera lustrado con brea marrón. Las paredes blancas encaladas aún retenían un poco de la luz del día, que se apagaba, y la devolvían ahora, como si en su austero afán de ahorro aún tuvieran la consideración de no obligar a encender las rudimentarias lámparas de petróleo de los rincones hasta que no cayera la tarde del todo; como si aún hubieran alcanzado a recoger a tiem-

po el día para ponerlo a disposición en la necesidad nocturna. Carl Joseph no encendía la luz. Con la frente pegada a la
ventana, que quizás pareciera separarlo de la oscuridad,
pero que en realidad era la familiar y fría cara exterior de
ella, contemplaba la atmósfera acogedora de los cuartos
de la tropa, con su iluminación amarillenta. Le habría gustado cambiarse con alguno de aquellos hombres. Allí estarían
sentados todos, a medio desvestir, con sus burdas camisas
rústicas, los pies desnudos colgando por el borde del catre,
cantando, charlando y tocando la armónica. A esa hora —ya
estaba bien entrado el otoño—, una hora después del toque
de orden, hora y media antes de la retreta, el cuartel entero
se asemejaba a un gigantesco barco. Y Carl Joseph también
tenía la sensación de que el barco se mecía y las mortecinas
lámparas de petróleo de luz amarilla y grandes pantallas
blancas se movían al ritmo acompasado de las olas de un
océano desconocido. Los hombres cantaban canciones en
una lengua desconocida, una lengua eslava. ¡Los viejos campesinos de Sipolje sin duda la habrían entendido! ¡El abuelo
de Carl Joseph quizá la habría entendido también! Su enigmático retrato se perdía en la sombra de la moldura del gabinete. La memoria de Carl Joseph se aferraba a aquella imagen como único y último símbolo que le había legado su
larga cadena de antepasados desconocidos. Él era su heredero. Desde que se había incorporado al regimiento, se sentía nieto de su abuelo y no hijo de su padre; es más, era el
hijo de su peculiar abuelo. Al otro lado del patio no paraban
de tocar la armónica. Él veía perfectamente los movimientos de las toscas manos morenas desplazando el instrumento sobre la boca roja, el brillo de la hojalata aquí y allá. La
inmensa melancolía de esas armónicas se derramaba por las

ventanas cerradas hasta el rectángulo negro que era el patio e inundaba la oscuridad con una ligera intuición de lo que son el hogar y la mujer y el hijo y la granja. En su tierra, esa gente vivía en chozas bajas, de noche fecundando a las mujeres, y de día, los campos. Alto y blanco era el manto de nieve que envolvía sus chozas en invierno. Alto y amarillo flameaba el grano en verano hasta la altura de sus caderas. ¡Campesinos! ¡Eran campesinos! No era distinta la manera en que había vivido la estirpe de los Trotta. ¡No era distinta!

Ya estaba muy avanzado el otoño. Al levantarse por la mañana, el sol asomaba como una naranja sanguina por el borde oriental del cielo. Y cuando empezaban los ejercicios de gimnasia en la pradera, en el vasto claro verdoso bordeado de abetos casi negros, las nieblas plateadas iban despejándose como si las hicieran jirones los rotundos movimientos rítmicos de los uniformes azul marino. Entonces se levantaba el sol, pálido y taciturno. Entre el ramaje negro se abría paso su luz de plata sin brillo, fría y distante. Un escalofrío recorría el pelaje rojizo de los caballos como un peine despiadado; sus relinchos llegaban desde el lindante claro del bosque, doliente reclamo del hogar y el establo. Tocaba «entrenamiento con la carabina». Carl Joseph no veía el momento de volver al cuartel. Temía el cuarto de hora de «descanso» que tenía lugar puntualmente a las diez y la conversación con los camaradas, que a veces se reunían en la cantina cercana para tomarse una cerveza mientras esperaban al coronel Kovacs. Peor todavía lo pasaba por las noches, en el casino. Pronto iría para allá. Era obligado acudir. Ya se acercaba la hora de la retreta. Ya corrían a través del rectángulo negro del patio las sombras azul marino de la tropa que regresaba al cuartel con su característico tintineo. Ya salía el sargento Reznicek por la puerta de enfrente, con el farol de temblorosa luz amarillenta en la mano, y la banda se congregaba en la oscuridad. Los dorados instrumentos de metal brillante se destacaban sobre el azul intenso de los uniformes. Desde los establos llegaba el relincho somnoliento de los caballos. En el cielo lucían estrellas doradas y plateadas.

Llamaron a la puerta, Carl Joseph no se movió. Era su asistente, ya entraría. Entrará enseguida. Se llama Onufrij. ¡Lo que le costó a Carl Joseph aprenderse ese nombre! ¡Onufrij! Al abuelo aún le habría resultado familiar un nombre así.

Entró Onufrij. Carl Joseph tenía la frente apretada contra la ventana. A su espalda, oyó que el asistente daba un taconazo. Era miércoles. Onufrij «libraba». No había más remedio que encender la luz para firmarle el permiso.

—Dé la luz —mandó Carl Joseph, sin volverse a mirarlo.

Los de enfrente seguían tocando la armónica.

Onufrij encendió la luz. Carl Joseph oyó el chasquido del interruptor del marco de la puerta. En el cuarto se hizo una luz brillante, a su espalda. Al otro lado de la ventana seguía devolviéndole la mirada el rectángulo negro del patio y, enfrente, centelleaba la hogareña luz amarillenta de los cuartos de la tropa. (La luz eléctrica era un privilegio de los oficiales.)

—¿Adónde vas hoy? —preguntó Carl Joseph, que seguía contemplando los cuartos de la tropa.

—Con chica[1] —respondió Onufrij.

---

1. Onufrij no habla alemán correctamente, porque no es su lengua materna. Uno de los errores que comete, también en el original, es omitir el artículo, que no existe como tal en las lenguas eslavas. (N. de la T.).

Era la primera vez que Carl Joseph le hablaba de tú.

—¿Con qué chica?

—Con Katharina —dijo Onufrij.

Carl Joseph oía que estaba en posición de firmes en espera del «Tened cuidado». Onufrij era incapaz de mantenerse en «descansen» y no sonreír.

—¿Cómo es esa Katharina tuya? —preguntó Carl Joseph.

—A sus órdenes, mi teniente. Grandes pechos blancos.

¡Grandes pechos blancos! El teniente ahuecó las manos y sintió el recuerdo frío de los pechos de Kathi. ¡Estaba muerta! ¡Muerta!

—El papel —ordenó Carl Joseph.

Onufrij le tendió el documento del permiso.

—¿Y dónde está tu Katharina? —preguntó Carl Joseph.

—Criada de señores bien —respondió Onufrij. Y añadió, muy contento—: Grandes pechos blancos.

—A ver, trae —dijo Carl Joseph. Cogió el papel, lo alisó, firmó—. Vete con Katharina.

Onufrij dio un taconazo.

—Retírate —ordenó Carl Joseph.

Apagó la luz. A tientas en la oscuridad, buscó su abrigo. Salió al pasillo. En el momento en que cerraba la puerta de abajo, los instrumentos de la banda atacaban los últimos compases de la retreta. Las estrellas chispeaban en el cielo. El guarda del portón le hizo el saludo militar. El portón se cerró detrás de Carl Joseph. Iluminada por la luna, la carretera parecía de plata. Las luces amarillas de la ciudad saludaban desde lejos como si fueran estrellas caídas. El paso producía un sonido duro en el suelo, que acababa de helarse con la noche otoñal.

A su espalda, Carl Joseph percibió el sonido de las botas de Onufrij. El teniente apretó el paso para que su asistente no lo adelantara. Pero también Onufrij apretó el paso. Y así recorrían la carretera solitaria, helada y llena de eco, uno detrás del otro. Por lo visto, a Onufrij le hacía ilusión alcanzar a su teniente. Carl Joseph se detuvo y esperó. Onufrij se estiró visiblemente bajo la luz de la luna y pareció que crecía; levantaba la cabeza hacia las estrellas como si quisiera extraer de las alturas nuevas fuerzas para el encuentro con su señor. Movía los brazos de manera mecánica, al ritmo de las piernas, como si con las manos también diera zancadas por el aire. A tres pasos de Carl Joseph, se detuvo, estiró el pecho una vez más, dio un taconazo estremecedor con las botas y su mano hizo el saludo militar como si los cinco dedos fueran un solo bloque. Sin saber cómo comportarse, Carl Joseph sonrió. A cualquier otro, pensó, se le ocurriría algo agradable que decir. Era conmovedor cómo lo seguía Onufrij. En realidad, nunca se había parado a mirarlo. Además de no haber sido capaz de aprenderse su nombre, tampoco había podido contemplar su cara en detalle. Era como si hubiera tenido un criado distinto cada día. Los otros hablaban de sus criados con el mimo de quien entiende del tema, igual que hablaban de chicas, de trajes, de comidas favoritas o de caballos. Cuando se hablaba de criados, Carl Joseph recordaba al viejo Jacques, que ya había servido en casa de su abuelo. No había más criados en el mundo, aparte del viejo Jacques. Ahora tenía delante a Onufrij, en la carretera iluminada por la luna, sacando pecho de una forma imponente, con sus botones relucientes, las botas como espejos y luchando a duras penas por que su ancho rostro no reflejara la ilusión inmensa de haberse encontrado con su teniente.

—¡Firmes! ¡Descanse! —dijo Carl Joseph.

Le habría gustado decir algo más amable. El abuelo se lo habría dicho a Jacques. Onufrij adelantó el pie derecho con otro sonoro golpe. Seguía sacando pecho, la orden no había hecho efecto.

—Descanse a discreción —dijo Carl Joseph, algo triste e impaciente.

—Descanso a discreción, a sus órdenes —respondió Onufrij.

—¿Vive lejos de aquí tu Katharina? —preguntó Carl Joseph.

—No lejos, una hora de marcha. A sus órdenes, mi teniente.

¡Ay, no, eso no podía ser! Carl Joseph era incapaz de encontrar más palabras. Tragaba saliva por si le salía alguna expresión de cariño desconocida; no sabía tratar con los mozos. ¿Y con quién sabía hacerlo? Su incapacidad para comunicarse era tremenda, con los camaradas tampoco le salían apenas las palabras. ¿Por qué cuchicheaban todos cuando se acercaba a ellos y cuando se alejaba? ¿Por qué tenía tan mala planta a caballo? ¡Ay, él se conocía bien! Conocía su silueta como si la viera en un espejo, ya podían decirle lo que fuera para convencerlo de otra cosa. A sus espaldas serpenteaban los rumores de los camaradas. Él no les entendía los chistes hasta que se los explicaban y tampoco entonces le hacían ninguna gracia. ¡Ahí sí que no se reía, sino todo lo contrario! El coronel Kovacs le tenía aprecio de todas formas. Y, desde luego, tenía un expediente impecable. ¡Vivía a la sombra del abuelo! ¡Eso era! Era nieto del héroe de Solferino, el único nieto. Sentía la oscura y enigmática mirada del abuelo en la nuca. ¡Era el nieto del héroe de Solferino!

Durante unos minutos, Carl Joseph y su asistente permanecieron de pie, uno frente al otro, en medio de la carretera, que desprendía un resplandor lechoso. La luna y el silencio hacían los minutos más largos todavía. Onufrij no se movía. Parecía un monumento iluminado por la luna plateada. Carl Joseph se volvió de repente y echó a andar. A tres pasos exactos de distancia lo iba siguiendo Onufrij. Carl Joseph oía el golpe rítmico de las pesadas botas y el sonido del hierro de las espuelas. Era la fidelidad en persona quien lo seguía. Cada golpe de bota era un nuevo, breve y consolidado juramento solemne de fidelidad del criado a su oficial. A Carl Joseph le daba miedo volverse. Deseaba que aquella carretera perfectamente recta ofreciera de repente un desvío inesperado y desconocido, una tangente: una huida de la cerril diligencia de Onufrij. El mozo lo seguía a paso sincronizado. El teniente se esforzaba por mantener el ritmo de las botas que oía a su espalda. Le daba miedo decepcionar a Onufrij si se desconcentraba un poco y perdía el paso. Aquellas botas que iban pateando la carretera de manera incondicional encarnaban la fidelidad de Onufrij. Y cada patada conmovía a Carl Joseph. Era como si, a su espalda, aquel patoso con sus pesadas botas intentase tocar el corazón de su señor; la ternura desmañada de un oso con botas y espuelas.

Por fin llegaron a la linde de la ciudad. A Carl Joseph se le había ocurrido una cosa que estaba muy bien y servía para la despedida. Se volvió y dijo:

—Pásalo bien, Onufrij.

Y se apresuró a adentrarse por la calleja lateral. El agradecimiento del criado solo le llegó a modo de eco lejano. Tuvo que dar un rodeo. Llegó al casino diez minutos más tarde de lo habitual. Estaba en la primera planta de uno de los mejores edificios de la parte antigua del Ring. Todas las ventanas, como de costumbre, derramaban un torrente de luz sobre la calle, sobre el paseo de la gente de la ciudad. Era tarde, había que saber cómo abrirse camino entre las densas hordas de vecinos amantes de pasearse con sus correspondientes señoras. Día tras día, para el teniente suponía un tormento inefable dejarse ver con todo el colorido y el tintineo de su uniforme en medio de todos aquellos civiles desdibujados, ser el blanco de miradas curiosas, malévolas o lascivas y, finalmente, cruzar como un dios por la puerta de carruajes iluminada del casino. Zigzagueaba a hurtadillas por entre la gente del paseo. Dos minutos se prolongaba aquel recorrido, bastante largo; dos minutos asquerosos. Subía los escalones de dos en dos. Había que evitar cruzarse con alguien por las escaleras: mal augurio. Calor, luz y voces salían a su encuentro en el rellano. Entró e intercambió saludos. Buscó al coronel Kovacs en su rincón habitual. Este jugaba al dominó todas las noches, cada una con distinto compañero. Jugaba al dominó con entusiasmo, tal vez por un desmedido horror a las cartas.

—No he tenido una carta en la mano en mi vida —solía decir; la palabra *carta* la pronunciaba con enorme aversión y su mirada señalaba sus manos, como si su carácter intachable se hallara en ellas—. Les recomiendo, caballeros —proseguía a veces—, el juego del dominó. Es limpio y educa en la mesura. —Y, de cuando en cuando, sostenía en alto una de las fichas blancas y negras, que parecían tener muchos ojitos, cual instrumento mágico con el que fuera posible liberar de sus demonios a los enviciados jugadores de cartas. Aquel día le tocaba cumplir con el servicio de dominó al capitán de caballería Taittinger. La cara del coronel arrojaba un reflejo amoratado sobre la del capitán, angulosa y amarillenta. Con un suave tintineo, Carl Joseph se detuvo frente al coronel.

—*Servus*[2] —dijo el coronel sin levantar la vista de sus fichas.

Era un hombre campechano, el coronel Kovacs. Desde hacía años, había asumido una actitud paternal. Y tan solo una vez al mes sufría un ataque de ira fingido que le daba más miedo a él mismo que a su regimiento. Para ello le bastaba cualquier motivo. Gritaba tanto que temblaban las paredes del cuartel y los viejos árboles que bordeaban la pradera. Su cara amoratada perdía el color hasta en los labios y su fusta temblorosa no se cansaba de azotar las cañas de sus botas. Lo que gritaba era un puro galimatías en medio del cual las únicas palabras que, repetidas hasta la saciedad y sin ningún contexto, sonaban un poco más bajo que el resto eran «en mi regimiento». Por fin paraba, con tan poco motivo como había empezado, y se marchaba de la oficina, del casino, del campo de ejercicios o del escenario que hubiera escogido para su explosión. En fin, ya lo conocían, así era el coronel Kovacs, un animal sin maldad. La regularidad de sus ataques de furia era tan fiable como el ciclo lunar. El capitán Taittinger, que ya había pedido el

---

2. Término latín que significa «a su servicio». Sigue siendo un saludo típico en Austria y Baviera. Pertenece al mismo registro familiar que «hola», pero sirve igualmente como despedida. *(N. de la T.)*.

traslado en dos ocasiones y era experto conocedor de los altos mandos, daba fe ante quien hiciera falta y las veces que hiciera falta de que no existía coronel más inofensivo en todo el ejército austrohúngaro.

El coronel Kovacs finalmente levantó los ojos de la partida de dominó y estrechó la mano de Trotta.

—¿Ha cenado ya? —preguntó—. ¡Qué lástima! —añadió, y su mirada se perdía en una misteriosa lejanía—. El *schnitzel* de hoy estaba estupendo. —Y al cabo de un rato repitió—: «¡Estupendo!». —Le daba lástima que Trotta se hubiera perdido el *schnitzel*. No le habría importado repetir para mostrarle al joven cómo se come con apetito, o al menos verlo hacer—. Pues nada, que se divierta —concluyó, y volvió a sus fichas.

El jaleo del casino a esas horas era tremendo, ya no había manera de encontrar un sitio tranquilo. El capitán Taittinger, que era el responsable de la gestión de la cantina desde hacía tiempo inmemorial y no tenía más pasión que el consumo de dulces, poco a poco había conseguido asimilar el aspecto del casino de oficiales al modelo de la confitería donde pasaba las tardes. Allí se le podía ver sentado detrás de la puerta cristalera, con la inquietante inmovilidad de un curioso maniquí publicitario de uniforme. Era el mejor y más fiel cliente de la confitería y, sin duda, también el más comilón. Sin que su habitual cara de pena revelase el más mínimo soplo de vida, engullía un plato de dulces tras otro, dando algún sorbo al vaso de agua; observaba la calle a través de la cristalera de la puerta y asentía ligeramente con la cabeza cuando algún soldado lo saludaba al pasar, y daba la impresión de que su cabeza huesuda y de cabello ralo estaba enteramente desocupada. Era un oficial dulce y muy vago. Ocuparse de los asuntos de la cantina, la cocina, los cocineros, los camareros y la bodega era, entre todas las obligaciones de su cargo, la única que le gustaba. Y su extensa correspondencia con vinateros y fabricantes de licores daba empleo nada menos que a dos secretarios. Con el paso de los años, había conseguido que la decoración del casino fuera como la de su amada confitería, que pusieran coquetas mesitas en los rincones y pantallas rojizas a las lámparas que había encima.

Carl Joseph echó un vistazo a su alrededor. Buscaba algún lugar soportable. Por eliminación, donde más a salvo iba a estar era entre Bärenstein, alférez en la reserva y abogado rico al que acababan de concederle el título nobiliario de caballero de Zaloga, y el sonrosado teniente Kindermann, de origen alemán. El alférez, cargo juvenil que casaba poco con la edad avanzada y la barriga de ligera curvatura de un caballero que más parecía un ciudadano de a pie disfrazado de militar y en cuya cara tampoco cuadraba nada el bigotillo negro como la pez, pues pedía a gritos ir acompañado de unos quevedos, irradiaba, en medio de aquel casino, cierta aura de persona digna y de fiar. A Carl Joseph le recordaba al típico médico de cabecera o al tío que tienen todas las familias. Era el único, en los dos grandes salones del establecimiento, del que se podía decir que estaba sentado de verdad y a conciencia, en tanto que todos los demás parecían dar brincos en sus asientos. La única concesión al ejército que hacía el alférez y doctor Bärenstein, aparte del uniforme, era el monóculo que se ponía cuando estaba de servicio, pues en la vida civil efectivamente usaba quevedos.

Más paz que los demás inspiraba también el teniente Kindermann, sin duda alguna. Estaba hecho de una sustancia rubia, sonrosada y transparente, casi se antojaba posible atravesarlo con la mano, como se hace con el polvillo del aire cuando le da cuerpo el sol de la tarde. Todo lo que decía era vaporoso y transparente, más aire que se desprendía de su ser sin afectar a su volumen. Incluso la formalidad con que seguía las conversaciones serias tenía algo de sonriente y soleado. Una apacible criatura de aire sentada en una mesita. «Servus», dijo con su voz aflautada, de la que el coronel Kovacs decía que era uno de los instrumentos de viento del ejército prusiano. El alférez en la reserva Bärenstein se levantó por cumplir con el protocolo, pero con no poca solemnidad.

—Mis respetos, teniente —saludó.

Carl Joseph estuvo a punto de responderle devotamente: «Buenas noches, doctor».

—No los molesto, ¿verdad? —se limitó a preguntar y se sentó.

—Esta noche vuelve el doctor Demant —empezó Bärenstein—, me he encontrado con él esta tarde por casualidad.

—Un hombre fascinante —dijo Kindermann con su voz aflautada, que sonó como un dulce soplo de viento acariciando la cuerda de un arpa en contraste con el barítono de forense de Bärenstein. Y, como el teniente Kindermann siempre se cuidaba de compensar su más que escaso interés por las mujeres fingiendo tener algún detalle especial con ellas, añadió—: ¿Y su esposa? ¿La conocéis? Una criatura encantadora, ¡qué mujer más *charmante*! —Y con la palabra *charmante* levantó una mano, como aleteando con los dedos relajados en el aire.

—Yo incluso la conocí de jovencita —dijo el alférez.

—Qué interesante —dijo Kindermann; era obvio que fingía.

—Su padre fue uno de los fabricantes de sombreros más ricos —prosiguió el alférez. Parecía que estuviera leyendo un expediente. Esta frase pareció sobresaltarlo y se detuvo. «Fabricante de sombreros» le sonaba demasiado civil, después de todo, no compartía mesa con abogados. Juró para sus adentros que, en lo sucesivo, pensaría muy bien cada frase antes de decir nada. Al menos eso se lo debía a la caballería. Intentó mirar a Trotta. El teniente estaba justo a su izquierda y donde Bärenstein llevaba el monóculo era en la derecha. Al único que veía con claridad era al teniente Kindermann, y ese le era indiferente. Para averiguar si la mundana mención del fabricante de sombreros había causado una impresión fatal en el teniente Trotta, Bärenstein sacó su pitillera y ofreció a quien se sentaba a su izquierda, pero en el mismo momento se acordó de que Kindermann estaba más arriba en el escalafón y, volviéndose hacia la derecha, se apresuró a añadir:

—*Pardon.*

Los tres se pusieron a fumar en silencio. Las miradas de Carl Joseph se posaban en el retrato del emperador de la pared de enfrente. Allí estaba Francisco José con su uniforme de general, blanco como la nieve, la ancha banda rojo sangre cruzándole el pecho y el Toisón de Oro al cuello. El gran sombrero negro de mariscal de campo, con su frondoso plumero verde pavo real, descansaba junto al monarca sobre una mesita de aspecto endeble. El cuadro parecía estar colgado muy lejos, mucho más allá de la pared. Carl Joseph recordó que, los primeros días después de incorporarse como oficial, aquel cuadro le infundía cierto consuelo, porque le hacía sentirse orgulloso. Por entonces, le daba la sensación de que el emperador pudiera salirse del estrecho marco negro en cualquier momento. Poco a poco, el supremo señor de los ejércitos había ido adquiriendo el mismo rostro indiferente, habitual e insulso que mostraban sus sellos y monedas. Su imagen estaba colgada de la pared del casino, extraña forma de sacrificio que un dios se ofrece a sí mismo. Sus ojos —en algún momento del pasado recordaron al cielo azul del verano— ya no eran más que dura porcelana azul. ¡Y seguía siendo el mismo emperador! En casa, en el despacho del jefe de distrito, tenían el mismo retrato. Y estaba en el gran salón de actos de la escuela de cadetes. Estaba en el despacho del coronel del cuartel. El emperador Francisco José estaba en cientos de miles de sitios, por todo el vasto Imperio, omnipresente entre sus súbditos como Dios en el mundo. A él le había salvado la vida el héroe de Solferino. El héroe de Solferino se había hecho viejo y había muerto. Ahora se lo comían los gusanos. Y su hijo, el jefe de distrito, también se convertía en un hombre viejo. Pronto se lo comerían los gusanos también. Tan solo el emperador pareció haber envejecido de golpe en un día, en el curso de una hora muy concreta; y desde entonces permanecía guarecido en su ancianidad, gélida y sempiterna, plateada y terrible, como dentro de una armadura de venerable cristal. Los años no se atrevían a rozarlo. Sus ojos se volvían cada vez más azules y más duros. Su propia gracia, aquella gracia concedida a los Trotta, era una losa de hielo caduco. Y a Carl Joseph le entró frío bajo la mirada azul de su emperador.

En casa —recordaba—, cuando volvía a casa durante las vacaciones y los domingos, antes de la comida, el maestro Nechwal y su banda de música se colocaban en el semicírculo de rigor, se sentía dispuesto a morir por aquel emperador una muerte gozosa, cálida y dulce. Estaba vivo el legado del abuelo de salvarle la vida al emperador. Y, siendo un Trotta, se pasaba uno la vida salvando la del emperador. Ahora llevaba apenas cuatro meses en el regimiento. De repente, era como si el emperador, al abrigo inalcanzable de su armadura de cristal, ya no necesitara de más Trottas. Llevaban demasiado tiempo en paz. La muerte como último escalón de la trayectoria que imponía la norma quedaba lejos de un joven teniente de caballería. Llegar a coronel algún día y, ahí, ya morirse. Entretanto, pasar las noches en el casino, contemplando el retrato del emperador. Cuanto más lo contemplaba el teniente Trotta, más lejano resultaba el emperador.

—¡Huy, mirad! —sonó la voz aflautada de Kindermann—. ¡Trotta se nos ha quedado encandilado con el viejo!

Carl Joseph sonrió a Kindermann. El alférez Bärenstein se había puesto a jugar una partida de dominó hacía un rato y estaba a punto de perder. Consideraba un deber moral perder cuando jugaba con oficiales en activo. En la vida civil ganaba siempre. Incluso entre los abogados era un jugador muy temido. Sin embargo, cuando se incorporaba al regimiento para las maniobras con las que debía cumplir cada año, desconectaba el mecanismo de pensar y se esmeraba en volverse tonto.

—Pierde todo el rato —dijo Kindermann a Trotta. El teniente Kindermann estaba convencido de que los «civiles» eran seres inferiores. Ni al dominó eran capaces de ganar.

El coronel seguía sentado en su rincón con el capitán Taittinger. Algunos caballeros deambulaban aburridos por entre las mesas. No se atrevían a abandonar el casino mientras el coronel siguiera allí jugando. El discreto reloj de

péndulo tocaba cada cuarto de hora; era un lamento lánguido y claro y su melancólica melodía interrumpía el golpeteo de las fichas de dominó y las piezas de ajedrez. De
vez en cuando, alguno de los camareros daba un taconazo,
corría a la cocina y regresaba con una copita de coñac sobre
una bandeja ridículamente grande. De vez en cuando, a algún caballero se le escapaba una risotada, todos miraban
hacia el lugar del que había salido, se veían cuatro cabezas
juntas y se entendía que estaban contando chistes. ¡Ay, los
chistes! Aquellas anécdotas en las que todo el mundo se
daba cuenta de si uno se reía por compromiso o porque les
veía la gracia. Marcaban la diferencia entre los que estaban
en su lugar y los que no. El que no las entendía no era uno
de los suyos. ¡No, Carl Joseph no formaba parte de aquella
gente!

Estaba a punto de sugerir echar una partida los tres cuando se abrió la puerta y se oyó un taconazo especialmente
fuerte del camarero. Se hizo un instante de silencio. El coronel Kovacs se levantó de su asiento de un salto y miró hacia la puerta. Había entrado nada menos que el doctor Demant, el médico del regimiento. Él mismo se asustó del
revuelo que había causado. Se quedó de pie junto a la puerta, sonriendo. El camarero que estaba a su lado seguía en
posición de firmes y era evidente que al doctor le resultaba
embarazoso. Le hizo un gesto con la mano. Pero el muchacho pareció no darse cuenta. Los gruesos cristales de las
gafas del doctor estaban ligeramente cubiertos de vaho
por la niebla otoñal del exterior. Tenía la costumbre de quitarse las gafas para limpiarlas cuando pasaba del aire frío
a un lugar caldeado. Pero allí no se atrevía. Tuvo que pasar
un rato hasta que se decidió a pasar del umbral.

—¡Pero, bueno, si está aquí el doctor! —exclamó el coronel. Lo hizo a pleno pulmón, como si tuviera que hacerse oír en medio del fragor de una verbena. El bueno de Kovacs creía que los miopes también son sordos y que, si sus oídos oían mejor, también se le aclararían las gafas. La voz del coronel abrió un camino entre la multitud. Los oficiales se apartaron. Los pocos que aún seguían sentados en las mesas se pusieron de pie. El médico del regimiento avanzaba poniendo un pie delante de otro con mucho cuidado, como si caminara sobre hielo. Parecía que se le iban desempañando los cristales de las gafas. Le llegaban saludos de todos los lados. No sin cierto esfuerzo, fue reconociendo a los caballeros. Se inclinaba hacia delante para verles la cara como quien se acerca a estudiar un libro. Frente al coronel Kovacs se paró por fin, sacando pecho. Resultaba muy exagerado verlo con la cabeza, que siempre adelantaba sobre el delgadísimo cuello, ahora echada hacia atrás, y cómo intentaba enderezar de golpe unos hombros extremadamente estrechos. Casi se habían olvidado de él durante su larga baja por enfermedad; de él y de cómo era. Lo observaban ahora con manifiesta sorpresa. El coronel se apresuró a ponerle fin a aquel reglamentario rito de saludo. Temblaron las copas cuando exclamó: «¡Pero qué buen aspecto tiene, doctor!», como si quisiera hacer partícipe de ello al ejército en pleno. Le dio una palmada en el hombro como para devolverlo a su posición natural. Cierto era que el médico del regimiento tenía un lugar en su corazón. Pero ¡por todos los demonios! ¡Qué poco militar era aquel hombre! Con que solo hubiera sido un poco más militar, no requeriría esforzarse siempre tanto en portarse bien con él. ¡Qué caray, y también les podían haber enviado a otro doctor, a su regimiento, precisamente! Y las interminables batallas con las que el espíritu del coronel se creía obligado a cultivar su gusto por lo militar, por culpa de aquel condenado médico tan simpático, podían acabar con la paciencia de un viejo soldado. «¡Este tipo aún acaba conmigo!», pensaba el coronel cuando veía al doctor Demant sobre un caballo. Así que, un día, le había dicho que mejor no fuera a caballo por la ciudad. «Tengo que decirle algo amable», pensó un poco nervioso. «El *schnitzel* de hoy estaba estupendo» fue lo que se le ocurrió con las prisas. Y se lo dijo. El doctor sonrió. «¡Si es que sonríe enteramente como un civil!», pensó el coronel. Ahí, de pronto, cayó en la cuenta de que había alguien a quien el doctor Demant aún no conocía. ¡Pues claro: Trotta! El teniente se había incorporado justo mientras el doctor estaba de baja. El coronel voceó:

—¡Trotta, nuestro oficial más joven! ¡Todavía no se conocen!

Y Carl Joseph se presentó frente al médico del regimiento.

—¿Nieto del héroe de Solferino? —preguntó el doctor Demant.

Carl Joseph no contaba con que el médico pudiera conocer tan bien la historia militar.

—¡Todo lo sabe nuestro doctor! —voceó el coronel—. Es un auténtico ratón de biblioteca. —Y, por primera vez en su vida, le gustó tanto la expresión *ratón de biblioteca* que repitió—: ¡Un ratón de biblioteca! —Y en el tono cariñoso que habitualmente solo empleaba para decir: «¡Un ulano!».

Volvieron a sentarse y la velada siguió el curso esperado.

—Su abuelo —dijo el médico del regimiento— era una de las personas más peculiares de todo el ejército. ¿Llegó usted a conocerlo?

115

—Yo ya no lo conocí —respondió Carl Joseph—. En casa tenemos su retrato colgado en el gabinete. Cuando era pequeño, lo contemplaba a menudo. Su criado sí que continúa al servicio de la familia.

—¿Qué retrato? —preguntó el médico del regimiento.

—Lo pintó un amigo de juventud —dijo Carl Joseph—. Es un retrato muy particular. Está colgado muy alto. Cuando era pequeño, tenía que subirme a una silla. Así lo contemplaba.

Guardaron silencio unos instantes. Luego, el doctor comentó:

—Mi abuelo aún era tabernero; tabernero judío en Galitzia[3]. ¿Le dice algo, Galitzia?

El doctor Demant era judío. En todas las anécdotas que se contaban salían médicos de regimiento judíos. También en la escuela de cadetes había dos judíos. Luego habían entrado en infantería[4].

—¡Vamos a casa de Resi, a casa de la tía Resi! —exclamó de pronto alguien.

Y todos repitieron:

—¡Vamos a casa de Resi, a casa de la tía Resi!

—¡A casa de la tía Resi!

Nada podría haber espeluznado tanto a Carl Joseph como este anuncio. Llevaba semanas esperándolo lleno de temor. De la última visita al burdel de la señora Horwath

3. De Galitzia (de Brody) era oriundo el propio Joseph Roth. En la actualidad es territorio de Ucrania. *(N. de la T.)*.
4. A diferencia del ejército alemán, ya José II de Austria estableció, en 1788, que los judíos pudieran formar parte del ejército sin renunciar a su religión. Poco a poco, pudieron acceder a todos los cuerpos militares e incluso a los rangos más altos. *(N. de la T.)*.

guardaba aún un nítido recuerdo de todo... ¡De todo! Del champán que no era más que alcanfor mezclado con limonada; de la masa suave y carnosa que formaban las chicas; del rojo estridente y el amarillo demencial del papel pintado de las paredes; del pasillo con olor a gatos, ratones y lirios del valle, y del ardor de estómago que tuvo doce horas después. No llevaba ni una semana en el ejército y era su primera visita a un burdel. «Maniobras amorosas», lo llamó Taittinger. Fueron por iniciativa suya. Entraba dentro de las obligaciones de un oficial a cargo de la cantina desde tiempo inmemorial. Pálido y enjuto, con el sable al brazo, dando largas y finas zancadas acompañadas de un suave tintineo, iba de mesa en mesa por el salón de la señora Horwath, un sutil organizador de aquellos costosos placeres. Kindermann estuvo al borde del desmayo de oler mujeres desnudas, el sexo femenino le daba náuseas. El mayor Prohaska, de pie en el baño, hacía verdaderos esfuerzos para meterse su dedo corto y grueso hasta la garganta. El frufrú de las faldas de seda de la señora Resi Horwath parecía oírse en todos los rincones de la casa al mismo tiempo. Sus grandes globos oculares rodaban para todos los lados en su cara ancha y harinosa; blanca y enorme como el teclado de un piano le brillaba la dentadura postiza en su boca de buzón de correos. Trautmannsdorff, desde un rincón, seguía todos sus movimientos con sus ojillos pequeños, verdosos y veloces. Finalmente, se levantó y metió una mano por el escote de la señora Horwath. La mano se perdió como un ratoncito blanco por las montañas blancas. Y Pollak, el pianista, permanecía esclavo de la música, encorvado ante el piano de cola de brillo negruzco, y, mientras sus manos lo aporreaban, los rígidos puños de la levita golpeaban la madera, acompañando los acordes metálicos como platillos afónicos.

«¡A casa de la tía Resi!» Y salieron rumbo a casa de la tía Resi. El coronel dio media vuelta nada más llegar abajo y dijo: «Diviértanse, caballeros», y veinte voces exclamaron en la silenciosa calleja: «¡Buenas noches, mi coronel!», y cuarenta espuelas tintinearon al chocar los talones. El doctor Demant hizo un tímido intento de despedirse también él.

—¿Usted está obligado a ir? —preguntó al teniente Trotta en voz baja.

—Me temo que sí —susurró Carl Joseph.

Así pues, el médico del regimiento fue con él sin decir palabra. Eran los últimos en la desordenada fila de oficiales que recorrían rumorosamente las calles silenciosas de la pequeña ciudad, iluminadas por la luna. No hablaban. Ambos se sentían vinculados por aquella pregunta susurrada y aquella respuesta susurrada, ya no había nada que hacer. Ellos dos, escindidos del resto del regimiento. Y no hacía ni media hora que se conocían.

De repente, sin saber por qué, Carl Joseph dijo:

—Amé a una mujer que se llamaba Kathi. Está muerta.

El médico se detuvo y se giró para quedar justo enfrente del teniente.

—Aún amará a otras mujeres —dijo.

Y siguieron andando.

Desde la alejada estación les llegó el silbido de los trenes más tardíos y el médico dijo:

—¡Cómo me gustaría marcharme lejos, bien lejos!

Ya habían llegado frente al farolillo azul de la casa de Resi. El capitán Taittinger tocó a la puerta cerrada y alguien abrió. En el interior, al instante empezó a oírse el piano: la *Marcha Radetzky*. Los oficiales desfilaron hacia el salón.

—¡De uno en uno! —ordenó Taittinger.

Las chicas desnudas salieron en tropel a recibirlos, una diligente bandada de gallinitas blancas.

—El Señor esté con vosotras... —dijo Prohaska.

Trautmannsdorf esta vez se lanzó directo al escote de la señora Horwath, de pie todavía. Ya no quiso soltarla ni un momento. La señora de la casa tenía que vigilar la cocina y la bodega y era evidente que los achuchones del teniente coronel le resultaban un tormento, pero la ley de la hospitalidad la obligaba a ciertos sacrificios. Se dejó hacer. El teniente Kindermann palideció. Se quedó más blanco que los polvos que se ponían las chicas en los hombros. El mayor Prohaska pidió un agua de soda. Quien lo conociera de cerca sabría adivinar que esa noche se cogería una cogorza tremenda. Solo que antes le hacía hueco al alcohol con agua, igual que cuando se limpian las calles antes de una recepción.

—¿Se ha venido el doctor? —preguntó en voz muy alta.

—Tendrá que estudiar las enfermedades en su misma fuente —concluyó con seriedad científica el capitán Taittinger, siempre pálido y enjuto.

El monóculo del alférez Bärenstein lo llevaba ahora una rubia platino. Él estaba sentado, con los ojillos guiñados, y sus manos morenas y peludas correteaban por el cuerpo de la señorita como unas bestezuelas extrañas. Poco a poco, cada cual se había acomodado en algún sitio. Entre el doctor y Carl Joseph, en un sofá rojo, mediaban dos mujeres, envaradas y con las rodillas juntas, intimidadas por las caras de desesperación de los dos caballeros. Cuando llegó el champán —lo trajo con mucha ceremonia la adusta ama de llaves vestida de tafetán negro—, la señora Horwath no vaciló y se sacó del escote la mano del teniente coronel, se la puso a su dueño sobre el pantalón negro, por amor al orden, como quien devuelve a su sitio un objeto prestado, y se levantó, majestuosa y expeditiva. Apagó la luz de la araña. Solo quedaron las lamparitas de cada nicho. En la penumbra rojiza resplandecían los cuerpos blancos empolvados, brillaban las estrellas doradas de los uniformes y se veía el reflejo de los sables plateados. Una pareja tras otra se levantaba y desaparecía. Prohaska, que ya había pasado al coñac hacía rato, se acercó al médico del regimiento y dijo:

—Como no las necesitáis, me las llevo —agarró a las mujeres y, con una a cada lado, se dirigió hacia las escaleras haciendo eses.

Así pues, de pronto se encontraron solos Carl Joseph y el doctor. Pollak, el pianista, se limitaba a acariciar las teclas en el rincón opuesto del salón. Un vals muy tenue se arrastraba por la estancia, lánguido y etéreo. Por lo demás, todo estaba en silencio y casi resultaba acogedor; el reloj que había sobre la repisa de la chimenea hacía tictac.

—Creo que a nosotros dos no se nos ha perdido aquí nada, ¿verdad? —preguntó el doctor.

Se puso de pie. Carl Joseph lanzó una mirada al reloj de la chimenea y también se puso de pie. En la oscuridad no llegaba a ver la hora; se acercó a otro reloj de pared y al momento dio un paso atrás. En un marco de bronce con manchas de moscas tenían al supremo señor de los ejércitos, en miniatura, pero en el mismo retrato famoso y omnipresente de Su Majestad, con su uniforme blanco como la nieve, su banda rojo sangre y su Toisón de Oro. «Aquí hay que hacer algo», pensó el teniente, presto e infantil. «¡Aquí hay que hacer algo!» Sentía que se había quedado pálido y que le latía el corazón muy deprisa. Agarró el marco, abrió la parte trasera, de cartón negro, y sacó el retrato. Lo dobló dos veces, una más y se lo guardó en el bolsillo. Se dio la vuelta. Tenía detrás al médico. Carl Joseph señaló con un dedo el bolsillo donde había escondido el retrato imperial. «También su abuelo salvó al emperador», pensó el doctor Demant. Carl Joseph se puso colorado.

—¡Qué guarrada! —dijo—. ¿Usted qué piensa?

—Nada —respondió el doctor—. Solo pensaba en su abuelo.

—¡Yo soy su nieto! —dijo Carl Joseph—. Y no tengo ocasión de salvarle la vida. ¡Por desgracia!

Dejaron cuatro monedas de plata encima de la mesa y abandonaron la casa de la señora Resi Horwath.

Capítulo 6

Hacía tres años que el doctor Max Demant servía como médico del regimiento. Vivía en las afueras, en la linde meridional de la ciudad, donde la carretera conducía a sus dos cementerios, el «viejo» y el «nuevo». Los guardas de ambos cementerios conocían bien al doctor. Iba varias veces a la semana a visitar a los muertos, tanto a los olvidados desde mucho tiempo atrás como a los que aún permanecían en las memorias. Algunas veces se quedaba mucho rato entre sus tumbas, y aquí y allá se oía el suave sonido metálico de su sable acariciando una lápida. Sin duda, era un hombre extraordinario; un buen médico, decían, lo cual, tratándose de un médico militar, suponía una auténtica rareza en todos los sentidos. Evitaba cualquier trato con ellos. Únicamente el deber profesional lo obligaba a hacer acto de presencia entre los camaradas en algunos sitios (aunque cada vez más a menudo de lo que habría deseado). Tanto por su edad como por su antigüedad, tendrían que haberlo nombrado médico del Ejército Mayor. Nadie sabía por qué no lo era todavía. Tal vez no lo supiera ni él. «Hay carreras con obstáculos» eran las palabras del capitán Taittinger, entre cuyas funciones también estaba la de proveer al regimiento de máximas ingeniosas.

«Una carrera con obstáculos», pensaba el propio doctor algunas veces.

—Una vida con obstáculos —le decía al teniente Trotta—. Una vida con obstáculos es lo que tengo. Si el destino me hubiera sonreído, habría podido ser asistente del gran cirujano vienés[1] y probablemente catedrático de Medicina.

En la sombría estrechez que vivió de niño, el gran nombre del cirujano vienés había supuesto un primer rayo de luz. Desde pequeño, Max Demant tuvo claro que de mayor sería médico. Había nacido en uno de los pueblos de la frontera oriental de la monarquía. Su abuelo, judío practicante, había sido tabernero, y su padre, tras doce años en la milicia, funcionario medio en el servicio de correos de la ciudad fronteriza más cercana. Todavía se acordaba bien de su abuelo. Pasaba todas las horas del día sentado frente al gran portón abovedado de su taberna de la frontera. La imponente barba fosca y plateada le tapaba el pecho y le llegaba hasta las rodillas. A su alrededor flotaba un olor a abono y a leche y a caballos y a heno. Un anciano rey entre los taberneros sentado a la puerta de su taberna. Cuando paraban frente a ella los campesinos que, cada semana, volvían del mercado de cerdos, el anciano se ponía de pie

---

1. Por las fechas, debe de referirse a Eduard Albert (1841-1900), pionero en el campo de la traumatología y miembro de la Academia de las Artes y las Ciencias de Francisco José I. (*N. de la T.*).

y era como una montaña con figura humana. Como ya estaba sordo, los pequeños campesinos tenían que pedir lo que querían gritándole desde abajo, haciendo bocina con las manos. Él se limitaba a asentir con la cabeza. Entendido. Correspondía a los deseos de sus clientes como quien concede una merced y como si no fueran a pagarle en duras monedas de verdad. Con manos fuertes, él mismo les desenganchaba los caballos y los conducía al establo. Y mientras sus hijas servían a los clientes aguardiente y guisantes secos con sal en el ancho salón de techo bajo de la taberna, él daba de comer a los animales y les hablaba con cariño. Los sábados los pasaba inclinado sobre gruesos libros religiosos. Su barba de plata ocupaba la parte inferior de las hojas llenas de caracteres negros. De haber sabido que, un día, su nieto vestiría uniforme de oficial y andaría por el mundo pertrechado de armas asesinas, habría maldecido su edad y el fruto de sus entrañas. Ya su hijo, el padre del doctor Demant, el funcionario medio del servicio de Correos, constituía para el anciano un horror que solo el cariño le hacía tolerable. La taberna, heredada de sus antepasados, tuvo que quedar en manos de las hijas y los yernos, en tanto que los sucesores varones estaban determinados a ser funcionarios, eruditos, empleados y mequetrefes hasta el futuro más remoto. «Hasta el futuro más remoto» tampoco era del todo acertado. El médico del regimiento no tenía hijos. Y tampoco los deseaba. Porque su esposa...

Al llegar a este punto, el doctor Demant solía interrumpir el relato de su vida. Pensaba en su madre, que vivía con la constante angustia de conseguir algún tipo de ingresos extra. El padre se dedica a ir al café después del trabajo.

Juega al *tarock*[2] y pierde y deja a deber la consumición. Desea que su hijo termine la escuela obligatoria y se haga funcionario; de Correos, por supuesto. «¡Si es que tú siempre aspiras a lo más alto!», le dice a su madre. Por desordenada que sea su vida civil, muestra una escrupulosidad ridícula en el mantenimiento de todos los atributos de su época de militar. Su uniforme, «el uniforme de un suboficial contable veterano», con sus galones dorados en las mangas, sus pantalones negros y su casaca de infantería, sigue colgado en el armario como una persona desmontada en tres pedazos, pero todavía viva, con botones relucientes a los que todas las semanas se les saca brillo. Y el negro sable curvo de empuñadura estriada, a la que igualmente se le saca brillo todas las semanas, preside en posición horizontal, colgado entre dos clavos, la pared frente al escritorio que no se usa jamás, con una borla dorada amarillenta que se bambolea indolente y recuerda a un girasol cerrado un tanto polvoriento. «Si no hubieras aparecido tú», le dice el padre a la madre, «me habría presentado al examen superior y hoy sería jefe de Correos». El día del cumpleaños del emperador, el oficial de Correos Demant se pone su uniforme de funcionario, con espada corta y chacó. Ese día no juega a las cartas. Todos los cumpleaños del emperador se hace el propósito de empezar una nueva vida libre de deudas. Así que se emborracha y vuelve a casa muy entrada la noche. En la cocina, saca la espada y se pone a dar órdenes a todo un regimiento. Los pucheros son batallones; las tazas, tropa, y

2. El *tarock* es un juego de cartas típico de Austria. Tiene una baraja propia y parte de sus figuras coincide con las del tarot de la adivinación, pero es un juego de mesa y apuestas. (*N. de la T.*).

los platos, compañías. Simon Demant es coronel, un coronel al servicio de Francisco José I. La madre, con cofia de encaje, camisón plisado y batín sin ajustar, sale de la cama para amansar a su esposo.

Un buen día, el día siguiente a un cumpleaños del emperador, el padre sufre un ataque mientras duerme. Tuvo una muerte dulce y un entierro magnífico. Todos los carteros forman el cortejo detrás del ataúd. Y el difunto queda grabado en la fiel memoria de la viuda como esposo modélico, fallecido sirviendo al emperador y a la real e imperial institución de Correos. Los uniformes —el del suboficial contable Demant y el del oficial de Correos Demant— siguieron colgados juntos en el armario y la viuda se ocuparía de conservar su esplendor a base de naftalina, cepillo y Sidol. Parecían momias, y, cada vez que se abría el armario, el hijo creía ver dos cadáveres de su difunto padre colgados uno al lado del otro.

Él quería ser médico a toda costa. Daba clases a cambio de seis miserables coronas al mes. Llevaba las botas rotas. Cuando llovía, dejaba descomunales huellas de agua en los suelos de madera buena y bien encerada de la gente pudiente. Con las botas rotas se tienen los pies más grandes. Y por fin llegó al examen de reválida y pudo estudiar Medicina. La pobreza seguía mediando entre el presente y el futuro, un muro negro contra el que se estampaba. Echarse en los brazos del ejército era prácticamente la única salida. Siete años de comida, siete años de bebida, siete años de ropa, siete años de alojamiento...; siete, siete largos años. Se hizo médico militar. Y en eso se quedó.

La vida parecía correr más deprisa que los pensamientos. Y antes de haber tomado una decisión, ya se había convertido en un hombre viejo.

Y se había casado con la señorita Eva Knopfmacher.

Aquí, el doctor Demant, médico del regimiento, volvió a interrumpir el relato de sus memorias y se fue a casa.

Ya había caído la tarde y en todas las habitaciones se veía una iluminación inusualmente festiva.

—Ha venido el señor mayor —anunció el mozo.

El señor mayor era su suegro, el señor Knopfmacher.

En ese momento, salía del cuarto de baño, vestido con un albornoz largo de esponjosa tela de florecitas y una navaja de afeitar en la mano, con las mejillas agradablemente enrojecidas, recién afeitadas y perfumadas. Estaban muy separadas, pues tenía una cara que parecía partida en dos mitades. Solo las mantenía unidas el bigote gris.

—Mi querido Max —dijo el señor Knopfmacher, depositando la navaja con cuidado encima de una mesita, abriendo los brazos y provocando que se le abriera también el albornoz. Así se dieron un abrazo y dos superficiales besos en las mejillas antes de pasar al gabinete.

—Me apetece un aguardiente —dijo el señor Knopfmacher; el doctor Demant abrió el armario, miró varias botellas durante un rato y se dio la vuelta.

—Yo no entiendo de esto —dijo—, no sé lo que te gusta.

Tenía un surtido de bebidas compuesto por encargo, como un iletrado que hubiera encargado la composición de una biblioteca.

—Veo que sigues sin beber —dijo Knopfmacher—. ¿Tienes *slivovitz,* arak, ron, coñac, licor de genciana, vodka...? —preguntó a una velocidad que no era en absoluto acorde con su digna posición; se levantó, se acercó al armario (los faldones del albornoz ondearon en el aire) y, sin vacilar, sacó una botella de la hilera.

—Quería darle una sorpresa a Eva —empezó Knopfmacher—. Lo primero que te tengo que decir, querido Max, es que te has pasado la tarde entera fuera de casa. En tu lugar... —hizo una pausa y repitió—, en tu lugar me he encontrado aquí con un teniente. ¡Un mequetrefe!

—Es el único amigo —respondió Max Demant— que he hecho desde que empecé a servir en el ejército. Es el teniente Trotta. Una buena persona.

—¡Una buena persona! —repitió el suegro—. ¡Una buena persona también soy yo, por ejemplo! Ahora que yo no te aconsejaría dejarme una hora a solas con una mujer hermosa, si es que ella te importa un poquito solo.

Knopfmacher hizo un gesto acercando las yemas de los dedos índice y pulgar y, al cabo de un rato, repitió:

—¡Un poquito solo!

El médico del regimiento se puso pálido. Se quitó las gafas y pasó un buen rato limpiándolas. De esta forma, sumergía el entorno en una salvífica nebulosa en la que su suegro en albornoz solo era una mancha blanca y desdibujada a pesar de lo voluminosa. Y, una vez limpias las gafas, tampoco se las puso de inmediato, sino que se quedó con ellas en la mano y dirigió la palabra a la nebulosa.

—No tengo motivo alguno, *papa,* para desconfiar de Eva o de mi amigo.

Lo dijo en tono vacilante, el doctor Demant. A él mismo la frase le sonó totalmente ajena, como sacada de alguna lectura remota, oída en alguna obra de teatro olvidada.

Se puso las gafas y, al instante, el viejo Knopfmacher, ya nítidamente definidos su contorno y su perímetro, pasó a estar muy cerca de él. Ahora, también la frase de la que acababa de servirse le parecía muy lejana. Sin duda, ya no era cierta. El médico lo sabía tan bien como su suegro.

—¡Que no tienes motivo alguno! —repitió el señor Knopf-macher—. ¡Pues yo sí que lo tengo! ¡Conozco a mi hija! ¡Tú no conoces a tu mujer! ¡Y a esos señores tenientes también los conozco yo! ¡Y a los hombres en general! Conste que no he querido decir nada contra el ejército. No nos salgamos del tema. Cuando mi esposa, tu suegra, aún era joven, tuve ocasión de conocer a esos jóvenes... de paisano y de unifor-me. En fin, que sois gente rara, los... los... los...

Buscaba un calificativo, una manera de definir un deno-minador común qué él mismo no sabía en qué consistía y que pudiera englobar a su yerno y otros mequetrefes. Lo que le habría gustado decir en realidad era «los que tenéis formación académica». Porque él era listo y había llegado a ser rico y respetado sin necesidad de carrera universitaria. Es más, esos días se estaba tramitando que le concedieran el título de consejero comercial. Alimentaba un dulce sueño de futuro, un sueño en el que aparecían donaciones de dine-ro, grandes donaciones de dinero. La consecuencia directa era un título nobiliario. Adoptando la nacionalidad húnga-ra, por ejemplo, podían concederte un título nobiliario aún más deprisa. En Budapest no le ponían a uno las cosas tan difíciles. Por cierto, que también era gente de carrera uni-versitaria la que le ponía a uno las cosas difíciles, tanto fun-cionario asesor... ¡Mequetrefes! Su propio yerno le ponía las cosas difíciles. ¡Como ahora salte un pequeño escándalo por culpa de tus hijos, ya puedes esperar sentado lo de conseje-ro comercial! ¡Si es que en todas partes te tienes que ocupar tú de que se hagan las cosas bien, tú mismo, en persona! ¡Hasta de guardar la virtud de las esposas de los demás!

—Querido Max, he venido a llamar a las cosas por su nombre antes de que sea demasiado tarde.

Al doctor no le gustaba esa expresión, no le gustaba oír la verdad a cualquier precio. ¡Ay, si él conocía a su esposa igual de bien que el señor Knopfmacher a su hija! Pero la amaba, ¿qué iba a hacer para evitarlo? La amaba. En Olmütz había pasado lo de Herdall, comisario del distrito; en Graz, lo de Lederer, el juez del distrito. ¡Menos mal que ninguno era compañero suyo!, agradecía el doctor a Dios y también a su mujer. Ojalá tuviera la posibilidad de dejar el ejército. Así estaba uno siempre en peligro de muerte. Cuántas veces había estado a punto de proponerle a su suegro...

Intentó retomar la conversación:

—Ya sé... —dijo— que Eva corre peligro. Siempre. Desde hace años. Es alocada, por desgracia. Pero luego no llega hasta el final. —Se detuvo un instante y subrayó—: No llega hasta el final.

Con esa expresión eliminaba todas las dudas que a él mismo le quitaban el sueño hacía años. Así acababa de una vez con su propia inseguridad y adquiría la certeza de que su mujer no lo engañaba.

—¡De ninguna manera! —dijo una última vez en voz alta, con absoluta seguridad—. Eva es una mujer decente, a pesar de todo.

—¡Sin lugar a duda! —reforzó el suegro.

—Claro que esta vida... —prosiguió el médico militar— no la vamos a soportar mucho tiempo ninguno de los dos. A mí esta profesión no me llena en absoluto, como bien sabes. ¿Adónde habría llegado yo ya si no tuviera que servir al ejército? Tendría una posición destacadísima en el mundo, y también la ambición de Eva estaría satisfecha. Porque es ambiciosa, por desgracia.

—Eso lo ha heredado de mí —dijo el señor Knopfmacher con no poco regocijo.

—Se siente insatisfecha —continuó el doctor mientras su suegro se servía otra copita—. Se siente insatisfecha y busca distraerse. No se lo puedo tomar a mal.

—Lo suyo es que la distraigas tú —interrumpió el suegro.

—Yo estoy... —el doctor Demant no encontró la palabra, se quedó callado un rato y miró la botella de aguardiente.

—¡Tómate una copa de una vez, hombre! —lo animó el señor Knopfmacher. Y se levantó, cogió una copita y la llenó; se le abrió el albornoz y se le vieron el pecho velludo y la alegre barriga, tan rosada como sus mejillas. Acercó la copita llena a los labios de su yerno. Max Demant probó la bebida por fin.

—Hay una cosa más... En realidad, me voy a ver obligado a abandonar el ejército. Cuando ingresé, aún estaba muy bien de los ojos. El caso es cada año estoy peor. Ahora me cuesta, no puedo, me es imposible ver nada sin gafas. Y en realidad debería dar parte y pedir la licencia.

—¿Y? —preguntó el señor Knopfmacher.

—Y de qué...

—¿De qué ibais a vivir?

El suegro cruzó una pierna por encima de la otra; de repente le entró frío y se arrebujó en el albornoz, cerrándoselo hasta el cuello con las dos manos.

—Aah —dijo—. ¿Acaso crees que puedo solucionarlo yo? Desde que os casasteis, mi asignación, y da la casualidad de que me acuerdo de memoria, asciende a trescientas coronas al mes. Pero ya sé... ¡Ya sé! Eva necesita mucho. Y cuando empecéis una nueva vida, necesitará igual de mucho. ¡Y tú también, hijo mío! —Pasó a un tono cariñoso—. Pues mira, querido Max, las cosas ya no van tan bien como años atrás.

Max se quedó callado. El señor Knopfmacher sintió que había rechazado el asalto y se soltó el cuello del albornoz. Se tomó una copa más. Podía mantener la mente despejada. Se conocía. ¡Mequetrefes! Claro que, después de todo, un yerno como aquel era preferible al otro, al marido de Elisabeth, Hermann. ¡Por seiscientas coronas le salían al mes las dos hijas! Lo sabía de memoria, al dedillo. Como el médico se quedase ciego un día... Contempló las gafas centelleantes. ¡Tiene que vigilar a su mujer! ¡Tampoco por ser miope debería de resultar tan difícil!

—¿Qué hora es ya? —preguntó, muy amable y pacífico.

—Pronto darán las siete —dijo el doctor.

—Me voy a vestir —decidió el suegro. Se puso de pie, asintió con la cabeza y salió por la puerta con el albornoz ondeando lenta y majestuosamente.

El doctor Demant se quedó en el gabinete. Después del recogimiento en la soledad del cementerio, la soledad de su propia casa se le hacía enorme, extraña, casi inhóspita. Por primera vez en su vida, se sirvió un aguardiente él mismo. Fue como si bebiera por primera vez en su vida. «Poner orden», pensaba, «hay que poner las cosas en orden». Estaba decidido a hablar con su mujer. Salió al pasillo.

—¿Dónde está mi mujer?

—En el dormitorio —dijo el mozo.

«¿Llamo a la puerta?», se preguntó el doctor. «¡De eso nada!», le ordenó su corazón de hierro. Abrió la puerta. Su mujer estaba de pie frente al espejo del armario, con un calzón azul y poniéndose polvos con un gran pompón de color fucsia.

—¡Oh! —exclamó, cubriéndose el pecho con una mano.

El doctor se quedó en la puerta.

—¿Eres tú? —dijo la mujer. Fue una pregunta que sonó como un bostezo.

—Soy yo —respondió el médico con voz firme. Le parecía que quien hablaba era otro. Llevaba las gafas puestas, pero le hablaba como a una nebulosa—. Tu padre... —empezó a decir— me ha contado que ha estado aquí el teniente Trotta.

La mujer se volvió. Con su calzón azul y el pompón en la mano derecha apuntando a su esposo como un arma, dijo con voz cantarina:

—Tu amigo, el teniente Trotta, ha estado de visita, sí. ¡Ha venido papá! ¿Ya os habéis visto?

—Por eso mismo —dijo el médico y, al instante, supo que tenía perdida la partida.

Permanecieron en silencio un rato.

—¿Por qué no llamas a la puerta? —preguntó ella.

—Quería darte una sorpresa.

—Me estás asustando.

—Yo... —empezó el médico. Lo que quería decir era «¡Soy tu marido!». Sin embargo, dijo—: Te amo.

La amaba, en efecto. Allí estaba ella, de pie con su calzón azul y su pompón en la mano. Y la amaba.

«Si lo que pasa es que estoy celoso», pensó. Y dijo:

—No me gusta que venga gente a casa sin saberlo yo.

—Es un muchacho encantador —dijo ella, y empezó a empolvarse lenta y generosamente delante del espejo.

El médico se acercó a ella y le puso las manos sobre los hombros. Miró al espejo. Vio sus manos morenas y vellosas sobre los hombros blancos de su esposa. Ella sonrió. Él vio en el espejo el eco de cristal de su risa.

—Dime la verdad —suplicó. Era como si sus manos estuvieran de rodillas en los hombros de la esposa. Al momento supo que ella no le diría la verdad. Y repitió—: Dime la verdad, por favor.

Vio cómo ella, con manos pálidas, se apresuraba a ahuecarse el cabello de las sienes; un gesto superfluo que lo puso nervioso. La mirada de ella se le clavó desde el espejo, una mirada gris, fría, certera y rápida como una bala de acero. «La amo», pensó el médico. Ella me hace daño y yo la amo. Preguntó:

—¿Estás enfadada conmigo por haberme pasado toda la tarde fuera de casa?

Ella se giró sobre sí misma. Ahora la veía sentada, con el torso retorcido sobre las caderas: un maniquí de cera y ropa interior de seda. Tras la cortina de sus largas pestañas negras, sus ojos claros parecían chispas de hielo artificial, de pega. Las manos delgadas reposaban sobre el calzón como pájaros blancos bordados sobre fondo de seda azul. Y con una voz grave que el esposo no creía haberle oído nunca y que igualmente parecía emitida por un mecanismo que tuviera instalado en el pecho, dijo muy despacio:

—Yo nunca te echo de menos.

El doctor empezó a dar zancadas por la alcoba, sin mirar a su esposa. Apartó dos sillas de su camino. Sentía como si tuviera que quitar muchas más cosas de en medio, igual mover las paredes, destrozar el techo con la cabeza, patear las tablas de la tarima hasta empotrarlas en la tierra. El tintineo de sus espuelas llegaba a sus oídos desde muy lejos, como si fueran de otro. Una única palabra insuflaba vida a su cabeza, zumbaba por ella, daba vueltas en su cerebro, sin cesar. ¡Fin, fin, fin! Una palabra mínima. Revoloteaba por su cerebro, rauda, ligera como una pluma y a la vez pesada como una losa. Sus zancadas se aceleraban cada vez más y sus pies seguían el compás uniforme del tictac de aquella palabra en su cabeza. De pronto, se paró:

—¿Así que no me quieres? —preguntó.

Estaba seguro de que ella no le iba a contestar. «Se va a quedar callada», pensaba.

—No —respondió ella levantando el telón negro de sus pestañas y midiéndolo de la cabeza a los pies con los ojos desnudos, desnudos hasta lo escalofriante, y añadió—: ¡Pero si estás borracho!

El doctor se dio cuenta de que había bebido demasiado. Satisfecho, pensó: «Estoy borracho y quiero estarlo». Y, con una voz que no era suya, como si ahora fuera su obligación estar borracho y no ser él mismo, dijo:

—Conque no, ¿eh?

Según sus confusas imaginaciones, esas eran las palabras y ese era el tono que debía utilizar un hombre borracho en tales circunstancias. Así que las entonó. Y añadió algo más:

—Te voy a matar —dijo muy lentamente.

—¡Pues mátame! —trinó ella con su antigua voz aguda, la de siempre. Se puso de pie. Con rapidez y agilidad, y con el pompón rosa en la mano.

Ya no la amaba, ya no la amaba. Estaba lleno de odio, un odio que él mismo odiaba, una rabia que había hecho erupción en regiones lejanas como un enemigo desconocido y ahora anidaba en su corazón. Y, en voz alta, dijo lo que había pensado una hora antes:

—¡Orden! ¡Aquí voy a poner orden yo!

Su mujer se echó a reír, con una voz campanuda que él nunca le había oído. «¡Es una voz teatral!», pensó. Una necesidad imperiosa de demostrarle que él iba a poner orden allí confirió vigor a sus músculos y una fuerza inusual a su mirada. Dijo:

—Te dejo sola con tu padre. ¡Me voy a buscar a ese Trotta!

—Eso, vete —dijo ella.

Y se fue. Antes de salir de la casa, volvió a pasar por el gabinete para tomarse un aguardiente. Volvió al alcohol como quien vuelve a un amigo de toda la vida... por primera vez en ella. Se sirvió una copita, y una más, y una tercera. Abandonó el edificio acompañado del tintineo de las espuelas. Llegó al casino y preguntó a un camarero:

—¿Dónde está el teniente Trotta?

El teniente Trotta no estaba en el casino.

El doctor Demant emprendió la marcha por la carretera recta que llevaba al cuartel. La luna empezaba a menguar. Aún brillaba, fuerte y plateada, casi llena. Por la carretera silenciosa no se percibía el más mínimo movimiento. Las escuálidas sombras de los castaños desnudos que la flanqueaban dibujaban como una red enmarañada en el centro de la calzada, ligeramente abombado. El paso del doctor Demant sonaba duro y congelado. Iba a buscar al teniente Trotta. A lo lejos, de un blanco azulado, veía el imponente muro del cuartel, y hacia allí se dirigía, hacia la fortaleza enemiga. Al encuentro le salía el frío sonido metálico del toque de retreta; el doctor parecía avanzar directo contra las notas musicales hechas hielo, las pisoteaba a su paso. Enseguida, en cualquier momento, aparecería el teniente Trotta. Como una rayita negra que se escindía del imponente blanco del cuartel, apareció y se fue acercando al doctor. Tres minutos más. Se encontraron de frente. Ahora sí que estaban cara a cara. El teniente hizo el saludo militar. El doctor Demant se oyó decir, como desde una distancia infinita:

—¿Ha ido usted a visitar a mi esposa esta tarde, teniente?

La bóveda de cristal azul del cielo les devolvió el eco de la pregunta. Hacía mucho, semanas, que habían pasado a tutearse. Se tuteaban. Ahora, sin embargo, se encontraban cara a cara como enemigos.

—He visitado a su esposa esta tarde, doctor —respondió el teniente.

El doctor Demant se acercó al teniente todo lo que pudo:

—¿Qué hay entre mi esposa y usted, teniente?

Los gruesos cristales de las gafas del doctor centelleaban. Ya no tenía ojos, solo gafas.

Carl Joseph guardó silencio. Era como si en todo el vasto mundo no hubiera respuesta a la pregunta del doctor Demant. Habría podido pasar décadas buscando en vano una respuesta, como si la lengua de los hombres se hubiera consumido y secado para siempre. El corazón le daba golpes acelerados, secos, duros contra las costillas. Seca y dura se había quedado la lengua pegada al paladar. Un vacío tremendo, despiadado, empezaba a zumbarle en la cabeza. Era como encontrarse justo al borde de un peligro sin nombre y que, al mismo tiempo, ya te hubiera engullido. Como estar al borde de un gigantesco abismo negro y, al mismo tiempo, ya estar hundido en sus tinieblas. Desde una lejanía de cristal de hielo resonaron las palabras del doctor Demant, palabras muertas, cadáveres de palabras:

—Responda, teniente.

Nada. Silencio. Las estrellas centellean y brilla la luna.

—Responda, teniente.

El aludido es Carl Joseph, tiene que responder. Hace acopio de las míseras fuerzas que le quedan. El teniente choca los tacones (por instinto militar y también por oír algún ruido) y el tintineo de las espuelas lo tranquiliza. Y dice en voz muy baja:

—Doctor, entre su esposa y yo no hay nada.

Nada. Silencio. Las estrellas centellean y brilla la luna. El doctor Demant no dice nada. Desde sus gafas muertas, mira a Carl Joseph. El teniente repite en voz muy baja.

—Nada en absoluto, doctor.

El doctor se ha vuelto loco, piensa el teniente. Y se ha roto. Algo se ha roto. Tiene la sensación de haber oído un leve chasquido, como cuando se rompe un cristal muy fino. ¡Lealtad rota!, le viene a la mente, en alguna parte ha leído esa expresión. Amistad rota. Sí, es una amistad rota.

De pronto, toma consciencia de que el médico del regimiento es su amigo desde hace semanas. ¡Un amigo! Se veían a diario. Una vez lo acompañó al cementerio y estuvieron paseando entre las tumbas.

—Hay tantos muertos... —había dicho el doctor—. ¿No sientes tú también cómo vivimos de los muertos?

—Yo vivo de mi abuelo —había dicho Trotta.

Tenía en la cabeza el retrato del héroe de Solferino, el que se perdía en la sombra de la moldura del gabinete de su padre. Es más, en las palabras del médico había algo fraternal, el afecto fraternal latía en el corazón del doctor Demant como una llamita.

—Mi abuelo —le había contado el doctor— era un anciano judío muy alto y de barba plateada.

Carl Joseph vio al anciano judío muy alto y de barba plateada. Eran nietos, los dos eran nietos. Cuando el médico del regimiento sube a lomos de su caballo, resulta un poco ridículo, más menudo, aún más bajito que a pie; el caballo lo transporta como si fuera un saquito de avena. Igual de lamentable resulta Carl Joseph a caballo. Él se conoce bien. Se ve como en un espejo. Hay dos oficiales en todo el regimiento que dan motivos a los demás para cuchichear a sus espaldas: ¡el doctor Demant y el nieto del héroe de Solferino! Dos en todo el regimiento. Dos amigos.

—¿Es su palabra de honor, teniente? —pregunta el doctor.

Sin responder, Carl Joseph le tiende la mano. El doctor dice:

—Gracias —y acepta la mano.

Los dos juntos echan a andar por la carretera en la dirección opuesta al cuartel, diez pasos, veinte pasos, y no dicen ni palabra.

De repente, el médico rompe el silencio:

—No me lo tomes a mal. He bebido. Hoy ha venido mi suegro a casa. Te ha visto. Ella no me ama. No me ama. ¿Tú lo entiendes?... ¡Tú eres joven! —añade al cabo de un rato, como si quisiera decir que ha hablado en vano—. ¡Eres joven!

—Lo entiendo —dice Carl Joseph.

Caminan al mismo paso, los acompañan el tintineo de las espuelas y de los sables. Amarillentas y afables los saludan las luces de la ciudad al acercarse. Ambos desearían que la carretera no tuviera fin. Largo, largo tiempo les gustaría a ambos seguir caminando así. Ambos tendrían algo que decir, pero ambos callan. Una palabra, una palabra es fácil de decir. No se dice. Es la última vez, piensa el teniente, es la última vez que caminamos así uno junto al otro.

Ahora llegan a la linde de la ciudad. Se impone que el médico diga algo antes de atravesar esa frontera.

—No es por mi mujer —dice—. Eso ya no importa nada. Para mí es un asunto zanjado. Es por ti —dice, y espera una respuesta sabiendo que no va a recibir ninguna—. Está bien, te doy las gracias —se apresura a añadir—: Aún me voy a pasar un rato por el casino. ¿Vienes?

No. Esa noche, el teniente Trotta no va al casino. Se vuelve.

—Buenas noches —dice, dando media vuelta. Y entra en el cuartel.

Capítulo 7

Por la mañana temprano, cuando el regimiento salía de maniobras, el mundo aún estaba a oscuras. La corteza de hielo que cubre las calles se hace añicos bajo los cascos de los caballos. Humo gris sale de los ollares de los animales y de la boca de los jinetes. Una finísima capa de escarcha sin brillo envuelve las hojas de los pesados sables y los cañones de las ligeras carabinas. La pequeña ciudad se encoge más todavía. Los toques amortiguados y helados de las trompetas no atraen a ningún espectador al borde de las calles. Los cocheros de la parada de carruajes son los únicos que levantan su barbuda cabeza a esas horas de la mañana. Si ha caído nieve suficiente, conducen trineos. Las campanillas de las guirnaldas que adornan a sus caballos no paraban de sonar por el desasosiego de los caballos muertos de frío. Todos los días se parecían como copos de nieve. Los oficiales del regimiento de ulanos esperaban algún acontecimiento extraordinario que rompiera la monotonía de sus días. Ninguno sabía realmente de qué índole podría ser tal acontecimiento. Aquel invierno, sin embargo, parecía albergar en su tintineante seno alguna sorpresa terrible. Y un día se produjo el chispazo, como un rayo rojo sobre la nieve blanca.

Aquel día, el capitán Taittinger no estaba solo detrás de la puerta cristalera de la confitería. Desde primera hora de la tarde, estaba instalado en el saloncito de atrás, rodeado de los camaradas más jóvenes. A los oficiales les parecía más pálido y enjuto que de costumbre. Todos estaban pálidos, por cierto. Bebían muchos licores y su rostro no se ponía rojo. No comían nada. Solo delante del capitán se alzaba, como de costumbre, una montaña de dulces. Es más, se diría que aquel día tal vez estaba engullendo más que otros. Pues la preocupación le roía las entrañas y lo dejaba hueco por dentro, y tenía que mantenerse con vida. Así, mientras sus huesudos dedos introducían un pastelillo tras otro en la boca abierta como un pozo, repetía su historia, ya por quinta vez, ante sus siempre curiosos oyentes:

—En fin, caballeros, que lo esencial es mantener la discreción más absoluta de cara a la población civil. Cuando aún servía yo en el Noveno de Dragones, había un oficial muy chismoso, reservista, claro está, y con una fortuna importante, dicho sea de paso, y nada más incorporarse a filas le tuvo que pasar una historia así. Claro, para cuando luego enterramos al pobre barón Seidl, la ciudad entera se había enterado de cómo murió tan de repente. Espero, caballeros, que esta vez sea poco más discreto el... —A punto estuvo de decir «entierro», pero se contuvo y estuvo un rato pensando; no daba con la palabra y se puso a mirar al techo, y un silencio espantoso zumbaba alrededor de su cabeza y de las cabezas del resto. Por fin concluyó—: un poco más discreto el proceso. —Tomó aire un momento, se zampó un pastelillo y apuró el vaso de agua de un trago.

Todos sintieron que había invocado a la muerte. La muerte flotaba sobre todos ellos y no estaban familiarizados con ella en absoluto. Habían nacido en tiempos de paz y se habían convertido en oficiales realizando maniobras y ejercicios pacíficos. Por entonces no sabían aún que todos y cada uno de ellos, sin excepción, habrían de encontrarse con la muerte unos años más tarde. Por entonces, ninguno de ellos tuvo el oído lo bastante fino como para percibir las grandes ruedas de los grandes molinos secretos en los que ya se comenzaba a moler la gran guerra. Blanca paz invernal reinaba en la pequeña guarnición. Y negra y roja aleteaba la muerte sobre sus cabezas en la penumbra del cuartito de atrás de la confitería.

—Yo no lo termino de entender —dijo uno de los jóvenes. Todos habían dicho ya cosas parecidas.

—¡Pero si es la enésima vez que lo cuento! —replicó Taittinger—. A ver, todo empezó con la historia esa de los vendedores ambulantes, pues había cometido yo el despropósito de ir a ver esta opereta... ¿Cómo se titulaba, que ya se me ha olvidado el nombre y todo? ¿Cómo era, hombre?

—*Der Rastelbinder* —apuntó uno.

—¡Eso! Bueno, pues todo empezó con *Der Rastelbinder*. El caso es que, según salgo del teatro, me encuentro con Trotta, completamente solo en medio de la plaza, porque yo me había salido antes del final, que siempre lo hago así, caballeros. Nunca aguanto hasta el final, porque todo va a acabar bien, que eso se ve enseguida, en cuanto empieza el último acto, y yo ahí, como ya veo lo que va a pasar, pues me escabullo de la sala haciendo el menor ruido posible. Además, esa opereta ya la he visto tres veces. ¡En fin! Que me encuentro al pobre Trotta allí más solo que la una. Le comento: «Está muy bien la opereta», y además le hablo del extraño comportamiento de Demant. El doctor apenas me había dirigido una mirada, y, en el segundo acto, deja sola a su mujer y se marcha por las buenas y ya no vuelve. Hombre, me podía haber dejado a mí a cargo de su esposa, porque lo de irse así, sin más, es casi un escándalo... Total, que eso es lo que le cuento a Trotta. «Bueno», me dice él, «con Demant hace mucho que no hablo...».

—Pues a Trotta y a Demant se los estuvo viendo juntos durante semanas —comenta alguien.

—Por supuesto que lo sé, y por eso mismo le hablé a Trotta del extraño comportamiento de Demant. Pero conste que yo no me inmiscuyo en asuntos ajenos, así que le pregunto a Trotta si no se viene un rato conmigo a la confitería. «No», me dice, «hoy tengo una cita». El caso es que me voy. Y da la casualidad de que justo esa tarde han cerrado la confitería antes. ¡El destino, caballeros! Así que me voy al casino, qué voy a hacer. Inocente de mí, les comento a Tattenbach y a los que andaban por allí lo raro que estaba el doctor Demant y que Trotta tiene una cita en medio de la plaza del teatro. Y ahí oigo que Tattenbach silba. «¿Qué silbas?», le pregunto. «Nada, nada», dice. «Atiende, no te digo más. Tú atiende: el Trotta y la Eva, el Trotta y la Eva...»., me tararea dos veces, con una de esas melodías pegadizas del teatro de variedades, y yo esa Eva no sé quién es, quiero decir, pues será la del paraíso, una cosa simbólica y general. ¿Me entienden, caballeros?

Todos lo habían entendido y lo confirmaron mediante interjecciones y asintiendo con la cabeza. No solo habían entendido el relato del capitán, sino que ya lo conocían al dedillo de principio a fin. Sin embargo, querían oírle contar todos los detalles una y otra vez, pues en el fondo más recóndito y más necio de su corazón albergaban la esperanza de que la historia del capitán pudiera cambiar en algún punto y dejar abierto algún atisbo de desenlace más favorable. Insistían en preguntarle a Taittinger. Pero el relato contaba siempre la misma versión. No variaba ni el más mínimo de sus tristes detalles.

—¿Y entonces? —pregunta uno.

—¡Pero si el resto también lo conocéis! —replica el capitán—. En el mismo instante en que salimos del casino Tattenbach, Kindermann y yo, prácticamente nos damos de bruces con Trotta y la señora Demant. «Oye», dice Tattenbach, «¿no decía Trotta que tenía una cita?». «También puede ser casualidad», le digo yo a Tattenbach. Y es verdad que era casualidad, como sé ahora. La señora Demant salió del teatro sola. Trotta se vio obligado a acompañarla a casa. Tuvo que renunciar a su cita. No hubiera pasado nada si Demant, en el descanso, me hubiera dejado a mí a cargo de su mujer. ¡Nada!

—¡Nada! —confirmaron todos.

—A la mañana siguiente, en el casino, Tattenbach está borracho, como de costumbre. Y, según entra Demant, se pone de pie y dice: «*Servus*, doctorcete». ¡Así es como empezó todo!

—¡Qué ruin! —comentan dos a coro.

—Sin duda, ruin, pero estaba borracho. ¿Qué se hace ahí? Yo le saludo correctamente: «*Servus*, doctor». Y Demant, con una voz que nunca hubiera yo creído que pudiera poner, le dice a Tattenbach: «Le recuerdo, capitán, que como médico del regimiento soy oficial». «Yo que usted me estaba mejor en casa vigilando», dice Tattenbach, sujetándose al sillón. Por cierto, era su santo. ¿Os lo había contado?

—¡No! —exclamaron todos.

—Pues nada, ahora lo sabéis. Ese día era su santo —repitió Taittinger.

El nuevo detalle lo reciben como agua en el desierto. Como si el hecho de que Tattenbach estuviera celebrando su santo fuese a ofrecer al triste incidente un nuevo desenlace más feliz. Cada cual se pone a pensar cómo podría influir favorablemente el elemento del santo. Y el pequeño Sternberg, por cuyo cerebro solían atravesar los pensamientos de uno en uno, cual aves solitarias por entre las nubes huecas, sin otra ave al lado ni otra ave detrás, se precipita a proclamar con voz de júbilo:

—¡Pero, entonces, ya está todo arreglado! ¡Es una situación completamente distinta! ¡Es que era su santo!

Todos clavaron la mirada en el pequeño conde Sternberg, atónito, consternado y aun así dispuesto a aferrarse a su disparate. Lo que había dicho era una necedad absoluta, aunque, pensándolo bien: ¿acaso no cabía tenerlo en cuenta?, ¿no brindaba una chispa de esperanza?, ¿no ofrecía cierto consuelo? La risotada con que respondió Taittinger sembró el estupor de nuevo. Con los labios entreabiertos, expresiones de desconsuelo en la punta de la lengua, los ojos abiertos como platos, pero sin mirada, todos se quedaron callados, enmudecidos y cegados tras haber creído escuchar, por un instante, una nota de consuelo. Todo a su alrededor se percibía amortiguado y velado. En todo el ancho mundo, mudo y cubierto de nieve, no quedaba otra cosa que el relato, cinco veces repetido y siempre invariable, de Taittinger. Prosiguió:

—Así que Tattenbach le dice: «Yo que usted me estaba mejor en casa vigilando». Y el doctor, igual que en el reconocimiento médico, ¿sabéis?, y como si Tattenbach estuviera enfermo, estira la cabeza hacia él y le dice: «Capitán, está usted borracho». «Yo mejor me estaba en casa vigilando a mi mujer», sigue Tattenbach con lengua de trapo. «Un servidor no deja a su señora paseando con un teniente a las doce de la noche». «¡Y usted está borracho y es un canalla!», le dice Demant. Y, según me voy a levantar yo, antes de moverme siquiera, Tattenbach comienza a gritar como un loco: «¡Judío, judío, judío...!». Ocho veces seguidas lo dice, que aún tuve yo la presencia de ánimo de contarlas bien.

—¡Bravo! —dijo Sternberg, y Tattinger asintió con la cabeza.

—Ahora que también tuve la presencia de ánimo —añade el capitán Taittinger— de dar la orden: «¡Que se retiren los camareros!». ¿Pues ¿qué pintaban ellos allí?

—¡Bravo! —dijo Sternberg una vez más. Y todos asintieron con la cabeza en señal de aprobación.

Volvieron a quedarse callados. Desde la cocina cercana se escuchaba un ruidoso trajín de platos y de la calle llegaban las campanillas de los trineos. Taittinger se metió en la boca otro pastelillo.

—¡Buena la tenemos ahora! —exclamó el pequeño Sternberg; Taittinger engulló lo que quedaba del plato de dulces y se limitó a decir:

—Mañana, a las siete y veinte.

Día siguiente, siete y veinte de la mañana. Conocían las condiciones: disparo simultáneo a diez pasos de distancia. Imponer el sable habría resultado imposible con el doctor Demant. No sabía esgrima. Al día siguiente, a las siete y veinte de la mañana, el regimiento saldría para sus ejercicios en la pradera. Desde la pradera hasta lo que llaman «la plaza verde», detrás del antiguo castillo, donde tendrá lugar el duelo, distan apenas doscientos pasos. Todos y cada uno de los oficiales saben que, al día siguiente, durante la propia sesión de ejercicios, oirán dos disparos. Con alas rojas y negras planeaba la muerte sobre sus cabezas.

—¡La cuenta! —pidió Taittinger. Y se fueron de la confitería.

Nevaba de nuevo. Como una manada muda de color azul oscuro, todos echaron a andar por la nieve blanca, también muda, y fueron perdiéndose de dos en dos o en solitario. Todos tenían miedo de quedarse solos, pero no eran capaces de ir juntos. Hicieron por perderse entre las callejas de la pequeña ciudad, pero era inevitable que volvieran a encontrarse al cabo de un rato. Las retorcidas callejuelas volvían a juntarlos. Estaban atrapados en la pequeña ciudad y en su enorme desesperación. Y cada vez que alguno se encontraba a otro de frente, se sobresaltaban ambos, cada cual asustado por el miedo del otro. Esperaban la hora de la cena y, al mismo tiempo, temían la inminente velada en el casino, donde ese día, ese mismo día, ya no estarían todos presentes.

En efecto, no todos estuvieron presentes. Tattenbach faltó, como el mayor Prohaska, el doctor, el teniente coronel Zander y el teniente Christ y, obviamente, los padrinos.

Taittinger no comió nada. Estuvo sentado solo frente a un tablero de ajedrez, jugando consigo mismo. Nadie hablaba. Los camareros permanecían junto a las puertas, quietos como si fueran de piedra; se oía el lento y sigiloso tictac del gran reloj de pared y, a la izquierda de este, el supremo señor de los ejércitos contemplaba a sus oficiales mudos con sus ojos de fría porcelana azul. Nadie se atrevía a marcharse solo, pero tampoco a pedirle a cualquier camarada que lo acompañase. Así pues, permanecieron en el casino, cada cual en su sitio. Donde coincidían dos o tres en una mesa, goteaban las palabras de los labios con harto esfuerzo, y entre palabra y respuesta pesaba un gran silencio de plomo. Todos lo sentían sobre su espalda.

Recordaban a los que no estaban allí como si los ausentes ya fueran difuntos. Todos se acordaban de la llegada del doctor Demant, varias semanas atrás, después de su larga baja por enfermedad. Veían sus pasos inseguros y sus gafas centelleantes. Veían al conde Tattenbach, con su cuerpo corto y rechoncho y sus piernas torcidas de jinete, su cabeza siempre colorada, con el cabello muy rubio, con la raya en medio y casi rapado, sus ojos pequeños, claros y siempre surcados de venillas rojas. Oían la voz delicada del doctor y el vozarrón del capitán. Y por más que sus corazones y sus mentes, desde que eran capaces de sentir y de pensar, estaban familiarizados con las palabras *honor y morir, disparar* y *golpear, muerte* y *tumba,* aquel día les resultaba inconcebible que tal vez ya se habían despedido para siempre del vozarrón del capitán y de la voz delicada del doctor. Cada vez que se oían las melancólicas campanadas del gran reloj de pared, los hombres creían que había tocado su hora final. No querían dar crédito a sus oídos y miraban hacia la pared. No cabía duda: el tiempo no se detenía. «Las siete y veinte, las siete y veinte, las siete y veinte», martilleaba en todas las cabezas.

Se fueron levantando, uno tras otro, vacilantes y avergonzados; al abandonar a los demás, cada uno sentía como si los estuviese traicionando.

Salían casi sin hacer ruido. Las espuelas no tintineaban, los sables no sonaban, las suelas pisaban sordas un suelo sordo. Antes de la medianoche se había quedado vacío el casino. Y un cuarto de hora antes de la medianoche llegaban al cuartel el teniente coronel Schlegel y el teniente Kindermann. Desde la primera planta, donde estaban los cuartos de los oficiales, una única ventana iluminada arrojaba un rectángulo amarillo sobre la negrura cuadrada del patio. Los dos miraron hacia arriba al mismo tiempo.

—Ése es Trotta —dijo Kindermann.

—Ése es Trotta —repitió Schlegel.

—Deberíamos echar un vistazo.

—No le va a gustar.

Recorrieron el pasillo tintineando, ralentizaron el paso al acercarse a la puerta de Trotta y aguzaron el oído. No se oía movimiento alguno. El teniente coronel Schlegel colocó la mano sobre el picaporte, pero no llegó a bajarlo. La retiró y ambos se alejaron. Se saludaron asintiendo con la cabeza y se fueron a su habitación.

El teniente Trotta, de hecho, no los había oído. Desde hacía unas cuatro horas, intentaba escribirle una carta detallada a su padre. No lograba pasar de las primeras líneas. «Querido padre:», empezaba. «Sin saber cómo y sin tener culpa, he sido el desencadenante de un trágico asunto de honor». La mano le pesaba. Como una herramienta inútil, muerta, permanecía suspendida con la pluma temblorosa sobre el papel. Aquella carta era la primera carta difícil de su vida. Al teniente le parecía inconcebible esperar al desenlace del asunto y no escribir antes al jefe de distrito. Ya lo había demorado día tras día desde la infausta pelea entre Tattenbach y Demant. Ahora no cabía la posibilidad de no enviar la carta ese mismo día. Ese mismo día, todavía antes del duelo. ¿Qué habría hecho el héroe de Solferino en semejante situación? Carl Joseph sentía la autoritaria mirada de su abuelo en la nuca. El héroe de Solferino le dictaba a su pusilánime nieto que mostrase una determinación rotunda. Tenía que escribir, ya, allí mismo. Es más, incluso tendría que haber ido a ver a su padre. Entre el difunto héroe de Solferino y el indeciso nieto estaba el padre, el jefe de distrito, el defensor del honor, el guardián del legado familiar. Viva y roja corría aún por sus venas la sangre del héroe de Solferino. No informar a tiempo al padre era como intentar ocultarle algo también al abuelo.

No obstante, escribir aquella carta habría requerido ser tan fuerte como el abuelo, tan simple y tan decidido, estar tan cerca de él como de los campesinos de Sipolje. ¡Pero Carl Joseph no era más que el nieto! Aquella carta interrumpía de un modo espantoso la cómoda retahíla de informes semanales, siempre idénticos, que los hijos escribían a sus padres de toda la vida. Una carta manchada de sangre; no había más remedio que escribirla.

El teniente prosiguió:

Di un inocente paseo, cierto es que fue hacia la medianoche, con la esposa de nuestro médico del regimiento. La situación me obligó a ello. Algunos camaradas nos vieron. El capitán Tattenbach, quien por desgracia se emborracha con frecuencia, le hizo al doctor un comentario ruin al respecto. Mañana, a las siete y veinte de la mañana, se batirán en duelo con pistola. Es probable que me vea en la obligación de retar a Tattenbach, si sigue con vida, lo cual espero que así sea. Las circunstancias son difíciles.

Con el cariño de tu fiel hijo,
Carl Joseph Trotta, teniente

Posdata: Tal vez también me vea obligado a abandonar el regimiento.

Ahí, el teniente pensó que ya estaba superado lo más difícil. Sin embargo, cuando levantó la mirada hacia la sombra de la moldura del techo, de pronto vio el severo rostro del abuelo. Junto al héroe de Solferino creyó ver también el rostro del tabernero judío de larga barba blanca, cuyo nieto era el doctor Demant. Y percibió que los muertos llamaban a los vivos y se sintió como si él mismo fuera a batirse en duelo al día siguiente, a las siete y veinte de la mañana. A batirse en duelo y a caer. ¡Caer! ¡Caer y morir!

Aquellos domingos, ya perdidos en el olvido hacía mucho, en los que Carl Joseph se quedaba de pie en el balcón mientras la banda militar del maestro Nechwal tocaba la *Marcha Radetzky,* aún le habría parecido una nadería lo de caer y morir. El alumno de la Real e Imperial Academia de Cadetes de Caballería veía la muerte como algo familiar, pero la veía muy lejana. Al día siguiente, a las siete de la mañana, la muerte esperaba a su amigo, el doctor Demant. Un día después, o varios, al teniente Carl Joseph von Trotta. ¡Horror y tinieblas! ¡Ser motivo de su negra llegada y por fin convertirse en su víctima! Y, de no convertirse uno mismo en su víctima, ¿cuántos cadáveres había en el camino? Igual que las piedras miliares en los caminos de otros se sucedían las lápidas en el camino de Trotta. Era un hecho que no volvería a ver a su amigo jamás, como tampoco había vuelto a ver a Katharina. ¡Jamás! Esa palabra se extendía ante los ojos de Carl Joseph sin orillas ni fronteras, un mar muerto de sorda eternidad. El pequeño teniente apretó el puño, blanco y débil, contra la gran ley negra que iba colocando las lápidas de sus muertos, que no ponía freno al despiadado imperio del jamás y no dejaba entrar la luz en las eternas tinieblas. Apretó el puño y se acercó a la ventana para alzarlo hacia el cielo. Pero solo levantó los ojos. Vio el frío parpadeo de las estrellas invernales. Se acordó de la noche en que había paseado por última vez con el doctor Demant, del cuartel a la ciudad. Por última vez, ya entonces supo que lo sería.

De pronto, lo invadió la añoranza del amigo, y también la esperanza de que aún cupiera la posibilidad de salvar al doctor. Era la una y veinte. Seis horas le quedaban al doctor Demant, seis largas horas. Ese tiempo se le antojaba ahora casi tan poderoso como antes la eternidad sin orillas. Se lanzó hacia el perchero, se abrochó el sable y se puso el abrigo, corrió por el pasillo y casi bajó la escalera volando; como una flecha, atravesó el cuadrado negro del patio hasta el portón, pasó por el puesto de guardia, corrió por la carretera en silencio, llegó a la ciudad en diez minutos y un rato después consiguió el único trineo que prestaba un solitario servicio nocturno para, consolado por el suave tintineo de sus campanillas, deslizarse hasta la linde meridional de la ciudad, donde estaba la villa del doctor. Detrás de la verja, la casita dormía con las ventanas ciegas. Trotta tocó al timbre. Todo permaneció en silencio. Llamó a gritos al doctor Demant. Nada se movió. Esperó. Mandó al cochero que hiciera sonar el látigo. No respondió nadie.

De haber ido en busca del conde Tattenbach, le habría resultado fácil encontrarlo. La víspera de su duelo estaría donde Resi, bebiendo a su propia salud. Pero era imposible adivinar dónde estaría Demant. Tal vez paseando por las callejas de la ciudad. O tal vez paseando entre las tumbas que tan familiares le eran y ya buscando la suya.

—¡Al cementerio! —ordenó el teniente al asustado cochero.

Los dos cementerios quedaban cerca de allí. El trineo se detuvo frente al viejo muro y la verja cerrada. Trotta se apeó. Se acercó a la reja. Acorde con la disparatada idea que lo había conducido hasta allí, hizo bocina con las manos y gritó el nombre del doctor a las tumbas, con una voz que no parecía suya, sino más bien un aullido de su corazón; y él mismo creyó, mientras gritaba, que ya estaba llamando a los muertos y no a un vivo; se estremeció y empezó a temblar como uno de los arbustos desnudos que se veían entre las tumbas y a través de los que ahora silbaba el viento nocturno del invierno; el sable traqueteaba con su típico sonido metálico, colgado a la cadera del teniente.

El cochero, sentado en el pescante del trineo, tenía miedo de su cliente. Hombre sencillo como era, tomaba al oficial por un fantasma o por un loco. Al mismo tiempo, le daba miedo arrear al caballo y marcharse. Le castañeteaban los dientes y el corazón le latía desbocado bajo el chaquetón de pelo de gato.

—Mejor suba al coche, oficial, suba —rogaba.

El teniente le hizo caso.

—¡De vuelta al centro! —dijo.

En el centro de la ciudad, dejó el coche y se puso a recorrer a conciencia las retorcidas callejuelas y las placitas. La musiquilla metálica de una sinfonola que empezó a sonar en alguna parte, rompiendo el silencio nocturno, le sugirió un destino provisional; apretó el paso en dirección a las melodías de metal. Salían de la puerta de cristal traslúcido de una taberna cercana a la casa de la señora Resi, una taberna a la que solía ir la tropa y donde no se permitía el acceso a los oficiales. El teniente se acercó a la ventana, bien iluminada, y se asomó al interior a través de la cortina roja. Vio la barra y al enjuto tabernero en mangas de camisa. Sentados a una mesa había tres hombres jugando a las cartas, también en mangas de camisa; en otra, un cabo acompañado de una chica con jarras de cerveza delante. En un rincón había otro hombre, sentado solo, con un lápiz en la mano e inclinado sobre una hoja de papel; escribía algo, se interrumpía, daba un sorbo de aguardiente y se quedaba con la mirada perdida. De pronto, volvió las gafas hacia la ventana. Carl Joseph lo reconoció: era el doctor Demant de paisano.

Carl Joseph tocó a la puerta de cristal y salió el tabernero; el teniente le pidió que le dijera al caballero de la mesa del rincón que saliera y el doctor Demant salió a la calle.

—Soy yo, Trotta —dijo el teniente tendiéndole la mano.

—Me has encontrado —dijo el doctor.

Hablaba en voz baja, como de costumbre, pero de una forma mucho más clara, o así se lo pareció al teniente, pues, de algún modo, sus suaves palabras eclipsaron el estrépito metálico de la sinfonola. Era la primera vez que se encontraba delante de Trotta vestido de paisano. Aquella voz familiar salía al encuentro del teniente como un feliz saludo del hogar desde la apariencia distinta del doctor. Es más, la voz le resultaba tanto más familiar cuanto más distinto le resultaba Demant. Todos los horrores que desquiciaban al teniente aquella noche se desvanecían ahora ante la voz del amigo, la voz que Carl Joseph llevaba semanas sin escuchar y que tanto echaba en falta. Sí, la había echado en falta, ahora tomaba consciencia. La sinfonola dejó de meter ruido. De cuando en cuando, se oía el silbido del viento nocturno y se sentía en la cara el polvo de nieve que se arremolinaba. El teniente se acercó un paso más al doctor. (Toda la cercanía se le hacía insuficiente.) «¡No te mueras!», quería decirle. Se le ocurrió que Demant estaba frente a él sin abrigo, bajo la nieve, con aquel viento. «De paisano no se nota a primera vista», pensó también. Y con ternura le dijo:

—¡Aún te vas a resfriar!

El rostro del doctor Demant se iluminó al instante con su sonrisa de siempre, la que Carl Joseph conocía, la que le fruncía ligeramente los labios y le levantaba un poco el bigote negro. El teniente se sonrojó. «Ya no da tiempo a que se resfríe», pensó. En ese instante oyó la voz suave del doctor Demant:

—Ya no me da tiempo a ponerme enfermo, mi querido amigo.

El doctor era capaz de hablar a la vez que sonreía. Las palabras del doctor salían a través de su sonrisa de siempre, que, sin embargo, era completamente distinta; no dejaba de parecer un pequeño y triste velo blanco que le cubría los labios.

—Pero entremos, ¿no? —prosiguió.

De pie frente a la puerta traslúcida, inmóvil como una sombra negra, el doctor arrojaba una segunda sombra, más pálida, sobre la calle nevada. Se le había depositado sobre el cabello negro el polvillo de nieve plateada y lo iluminaba la luz mortecina que salía de la taberna. Por encima de su cabeza se veía ya el resplandor del mundo celestial y Trotta casi estuvo a punto de dar media vuelta. Buenas noches, iba a decir para marcharse a toda prisa.

—Pero entremos, ¿no? —volvió a decir el doctor—. Voy a preguntar si puedes pasar sin que nadie se dé cuenta.

Entró y dejó a Trotta en la calle. Luego salió acompañado del tabernero. Atravesaron un pasillo y un patio y llegaron a la cocina de la taberna.

—¿Te conocen aquí? —preguntó Trotta.

—Vengo algunas veces —respondió el doctor—, es decir: vengo a menudo.

Carl Joseph se lo quedó mirando.

—¿Te extraña? Bueno, tenía mis costumbres particulares —dijo el doctor.

«¿Por qué dice "tenía"?», pensó el teniente; y luego recordó de sus clases de lengua que a eso se le llama «pretérito». *Tenía.* «¿Por qué hablaba en pretérito el doctor?»

El tabernero trajo a la cocina una mesita y dos sillas y encendió una lámpara de gas que tenía una pantalla verdosa. En la cocina volvía a oírse la estrepitosa música del automatófono, un popurrí de marchas conocidas en el que, cada cierto tiempo, se escuchaban los primeros compases de la *Marcha Radetzky,* deformada por elementos añadidos y menos brillantes, pero todavía reconocible. Bajo la luz verdosa que daba la lámpara a las paredes blancas encaladas de la cocina, el famoso retrato del supremo señor de los ejércitos, con su uniforme blanco como la nieve, languidecía entre dos gigantescas sartenes de cobre. El uniforme blanco del emperador estaba lleno de motitas de huellas de moscas, como carcomido por múltiples bolitas de metralla, y los ojos de Francisco José I, que sin duda serían del consabido azul porcelana en el retrato, se veían apagados por la sombra de la lámpara. El doctor lo señaló con el dedo y dijo:

—Hace un año aún lo tenían colgado en el salón —dijo—. Ahora, al tabernero se le han quitado las ganas de demostrar que es un súbdito leal.

La máquina de discos dejó de sonar. En ese mismo momento, tocaron dos duras campanadas en un reloj de pared.

—Ya son las dos —dijo el teniente.

—Cinco horas quedan —respondió el doctor.

El tabernero trajo *slivovitz*. Siete y veinte, martilleaba en la cabeza del teniente.

Agarró el vasito, lo levantó y, con la voz potente que tanto habían ensayado para cuando tocaba dar órdenes, dijo:

—A tu salud. ¡Tienes que vivir!

—Por una muerte fácil —respondió el doctor, y apuró el vaso, mientras que Carl Joseph volvió a dejar el aguardiente sobre la mesa—. Esta muerte es absurda —continuó el doctor—. Tan absurda como ha sido mi vida.

—¡Yo no quiero que mueras! —gritó el teniente, pateando las baldosas del suelo—. ¡Y tampoco quiero morir yo! ¡Y mi vida es igual de absurda!

—No digas eso —replicó el doctor Demant—. Tú eres el nieto del héroe de Solferino. Él habría muerto de una forma casi igual de absurda. Aunque hay cierta diferencia entre si uno se lanza a la muerte tan convencido como él o tan desalentado como nosotros dos. —Se quedó en silencio—. Como nosotros dos —retomó la palabra—. Nuestros abuelos no nos legaron mucha fuerza; no la suficiente para vivir, alcanza malamente para morir de forma absurda. ¡Ay! —El doctor apartó el vasito de aguardiente; era como si apartara al mundo entero y también a su amigo—. ¡Ay! —repitió—. Estoy cansado, cansado desde hace años. Mañana moriré como un héroe, como lo que llaman un héroe, justo en contra de mis principios y de los principios de mis padres y de mi estirpe y en contra de la voluntad de mi abuelo. En los grandes libros antiguos que leía estaba escrita la frase: «Quien levanta la mano en contra de su prójimo es un asesino». Mañana habrá un hombre levantando la pistola hacia mí y yo levantaré una pistola hacia él. Y seré un asesino. Pero soy miope, no apuntaré. Tendré mi pequeña venganza. Si me quito las gafas, no veo nada de nada. Y dispararé sin ver. Será más natural, más honroso y muy apropiado.

El teniente Trotta no entendía del todo lo que le decía el doctor. La voz del doctor era la que él conocía y, desde que se había acostumbrado a verlo de paisano, también lo eran su figura y su rostro. Sin embargo, las ideas del doctor Demant le llegaban desde una lejanía inconmensurable, desde la misma región inconmensurablemente lejana donde quizá habría vivido el abuelo de Demant, el rey de barba blanca. Trotta le exigía el máximo a su cerebro, como en las clases de trigonometría de sus tiempos de la escuela de cadetes, pero cada vez comprendía menos. Solo sentía cómo se apagaba lentamente aquella chispa de fe en que todo pudiera resolverse, sentía cómo su esperanza se iba consumiendo para convertirse en ceniza blanca que se llevaría el viento, igual que el pábilo de la rumorosa llamita de la lámpara de gas. Su corazón latía tan fuerte como las campanadas huecas y metálicas del reloj de pared. No entendía a su amigo. Tal vez es que había llegado demasiado tarde. Aún tenía mucho que decir. Pero la lengua le pesaba en la boca, impedida por varios lastres. Despegó los labios. Habían perdido el color y temblaban ligeramente, le costó un gran esfuerzo volver a cerrarlos.

—Se diría que tienes fiebre —dijo el doctor como acostumbraba a hablarles a sus pacientes; tocó con el puño en la mesa y apareció el tabernero con más vasitos de aguardiente—. Y todavía no te has bebido ni el primero.

Trotta apuró obedientemente su primer *slivovitz*.

—He descubierto el aguardiente demasiado tarde. ¡Qué pena! —dijo el doctor—. No te lo creerás: lamento no haber bebido nunca.

Haciendo un esfuerzo ímprobo, el teniente levantó los ojos y miró al doctor Demant fijamente a la cara durante unos segundos. Levantó su segundo aguardiente; el vaso pesaba mucho y le temblaba la mano, derramó unas gotas. Se lo bebió de un trago; en su interior surgió una llamarada de rabia que se le subió a la cabeza y le encendió la cara.

—Mejor me marcho —dijo—. No soporto tus bromas. Me había alegrado mucho encontrarte. Estuve en tu casa. Llamé al timbre. Fui al cementerio. Grité tu nombre a través de la verja como un poseso. Estuve... —se interrumpió. Entre sus labios temblorosos se formaron palabras sin sonido, palabras sordas, sombras sordas de sonidos sordos. De repente, sus ojos se llenaron de agua templada y de su pecho brotó un fuerte sollozo. Quería levantarse y salir corriendo, porque se moría de vergüenza. «Pero si estoy llorando», pensó. «¡Estoy llorando!» Se sentía impotente, absolutamente impotente ante la inexplicable fuerza que le hacía llorar. Se entregó sin resistirse. Se entregó al placer de su impotencia. Oía sus sollozos y se regodeaba y se avergonzaba, pero, no obstante, se regodeaba en su vergüenza. Se arrojó a los brazos del dulce dolor y, sin parar de sollozar, repitió varias veces seguidas—: No quiero que mueras, no quiero que mueras, no quiero que mueras. ¡No quiero!

El doctor Demant se puso de pie, dio un par de vueltas por la cocina, se detuvo frente al retrato del supremo señor de los ejércitos, se puso a contar las manchas negras de moscas de la casaca del emperador, interrumpió su enloquecido pasatiempo, se acercó a Carl Joseph, le puso las manos sobre los hombros agitados por el llanto y acercó los cristales de sus gafas hasta casi pegarlos al cabello castaño claro del teniente. El sabio doctor Demant ya tenía resueltos todos sus asuntos en el mundo: había enviado a su esposa a casa de su padre, a Viena; había dado unos días libres a su mozo, y había cerrado su casa. Estaba viviendo en el hotel Zum Goldenen Bären desde el desafortunado incidente. Estaba listo. Desde que había adoptado el nuevo hábito del aguardiente, incluso era capaz de encontrarle cierto sentido secreto a aquel duelo absurdo, capaz de desear la muerte como legítimo punto final de la trayectoria errada de su vida; es más: capaz de atisbar ya una luz del otro mundo, en el que siempre había creído. Él ya se encontraba a gusto entre las tumbas y los amigos muertos mucho antes de llegar el peligro en que se hallaba ahora. El amor infantil hacia su mujer se había apagado. Los celos, un fuego que atormentaba su corazón hasta hacía unas semanas, eran un puñado de ceniza fría. Su testamento, recién escrito, dirigido al coronel, estaba en el bolsillo de su levita. No tenía nada que legar y, menos aún, gente de la que acordarse, así que no había olvidado nada. El alcohol lo volvía ligero, tan solo la espera lo impacientaba. Las siete y veinte, la hora que desde hacía días martilleaba en la cabeza de todos sus camaradas, tintineaba en la suya como una campanita de plata. Por primera vez desde que había vestido el uniforme, se sentía ligero, fuerte y valiente. Disfrutaba de la proximidad de la muerte como disfruta de la proximidad de la vida quien sana de una enfermedad. Lo tenía todo resuelto, estaba listo.

Ahora volvía a encontrarse de pie, como siempre, miope y sin saber cómo reaccionar, frente a su joven amigo. Sí, aún existían la juventud y la amistad y lágrimas derramadas por él. De pronto, volvió a sentir cierta añoranza de su vida llena de carencias, del asqueroso regimiento, del uniforme que odiaba, de la sordidez de los reconocimientos médicos, de la peste de los hombres apelotonados y desnudos, del aburrimiento de las vacunas, del olor a fenol de la enfermería, de los terribles caprichos de su mujer, de la sólida estrechez de su casa, de los días grises de la semana y de los domingos anodinos, de la tortura de montar a caballo, de las estúpidas maniobras y de su propia pesadumbre por culpa de toda aquella mediocridad. A través de los sollozos y suspiros del teniente se abrió paso la atronadora llamada de este mundo vivo, y, mientras buscaba qué decir para consolar a Trotta, el doctor sintió que la compasión inundaba su corazón, que el amor brotaba en su interior con mil lenguas de fuego. Muy atrás quedaba ya la indiferencia que había sido dueña de él durante los últimos días.

Ahí sonaron tres duras campanadas del reloj. Trotta se había callado. Oyeron el eco de las tres campanadas, que se ahogó lentamente en el zumbido de la lámpara de gas. El teniente comenzó con voz sosegada:

—Tienes que saber lo inane que es toda esta historia. Taittinger me aburre, como a todos. Así que le conté que tenía una cita la noche que me lo encontré saliendo del teatro. Y entonces sale tu esposa sola. Yo no puedo menos que acompañarla. Y según pasamos por la puerta del casino, salían a la calle ellos tres.

El doctor retiró las manos de los hombros de Trotta y comenzó a dar vueltas por la cocina de nuevo. Caminaba sin hacer apenas ruido, con pasos suaves y atentos.

—Debo decirte —prosiguió el teniente— que enseguida sospeché que iba a pasar algo terrible. Apenas pude decirle nada amable a tu esposa. Y después, delante de tu jardín, de tu casa, estaba encendida la farola; me acuerdo de que vi claramente las huellas de tus pisadas en la nieve del camino que va del portón de tu jardín a la puerta de la villa, y ahí me vino a la cabeza una idea muy rara, una idea que es una locura...

—¿Sí? —preguntó el doctor, quedándose quieto.

—Una idea muy curiosa: por un momento, pensé que tus huellas son algo así como guardias; no sé cómo expresarlo, el caso es que pensé que desde la nieve nos estaban mirando a tu mujer y a mí.

El doctor Demant se volvió a sentar, miró bien a Trotta y dijo lentamente:

—¿No será que amas a mi esposa y tú mismo no lo sabes?

—Yo no tengo ninguna culpa de todo esto —dijo Trotta.

—No, tú no tienes ninguna culpa —confirmó el doctor.

—¡Pero siempre es como si tuviera la culpa yo! —dijo Carl Joseph—. Ya sabes, ya te conté lo que pasó con la señora Slama. —Se quedó callado—. Tengo miedo. ¡Tengo miedo, en todas partes!

El doctor Demant abrió los brazos, se encogió de hombros y dijo:

—También tú eres un nieto.

En ese momento no pensaba en los miedos del teniente. Vio perfectamente posible escapar aún de todo peligro. «¡Desaparecer!», pensó. Perder el honor, ser degradado, servir tres años de soldado raso o huir al extranjero. ¡No morir de un disparo! Para entonces ya le resultaba un completo extraño el teniente Trotta, nieto del héroe de Solferino, un ser de otro mundo. Y, en voz alta y con sarcástica satisfacción, dijo:

—¡Vaya tontería! Ese honor que pende ahí de la estúpida borla del sable. ¡Si es que no se puede ni acompañar a una mujer a su casa! ¿Ves qué cosa más tonta? ¿No salvaste tú a ese —dijo señalando el retrato del emperador— del burdel? ¡Sandeces! —gritó de pronto—. ¡Sandeces infames!

Dio unos golpes en la mesa y vino el tabernero con dos vasitos llenos. El doctor bebió.

—Bebe —dijo.

Carl Joseph bebió. No entendía bien lo que decía Demant, pero intuyó que el doctor ya no estaba dispuesto a morir. El reloj seguía recorriendo sus segundos de metal. El tiempo no se detenía. Las siete y veinte. ¡Las siete y veinte! Tenía que ocurrir un milagro para que Demant no muriera. Los milagros no ocurrían, hasta ahí llegaba el teniente. Él mismo —¡cuán fantástica idea!—podía presentarse por la mañana, a las siete y veinte, y decir: «Caballeros, Demant se ha vuelto loco durante la noche; yo me batiré por él». ¡Qué niñería! ¡Ridículo, imposible! Volvió a mirar al doctor sin saber qué hacer. El tiempo no se detenía, el reloj seguía avanzando segundos. Pronto serían las cuatro. ¡Tres horas!

—En fin —concluyó el doctor Demant. Sonó como si ya hubiera tomado una decisión, como si supiera exactamente qué hacer. ¡Pero no sabía nada! Ciegos e inconexos, sus pensamientos solo abrían caminos desenfocados entre la niebla ciega. ¡No sabía nada! Una ley que no valía nada, una ley infame, idiota, muy poderosa y de hierro, lo tenía preso y encadenado lo enviaba a una muerte idiota. Oyó los ruidos del cierre de la taberna. Al parecer, ya no quedaba nadie en el salón. El tabernero hizo tintinear las jarras de cerveza al sumergirlas en agua con un chapoteo, agrupó las sillas, arrastró las mesas e hizo ruido con el manojo de llaves. Tenían que irse. La calle, el invierno, el cielo nocturno, sus estrellas y la nieve tal vez le brindarían algún consejo y algún consuelo. Fue a buscar al tabernero, pagó y volvió con el abrigo negro puesto y con un sombrero de ala ancha también negro, embozado y una vez más transformado a los ojos del teniente. A Carl Joseph le pareció como si fuera armado, mucho mejor armado de lo que había ido nunca vistiendo el uniforme, con el sable y el chacó.

Atravesaron el patio para recorrer el pasillo de vuelta y salieron a la noche. El doctor levantó la mirada hacia el cielo, pero las serenas estrellas no le ofrecieron respuesta alguna; resultaban más frías que la nieve de alrededor. Las casas estaban a oscuras; las calles, mudas y sordas; el viento de la noche pulverizaba la nieve; las espuelas del teniente Trotta tintineaban muy suavemente; las suelas del doctor crujían a su lado. Caminaban deprisa, como si tuvieran un destino determinado. Jirones de ideas les daban vueltas en la cabeza, jirones de pensamientos, de imágenes. El corazón les golpeaba el pecho como un martillo pesado, pero muy rápido. De manera inconsciente, el doctor marcaba la dirección y de manera inconsciente, el teniente lo seguía. Se acercaron al hotel Zum Goldenen Bären y se quedaron parados frente al portón abovedado del establecimiento. En la imaginación de Carl Joseph cobró vida la imagen del abuelo de Demant, el anciano de barba blanca, rey de los taberneros judíos. Era un portón así, o probablemente mucho más grande, delante del cual se había pasado la vida. Se ponía de pie cuando paraban los campesinos. Como se había quedado sordo, los pequeños campesinos tenían que gritarle lo que querían haciendo bocina con las manos. Las siete y veinte, las siete y veinte, volvía a sonar. A las siete y veinte, el nieto de ese abuelo estaría muerto.

—¡Muerto! —dijo el teniente en voz alta.

¡Ay, ya no era sabio el sabio doctor Demant! En vano había sido libre y valiente durante unos días; ahora se demostraba que no lo tenía todo zanjado. No era fácil estar listo. Su brillante cabeza, herencia de una larga hilera de antepasados sabios, estaba igual de desconcertada que la mente sin dobleces del teniente, cuyos antepasados fueron sencillos campesinos de Sipolje. Una estúpida ley de hierro no le dejaba ninguna salida.

—Soy un idiota, mi querido amigo —dijo el doctor—. Tendría que haberme separado de Eva hace mucho. No tengo fuerzas para eludir este estúpido duelo. Por estupidez voy a ser un héroe, según el código de honor y el reglamento del ejército. ¡Un héroe! —rio. La risa se hizo eco en la noche—. ¡Un héroe! —repitió, pateando el suelo frente a la puerta del hotel.

En la mente joven y anhelante de consuelo del teniente se encendió la fugaz chispa de una esperanza infantil de que no se disparasen, sino que hicieran las paces. ¡Todo acabará bien! Los trasladarán a otros regimientos. Y a mí también. «¡Eso es disparatado, ridículo, imposible!», pensó al mismo tiempo. Perdido, descorazonado, con la cabeza desnuda, la boca seca, pesándole quintales los párpados, seguía parado frente al doctor, que iba de un lado para otro.

¿Qué hora sería ya? No se atrevía a mirar el reloj. Pronto tocarían las campanadas de la torre de todas formas. Esperaría.

—Por si no volvemos a vernos —dijo el doctor, que se interrumpió unos segundos y prosiguió—, te doy un consejo: abandona este ejército. —Luego le tendió la mano—. Adiós. Vete a casa. Me las arreglaré solo. *¡Servus!*

Tiró del cordel de la campanilla. En el interior se oyó un sonoro timbre. No tardaron en acercarse unos pasos. Abrieron la puerta. El teniente Trotta le estrechó la mano al doctor. Con una voz normal que a él mismo le sorprendió, le respondió con un «Servus» anodino. Ni siquiera se había quitado el guante. Ya se cerraba la puerta. Ya había dejado de existir el doctor Demant. Como si una mano invisible fuera tirando de él, el teniente Trotta recorrió el camino de siempre hasta el cuartel. Ya no oyó cómo, en el hotel, aún se abría la ventana del segundo piso. El doctor se asomó una última vez, vio desaparecer a su amigo por la esquina de la calle, cerró la ventana, encendió todas las luces de la habitación, se acercó al lavamanos, afiló su navaja de afeitar, comprobó en el pulgar que estaba bien afilada y se enjabonó la cara con toda calma, como cualquier mañana. Se aseó. Sacó el uniforme del armario. Se vistió, se abrochó el sable y se sentó a esperar. Echó una cabezada. Durmió sin soñar, tranquilo, en la ancha mecedora que había junto a la ventana.

Cuando se despertó, ya se veía luz en el cielo por encima de los tejados, un tenue azul resplandecía por encima de la nieve. No tardarían en llamar a su puerta. Desde lejos le llegó el sonido de las campanillas de un trineo. Se acercaba, paraba. Ahora sonaba el timbre del hotel. Ahora crujían las escaleras. Ahora tintineaban unas espuelas. Ahora tocaban a la puerta.

Ahora estaban en la habitación: el teniente coronel Christ y el capitán Wangen, del regimiento de infantería de la guarnición. Se quedaron cerca de la puerta, el teniente coronel a medio paso detrás del capitán. El doctor Demant lanzó una mirada al cielo. Como un eco lejano de una infancia lejana tembló la voz extinta de su abuelo: «Escucha, Israel», decía la voz. «El Señor, nuestro Dios, es el único Señor»[1].

—Estoy listo, caballeros —dijo el doctor.

Fueron un poco apretados en el pequeño trineo; las campanillas tintineaban con energía, los caballos castaños levantaban la cola, cortada, para dejar caer grandes, redondas y amarillentas boñigas humeantes sobre la nieve. El doctor Demant, a quien los animales le habían sido indiferentes toda la vida, de pronto sintió añoranza de su caballo.

---

1. Es la plegaria Shemá Israel, una de las principales de la religión judía. (*N. de la T.*).

«¡Me sobrevivirá!», pensó. Su rostro no reveló nada. Los acompañantes guardaban silencio.

Pararon a unos cien pasos del claro del bosque. Hasta la «plaza verde» fueron a pie. Ya había amanecido, pero aún no había salido el sol. Los abetos estaban en silencio, soportando el peso de la nieve sobre sus ramas, orgullosos, esbeltos y erguidos. En la lejanía cantaban los gallos como llamándose y respondiéndose. Tattenbach hablaba en alto con sus acompañantes. El médico jefe, el doctor Mangel, iba de un lado a otro entre los contrincantes.

—¡Caballeros! —dijo una voz.

En ese momento, el doctor Demant se quitó las gafas entre ceremoniosos gestos, como de costumbre, y las depositó con cuidado sobre un tocón. Curiosamente, seguía viendo con nitidez el camino que tenía delante, el lugar señalado, la distancia entre él y el conde Tattenbach, y al conde mismo. Esperó. Hasta el último momento esperó a la nebulosa. Pero seguía viéndolo todo nítido, como si no hubiera sido miope en su vida. Una voz contó:

—¡Uno!

El doctor levantó la pistola. Volvía a sentirse libre y valiente, es más: se sentía soberbio; por primera vez en su vida, sintió la soberbia. Apuntó con la pistola como el día que hizo las pruebas de tiro para alistarse como voluntario por un año (si bien ya entonces había resultado un pésimo tirador). «He dejado de ser miope», pensó, «no volveré a necesitar las gafas nunca». Desde el punto de vista médico, aquello no tenía explicación. El doctor decidió consultar a algún oftalmólogo. En el momento en que le venía a la mente el nombre de un especialista en concreto, la voz contó:

—¡Dos!

El doctor seguía viendo perfectamente. Un pajarito empezó a trinar y también se oían las trompetas a lo lejos. A esas horas estaría llegando el regimiento al campo de ejercicios.

En el segundo escuadrón, el teniente Trotta cabalgaba sobre su caballo como cualquier día. La escarcha sin brillo envolvía las hojas de los pesados sables y los cañones de las ligeras carabinas. Las trompetas heladas despertaban a la ciudad durmiente. Los cocheros, con sus gruesos chaquetones de piel, en la parada de carruajes, iban levantando su cabeza barbuda. Cuando el regimiento llegaba a la pradera, mientras desmontaban y se formaban las dos filas para realizar los ejercicios de gimnasia de cada día, el teniente Kindermann se acercó a Carl Joseph y le dijo:

—¿Tú has visto la cara que tienes?

Sacó su coqueto espejo de bolsillo y lo sostuvo ante los ojos de Trotta. En aquel pequeño rectángulo brillante, el teniente Trotta descubrió un rostro ancianísimo que conocía muy bien: ojos negros pequeños, juntos y ardientes; una nariz muy grande con caballete huesudo y prominente; mejillas hundidas, grises como la ceniza, y una boca de labios muy finos, ancha y apretada, sin sangre, que separaba la barbilla del bigote como la vieja cicatriz de un corte con un sable. El bigotito castaño fue lo único que le extrañó a Carl Joseph. En casa, bajo la moldura del gabinete de su padre, el rostro del abuelo que se perdía en la penumbra lo llevaba afeitado.

—Gracias —dijo el teniente—. Esta noche no he dormido.

Y abandonó el campo de entrenamiento.

Giró a la izquierda entre los troncos, desde donde salía un sendero que conducía a la carretera principal. Eran las siete y cuarenta. No se habían oído disparos. «Todo va bien, todo va bien», se decía. ¡Ha sucedido un milagro! A lo sumo pasados diez minutos tendría que aparecer el mayor Prohaska a lomos de su caballo; ahí ya se sabría todo. Se oían los tímidos ruidos de la pequeña ciudad que se desperezaba y el prolongado silbido de una locomotora en la estación. Cuando el teniente alcanzó el punto donde el sendero desembocaba en la carretera, llegaba el mayor sobre su alazán, Trotta lo saludó.

—Buenos días —dijo el mayor, y nada más.

El estrecho sendero no dejaba espacio para un jinete y un peatón, de manera que el teniente Trotta tuvo que ir detrás del mayor. A unos dos minutos de la pradera (ya llegaban desde allí las voces de los suboficiales dando órdenes), el mayor detuvo el caballo, se volvió en la silla y no dijo más que:

—Los dos.

Luego, retomando el trote, más para sí que para el teniente, añadió:

—No había nada que hacer.

Ese día, el regimiento regresó al cuartel al menos una hora antes. Las trompetas tocaron como cualquier otro día. Por la tarde, los suboficiales a cargo de las tropas leyeron en voz alta la disposición en la que el coronel Kovacs comunicaba que el conde Tattenbach, capitán de caballería, y el doctor Demant, médico del regimiento, habían hallado una muerte heroica defendiendo el honor del Décimo de Ulanos.

Capítulo 8

En tiempos, antes de la Gran Guerra, cuando se dieron los acontecimientos que recogen estas páginas, aún no era indiferente si una persona vivía o moría. Cuando alguien era arrancado del rebaño de los vivos, no aparecía otro al instante para que olvidasen al difunto, sino que quedaba el hueco donde él faltaba y los testigos cercanos o lejanos de su desaparición guardaban silencio cada vez que veían ese hueco. Si el fuego había arrasado una casa de una hilera de una calle, el lugar del incendio permanecía vacío durante mucho tiempo. Pues los albañiles trabajaban despacio y a conciencia, y tanto los vecinos de la zona como quienes pasaban por allí de casualidad recordaban la forma y los muros de la casa desaparecida al contemplar el espacio vacío. ¡Así era antaño! Todo lo que crecía requería mucho tiempo para crecer y todo lo que desaparecía requería mucho tiempo para ser olvidado. Por otro lado, todo lo que había existido alguna vez había dejado su huella, y, además, antes se vivía de los recuerdos igual que ahora se vive de la capacidad de olvidar deprisa y por completo. La muerte del médico del regimiento y del conde Tattenbach conmovió e hizo que se estremecieran las almas de los oficiales y de las tropas del regimiento de ulanos, y también las de la población civil durante mucho tiempo. Los muertos recibieron sepultura de acuerdo con los ritos militares y religiosos. Aunque ninguno de los camaradas había filtrado fuera de sus propias filas ni una sola palabra sobre la forma en que habían muerto, entre la gente de la pequeña guarnición se extendió la idea de que ambos habían dado su vida por defender su riguroso sentido del honor. Y fue como si, a partir de entonces, todos y cada uno de los oficiales supervivientes también llevaran grabada en el rostro la marca de una inminente muerte violenta, y aquellos extraños caballeros se volvieron más extraños todavía a los ojos de los comerciantes y artesanos de la ciudad. Los oficiales rondaban por la ciudad como enigmáticos adoradores de un dios lejano y cruel al mismo tiempo que, con sus disfraces de colores y magníficos adornos, eran ellos mismos los animales dispuestos para el sacrificio en honor del dios. La gente los seguía con la mirada y meneaba la cabeza. Hasta les tenían lástima. Tienen muchos privilegios, decía la gente. Pueden ir por ahí con su sable, gustarán a las mujeres y el emperador se ocupa de ellos personalmente, como si fueran sus hijos; ahora bien, en un abrir y cerrar de ojos, casi sin darte cuenta, va uno y ofende a otro y hay que limpiar la ofensa derramando sangre.

Los aludidos, sin lugar a duda, no inspiraban ninguna envidia. Incluso el capitán Taittinger, sobre quien corría el rumor de que había vivido varios duelos con desenlace mortal en otros regimientos, cambió de comportamiento. Mientras que los bravucones y frívolos se volvieron discretos y callados, del siempre sutil, enjuto y goloso capitán Taittinger se adueñó un extraño desasosiego. Ya no era capaz de pasarse horas sentado detrás de la vidriera de la pequeña confitería engullendo dulces ni de jugar partidas de ajedrez y dominó consigo mismo o con el coronel Kovacs sin decir palabra. Tenía miedo a la soledad. Se diría que se agarraba a los demás. Si no había ningún camarada cerca, entraba en cualquier tienda para comprar algo que no necesitaba. Se quedaba allí un buen rato charlando de tonterías con el vendedor y nunca le parecía buen momento para marcharse..., a menos que viera pasar por la calle a cualquier conocido, sobre el que se abalanzaba de inmediato.

Hasta tal punto había cambiado el mundo. El casino se quedaba vacío. Se suspendieron las excursiones colectivas a casa de la tía Resi. Los camareros tenían poco que hacer. Quien pedía un aguardiente pensaba al mirar el vasito que igual era justo el mismo del que había bebido Tattenbach unos días atrás. Cierto es que seguían contándose las mismas anécdotas, pero ya nadie se reía a carcajadas; a lo sumo, sonreía. Al teniente Trotta ya no se lo veía más que en las horas de servicio.

Era como si una mano mágica fulminante hubiera borrado todos los rasgos de la juventud del rostro de Carl Joseph. En todo el ejército austrohúngaro no se habría podido encontrar otro teniente como él. Sentía que ahora estaba obligado a hacer algo especial..., ¡pero no encontraba nada especial que hacer por ninguna parte! Se daba por supuesto que dejaría ese regimiento y lo trasladarían a otro. Él, por su parte, buscaba alguna misión difícil. En realidad, buscaba una penitencia voluntaria. Nunca habría sido capaz de expresarlo, pero se podría decir de él perfectamente que le angustiaba de un modo indecible saberse un instrumento en manos del infortunio. Ése era su estado de ánimo cuando le comunicó a su padre el desenlace del duelo y su indispensable traslado a otro regimiento. Omitió el dato de que, con motivo del traslado, le correspondía un breve permiso, pues le daba miedo presentarse ante su padre. Se puso de manifiesto, sin embargo, que no conocía al viejo Trotta. Porque el jefe de distrito, auténtico modelo de funcionario del Estado, estaba al corriente de los usos militares. Y, curiosamente, también parecía estar al corriente de las angustias y tribulaciones de su hijo, como bien pudo leerse entre las líneas de su respuesta. Pues la respuesta del jefe de distrito rezaba como sigue:

Querido hijo:

Te agradezco tus detalladas noticias y la confianza que me muestras. El destino que ha golpeado a tus camaradas me llena de pesar. Murieron como corresponde a los hombres de honor.

En mi época, los duelos eran todavía más frecuentes, y el honor, mucho más preciado que la vida. En mis tiempos, según me parece, también los oficiales estaban hechos de una madera más dura. Tú eres oficial, hijo mío, y el nieto del héroe de Solferino. Sabrás cómo soportar la carga de haberte visto implicado en tan trágicos acontecimientos de manera involuntaria y sin culpa. No cabe duda de que también lamentarás abandonar tu regimiento, pero en cualquier regimiento, en la totalidad del ámbito del ejército, sirves a nuestro emperador.

Tu padre,
Franz von Trotta

Posdata: Las dos semanas de permiso que te corresponden por el traslado puedes pasarlas en casa, si así lo quieres, o, mejor todavía, en el lugar de tu nuevo destino, para que así te resulte más fácil familiarizarte con el entorno.

El arriba firmante.

El teniente Trotta leyó esta carta con tremenda vergüenza. El padre lo había adivinado todo. La figura del jefe de distrito creció a los ojos del teniente hasta adquirir unas dimensiones casi aterradoras. Es más, pronto alcanzaría al abuelo. Y si ya antes le daba miedo verse frente a su padre, ahora le resultaba del todo imposible pasar los días libres en su casa. «Más adelante, cuando tenga un permiso de verdad», se decía el teniente, hecho de una madera muy distinta a la de los tenientes de la época del jefe de distrito.

«No cabe duda de que también lamentarás abandonar tu regimiento», escribía el padre. ¿Lo diría porque sospechaba que era justo al contrario? ¿Qué era lo que no habría querido abandonar Carl Joseph? Aquella ventana, tal vez; la vista de los cuartos de la tropa al otro lado del patio; la tropa misma sentada en sus catres; el melancólico sonido de sus armónicas y sus cantos; las canciones de tierras lejanas que, aun sin comprenderlas, sonaban como un eco de otras canciones similares que cantarían los campesinos de Sipolje. «Tal vez debería ir a Sipolje», pensaba el teniente. Se detuvo frente al mapa del Ejército Mayor, lo único que decoraba las paredes de su habitación. Hasta dormido habría sido capaz de encontrar Sipolje. En la parte más meridional del territorio de la monarquía: allí estaba aquel pueblo tranquilo y bueno[1]. En medio de una zona coloreada en marrón claro y plumeada, allí estaban las finísimas y diminutas letras negras que componían el nombre de Sipolje. En las inmediaciones había un pozo, un molino de agua, el apeadero de un tren de vía estrecha, una iglesia y una mezquita, una joven floresta, estrechos senderos forestales, caminos vecinales y casitas aisladas. Cae la tarde en Sipolje. Junto al pozo se reúnen las mujeres, con pañuelos de colores en la cabeza, tocadas por la luz dorada de un sol como un ascua. Los musulmanes se inclinan para rezar sobre sus viejas alfombras. La diminuta locomotora del tren de montaña atraviesa el espeso verde oscuro del bosque tocando la campanilla. El molino de agua traquetea y el arroyo murmura. Solía jugar a ese juego en sus años de cadete. Las imágenes que tan bien conocía le vinieron a la mente a la primera. Por encima de todas ellas brillaba la enigmática mirada del abuelo. Lo más probable era que no hubiese ninguna guarnición de caballería en la zona. Así pues, tendría que pedir el traslado a la infantería. Con no poca lástima miraban los camaradas a caballo a las tropas de a pie; con no poca lástima mirarán a Trotta, el trasladado. El abuelo tampoco era más que un simple capitán de infantería. Marchar sobre el suelo de la patria era casi como regresar junto a sus antepasados campesinos. Con pies muy pesados caminaban ellos sobre los duros campos, haciendo surcos con el arado en la jugosa tierra, repartiendo

---

1. Hoy en día, Šipolje pertenece a la provincia de Kosovo. *(N. de la T.)*.

la fértil semilla con movimientos que la bendecían. No, no le daba ninguna pena abandonar aquel regimiento y tal vez incluso la caballería. Su padre tendría que autorizarlo. Y aún tendría que realizar una formación en infantería, lo cual quizá sí era un tanto fastidioso.

Es obligado despedirse. Una pequeña despedida en el casino. Una ronda de aguardiente. Breve discurso del coronel. Una botella de vino. Cordiales apretones de manos de los camaradas. A sus espaldas empezarían ya los cuchicheos. Una botella de champán. Tal vez, quién sabe, surge todavía una excursión colectiva al local de la señora Resi. Otra ronda de aguardiente. ¡Ay, qué no daría Carl Joseph por que hubiera pasado ya esa despedida! A Onufrij, su asistente, se lo llevaría consigo. ¡Cualquiera hacía el enorme esfuerzo de acostumbrarse a otro nombre nuevo! De visitar al padre sí que se podía escapar. En general, hay que intentar escapar de todos los momentos fastidiosos y difíciles que trae consigo un traslado. Eso sí, queda el arduo camino hasta la casa de la viuda del doctor Demant.

¡Qué camino! El teniente Trotta intentaba convencerse de que, después del entierro, la señora Eva Demant se habría vuelto a marchar a Viena con su padre. En tal caso, él pasaría un buen rato de pie en la puerta de la villa, llamaría al timbre repetidas veces en vano, averiguaría la dirección de Viena y le enviaría una carta escueta, lo más cordial posible. Es muy cómodo no tener más que escribir una carta. «Ahí no se es nada valiente», pensaba al mismo tiempo. Si no sintiera la oscura y enigmática mirada de su abuelo en la nuca todo el tiempo, quién sabe cuán penosamente iría dando tumbos por esta vida tan difícil. Solo se volvía valiente cuando pensaba en el héroe de Solferino.

Siempre había que volver al abuelo para recobrar un poco de fuerza.

Y Carl Joseph lentamente emprendió el difícil camino. Eran las tres de la tarde. Los pequeños comerciantes esperaban a sus contados clientes a la puerta de las tiendas, alicaídos y muertos de frío. De los talleres de los artesanos salían fértiles y familiares ruidos: los alegres martillazos de los herreros, los pequeños truenos metálicos del hojalatero, un veloz traqueteo en el sótano del zapatero y el ronquido de las sierras donde el carpintero. Todos los ruidos y todas las caras le eran familiares al teniente. Pasaba a caballo por delante de los talleres dos veces al día. Desde lo alto de la silla de montar miraba por encima de los antiguos rótulos blancos y azules, pues quedaban más bajos que su cabeza. A diario veía despertarse el interior de las estancias de las primeras plantas de las casas: las camas, las jarras de café, los hombres en camisa, las mujeres con el pelo suelto, las macetas en las ventanas, fruta seca y pepinillos encurtidos en los alféizares, detrás de las rejas adornadas.

Había llegado a la villa del doctor Demant. El portón del jardín emitió un chirrido. Pasó. Le abrió el mozo. El teniente esperó. Salió la señora Demant. Carl Joseph temblaba un poco. Se acordó de la visita de condolencia al sargento Slama. Sintió la mano pesada, húmeda, fría y el apretón flojo del sargento. Vio la antesala oscura y el salón de luz rojiza. Sintió en el paladar el sabor tonto del agua de frambuesa. De modo que no está en Viena, concluyó el teniente una vez que la vio. El vestido negro le sorprendió. Se diría que hasta entonces no había caído en la cuenta de que la señora Demant era la viuda del médico del regimiento. Tampoco la habitación en la que estaban sentados ahora era la misma donde estuvieron en vida de su amigo. En la pared, cubierto por un velo negro, había un gran retrato del difunto. Se iba alejando cada vez más, igual que el retrato del emperador del casino, como si no estuviera al alcance de las manos y los ojos, sino inalcanzablemente lejos, detrás de la pared, como si lo viera a través de una ventana.

—Gracias por venir —le dijo la señora Demant.

—Quería despedirme —respondió Trotta.

La señora Demant levantó la cara, pálida. El teniente vio el hermoso brillo de sus ojos grises, grandes y claros. Los dirigía justo hacia la cara del teniente, dos faros redondos de hielo pulido. En la penumbra de la tarde invernal, lo único que brillaba en la habitación eran aquellos ojos. La mirada del teniente se escabulló hacia la frente blanca y estrecha de la señora Demant y después hacia la pared, hacia el lejano retrato de su difunto esposo. El saludo ya duraba demasiado, era momento de que la señora Demant le pidiera que tomase asiento. Pero no decía nada. Mientras tanto, se percibía cómo empezaba a caer la oscuridad a través de las ventanas y daba miedo que en aquella casa no fuera a encenderse nunca ninguna luz. Ni una sola palabra salió en auxilio del teniente. Oía la lenta respiración de la señora Demant.

—Qué hacemos aquí de pie... —dijo ella por fin—, sentémonos.

Se sentaron a la mesa uno enfrente del otro. Igual que en tiempos en casa del sargento Slama, Carl Joseph estaba de espaldas a la puerta. Igual que en tiempos, sentía la puerta como una amenaza. De cuando en cuando, sin motivo alguno, parecía que se abría sin hacer ruido y sin ruido se cerraba. La penumbra se tiñó de un tono más oscuro. En ella se perdía el vestido negro de la señora Eva Demant. Ahora era la propia penumbra lo que la vestía. Su rostro blanco flotaba desnudo, desarropado, en la superficie oscura de la tarde. El retrato del marido difunto había desaparecido de la pared de enfrente.

—Mi esposo... —dijo la voz de la señora Demant a través de la oscuridad; el teniente alcanzaba a ver el resplandor de sus dientes, más blancos aún que la cara. Poco a poco, también volvió a distinguir el brillo de faro de sus ojos—. Usted era su único amigo. ¡La de veces que lo decía! ¡La de veces que hablaba de usted! Si usted supiera... No me hago a la idea de que haya muerto. Y... de que sea culpa mía.

—Yo soy quien tiene la culpa —dijo el teniente. Lo había dicho con una voz muy fuerte, dura y extraña a sus propios oídos. Eso no era ningún consuelo para la viuda Demant—. La culpa es mía —repitió—. Yo tendría que haber tenido más cuidado al acompañarla a casa. Y no pasar por delante del casino.

La viuda rompió en sollozos. La cara pálida, que cada vez se inclinaba más sobre la mesa, era como una gran flor blanca ovalada que se cayera poco a poco. De pronto, a derecha e izquierda aparecieron las manos blancas, la recogieron y le sirvieron de cuna. Y entonces no se oyeron más que los sollozos durante un buen rato, un minuto, otro más... Una eternidad para el teniente. «Me levanto y la dejo llorar y me voy», pensaba. Se levantó de verdad. Al instante, las manos de ella cayeron sobre la mesa. Con una voz muy serena que parecía salida de una garganta distinta a la que producía el llanto, preguntó:

—¿Adónde va?

—A dar la luz —dijo Trotta.

Ella se levantó, rodeó la mesa por delante del teniente y lo rozó al pasar. Él olió una suave oleada de perfume y... Ya no la olía, se había esfumado. La luz era fría; Trotta se obligó a mirar directamente las bombillas. La señora Demant se cubrió los ojos con la mano.

—Encienda la lámpara que hay encima de la consola —le ordenó.

El teniente obedeció. Ella se quedó esperando en el umbral de la puerta, con la mano sobre los ojos. Cuando estuvo encendida la pequeña lámpara de pantalla dorada y suave, la señora Demant apagó la luz del techo. Se quitó la mano de los ojos como quien se quita una visera. Se la veía muy valiente, con su vestido negro y su cara pálida mirando a Trotta de frente. Valiente y rabiosa. En sus mejillas se veía el fino reguero de lágrimas secas. Sus ojos volvían a brillar como siempre.

—Siéntese allí, en el sofá —ordenó.

Carl Joseph se sentó. Los gustosos cojines se deslizaron hacia el teniente desde todos lados, desde el respaldo y las esquinas, cautelosos y taimados. Sintió que era un peligro estar sentado allí; se colocó muy resuelto en el borde, con ambas manos apoyadas en la empuñadura del sable, al ver que la señora Eva se le acercaba. Ella parecía la peligrosa soberana de todos aquellos cojines y almohadas. En la pared, a la derecha del sofá, era donde estaba el retrato de su difunto amigo. Eva se sentó. Un pequeño y mullido cojín mediaba entre los dos. Trotta no se movía. Como siempre que se veía atrapado sin salida en una de las incontables situaciones que eran un tormento para él, se imaginó que estaba a punto de marcharse.

—¿De modo que lo van a trasladar? —preguntó la señora Demant.

—He solicitado el traslado yo —dijo el teniente, con la mirada clavada en la alfombra, la barbilla apoyada en las manos y las manos en la empuñadura del sable.

—¿No hay más remedio?

—En efecto. No hay más remedio.

—Lo lamento. ¡Mucho!

La señora Demant estaba sentada igual que él, con los codos apoyados en las rodillas, la barbilla entre las manos y los ojos clavados en la alfombra. Sin duda, esperaba una palabra de consuelo, una limosna. El teniente guardaba silencio. Se regodeaba en el gusto de vengar cruelmente la muerte de su amigo mediante su despiadado silencio. Le venían a la mente las bellas damiselas fatales y devoradoras de hombres que tantas veces aparecían en las conversaciones de los camaradas. Era evidente que Eva pertenecía a ese género de delicadas asesinas tan peligroso. Tenía que hacer lo posible por escapar de su terreno sin más demora. Carl Joseph se armó para la retirada. En el mismo instante, la señora Demant cambió de postura. Apartó las manos de la barbilla. La izquierda se puso a alisar con suavidad y esmero el festón de seda que adornaba el borde del sofá, de tal suerte que sus dedos iban y venían por el brillante caminito que conducía hasta el teniente Trotta y de vuelta, lenta y rítmicamente. Se colaban en el campo de visión del teniente, que deseaba haber llevado anteojeras. Los dedos blancos lo enredaron en una conversación muda que no había manera de interrumpir. Un cigarrillo... ¡Ah, feliz ocurrencia! El teniente sacó su pitillera y las cerillas.

—Deme uno —pidió la señora Demant.

Él tuvo que mirarla a la cara al darle fuego. No le parecía de recibo que ella fumara, como si el consumo de nicotina no fuera adecuado estando de luto. Y la forma en que ella dio la primera calada, y cómo redondeó los labios para formar un pequeño anillo rojo del que salió una vaporosa nubecilla azul, le resultó soberbia y viciosa.

—¿Tiene idea de adónde lo van a trasladar?

—No —respondió el teniente—, pero intentaré que sea muy lejos.

—¿Muy lejos? ¿Adónde, por ejemplo?

—Tal vez a Bosnia.

—¿Y cree que será feliz allí?

—No creo que sea feliz en ninguna parte.

—Pues yo le deseo que lo sea —respondió ella con ligereza, con mucha ligereza, según le pareció a Trotta.

La señora Demant se levantó, volvió con un cenicero, lo colocó en el suelo entre los dos y dijo:

—Así que lo más probable es que no volvamos a vernos jamás.

Jamás. Esa palabra. El temido mar muerto y sin orillas de la eternidad sorda. ¡Jamás podría volver a ver a Katharina, al doctor Demant ni a aquella mujer! Carl Joseph dijo:

—Lo más probable. ¡Qué lástima!

Habría querido añadir: «¡Tampoco volveré a ver jamás a Max Demant!». Una de las osadas máximas de Taittinger le vino a la mente en ese momento: «A las viudas habría que quemarlas».

Se oyó el timbre y, acto seguido, movimiento en el pasillo.

—Es mi padre —dijo la señora Demant.

Ya estaba entrando en el salón el señor Knopfmacher.

—Ah, es usted... Aquí lo tenemos —dijo.

Con Knopfmacher entró en la habitación un agrio olor a nieve. Desplegó un gran pañuelo blanquísimo, se sonó con estruendo, se lo guardó con mucho esmero en el bolsillo de la pechera, como quien guarda una posesión de gran valor, alargó la mano hacia el quicio de la puerta, encendió la lámpara del techo, se acercó a Trotta, que se había puesto de pie al entrar él y llevaba rato esperando así, y le estrechó la mano sin decir nada. Con aquel apretón de manos, Knopfmacher expresaba todo lo que había que decir respecto al dolor por la muerte del doctor Demant. Mientras señalaba la lámpara del techo, ya le estaba diciendo a su hija:

—Perdona, pero no soporto esta luz ambiental tan triste.

Fue como si lanzara una pedrada contra el retrato del difunto.

—Pues sí que tiene usted mal aspecto —dijo Knopfmacher a continuación en tono jovial—. Le ha afectado muchísimo esta desgracia, ¿eh?

—¡Era mi único amigo!

—Ya ve —siguió Knopfmacher, que se sentó a la mesa y dijo sonriendo—: Quédese usted donde estaba —y retomó la palabra una vez que el teniente se hubo sentado de nuevo en el sofá—. Eso mismo decía él de usted, cuando aún vivía. ¡Qué desgracia! —Meneó la cabeza varias veces y sus gruesas mejillas coloradas temblequearon un poco.

La señora Demant sacó un pañuelito de una manga y, sosteniéndolo sobre los ojos, se levantó y salió de la habitación.

—Quién sabe cómo lo superará —dijo Knopfmacher—. Pero, bueno, ya he estado yo antes un buen rato tratando de animarla. ¡No ha querido hacerme caso! ¡Ya ve usted, señor teniente! Todos los estamentos tienen sus peligros. Pero, claro, un oficial... Un oficial, y perdóneme usted, en realidad no debería casarse. Que quede entre nosotros, aunque sin duda se lo habría contado también a usted: Max quería dejarlo y dedicarse exclusivamente a la ciencia. Y no sabe la alegría que me dio, vamos, no tengo palabras para expresarlo. Seguro que habría sido un gran médico. ¡El bueno de Max! —El señor Knopfmacher levantó los ojos hacia el cuadro, se quedó así un rato y concluyó su necrológica—: ¡Una eminencia!

La señora Demant trajo el *slivovitz* que le gustaba a su padre.

—Usted beberá, ¿no? —preguntó Knopfmacher, sirviendo a Trotta. Él mismo le acercó el vasito lleno hasta el sofá. El teniente se levantó. Sintió un sabor tonto en la lengua, igual que en tiempos, después de aquella agua de frambuesa. Se bebió el aguardiente de un trago.

—¿Cuándo lo vio por última vez? —preguntó Knopfmacher.

—La víspera —dijo el teniente.

—Le pidió a Eva que se fuera a Viena sin decirle nada más. Y luego llegó su carta de despedida. Y ahí ya supe yo enseguida que no había nada que hacer.

—No, no había nada que hacer.

—El código de honor este suyo, y perdóneme usted, ya no va con los tiempos que corren. Piense que, después de todo, ¡estamos en el siglo veinte! Tenemos gramófonos, se puede hablar por teléfono con gente que está a más de cien millas, y Bleriot y algunos otros incluso vuelan por los aires. Y no sé si leerá usted el periódico y está al tanto de la política, pero, por lo visto, se va a cambiar la Constitución a fondo. Desde lo del sufragio universal y el voto secreto está pasando de todo, aquí y en el mundo entero. Nuestro emperador, Dios le dé una vida muy larga, no es de ideas tan poco modernas como creen muchos. Claro, los así llamados círculos conservadores no dejan de tener razón en ciertas cosas. Hay que proceder despacio, con cautela, pensando muy bien las cosas. ¡Nada de precipitarse!

—Yo de política no entiendo nada —dijo Trotta.

Knopfmacher sintió rabia en el fondo de su corazón. Sentía rencor hacia aquel ejército estúpido y sus disparatadas instituciones. Su hija se había quedado viuda, el yerno estaba muerto y ahora tendrían que buscar uno nuevo, un civil esta vez, y lo del nombramiento como consejero comercial igual se había ido al traste también. Ya era hora de acabar con todo aquel despropósito de una vez. ¡Que no tentaran a la suerte esos tenientuchos inútiles en el siglo veinte! Las naciones reclamaban sus derechos, los ciudadanos son ciudadanos todos, nada de privilegios para la nobleza; la socialdemocracia encerraba sus peligros, pero era un buen contrapeso. De la guerra se hablaba todo el tiempo, pero seguro que no llegaría. ¡Ya verían ellos! Corrían tiempos ilustrados. En Inglaterra, por ejemplo, el rey no pintaba nada.

—Naturalmente —dijo Knopfmacher—. Está claro que en el ejército no hay lugar para la política. Ése de ahí... —dijo señalando el retrato del doctor— entendía bastante, por otro lado.

—Era muy sabio —dijo Trotta en voz baja.

—No había nada que hacer —repitió Knopfmacher.

—Debía de ser... —dijo el teniente, y a él mismo le dio la sensación de estar pronunciando una verdad ajena, una que procedía de los antiguos y grandes libros del rey de los taberneros, con su barba blanca—: Debía de ser muy sabio y de estar muy solo.

Se quedó pálido. Sentía las miradas directas de la señora Demant. Ahora sí que tenía que marcharse. Todo se quedó en silencio. No había nada más que decir.

—Al barón Von Trotta tampoco volveremos a verlo, *papa*. Lo van a trasladar —dijo la señora Demant.

—Alguna señal de vida dará, ¿no? —preguntó Knopfmacher.

—¡Me escribirá! —dijo la señora Demant.

El teniente se puso de pie.

—Le deseo lo mejor —dijo Knopfmacher.

Tenía una mano grande y suave, con el tacto del terciopelo cálido. La señora Demant salió la primera. Apareció el mozo para ayudar al teniente a ponerse el abrigo. La señora Demant se quedó a su lado. Trotta dio un taconazo y ella se apresuró a decir:

—Escríbame. Quiero saber dónde está.

Fue un fugaz soplo de viento cálido, pero ya quedaba atrás. Ya estaba el criado abriéndole la puerta. Trotta tenía delante los escalones. Luego, la verja del jardín; igual que en tiempos, cuando salía de la casa del sargento.

Se dio prisa por llegar al centro de la ciudad; se metió en el primer café que encontró y, de pie en la barra, se tomó un coñac y después otro. «Nosotros solo bebemos Hennessy», oyó decir al jefe de distrito. Corrió de vuelta al cuartel.

Delante de la puerta de su habitación, una franja azul en medio del blanco de la pared desnuda, esperaba Onufrij. Por encargo del coronel, el ordenanza había traído un paquete para el teniente. Alargado y envuelto en papel de color pardo, lo habían dejado apoyado contra la pared del rincón.

Encima de la mesa había una carta.

El teniente leyó:

Mi querido amigo, te lego mi sable y mi reloj.

Max Demant

Trotta desenvolvió el sable. Enganchado en la empuñadura estaba el reloj de bolsillo de plata lisa del doctor Demant. Se había parado. Sus agujas marcaban las doce menos diez. El teniente le dio cuerda y se lo acercó a la oreja. La vocecilla de su rápido tictac lo consoló. Abrió la tapa con la navaja, con curiosidad y ganas de jugar, como un niño. En la parte interior estaban grabadas las iniciales: M. D. Sacó el sable de la vaina. Justo debajo de la empuñadura, con trazos toscos y torpes, el doctor Demant había hecho una inscripción con la navaja: «Sé feliz y libre», se leía en la hoja de acero. El teniente colgó el sable en su armario. Sostuvo la dragona en la mano. El cordón de seda con remate metálico se deslizó entre sus dedos, una fría lluvia dorada. Trotta cerró el armario; cerraba un ataúd.

Apagó la luz y se tendió en la cama vestido. El resplandor amarillo que salía de los cuartos de la tropa fluía a lo largo del marco pintado de blanco de la ventana y se reflejaba en el picaporte reluciente. Al otro lado del patio, la armónica suspiraba ronca y melancólica, abrumada por las voces graves de los hombres. Cantaban la canción ucraniana del emperador y la emperatriz:

> Nuestro emperador es un gran valiente
> y su esposa es nuestra emperatriz.
> De sus ulanos cabalga él al frente

y ella se queda sola en su castillo,
y así lo espera siempre allí,
al emperador la emperatriz.

En realidad, la emperatriz llevaba muerta mucho tiempo, pero los campesinos rutenos creían que seguía viva.

Fin de la primera parte

Segunda parte

Capítulo 9

Los rayos del sol habsbúrgico llegaban en el este hasta la frontera con el zar ruso. Era el mismo sol bajo el que había adquirido su nobleza y renombre el linaje de los Trotta. El agradecimiento de Francisco José tenía una memoria de plazo muy largo, y también su gracia un brazo largo. Si uno de sus hijos estaba a punto de cometer una estupidez, los ministros y servidores del emperador intervenían a tiempo y devolvían al descarriado al camino de la cautela y el sentido común. No habría sido apropiado destinar al único descendiente del nuevo linaje de los Von Trotta und Sipolje a la provincia de la que era oriundo el héroe de Solferino, nieto de campesinos eslovenos analfabetos e hijo de un guarda de la gendarmería. Por mucho que el descendiente quisiera cambiarse del cuerpo de ulanos a las humildes tropas de a pie, es decir, mantenerse fiel a la memoria de su abuelo, el que había salvado la vida al emperador siendo un simple teniente de infantería. Así pues, la prudencia del

Real e Imperial Ministerio de Guerra impidió que el portador de un título nobiliario que coincidía exactamente con
el nombre del pueblo esloveno del que procedía el fundador del linaje fuese destinado cerca de allí. Exactamente
igual que las autoridades pensaba el jefe de distrito, el hijo
del héroe de Solferino. Sí que consintió —sin duda, muy a
su pesar— que su hijo fuese transferido a la infantería. Ahora bien, con el anhelo de Carl Joseph de ser trasladado a la
provincia eslovena no estaba de acuerdo en absoluto. Él
mismo, el jefe de distrito, jamás había sentido el deseo de
conocer la tierra natal de su padre. Él era austriaco, súbdito y funcionario de los Habsburgo y su patria era el Palacio
Imperial de Viena. De tener alguna postura política con
respecto a la reestructuración más provechosa del vasto y
plural territorio del Imperio, su ideal sería no ver más que
grandes y multicolores antesalas del Hofburg de la capital
en todos los países de la Corona y entre todos los pueblos
que englobaba la monarquía. Él era jefe de distrito. En su
distrito, él era el representante de Su Majestad Apostólica.
Llevaba casaca con cuello dorado, chacó y espada. No sentía el deseo de guiar el arado por la bendita tierra eslovena.
En la rotunda carta a su hijo se leía la frase: «El Destino
quiso que nuestro linaje de campesinos de la frontera fuera
austriaco. No dejaremos de ser austriacos».

Así pues, a su hijo Carl Joseph, barón Von Trotta und Sipolje, le estaba vetada la frontera meridional y no le quedaba más opción que prestar servicio en el interior del territorio del Imperio o bien en su frontera oriental. Se decidió
por el batallón de cazadores, estacionado a menos de dos
millas de la frontera rusa. No quedaba lejos el pueblo de
Burdlaki, la tierra natal de Onufrij; tierra que era patria

de los campesinos ucranianos, de sus melancólicas armónicas y sus inolvidables canciones: una patria afín, la hermana nórdica de Eslovenia.

Diecisiete horas de viaje pasó el teniente Trotta en el tren. En la decimoctava, apareció la última estación que había al oriente de la monarquía. Allí se apeó. Lo acompañaba su asistente, Onufrij. El cuartel de los cazadores estaba en el centro de la pequeña ciudad. Antes de pasar al patio del cuartel, Onufrij se santiguó tres veces. Era primera hora de la mañana. La primavera, ya más que asentada en el interior del territorio imperial, allí acababa de llegar. Ya florecía el laburno en los terraplenes que flanqueaban las vías del tren. Ya florecían las violetas en los húmedos bosques. Ya croaban las ranas en los interminables pantanos. Ya volaban las cigüeñas sobre los tejados bajos de paja de las rústicas cabañas en busca de ruedas viejas, los cimientos de sus nidos de verano.

La frontera entre Austria y Rusia, al nordeste de la monarquía, era por aquel entonces uno de los territorios más peculiares. El batallón de cazadores de Carl Joseph estaba en una localidad de diez mil habitantes. Tenía una espaciosa plaza central en la que se cruzaban las dos calles principales. Una iba de este a oeste, y la otra, de norte a sur. Una conducía de la estación al cementerio, y la otra, de las ruinas del castillo al molino de vapor. De los diez mil habitantes de la ciudad, aproximadamente un tercio vivía de la artesanía en sus distintas ramas. Un segundo tercio malvivía de sus áridas tierras. Y el tercero se dedicaba a algo parecido al comercio.

Decimos: «algo parecido al comercio», porque ni la mercancía ni los usos comerciales se correspondían con la idea que se tiene del comercio en el mundo civilizado. Los comerciantes de aquella zona vivían más de casualidades que de perspectivas, más de una providencia impredecible que de una planificación del negocio, y todo comerciante estaba dispuesto a hacerse cargo de lo que el destino quisiera ponerle a mano en calidad de mercancía, o incluso de inventarse una en caso de que el Señor no le regalase nada. De hecho, la vida de aquellos comerciantes era todo un misterio. No tenían tiendas. No tenían nombre. No tenían crédito. Eso sí, poseían un sentido mágico y agudísimo para dar con todas las secretas y misteriosas fuentes de ingresos. Vivían del trabajo de otros, pero también les daban trabajo. Vivían tan modestamente como si se mantuvieran gracias al trabajo de sus propias manos. Pero el trabajo lo hacían otros. Siempre en movimiento, siempre de un lado para otro, ágiles de palabra y rápidos de mente; habrían sido capaces de conquistar medio mundo si hubieran sabido lo que este significa. Pero no lo sabían. Porque vivían apartados de él, entre el este y el oeste, atrapados entre la noche y el día, ellos mismos una especie de fantasmas vivos que han nacido de la noche y rondan durante del día.

¿Hemos dicho que vivían «atrapados»? La naturaleza de su tierra no les daba esa sensación. La naturaleza tenía fraguado un horizonte infinito alrededor de las gentes de la frontera y las rodeaba con un espléndido anillo de verdes bosques y colinas azules. Y, cuando recorrían la oscuridad de sus bosques de abetos, incluso se creían especialmente favorecidos por Dios, suponiendo que la preocupación diaria por el pan para la mujer y los hijos les hubiera permitido reconocer la bondad de Dios. Pues a lo que iban ellos a los bosques de abetos era a buscar leña para quienes se la compraban en la ciudad en cuanto se acercaba el invierno. También comerciaban con madera. Y también, por otro lado, con corales para las campesinas de los pueblos de los alrededores, o para las que vivían al otro lado de la frontera, en tierras rusas. Comerciaban con plumón para los colchones, con pelo de caballo, con tabaco, con lingotes de plata, con joyas, con té chino, con frutas de los países del sur, con caballos y ganado, con aves y huevos, con pescado y hortalizas, con yute y lana, con mantequilla y queso, con bosques y terrenos, con mármol de Italia y cabello humano de China para la confección de pelucas, con gusanos de seda y con seda ya tejida, con paños de Mánchester, encajes de Bruselas y polainas de Moscú, con lino de Viena y plomo de Bohemia. Ni uno solo de estos maravillosos productos, como tampoco ni uno solo de los productos baratos que tanto abundan en el mundo, era desconocido para los comerciantes y negociantes de aquella región. Lo que no podían adquirir o vender dentro de las leyes vigentes lo conseguían y lo vendían al margen de cualquier ley, hábil y clandestinamente, con astucia y cálculo preciso, sin miedo ni reparos. Es más, algunos de ellos incluso comerciaban con personas, con personas de verdad. Enviaban a desertores del ejército ruso a los Estados Unidos y a chicas jóvenes del campo a Brasil y Argentina. Contaban con agencias que tramitaban los viajes en barco y delegaciones de burdeles extranjeros. Y, a pesar de todo, sus ganancias eran exiguas y no tenían ni idea de lo que es el verdadero lujo ni la abundancia en que puede llegar a vivir un hombre. Con todo, a pesar de aquel talento increíble y tan desarrollado para detectar el dinero y a pesar de que sus manos sacaban oro de las piedras como quien hace saltar chispas chocándolas, no eran capaces de proporcionar placer a sus corazones ni salud a sus cuerpos. Los hombres de aquellas tierras eran hijos de los pantanos. Pues los pantanos se extendían de una forma hasta siniestra por toda la superficie del terreno, a ambos lados de la carretera, llenos de ranas, de bacilos que provocaban fiebres y de una hierba alevosa que atraía a los excursionistas desconocedores de su terrible condición y los arrastraba a una muerte terrible. Muchos morían sin que nadie hubiese oído sus últimos gritos de socorro. Cuantos habían nacido allí, en cambio, conocían la alevosía del pantano y no dejaban de tener ellos mismos algo de ese carácter alevoso. En primavera y en verano, el aire estaba impregnado de un intenso e incesante croar de ranas. Y también los cielos rebosaban el intenso canto de las alondras. Y todo era un diálogo incansable entre el cielo y el pantano.

Entre los comerciantes de los que hemos hablado había muchos judíos. Por capricho de la naturaleza, o tal vez por la misteriosa ley de los orígenes inciertos del legendario pueblo de los jázaros, muchos de los judíos de la frontera eran pelirrojos. Parecía que llevaban la cabeza en llamas. Sus barbas eran como fuegos. El dorso de sus manos trajinadoras estaba cubierto de pelos duros como pequeños pinchos al rojo vivo. Y de sus orejas salía una suave lana rojiza, como el vapor de las rojas llamas que debían de arderles en el interior de la cabeza.

Quienquiera que fuese a parar a aquella zona sin ser de allí no podía sino acabar mal. Nadie tenía tanta fuerza como el pantano. Nadie lograba resistir a la frontera. Por aquel entonces, los peces gordos de Viena y San Petersburgo ya empezaban a preparar la Gran Guerra. La gente de la frontera la sintió venir antes que el resto; no solo porque estaban acostumbrados a presentir cosas venideras, sino también porque todos los días veían los signos de la decadencia con sus propios ojos. Incluso a esos preparativos les sacaron sus beneficios. Más de uno vivía del espionaje y el contraespionaje y recibía coronas de la policía austriaca y rublos de la rusa. Y en el cenagoso aburrimiento de aquella guarnición del último rincón del mundo, más de un oficial caía víctima de la desesperación, del juego, de las deudas o de la mala gente. En los cementerios de las guarniciones de la frontera yacían muchos cuerpos jóvenes de hombres débiles.

Pero allí también se entrenaban los soldados como en todas las demás guarniciones del Imperio. Todos los días, el batallón de cazadores regresaba al cuartel salpicado de estiércol primaveral y con las botas manchadas de barro gris. El mayor Zoglauer iba a la cabeza, a caballo. La segunda sección de la primera compañía estaba a cargo del teniente Trotta. El ritmo al que desfilaban los cazadores lo indicaba el toque opaco y soso de una trompa, no la altiva fanfarria que, con los ulanos, llamaba a los corceles a emprender el trote o lo interrumpía para cambiar de dirección. Carl Joseph marchaba a pie y se hacía la ilusión de que allí estaba más a gusto. A su alrededor, las botas con clavos de los cazadores crujían sobre la gravilla llena de aristas que, en primavera, cada semana, sacrificaban en el cenagal de los caminos por orden de las autoridades militares. Todas las piedras, millones de piedras, todas las engullía el insaciable suelo de la carretera. Y todas las veces volvían a brotar victoriosas desde las profundidades nuevas capas de barro brillante, de color plata, y se comían la tierra y el mortero y parecían chasquear la lengua y lamer las pesadas botas de los soldados.

El cuartel se encontraba detrás del parque de la ciudad. A la izquierda, junto a él, estaba el edificio del Tribunal del Distrito; enfrente, la jefatura del distrito, detrás de cuyos muros, tan representativos como necesitados de una buena reforma, había dos iglesias, una romana y una griega orto-doxa; y a la derecha del cuartel se alzaba el liceo. La ciudad era tan diminuta que se podía recorrer entera en veinte mi-nutos. Sus edificios importantes estaban apretujados en fastidiosa vecindad. Al atardecer, los paseantes daban vuel-tas alrededor del círculo regular del parque como reclusos por el patio de una cárcel. Para llegar a la estación sí que se necesitaba media hora larga de marcha. La cámara de ofi-ciales del regimiento se repartía en dos pequeñas estancias de una casa particular. La mayoría de los camaradas comía en el restaurante de la estación. Carl Joseph también. Le gustaba marchar chapoteando por el barro con el único fin de ver una estación. Era la última de todas las estaciones de la monarquía, pero algo es algo: también aquella estación exhibía dos pares de relucientes raíles que se prolongaban sin interrupción hasta el interior del Imperio; también en aquella estación se oían los típicos avisos, agudos, brillan-tes y alegres, en los que resonaba un eco de las voces de la patria, y había un aparato de morse que nunca dejaba de picotear, recogiendo y reproduciendo con suma eficiencia las voces enmarañadas de un vasto mundo perdido como puntadas de una infatigable máquina de coser. También aquella estación contaba con un jefe que se ocupaba de to-car una campana inconfundible que quería decir: «¡En mar-cha! ¡Viajeros al tren!». Una vez al día, justo al mediodía, el jefe de estación agitaba la campana por el tren que partía en dirección al oeste, hacia Cracovia, Oderberg o Viena. ¡Un tren encantador y bueno! La parada duraba casi tanto como la comida, frente a las ventanas del salón de primera clase donde se sentaban los oficiales. Hasta que no llegaban al café, no silbaba la locomotora. El vapor gris empañaba las ventanas. En cuanto empezaban a formarse gotas y regueros de agua cristal abajo, el tren ya se había ido. Los oficiales se tomaban el café y recorrían el camino de vuelta por el barro de color gris plata en lento y descorazonado tropel. Hasta los generales de la Inspección de Servicios evitaban viajar hasta allí. Ellos no iban, allí no iba nadie. En el único hotel de la ciudad en el que se alojaban como clientes fijos la mayoría de los oficiales de los cazadores solo se hospedaban, aparte de ellos, dos veces al año, los ricos comerciantes de lúpulo de Núremberg, Praga y Saaz[1]. Cuando sus impenetrables negocios les habían ido bien, mandaban tocar música y jugaban a las cartas en el único café que había, que pertenecía al hotel.

Desde el segundo piso del hotel Brodnitzer, Carl Joseph tenía una vista completa de la pequeña ciudad. Veía el remate del tejado del Tribunal del Distrito, la torrecita blanca de la jefatura, la bandera negra y amarilla del cuartel, la doble cruz de la iglesia griega, la veleta del ayuntamiento y todos los tejados de oscura pizarrilla gris de las pequeñas casas de una sola planta. El hotel Brodnitzer era el edificio más alto de la localidad. Marcaba un punto de orientación,

---

1. Saaz, actualmente Žatek, está al noroeste de la República Checa, pero, como muchas ciudades del este, tuvo nombre alemán hasta después de la Primera Guerra Mundial. La palabra *saaz* se usa en la actualidad para designar un tipo especial de lúpulo que comenzó a producirse allí. (*N. de la T.*).

igual que la iglesia, el ayuntamiento y los edificios oficiales en general. Las callejuelas no tenían nombres ni las casas números, así que, cuando uno preguntaba por un destino concreto, tenía que orientarse por las indicaciones aproximadas que le hubieran dado. Tal vecino vivía detrás de la iglesia, tal otro enfrente de la cárcel, el tercero a mano derecha del tribunal, y así. Se vivía como en un pueblo. Y los secretos de quienes moraban en las casitas bajas, al amparo de los tejados de oscura pizarrilla gris, detrás de las ventanitas cuadradas y las puertas de madera, se filtraban por las grietas y los resquicios hacia las calles embarradas e incluso hasta el gran patio del cuartel, que siempre estaba cerrado: este había engañado a su mujer; aquel había vendido a su hija a un capitán ruso; en tal casa había una mujer que vendía huevos podridos; en tal otra había uno que vivía regularmente del contrabando; este había estado en la cárcel; aquel había escapado de las mazmorras; este prestaba dinero a los oficiales; su vecino se embolsaba un tercio de las ganancias... Los camaradas, burgueses y en su mayoría de origen alemán, llevaban muchos años viviendo en aquella guarnición; se habían hecho al lugar y este había hecho mella en su persona. Desvinculados de las costumbres de su tierra, de su alemán materno, que allí solo era lengua oficial, y expuestos a la infinita desolación de los pantanos, se daban a los juegos de azar y al fortísimo aguardiente que se destilaba en la región y que se conocía con el nombre de «noventa grados». De la inocua mediocridad en la que habían sido instruidos en la academia de cadetes y la correspondiente formación posterior iban a parar en directo a aquellas tierras de corrupción sobre las que ya soplaba el poderoso aliento del poderoso enemigo que era el imperio de los zares. Los oficiales rusos del regimiento estacionado en la frontera solían cruzarla con bastante frecuencia, siempre vestidos con abrigos largos de color arena o gris plomo, pesadas charreteras doradas o plateadas sobre sus anchos hombros, polainas brillantes, y lustrosas botas de caña alta, hiciera el tiempo que hiciera. Entre las respectivas guarniciones reinaba incluso cierta camaradería. A veces eran los austriacos quienes cruzaban la frontera hacia el otro lado, en pequeños coches de mercancías cubiertos con una lona, a ver los espectáculos ecuestres de los cosacos y beber aguardiente ruso. En la guarnición rusa tenían los barriles de aguardiente en el borde de las aceras de madera, guardados por soldados armados con fusiles y largas bayonetas de tres filos. Cuando caía la tarde, los barriletes rodaban con estrépito por la calzada, empujados por las botas de los cosacos hasta el casino ruso, y un suave gorgoteo le delataba a la población lo que había en su interior. Los oficiales del zar les enseñaban lo que era la hospitalidad rusa a los oficiales de Su Majestad Apostólica. Y ninguno de los oficiales del zar, como tampoco ninguno de los oficiales de Su Majestad Apostólica, sabía por aquel entonces que la muerte ya cruzaba sus sarmentosas manos invisibles sobre los cálices de cristal de los que ellos bebían.

Por la vasta llanura entre los dos bosques que marcaban la frontera, el austriaco y el ruso, llegaban las sotnias de los regimientos cosacos sobre sus pequeños pero velocísimos caballos cual ráfagas de viento de uniforme y en formación militar, agitando las lanzas por encima de los altos gorros de piel como relámpagos ensartados en largos palos de madera, coquetos relámpagos tocados con banderitas. En el mullido suelo cenagoso apenas se oía el ruido de los cascos de los animales. La tierra embarrada tan solo respondía al impacto de sus pisadas con un suave suspiro húmedo. Apenas aplastaban la hierba verde oscuro. Era como si los cosacos planearan sobre el campo. Cuando llegaban a la carretera, amarilla y arenosa, levantaban una enorme columna de polvo dorado claro, muy fino, que resplandecía al darle el sol y luego se deshacía y caía en mil nubecillas. Los invitados al espectáculo se sentaban en toscas tribunas de madera sin pulir. Los movimientos de los jinetes eran casi más rápidos que los ojos de los espectadores. Los cosacos recogían su pañuelo rojo y azul del suelo sin desmontar, con los dientes tan amarillentos como los de sus caballos, inclinándose violentamente en la silla en pleno galope hasta casi darse la vuelta por debajo del vientre de los corceles, al tiempo que sus piernas, con las típicas botas relucientes, se apretaban contra los flancos de los animales. Otros hacían malabares con las lanzas, que volaban y daban vueltas por los aires para luego regresar a la mano levantada de su dueño; volvían a él como los halcones vivos. Otros, con el cuerpo en horizontal y pegado por completo al del caballo y también la boca contra el hocico de la bestia hermana, saltaban a través de un aro de metal asombrosamente pequeño, como del diámetro de un barril mediano. Los caballos saltaban con las cuatro patas estiradas. Sus crines se levantaban como unas alas, su cola horizontal en el aire recordaba a un timón, y su estrecha cabeza, a la proa puntiaguda de una canoa. Otros saltaban por encima de una hilera de veinte barriles, colocados fondo contra tapadera. Ahí, los caballos relinchaban antes de saltar. El jinete tenía que irse muy lejos para tomar impulso; al principio no se lo veía más que como un puntito gris que, a una velocidad de vértigo, se convertía en una raya, en un cuerpo, en un jinete completo, en un ave gigante y legendaria, mezcla de hombre y caballo, en un cíclope alado, y después, realizado el salto con éxito, se quedaba absolutamente quieto a cien pasos de los barriles, una estatua, un monumento hecho de una materia sin vida. Otros, a su vez, disparaban a blancos móviles al tiempo que salían disparados ellos (y los propios arqueros parecían flechas) para alcanzar las grandes dianas blancas que sostenían sus compañeros, cabalgando a su lado a toda velocidad. Los arqueros galopaban, disparaban y daban en el blanco. Alguno se caía del caballo. Los camaradas que iban detrás volaban por encima de su cuerpo, ni una sola herradura lo pisaba. Había jinetes que salían a lomos de un caballo y con otro al lado para cambiar de silla en pleno galope, regresar al primero, volver al segundo y, al final, con una mano en el lomo de cada animal y las piernas en el aire, aterrizar de pie en un punto señalado, sujetando a ambos caballos y manteniéndolos tan quietos como si fueran de bronce.

Aquellos espectáculos ecuestres de los cosacos no eran los únicos en la zona de la frontera entre la monarquía y Rusia. En la misma guarnición estaba estacionado un regimiento de dragones. Entre los oficiales del batallón de cazadores, los del regimiento de dragones y los caballeros de los regimientos rusos de la frontera se cultivaban las más estrechas relaciones gracias al conde Chojnicki, uno de los terratenientes polacos más ricos del lugar. El conde Wojciech Chojnicki, pariente de los Ledochowski y los Potocki, cuñado de los Sternberg, amigo de los Thun, un gran conocedor del mundo, un hombre de cuarenta años, aunque en apariencia un hombre sin edad, capitán de la caballería en la reserva, soltero, vividor y melancólico en igual medida, amaba los caballos, el alcohol, la compañía, la frivolidad y también la seriedad. El invierno lo pasaba en grandes ciudades y en las casas de juego de la Riviera. Como un ave migratoria, solía regresar a la patria de sus ancestros cuando el laburno empezaba a florecer en los terraplenes de la estación. Traía consigo un suave halo del perfume del ancho mundo y aventuras e historias de amor que contar. Era de esas personas incapaces de tener enemigos, pero también incapaces de tener amigos, tan solo compañeros, camaradas y conocidos indiferentes. Con sus ojos claros, inteligentes y un poco saltones; su cabeza calva y brillante como una bola de billar; su bigotillo rubio; sus hombros estrechos, y sus piernas demasiado largas, Chojnicki se ganaba la simpatía de todo el que se cruzaba en su camino, fuera por azar o a propósito.

Vivía alternadamente en dos casas, que entre la gente del lugar eran conocidas y respetadas como «el palacio antiguo» y «el palacio nuevo». Lo que llamaban «el palacio antiguo» era un pabellón de caza bastante grande y en estado ruinoso que, por motivos inexpugnables, el conde se negaba a reformar. El «palacio nuevo» era una espaciosa villa de dos alturas, en la superior de las cuales se alojaba todo el tiempo gente rara y a veces incluso dudosa. Eran los «parientes pobres» del conde. A él mismo le habría resultado imposible averiguar el grado exacto de parentesco con sus huéspedes, incluso llevando a cabo el más riguroso estudio de la historia de su familia. Con el paso de los años, se había convertido en una costumbre presentarse en el «palacio nuevo» diciendo ser pariente de Chojnicki y pasar allí el verano. Bien comidos, recuperados y a veces hasta provistos de ropa nueva confeccionada por el sastre local del conde, en cuanto empezaba a oírse el canto de los estorninos por las noches y quedaba atrás la temporada de las mazorcas de maíz, los visitantes regresaban a las desconocidas regiones de las que cada cual fuera oriundo. El dueño de la casa no se enteraba ni de la llegada, ni de la estancia ni de la partida de sus huéspedes. Había establecido una vez y para siempre que fuera el administrador judío de la finca quien se ocupara de comprobar la relación familiar de los visitantes, de regular el uso del alojamiento y de fijar la fecha para su partida antes del invierno. La casa tenía dos entradas. Mientras que el conde y los invitados que no pertenecieran a la familia utilizaban la puerta delantera, sus parientes tenían que dar toda la vuelta por el huerto de frutales y entrar y salir por una puerta pequeña del muro del jardín. Por lo demás, estos huéspedes espontáneos podían hacer lo que les viniera en gana.

Dos veces a la semana —para ser exactos, los lunes y los jueves— tenían lugar en casa del conde Chojnicki lo que se conocía como «pequeñas veladas»; y una vez al mes, la llamada «fiesta». En las pequeñas veladas solo se encendían y ponían a disposición de los invitados seis estancias; en las fiestas, en cambio, doce. En las pequeñas veladas, los criados servían sin guantes y con librea gris oscuro; en las fiestas llevaban guantes blancos y levitas de color teja con cuello de terciopelo y botones de plata. Siempre se empezaba con vermú y ásperos vinos españoles. Se pasaba luego al borgoña y al burdeos. A continuación, venía el champán. A este lo seguía el coñac. Y, rindiendo tributo a la patria como es debido, se concluía con el producto local: el noventa grados. En casa del conde Chojnicki, los oficiales del regimiento de dragones, que era de una composición extraordinariamente feudal, y los del regimiento de cazadores, que por lo general eran de origen burgués, estrechaban unos vínculos afectivos que no habrían de romperse en la vida. Los albores de los días de verano veían, a través de las grandes ventanas abovedadas del palacio, un puro revoltijo de uniformes de infantería y caballería. Los durmientes saludaban al dorado sol roncando. Hacia las cinco de la mañana, un tropel de asistentes corría al palacio para despertar a sus oficiales, porque las maniobras de los regimientos empezaban a las seis. Para entonces ya llevaba un buen rato en su pabellón de caza el anfitrión, a quien el alcohol no le daba ningún sueño. Allí se dedicaba a trajinar con extraños tubos de cristal, infiernillos y aparatos. En la zona corría el rumor de que el conde intentaba hacer oro. Era cierto que parecía empecinado en absurdos experimentos de alquimia. Y por más que no consiguiera hacer oro, lo que sí sabía era ganar a la ruleta. A veces, dejaba traslucir que un misterioso jugador fallecido ya tiempo atrás le había dejado en herencia un «sistema infalible».

Hacía años que era diputado del Consejo Imperial: siempre lo votaban en las elecciones de su distrito; vencía a todo contrincante a base de dinero, violencia y atropello; gozaba del favor del Gobierno, y despreciaba la institución parlamentaria a la que pertenecía. No había pronunciado ningún discurso ni presentado moción alguna en su vida. Escéptico, sarcástico, sin escrúpulos y sin miedo a nada, Chojnicki solía decir que el emperador era un anciano al que le faltaban dos dedos de frente; el Gobierno, una panda de incompetentes; el Consejo Imperial, un consejo de imbéciles crédulos y patéticos, y los funcionarios del Estado, todos corruptos, cobardes y vagos. Los austriacos de habla alemana no valían más que para bailar el vals y cantar en las tabernas; los húngaros olían mal; los checos habían nacido para limpiabotas; los rutenos eran rusos disfrazados y traidores; los croatas y los eslovenos —a los que él llamaba, de forma despectiva, *Krawatten* y *Schlawiner*[2]— solo servían para hacer cepillos y asar castañas, y los polacos, teniendo en cuenta que él mismo lo era, para donjuanes, peluqueros o fotógrafos de moda. Todas las veces que regresaba de Viena y otras partes del ancho mundo por las que pululaba sin que se supiera nunca a qué se dedicaba, solía soltar una perorata muy pesimista similar a la que sigue:

—Este imperio está abocado a hundirse. En cuanto nuestro emperador cierre los ojos, nos vamos a descomponer en mil pedazos. Los Balcanes van a ser más fuertes que nosotros. Cada pueblo va a querer crear su propio estadito independiente de pacotilla, y hasta los judíos van a reclamar la proclamación de un rey en Palestina. En Viena ya se huele el tufo del sudor de los demócratas, yo no lo soporto cuando paso por la Ringstraße. Los trabajadores llevan banderas rojas y ya no quieren trabajar. El alcalde de Viena es poco más que un portero bonachón. Los curas se han sumado al pueblo, que ya hasta predican en checo en las iglesias. En el Burgtheater representan obras de mierda de autores judíos y cada semana nombran barón a cualquier fabricante de váteres húngaro. Mirad lo que os digo, caballeros, que como no se eche mano a las armas ya aquí se acabó lo que se daba. ¡Todavía lo veremos!

---

2. *Krawatten* significa «corbata» y *Schlawiner*, equivalente a «bribón», puede ser un apodo cariñoso, pero por lo general es despectivo. *(N. de la T.)*

Los oyentes se reían y se tomaban otra ronda de lo que fuera. No lo entendían. Ya se echaba mano a las armas de vez en cuando, sobre todo en época de elecciones, para garantizarle un nuevo mandato al conde, y justo así se demostraba que el mundo no podía hundirse así, sin más. El emperador aún vivía. Y después vendría su sucesor. El ejército realizaba sus maniobras y lucía en todos los colores de los correspondientes cuerpos. Los pueblos amaban a la dinastía de los Habsburgo y le rendían honores con los más diversos trajes típicos nacionales. Chojnicki era un bromista.

El teniente Trotta, sin embargo, más sensible que sus camaradas y más triste que ellos, y habiendo calado ya en su alma el eco del murmullo de las oscuras alas de la muerte, con la que ya se había topado dos veces, sí que percibía a veces el siniestro peso de las profecías.

Capítulo 10

Todas las semanas, cuando le tocaba guardia, el teniente Trotta escribía el consabido informe insulso a su padre. El cuartel no disponía de luz eléctrica. En la oficina del guardia seguían utilizándose las velas reglamentarias de toda la vida, como en tiempos del viejo héroe de Solferino. Las de ahora eran de la marca Apolo, de una estearina blanca como la nieve, que no se desmigajaba tanto y con una mecha bien trenzada y una llama estable. Las cartas del teniente no revelaban nada de su cambio de vida ni de las inusitadas circunstancias de la frontera. El jefe de distrito evitaba hacer cualquier pregunta. Las respuestas que enviaba él a su hijo, una carta cada cuatro semanas, eran igual de asépticas que las del teniente.

Todas las mañanas, el viejo Jacques le traía el correo a la salita donde el jefe de distrito acostumbraba a desayunar desde hacía muchos años. Era una estancia algo apartada que no se usaba durante el día. La ventana, orientada al este, se prestaba gustosa a la luz de todos los amaneceres: despejados, cubiertos, cálidos, fríos o lluviosos; durante el desayuno, la dejaban abierta, fuera invierno o verano. En invierno, el jefe de distrito se envolvía las piernas en un echarpe y la mesa se arrimaba a la amplia chimenea, en cuyo interior chisporroteaba el fuego que el viejo Jacques se había ocupado de encender media hora antes. Todos los años, el quince de abril, Jacques dejaba de encender la chimenea. Todos los años, el quince de abril, con independencia del tiempo que hiciera, el jefe de distrito retomaba sus paseos matinales. El ayudante de la barbería se presentaba a las seis en el dormitorio de Trotta, aún medio dormido y sin afeitar él mismo. A las seis y cuarto ya tenía el jefe del distrito la barbilla bien afeitada y empolvada en medio de la barba y las patillas al estilo de Francisco José, como dos alas anchas, ahora entreveradas de plata. Ya le habían masajeado la cabeza calva, algo enrojecida por el efecto de unas gotas de agua de colonia, y recortado pulcramente todos los pelillos no deseados que le asomaban por la nariz, por las orejas y, a veces, también por la nuca, por encima del cuello alto de la camisa. Entonces, el jefe de distrito tomaba su bastón de paseo de madera clara y su sombrero gris de media copa y se dirigía al parque de la ciudad. Llevaba un chaleco blanco de escote muy cerrado y con botones grises y una levita larga de color gris tórtola. Los pantalones ajustados y sin raya iban enganchados con bridas a los estrechos botines de la más fina piel de cabritilla, terminados en punta y sin costuras en la puntera ni el talón. Las calles aún estaban desiertas. El camión de riego, tirado por dos caballos castaños gruesos y lentos, aparecía traqueteando sobre las calles empedradas. El cochero, en cuanto veía al jefe de distrito desde su alto pescante, dejaba quieto el látigo, tiraba de las riendas para accionar el freno y se quitaba la gorra con una reverencia tan profunda que casi se tocaba las rodillas con la cabeza. Era la única persona de toda la ciudad, por no decir de todo el distrito, a quien el señor Von Trotta saludaba con la mano y con gesto alegre, casi eufórico. A la entrada del parque, el policía municipal lo recibía con el saludo militar. El jefe de distrito le respondía con un cordial *Grüß Gott,* pero sin mover la mano. A continuación, se dirigía al puesto de las gaseosas que regentaba la señorita rubia. Allí saludaba levantándose un poco el sombrero, se tomaba un buen vaso de tónico estomacal, sacaba una moneda del bolsillo del chaleco sin quitarse los guantes y continuaba su paseo. Se cruzaba con panaderos, deshollinadores, vendedores de verduras y carniceros. Todo el mundo lo saludaba. El jefe de distrito les devolvía el saludo llevándose el dedo índice al ala del sombrero. El primero con quien ya sí se lo quitaba era Kronauer, el boticario, también amante de los paseos matinales y, por cierto, consejero de la Comunidad. A veces hasta le decía: «Buenos días, señor boticario», y se paraba y le preguntaba: «¿Cómo está?». «De maravilla», respondía el boticario. «Me alegro», comentaba el jefe de distrito, que se levantaba un poco el sombrero de nuevo y continuaba con su paseo.

No volvía a casa hasta dadas las ocho. A veces se encontraba con el cartero en el vestíbulo o por las escaleras. En tal caso, se iba un rato a hacer tiempo al despacho. Le gustaba encontrarse las cartas ya colocadas junto a la bandeja del desayuno. Para él era inconcebible ver a alguien durante el desayuno, y más aún hablar con alguien. Si acaso, consentía que entrara el viejo Jacques: los días de invierno, a echar un vistazo a la estufa, y los de verano, a cerrar la ventana si daba la casualidad de que llovía con demasiada fuerza. Que apareciera la señorita Hirschwitz ni se planteaba. Verla antes de la una del mediodía suponía para el jefe de distrito un verdadero horror.

Un día, hacia finales de mayo, el barón Von Trotta regresó a casa de dar su paseo cinco minutos antes de las ocho. El cartero habría pasado ya un rato antes. El barón se sentó a la mesa en la salita del desayuno. El huevo pasado por agua —como siempre, «con la yema blanda»— estaba en su huevera de plata, también ese día. Brillaba la miel de color dorado; los panecillos blancos recién hechos olían a horno y a levadura, como todos los días; destacaba el amarillo intenso de la mantequilla sobre una gigantesca hoja verde oscuro, y en la taza de porcelana con borde dorado humeaba el café. No faltaba nada. Al menos eso fue lo que le pareció al jefe de distrito de entrada: que no faltaba nada. Porque, acto seguido, se levantó, dejó la servilleta sobre la mesa y lo revisó todo una vez más. En el sitio de siempre faltaban las cartas. Nunca, hasta donde alcanzaba su memoria, había transcurrido un día sin correo oficial. Lo primero que hizo fue asomarse a la ventana para comprobar si, en el exterior, el mundo seguía existiendo. Sí, los viejos castaños del parque seguían allí con sus frondosas copas verdes. Allí seguían alborotando los pájaros invisibles, como todas las mañanas. También el coche del lechero, que a esa hora solía parar justo frente a la jefatura del distrito, estaba donde siempre, sin preocuparse por nada y como si fuera un día como todos los demás. De modo que, en el exterior, no había cambiado nada, según constató el jefe de distrito. ¿Cabía la posibilidad que no hubiera llegado nada de correo? ¿Cabía la posibilidad de que a Jacques se le hubiera olvidado? El barón Von Trotta agitó la campanilla. Su timbre de plata revoloteó por la casa en silencio. No acudió nadie. El jefe de distrito, de momento, ni tocó la bandeja del desayuno. Volvió a agitar la campanilla. Por fin llamaron a la puerta. Se quedó asombrado, consternado y hasta se ofendió al ver entrar a su ama de llaves, la señorita Hirschwitz.

Llevaba una especie de bata con la que no la había visto nunca. Un enorme delantal de hule azul oscuro la envolvía de la cabeza a los pies y llevaba en la cabeza una cofia blanca tiesa que dejaba a la vista sus grandes orejas, de lóbulos anchos, carnosos y blandos. De esta guisa, al barón Von Trotta le resultó un horror aún mayor de lo habitual, pues además no soportaba el olor del hule.

—La fatalidad en persona —dijo sin responder al saludo de ella—. ¿Dónde está Jacques?

—Jacques sufre una indisposición esta mañana.

—¿«Sufre»? —repitió el jefe de distrito, que no había entendido del todo lo que pasaba—. ¿Quiere decir que está enfermo? —siguió preguntando.

—Tiene fiebre —dijo la señorita Hirschwitz.

—Gracias —dijo el barón Von Trotta, indicándole mediante un gesto con la mano que se retirase.

Se sentó a la mesa. No se tomó más que el café. El huevo, la miel, la mantequilla y los panecillos se quedaron en la bandeja. Ahora había entendido que Jacques estaba enfermo y, por consiguiente, no se hallaba en disposición de traerle el correo. ¿Pero cómo es que se había puesto enfermo? Siempre había estado tan sano como el servicio de Correos, por poner un ejemplo. No le habría sorprendido ni un ápice menos que, de pronto, este dejara de enviar cartas. El propio jefe de distrito no había estado enfermo jamás. Si uno se enfermaba, era porque se iba a morir. La enfermedad no era sino la forma en que la naturaleza intentaba que los humanos se acostumbrasen a la muerte. A las enfermedades epidémicas —al cólera todavía se le tenía miedo en los años de juventud del barón Von Trotta— sobrevivía alguno que otro. Sin embargo, de otras enfermedades que se presentaban así, sueltas y de manera subrepticia, se moría sin remedio, por distintos que fueran sus nombres. Los médicos —que para el jefe de distrito eran todos «sanitarios»— pretendían hacer creer a la gente que sabían curar, pero solo era para no morirse de hambre ellos. Tal vez existieran casos excepcionales de gente que vivía después de haber enfermado, pero el barón Von Trotta, hasta donde alcanzaba su memoria, no podía dar fe de ninguno ni en su círculo más íntimo ni en otro más amplio.

Volvió a tocar la campanilla.

—Quisiera el correo —le dijo a la señorita Hirschwitz—, pero mande traerlo a alguien, por favor. Por cierto, ¿qué es lo que le pasa a Jacques?

—Tiene fiebre —respondió el ama de llaves—. Se habrá resfriado.

—¿Resfriado? ¿En mayo?

—Tiene ya sus años...

—Que venga el doctor Sribny.

Era el médico del distrito. Pasaba consulta en la jefatura de nueve a doce. No tardaría en llegar. En la opinión del jefe de distrito, era «un hombre honesto».

Entretanto, un criado trajo el correo. El jefe de distrito se limitó a mirar los sobres, se los devolvió y le indicó que los dejara en el despacho. Se quedó de pie junto a la ventana, sin dejar de asombrarse de que el mundo exterior pareciera completamente ajeno a los cambios que se producían en su casa. Esa mañana, ni había desayunado ni había leído el correo. Jacques estaba en cama con una misteriosa enfermedad y la vida seguía su curso como si nada.

Muy despacio, ocupada la cabeza en muchas ideas revueltas, el barón Von Trotta se dirigió al despacho y se sentó al escritorio veinte minutos más tarde que de costumbre. Se presentó el primer comisario del distrito para dar el parte. El día anterior había tenido lugar una nueva asamblea de trabajadores checos. Iba a celebrarse un acto del movimiento Sokol y al día siguiente ya llegarían delegados de «estados eslavos» (se refería a Serbia y a Rusia, si bien en el discurso oficial jamás se mencionaban tales nombres). También los socialdemócratas de habla alemana se estaban haciendo notar. En la fábrica de hilados, un trabajador había sido agredido por sus compañeros, al parecer y según habían contado los informantes, porque se negaba a ingresar en el partido rojo. Todo esto preocupaba al jefe de distrito, le dolía, lo indignaba y lo hería. Todo lo que esas partes desobedientes de la población hacían para debilitar al Estado; para ofender a Su Majestad el emperador directa o indirectamente; para restarle poder a la ley, más aún, para perturbar el orden, vulnerar la moral, ridiculizar la dignidad, crear escuelas checas, sacar adelante a diputados de la oposición: todo eran afrentas contra su propia persona, la del jefe de distrito. Al principio sintió desprecio hacia los conceptos *naciones* y *autonomía* y a ese «pueblo» que reivindicaba «más derechos». Poco a poco, comenzó a odiar a esa gente, a los carpinteros, a los alborotadores, a los que pronunciaban arengas electorales. Le insistía al comisario del distrito para que disolviera de inmediato cualquier reunión en la que a alguien se le ocurriese siquiera tomar alguna «resolución». De todas las palabras que últimamente se habían puesto de moda, esta era la que más odiaba; quizá porque bastaba cambiarle una única letra para que se convirtiera en la más ignominiosa de todas las palabras: *revolución.* Esta sí que la había erradicado por completo de su vocabulario. No aparecía en él, ni siquiera en el uso oficial; y cuando, en el informe de algún subordinado, leía una expresión como, por ejemplo, «agitador revolucionario» para referirse a un socialdemócrata activo, la tachaba con tinta roja y la corregía a «individuo sospechoso». Tal vez existieran revolucionarios en algún lugar de la monarquía; ahora bien: en el distrito del barón Von Trotta no los había.

—Que esta tarde venga el sargento Slama —le dijo el barón Von Trotta al comisario—. Pida refuerzos de la gendarmería para lo del Sokol. Redacte un informe breve para la gobernaduría y tráigamelo mañana. A lo mejor tenemos que ponernos en contacto con las autoridades militares. En cualquier caso, el puesto de la gendarmería estará de guardia a partir de mañana. Y quiero ver un extracto del último decreto ministerial con respecto a las guardias.

—A sus órdenes, señor.

—Bien. ¿Ya ha pasado por aquí el doctor Sribny?

—Lo han mandado a visitar a Jacques directamente.

—Me habría gustado hablar con él.

El jefe de distrito no tocó un solo papel más esa mañana. En tiempos, en los años tranquilos, al principio de su carrera como jefe de distrito en aquella ciudad, todavía no existían los autonomistas ni los socialdemócratas, y los «individuos sospechosos» aún eran relativamente escasos. En el lento transcurso de los años, casi no se había notado cómo aumentaban en número, se extendían y se tornaban peligrosos. Era como si la enfermedad de Jacques le hiciera darse cuenta de golpe de los crudos cambios que se habían producido en el mundo, y como si la muerte, tal vez ya sentada al borde de la cama del anciano mayordomo, no solo lo amenazase a él. Si se muere Jacques —pasó por la cabeza del jefe de distrito—, en cierto modo es como si volviera a morir el héroe de Solferino y, quizá... —y aquí el corazón del jefe de distrito dejó de latir un segundo—, aquel a quien el héroe de Solferino salvó de la muerte. ¡Ay! ¡No solo Jacques había caído enfermo aquel día! Aún tenía por abrir las cartas que se habían quedado encima del escritorio. ¡A saber qué contendrían! Los del Sokol iban a reunirse en el corazón del Imperio ante los ojos de las autoridades y de la gendarmería. Los miembros de dicho movimiento, a los que el jefe de distrito llamaba para sus adentros «sokolistas», como para hacer de ellos, que representaban un grupo grande entre los pueblos eslavos, una especie de partido más pequeño, decían ser gimnastas y entrenar los músculos. En realidad, eran espías o rebeldes pagados por el zar. Hasta el día de ayer aún se podía leer en el *Fremden-Blatt* que los estudiantes alemanes de Praga cantaban de vez en cuando *Die Wacht am Rhein*[1], el himno ese de los prusianos, los acérrimos enemigos de Austria que ahora eran sus aliados. ¿Pero de quién se podía fiar ya uno? Al jefe de dis-

---

1. «La guardia del Rin» es un himno patriótico de 1840 que tematiza la rivalidad entre Alemania y Francia, pues el Rin había servido de frontera desde tiempos de Napoleón. Fue tan popular como el propio himno alemán (de 1848), sobre todo en las guerras franco-prusianas previas a la fundación del Segundo Imperio y, después, en la Primera Guerra Mundial. *(N. de la T.)*.

trito le entró un poco de frío. Y, por primera vez desde que había empezado a trabajar en aquel despacho, se acercó a la ventana en un cálido día de primavera y la cerró.

Al médico del distrito, que justo entraba por la puerta en ese instante, le preguntó por el estado del anciano Jacques. El doctor Sribny le dijo:

—Como se le complique en pulmonía, no lo superará. Es muy mayor. Ahora mismo tiene cuarenta de fiebre. Ha pedido ver a un sacerdote.

El jefe de distrito se inclinó sobre la mesa. Temía que el doctor Sribny pudiera percibir alguna alteración en su rostro y, de hecho, sintió que algo empezaba a cambiar en él. Abrió un cajón, sacó los puros y le ofreció al doctor. Sin decir nada, le indicó que tomara asiento en el sillón. Se pusieron a fumar los dos.

—¿De modo que tiene usted pocas esperanzas? —preguntó por fin el barón Von Trotta.

—En realidad, muy pocas, a decir verdad —respondió el doctor—. A estas edades... —No terminó la frase, sino que miró al jefe de distrito, como para comprobar si el barón era mucho más joven que su mayordomo.

—No ha estado enfermo en la vida —dijo el jefe de distrito, como si eso fuera una especie de atenuante y el doctor una instancia de la que dependiera la vida.

—Bueno... —fue cuanto dijo el doctor—. Estas cosas pasan. ¿Qué años tendrá?

El jefe de distrito echó la cuenta para sí y dijo:

—Entre setenta y ocho y ochenta.

—Sí —dijo el doctor—, es lo que le calculaba yo. Es decir: lo he calculado hoy. Mientras uno sigue trotando por ahí, todos piensan que vivirá para siempre.

Acto seguido, se puso de pie y se marchó a su consulta.

El barón escribió en una nota: «Estoy en la vivienda de Jacques»; la dejó sujeta con un pisapapeles y salió al patio.

Nunca había estado en la vivienda de Jacques. Era una casita diminuta con una chimenea demasiado grande para su pequeño tejado, anexada posteriormente a la parte trasera del muro del patio de la jefatura. Tenía tres paredes de ladrillo de color ocre y una puerta marrón en el centro. Se entraba por la cocina y desde allí, por una puerta de cristal, se pasaba al cuarto. El manso canario de Jacques estaba posado en el pomo que coronaba la cúpula de su jaula, a la vez colgada junto a la ventana, cuyo visillo resultaba demasiado corto, como si se le hubiese quedado pequeño al cristal que vestía. La mesa de madera sin barnizar estaba pegada a la pared. Encima de ella colgaba una lámpara azul de petróleo, con espejito redondo y regulador de luz. Encima de la mesa había una imagen de la Virgen en un gran marco, apoyada en la pared, como suelen ponerse los retratos de los parientes. En la cama, cuya cabecera descansaba contra la pared de la ventana, bajo una montaña blanca de cobertores y almohadas, estaba Jacques. Creyó que era el sacerdote quien había llegado y suspiró profundamente, liberado, como si ya hubiera recibido la gracia del Señor.

—Ah, el señor barón —dijo luego.

El jefe de distrito se acercó al anciano. En un cuarto similar, en las dependencias de los inválidos del castillo de Laxenburg, se veló a su difunto abuelo, el guarda de la gendarmería. El jefe de distrito aún recordaba el resplandor amarillento de las grandes velas blancas en la penumbra de aquel cuarto, con todas las ventanas con crespón de luto, y también recordaba la imagen de las descomunales suelas de las botas del cadáver vestido de gala delante de su cara. ¿Le había llegado el turno a Jacques? El anciano se incorporó apoyándose en los codos. Llevaba un gorro de dormir bordado, de punto azul oscuro, y entre los apretados puntos del tejido se veía su cabello plateado. Su cara, sin barba, huesuda y enrojecida por la fiebre, parecía de marfil coloreado. El jefe de distrito se sentó en una silla al lado de la cama y dijo:

—Bueno, parece que no es cosa grave, según acaba de decirme el doctor. Será un catarro.

—Sí, señor barón —respondió Jacques, haciendo un ligero esfuerzo por chocar los talones debajo de los cobertores. Se sentó bien erguido—. Le ruego me disculpe —añadió—. Mañana creo que me habré recuperado.

—Dentro de unos días, sin lugar a duda.

—Estoy esperando al sacerdote, señor barón.

—Sí, sí —dijo Von Trotta—, ya llegará. ¡Pero para eso le queda mucho!

—Ya está de camino, señor barón —respondió Jacques como si estuviera viendo venir al sacerdote con sus propios ojos—. Ya viene —siguió hablando, y de pronto pareció haber olvidado que el jefe de distrito estaba sentado a su lado—. Cuando murió el señor barón, en gloria esté —dijo—, nadie se lo esperaba. Por la mañana, o tal vez fuera el día anterior, aún vino al patio y me preguntó: «Jacques, ¿dónde están mis botas?». Sí, fue el día anterior. Y por la mañana ya no le hicieron falta. Luego llegó el invierno enseguida; fue un invierno muy frío. Hasta el invierno creo yo que aún aguantaré. Hasta el invierno tampoco falta mucho, así que solo debo tener un poco de paciencia. Ya estamos en julio, así que julio, junio, mayo, abril, agosto... noviembre... Y para Navidades creo yo que ya se puede acabar la cosa. ¡Retirada! ¡Compañía, marchen!

Se calló y volvió los ojos hacia el barón, unos grandes ojos azules muy brillantes, pero fue como si mirara a través de un cristal.

El barón Von Trotta intentó recostar al anciano sobre los almohadones con suavidad, pero el tronco de Jacques estaba completamente rígido y no cedía. Solo le temblaba la cabeza, y el gorro de dormir de punto azul oscuro tampoco paraba de hacerlo. Sobre la frente, ancha, amarilla y huesuda, le brillaban diminutas perlas de sudor. El jefe de distrito se las secaba de cuando en cuando con su pañuelo, pero aparecían nuevas. Le tomó la mano al anciano Jacques y contempló la piel enrojecida, descamada y áspera del dorso de aquella mano ancha, con un pulgar fuerte y prominente. Luego, con suavidad, volvió a colocársela sobre el cobertor; se marchó al despacho; mandó llamar al ordenanza, al sacerdote y a una hermana de la caridad; le dijo a la señorita Hirschwitz que velase a Jacques entretanto; pidió que le trajeran sombrero, bastón y guantes, y se fue al parque, para sorpresa de cuantos se encontraban allí.

Sin embargo, pronto sintió ganas de regresar de las profundas sombras de los castaños a su casa. Al acercarse a la puerta, oyó la campanilla del sacerdote con la extremaunción. Se quitó el sombrero e inclinó la cabeza y permaneció así un rato, delante de la entrada. Varios transeúntes lo secundaron. Salió el sacerdote. Algunos esperaron a que el jefe de distrito hubiera desaparecido por el pasillo, siguieron al religioso con curiosidad y supieron por el ordenanza que Jacques estaba agonizando. Le dedicaron unos minutos de devoto silencio al anciano que se estaba despidiendo de este mundo.

El jefe de distrito atravesó el patio directamente para pasar a la vivienda del moribundo. Se preocupó de buscar dónde dejar el sombrero, el bastón y los guantes en la oscura cocina y por fin consiguió ubicarlos en las baldas de la estantería, entre pucheros y platos. Mandó salir a la señorita Hirschwitz y se sentó junto a la cama. A esa hora, el sol estaba tan alto en el cielo que inundaba todo el patio del edificio de la jefatura y entraba por la ventana del cuarto de Jacques. El visillo blanco demasiado corto parecía ahora un alegre delantalito del cristal, iluminado por los rayos del sol. El canario cantaba sin parar, muy contento; el suelo de tarima sin barnizar brillaba con la luz del sol en un tono amarillento; una ancha franja como de plata caía justo sobre los pies de la cama y la parte de abajo del cobertor blanco adquiría así una blancura más intensa todavía, como celestial, y esa franja de sol iba subiendo por la pared a la que estaba pegada la cama. De vez en cuando, una suave brisa acariciaba los contados árboles que bordeaban los muros del patio, que podían ser tan ancianos como Jacques, o incluso más, y que lo habían albergado bajo su sombra a diario. El viento soplaba y las copas de los árboles murmuraban, y Jacques parecía saberlo, porque se incorporó un poco y dijo:

—Por favor, señor barón, la ventana.

El jefe de distrito abrió la ventana y, al instante, entraron en la pequeña habitación los sonidos alegres y primaverales del patio. Se oía el susurro de los árboles, el suave soplo del viento, el soberbio zumbido de las cantáridas y los trinos de las alondras desde sus alturas azules e infinitas. El canario salió volando, pero solo para demostrar que todavía sabía hacerlo, porque regresó unos instantes después, se sentó en el alféizar y se puso a cantar el doble de fuerte. El mundo rebosaba alegría, en el interior y en el exterior. Jacques inclinó el cuerpo por fuera de la cama y se quedó escuchando sin moverse, con las gotitas de sudor brillándole en su frente huesuda y sus finos labios entreabiertos. Luego guiñó los ojos, sus delgadas mejillas enrojecidas se convirtieron en múltiples arrugas sobre los pómulos, adquirió un aspecto de viejo pícaro y una suave risa brotó de su garganta. Se estaba riendo. Se reía sin parar y los almohadones temblaban suavemente; hasta el mueble de la cama chirrió un poco. También el jefe de distrito sonreía. Sí, la muerte se acercaba al viejo Jacques como una alegre muchacha en primavera y Jacques abría su boca anciana y le enseñaba los cuatro dientes amarillentos que le quedaban. Levantó la mano, señaló a la ventana y, sin parar de reírse, meneó la cabeza.

—¡Qué buen día hace! —comentó el jefe de distrito.

—¡Por ahí viene, por ahí viene! —dijo Jacques—. A lomos del caballo blanco, todo de blanco, pero ¿por qué cabalga tan despacio? ¡Mira, mira lo despacio que va! ¡Hola, hola! ¿No quiere acercarse más? Venga, ¡venga para acá! Qué día tan hermoso, ¿verdad? —Bajó la mano, volvió la mirada hacia el jefe de distrito y dijo—: ¡Qué despacio va! Eso es porque viene del otro mundo. Lleva mucho tiempo muerto y ya no tiene costumbre de cabalgar por el empedrado de aquí. ¡Ah, qué tiempos! ¿Te acuerdas de cómo era? Quiero ver el cuadro. ¿Habrá cambiado de verdad? ¡Traedlo, el cuadro, tened la bondad, traedlo! ¡Por favor, señor barón!

El jefe de distrito comprendió al instante que se refería al retrato del héroe de Solferino. Obedientemente, salió. Incluso subió los peldaños de la escalera de dos en dos; luego entró corriendo en el gabinete, se subió a una silla y descolgó el cuadro del héroe de Solferino de su clavo. Tenía un poco de polvo; lo sopló y le pasó el pañuelo con el que antes le había secado la frente del moribundo. También ahora sonreía todo el tiempo. Estaba contento. Hacía mucho que no lo estaba. Volvió a toda prisa, con el cuadro bajo el brazo, cruzando el patio. Se acercó a la cama de Jacques. Y Jacques contempló el retrato durante un rato largo, estiró el dedo índice, recorrió con él la cara del héroe de Solferino y al final dijo:

—Ponlo para que le dé el sol.

El jefe de distrito obedeció. Se quedó sosteniendo el cuadro en la franja de sol de los pies de la cama. Jacques se incorporó y dijo:

—Sí, así es como era. —Y volvió a recostarse sobre los almohadones.

El jefe de distrito colocó el retrato sobre la mesa, al lado de la Virgen, y regresó junto a la cama.

—En nada me voy para allá arriba —dijo Jacques sonriendo y señalando el techo.

—Te queda mucho tiempo para eso —respondió el jefe de distrito.

—No, no —dijo Jacques con una carcajada limpia—. Mucho tiempo es el que he vivido ya. Ahora me toca irme para allá arriba. Comprueba la edad que tengo. A mí se me ha olvidado.

—¿Dónde quieres que lo compruebe?

—Ahí abajo —dijo Jacques, señalando el mueble de la cama; había un cajón y el jefe de distrito lo abrió; vio un paquetito de papel de estraza pulcramente atado con un cordel al lado de una caja redonda de latón con una ilustración en color, aunque ya desvaído, que representaba una pastor-cilla con peluca blanca, y recordó que era una de las latas de caramelos que había visto de niño debajo del árbol de Navidad de algunos compañeros.

—Ahí tengo la cartilla —dijo Jacques.

Se refería a su cartilla militar. El barón Von Trotta se puso los quevedos y leyó:

—«Franz Xaver Joseph Kromichl». ¿Esta es tu cartilla? —preguntó.

—Por supuesto —dijo Jacques.

—¡Pero si pone Franz Xaver Joseph!

—Pues me llamaré así.

—¿Y por qué te hiciste llamar Jacques?

—Él lo ordenó.

—Bueno —dijo el barón Von Trotta, y leyó el año de naci-miento—: Pues cumplirás ochenta y dos años en agosto.

—¿Hoy qué día es?

—Diecinueve de mayo.

—¿Cuánto falta para agosto?

—Tres meses.

—Bueno —dijo Jacques muy sereno, recostándose sobre las almohadas—, entonces sí que no llego. ¡Abre la caja!

El jefe de distrito abrió la caja.

—Ahí tengo a san Antonio y a san Jorge —siguió diciendo Jacques—. Esos te los puedes quedar tú. Luego hay un tro-zo de raíz de laurel, para las fiebres. Dásela a tu hijo, Carl Joseph. Y muchos recuerdos de mi parte. Le vendrá bien, porque está en un sitio muy húmedo. Y ahora ciérrame la ventana. Quiero dormir.

Se había hecho mediodía. El sol daba de pleno en toda la cama. En la ventana se habían posado varias moscas gordas y el canario había dejado de cantar para ponerse a picotear un terrón de azúcar. Doce atronadoras campanadas sonaron en la torre del ayuntamiento y su eco dorado se extinguió por el patio. Jacques respiraba tranquilo. El barón Von Trotta se dirigió al comedor.

—No voy a comer —le dijo a la señorita Hirschwitz.

Entonces recorrió el comedor con la mirada: en tal punto se quedaba Jacques parado con su bandeja, de tal forma la acercaba a la mesa, de tal otra la presentaba para que se sirvieran... El barón Von Trotta era incapaz de comer aquel día. Bajó al patio y se sentó en el banco que había junto a la pared, debajo de la cornisa de madera, a esperar a la hermana de la caridad.

—Ahora está durmiendo —le dijo cuando llegó.

De cuando en cuando, lo rozaba una suave brisa. La sombra de la cornisa fue haciéndose más ancha y larga. Las moscas revoloteaban y zumbaban alrededor de las patillas del jefe de distrito. De cuando en cuando, las espantaba con la mano y los puños de la levita hacían su clásico ruido un poco metálico. Por primera vez desde que había entrado al servicio del emperador, estaba sin hacer absolutamente nada en pleno día laborable. Nunca había tenido necesidad de tomarse un día libre. Era la primera vez que vivía un día de asueto. Pensó un instante en el viejo Jacques y, no obstante, se sintió contento. El viejo Jacques se moría, pero era como si se estuviese celebrando un gran acontecimiento y, por aquel motivo, el jefe de distrito disfrutaba del primer día de asueto de su vida.

De pronto oyó que la hermana salía por la puerta. Le contó que Jacques se había levantado de la cama, al parecer en pleno uso de sus facultades mentales y sin fiebre, y se estaba vistiendo. En efecto, a continuación se pudo ver al anciano junto a la ventana. Había colocado la brocha de afeitar, el jabón y la navaja sobre el alféizar, como tenía por costumbre hacer cada mañana, y se disponía a afeitarse, mirándose en el espejo de mano que colgaba del herraje de la ventana. Jacques la abrió y, con su voz sana, la de siempre, exclamó:

—Me encuentro bien, señor barón, estoy perfectamente. Le ruego me disculpe, discúlpeme por haberlo incomodado.

—En tal caso, está todo en orden. Me alegro, me alegro muchísimo. Ahora puedes empezar una nueva vida como Franz Xaver Joseph.

—Prefiero seguir siendo Jacques.

El barón Von Trotta, contento a la vista de tan extraordinario suceso, pero también algo desconcertado, regresó al banco, le pidió a la hermana de la caridad que se quedara, por si acaso, y le preguntó si sabía de otros casos de personas tan mayores que hubieran recobrado la salud tan deprisa. La hermana, con la vista clavada en su rosario y como si extrajera la respuesta poco a poco de las cuentas, respondió que sanar y enfermar, sucediera deprisa o despacio, estaba en la mano de Dios y que por voluntad suya había moribundos que habían vuelto a la vida en un instante. El barón habría preferido una respuesta más científica. Decidió que al día siguiente se lo consultaría al médico del distrito. Por el momento, se fue a su despacho, liberado en cierto modo de una gran preocupación, pero presa de un desasosiego tanto mayor e inexplicable. Ya no era capaz de trabajar. Dio una serie de instrucciones al sargento Slama, que llevaba un buen rato esperándolo, pero lo hizo sin concretar nada y sin ninguna firmeza. Todos aquellos peligros que amenazaban al distrito de W. y a la monarquía de pronto se le antojaron menos graves que por la mañana. Despidió al sargento para volver a llamarlo inmediatamente después y comentarle algo:

—Oiga, Slama, ¿usted ha sabido de algo semejante alguna vez? Esta mañana, el viejo Jacques parecía que iba a morirse y ahora, en cambio, vuelve a estar tan fresco.

No, el sargento Slama nunca había oído nada semejante. Y, cuando el jefe de distrito le preguntó si estaría dispuesto a pasar a verlo, respondió que, por supuesto, iría encantado. Y salieron al patio los dos.

Allí estaba Jacques, sentado en su taburete, con varios pares de botas alineadas como soldados, el cepillo en la mano y escupiendo enérgicamente en la cajita de madera que contenía la cera de limpiar zapatos. Hizo además de levantarse al ver frente a él al jefe de distrito, pero no llegó a ser lo bastante rápido y antes sintió las manos del barón Von Trotta sobre sus hombros. Tan contento, el anciano saludó al sargento con el cepillo. El barón se sentó en el banco y el sargento apoyó su arma contra la pared y se sentó también, guardando la distancia de rigor. Jacques se quedó en su taburete, sacándoles brillo a las botas, aunque algo más despacio y con menos brío que de costumbre. Quien estaba ahora en su cuarto era la hermana de la caridad, sentada rezando.

—Me acabo de dar cuenta —dijo Jacques— de que hoy he llamado de tú al señor barón. ¡Me acabo de dar cuenta!

—No pasa nada, Jacques —dijo el barón—. Era la fiebre.

—Claro, es que ahí ya hablaba como un cadáver. Y usted me debería detener por falso testimonio, señor sargento.

¡Resulta que me llamo Franz Xaver Joseph! Aunque en la lápida sí que me gustaría que pusiera lo de Jacques. Y en mi cartilla de ahorros, que está debajo de la cartilla militar, por cierto, que ahí también hay un poco de dinero para el entierro y para decir una misa, ahí también pone que me llamo Jacques.

—Cada cosa a su tiempo —dijo el jefe de distrito—. Eso no corre ninguna prisa.

El sargento soltó una carcajada y se secó la frente. Jacques ya había limpiado todas las botas. Sintió un poco de frío; entró en la casa, volvió a salir envuelto en la pelliza de invierno que también se ponía en verano cuando llovía, y se sentó en el taburete. El canario salió detrás de él, revoloteó un rato por encima de su cabeza plateada, encontró por fin donde posarse, se sentó en la barra que se utilizaba para tender la ropa y donde había aireándose unas alfombras y empezó a cantar a pleno pulmón.

Sus trinos despertaron a cientos de voces de gorriones en las copas de los contados árboles del patio y, en unos minutos, el aire se convirtió en una pura algazara de trinos y silbidos. Jacques levantó la cabeza para escuchar con no poco orgullo cómo la voz de su canario superaba todas las demás. El jefe de distrito sonreía. El sargento Slama se reía a carcajadas, tapándose la boca con el pañuelo, y Jacques reía bajito. Hasta la hermana de la caridad dejó de rezar y sonrió desde el otro lado de la ventana. El dorado sol de la tarde daba ya en la cornisa de madera y en la parte alta de las verdes copas de los árboles. Los insectos zumbaban ya cansados del final del día, en enjambres de suaves formas circulares, y a veces se escuchaba el fuerte zumbido de algún abejorro sanjuanero que volaba hacia las hojas y hacia un trágico destino que, probablemente, sería el pico abierto de algún gorrión. El viento empezó a soplar con más fuerza. Los pájaros se habían callado. El fragmento de cielo que veían era ahora de un azul intenso, y las nubecillas blancas, de color rosa.

—Y ahora te vas a la cama —le dijo el barón Von Trotta a Jacques.

—Aún tengo que subir el cuadro a su sitio —farfulló el anciano, que fue a buscar el retrato del héroe de Solferino, volvió con él y desapareció en la oscuridad de las escaleras. El sargento lo siguió con la mirada y dijo:

—¡Qué raro!

—Sí, es realmente raro —respondió el jefe de distrito.

Jacques regresó y se acercó al banco. Se sentó sin decir palabra y, para sorpresa de ambos, justo entre el barón y el sargento, abrió la boca, respiró profundamente y, antes de que ellos llegaran siquiera a volverse hacia él, su anciana cabeza se desplomó sobre el respaldo, las manos le cayeron sobre el asiento, se le abrió la pelliza, estiró las piernas y se le quedaron rígidas, con las pantuflas, que terminaban en punta curvada, en alto como dos pequeñas torres. Una fuerte ráfaga de viento azotó el patio. Las nubecillas rojizas navegaban suavemente por el cielo. El sol había desaparecido por detrás del muro. El jefe de distrito sujetó la cabeza de plata de su mayordomo con la mano izquierda, mientras le tanteaba el pecho con la derecha para comprobar si le latía el corazón. El sargento estaba de pie, muy asustado; la gorra negra se le había caído al suelo. Con grandes zancadas, enseguida llegó la hermana de la caridad, que tomó la mano del anciano, la mantuvo un rato entre los dedos, la colocó con dulzura sobre la pelliza e hizo la señal de la cruz. Miró al sargento sin decir nada. Slama comprendió y agarró a Jacques por debajo de los brazos. Ella le cogió las piernas. Así lo trasladaron hasta su pequeño cuarto, lo acostaron en la cama, le cruzaron las manos sobre el pecho, rodeándolas con el rosario, y colocaron la imagen de la Virgen en la cabecera. Se arrodillaron todos juntos ante la cama y el jefe de distrito rezó. Hacía mucho que no rezaba. Desde los rincones más olvidados de su infancia volvió a su mente una oración, una oración que pedía por el alma de los seres queridos difuntos, y esa fue la que pronunció en voz baja. Se levantó, se miró los pantalones, se sacudió el polvo de las rodillas y salió, seguido del sargento Slama.

—Así quisiera morir yo también, querido Slama —le dijo en lugar del habitual *Grüß Gott* y se fue al gabinete.

Redactó un escrito con las instrucciones para el velatorio y el entierro de su criado en un hermoso pliego de papel oficial y con absoluta minuciosidad, como un maestro de ceremonias, punto por punto, con apartados y subapartados. A la mañana siguiente, fue al cementerio a elegir una tumba, compró una lápida, mandó grabar una inscripción —«Aquí descansa en el señor Franz Xaver Joseph Kromichl, llamado Jacques, antiguo servidor y fiel amigo»— y encargó un entierro de primera categoría, con cuatro caballos negros y ocho escoltas vestidos de gala. Tres días más tarde, acompañó el féretro a pie, como único miembro del cortejo fúnebre, seguido a la distancia de rigor por el sargento Slama y unos cuantos más que se le sumaron, porque habían conocido a Jacques y, sobre todo, porque veían al barón Von Trotta a pie. Así fue como un considerable número de personas acompañaron hasta la tumba a Franz Xaver Joseph Kromichl, llamado Jacques.

A partir de entonces, el barón veía su casa cambiada, vacía, y ya no la sentía su hogar. Ya no encontraba el correo junto a la bandeja del desayuno y luego vacilaba a la hora de dar nuevas instrucciones al asistente. No volvió a llamar tocando las campanillas de plata que tenía en la mesa y, si alguna vez estando distraído alargaba la mano hacia ellas, se limitaba a acariciarlas. A veces, por las tardes, levantaba la cabeza de golpe, creyendo haber oído los sigilosos pasos de Jacques por las escaleras. Otras veces iba al cuartito donde había vivido el mayordomo y le ponía un terrón de azúcar al canario entre los barrotes.

Un día, justo la víspera de la celebración del Sokol, en la que su presencia en la jefatura era de especial relevancia, tomó una decisión sorprendente.

Pero de eso hablaremos en el siguiente capítulo.

Capítulo 11

El capitán de distrito decidió ir a visitar a su hijo en la lejana guarnición de la frontera. Para un hombre de la naturaleza del barón Von Trotta, no era una cuestión fácil. Tenía ideas muy particulares sobre la frontera oriental de la monarquía. Dos de sus compañeros de escuela habían sido trasladados a aquel remoto país de la Corona en cuyos márgenes sin duda ya se oía silbar el viento de Siberia por cometer penosas faltas graves. Allí había osos y lobos y bestias aún peores, como los piojos y las chinches que amenazaban al austriaco civilizado. Los campesinos rutenos ofrecían sacrificios a dioses paganos y los judíos rabiaban sin miramientos por los bienes ajenos. El barón Von Trotta llevó consigo su viejo revólver de barrilete. Las aventuras no le echaban para atrás en absoluto; más bien revivía el sentimiento de embriaguez que causa la excitación, como aquel que, en una juventud ya más que olvidada, lo impulsaba, junto a su amigo Moser, a recorrer los bosques llenos de misterio de las tierras de su padre, a ir de caza o a visitar el cementerio a medianoche. De la señorita Hirschwitz tuvo el gusto de despedirse con muy pocas palabras y con la vaga y audaz esperanza de no volver a verla nunca más. Se marchó a la estación sin que lo acompañase nadie. El empleado que le vendió el billete, desde su lado del cristal, comentó:

—¡Vaya! Por fin alguien que va lejos. ¡Buen viaje!

El jefe de estación se apresuró a salir al andén.

—¿Va usted en viaje oficial? —preguntó.

Y el jefe de distrito, en ese estado de excitación que en ocasiones puede resultar enigmático, respondió:

—Por así decirlo, señor. Sí que se puede llamar oficial, sí.

—¿Para mucho tiempo?

—Eso aún está por decidir.

—Sin duda, también aprovechará para visitar a su hijo.

—Si se presta la ocasión.

Subido al tren, el jefe de distrito se quedó de pie junto a la ventanilla y dijo adiós con la mano. Se despedía de su distrito con alegría. No pensaba en el regreso. Volvió a leer todas las estaciones en la guía de ferrocarriles. «Transbordo en Oderberg», repitió para sí. Iba comparando las horas de salida y llegada indicadas en la guía con las horas reales y su reloj de bolsillo con los de todas las estaciones por las que pasaba el tren. Curiosamente, cualquier irregularidad le alegraba el corazón, es más, lo reanimaba. En Oderberg dejó pasar un tren. Con curiosidad, mirando hacia todos los lados, recorrió los andenes, las salas de espera y un trecho del largo camino hasta el centro de la ciudad. De vuelta al vestíbulo, hizo como si se hubiera retrasado en contra de su voluntad y le dijo expresamente al jefe de estación:

—He perdido el tren.

Se sintió un poco decepcionado de que a este no le extrañara. En Cracovia tenía que hacer otro transbordo. Estaba encantado. De no ser porque le había indicado a Carl Joseph la hora de llegada y porque a aquel «nido de peligros» no llegaban más que dos trenes al día, no le habría importado hacer alguna parada más para ver mundo. En cualquier caso, a través de la ventanilla también se veía algo. La primavera lo acompañó durante todo el trayecto. Llegó a primera hora de la tarde. Relajado y de buen humor, descendió del tren con el mismo «paso elástico» que los periódicos solían utilizar como cumplido al anciano emperador y que poco a poco habían aprendido muchos funcionarios del Estado de edad avanzada. De hecho, en aquellos tiempos de la monarquía había una manera muy especial —y, desde entonces, completamente olvidada— de bajar de los trenes y carruajes, de acceder a los restaurantes, andenes y casas, de acercarse a los parientes y amigos; una manera de andar que tal vez se debía a los pantalones ajustados y sujetos a los botines con bridas de goma que aún les gustaba llevar a muchos de aquellos caballeros mayores. Con ese paso especial, pues, se bajó del vagón el barón von Trotta. Abrazó a su hijo, que se había subido al estribo. Von Trotta era el único no lugareño que ese día abandonaba el vagón de primera y segunda clase a la vez. Del de tercera se bajaron algunos veraneantes y ferroviarios y judíos. Todos miraron a la pareja de padre e hijo. El jefe de distrito apretó el paso para llegar a la sala de espera. Allí, le dio un beso en la frente a Carl Joseph. Pidió dos coñacs en la barra. En la pared de detrás de los estantes de botellas había un espejo. Mientras bebían, padre e hijo se contemplaron la cara.

—¿Ese espejo está en un estado miserable o realmente tienes tan mal aspecto? —preguntó el barón Von Trotta.

«¿Y tú de verdad has encanecido tanto?», habría querido preguntar Carl Joseph, pues veía mucho brillo plateado en la oscura barba al estilo de Francisco José y en las sienes de su padre.

—A ver que te vea yo —prosiguió el jefe de distrito—. Ah, pues no es el espejo. ¿Será el servicio en esta guarnición? ¿Es que no te van bien las cosas?

El jefe de distrito se dio cuenta de que su hijo no tenía el aspecto que debe tener un joven teniente. «A ver si va a estar enfermo», pensó. Aparte de las enfermedades de las que uno se moría, solo existían esos otros males tan espantosos que, según decían, contraían los oficiales no pocas veces.

—¿Puedes beber coñac? —preguntó dando un rodeo para averiguar qué pasaba.

—Sí, *papa,* por supuesto —dijo el teniente.

Aún resonaba en sus oídos aquella voz, la misma que lo examinaba años atrás, la típica voz engolada de funcionario del Estado, aquel tono severo, de asombro y a la vez inquisitivo, ante el cual toda mentira se desvanecía en la lengua.

—¿Te gusta servir en infantería?

—Mucho, *papa.*

—¿Y tu caballo?

—Lo traje conmigo, *papa.*

—¿Montas a menudo?

—Raras veces, *papa.*

—¿No te gusta?

—No, *papa.* Nunca me ha gustado.

238

—Deja ya lo de *papa* —dijo el barón de repente—. Ya eres bien mayor. Y yo estoy de vacaciones.

Tomaron un coche hasta el centro de la ciudad.

—Bueno, pues tampoco veo esto tan poco civilizado —comentó el jefe de distrito—. ¿Hay posibilidades de divertirse?

—Muchas —dijo Carl Joseph—. En casa del conde Chojnicki. Ahí se junta todo el mundo. Ya lo verás. Me cae muy bien.

—¿Así que sería tu primer amigo?

—El doctor Max Demant también lo fue —respondió Carl Joseph—. Esta es tu habitación, *papa* —dijo el teniente—. Los camaradas también viven aquí y a veces hacen ruido por las noches. Pero es el único hotel que hay y se comportarán en tanto que estés tú aquí.

—Bueno, no pasa nada —dijo el jefe de distrito. Sacó de la maleta una caja redonda de lata, le quitó la tapa y se la enseñó a Carl Joseph—. Aquí te traigo una raíz de no sé qué. Por lo visto va bien contra la fiebre de los pantanos. De parte de Jacques.

—¿Qué tal está?

—Ha pasado a mejor vida. —El jefe de distrito señaló hacia lo alto.

—Ha pasado a mejor vida —repitió el teniente.

Al jefe de distrito le sonó como si hablara un hombre mayor. Su hijo debía de tener muchos secretos. Él no los conocía. Se hablaba de padre e hijo, pero entre ambos mediaba una distancia de muchos años, de grandes montañas. No sabía mucho más de Carl Joseph que de cualquier otro teniente: que había ingresado en la caballería, pero luego había solicitado el traslado a infantería. Las vueltas de las

mangas de su uniforme eran verdes, como las de los cazadores, y no rojas, como en los dragones. ¡En fin! ¡Y eso era
cuanto sabía! Se daba cuenta de que estaba haciéndose viejo. El barón Von Trotta estaba haciéndose viejo. Ya no se
debía por entero a su cargo y a sus obligaciones. Se debía a
Jacques y a Carl Joseph. Y a este venía a traerle aquella raíz
polvorienta y casi petrificada de parte de aquel.

El jefe de distrito abrió la boca, aún inclinado sobre la
maleta. Habló para la maleta como quien habla al interior
de una tumba abierta. Pero no le dijo, como habría querido: «Te quiero, hijo mío». En su lugar, le dijo:

—Tuvo una muerte muy dulce. Hacía una tarde de primavera espléndida y todos los pájaros cantaban. ¿Te acuerdas
del canario de Jacques? Pues era el que más fuerte cantaba.
Jacques sacó brillo a todas las botas. Y no murió hasta después, en el patio, sentado en el banco. El sargento Slama
también estaba. Tuvo fiebre por la mañana, nada más. Me
pidió que te diera muchos recuerdos.

Luego, levantó la vista de la maleta y miró a su hijo a la
cara para decirle:

—Justo así me gustaría morir a mí también.

El teniente se fue a su habitación, abrió el armario y depositó la raíz contra las fiebres en el estante más alto, junto
a las cartas de Katharina y el sable de Max Demant. Sacó
el reloj de bolsillo del doctor. Le dio la sensación de que el
fino segundero avanzaba por la diminuta esfera más agita-
do que nunca y con un tictac más fuerte que otras veces.
Las agujas no tenían rumbo ni el tictac sentido alguno.
«Pronto escucharé también el tictac del reloj de papá, me
lo dejará en herencia. En mi cuarto tendré el retrato del héroe de Solferino en la pared y el sable de Max Demant y esa

pieza heredada de papá. Conmigo lo enterrarán todo. ¡Soy el último Trotta!»

Carl Joseph era lo bastante joven como para hallar un dulce placer en su melancolía y una dolorosa dignidad en la certeza de ser el último Trotta. Desde los pantanos llegaba el grosero y estrepitoso croar de las ranas. El sol del crepúsculo coloreaba de rojo los muebles y las paredes de la habitación. Se oyó el traqueteo de las ruedas de un coche ligero, el suave trote de los cascos de los caballos sobre el suelo polvoriento. Paró; era una *britzka* de color amarillo paja, el coche de verano del conde. Tres latigazos interrumpieron el canto de las ranas.

El conde sentía curiosidad. No era sino la curiosidad lo que lo empujaba a sus viajes por el ancho mundo; lo que lo atrapaba en las mesas de juego de los grandes casinos; lo que lo encerraba tras las puertas de su viejo pabellón de caza; lo que lo sentaba en el escaño del Parlamento; lo que lo obligaba a volver a casa todas las primaveras y a celebrar sus habituales fiestas, y lo que le cortaba el camino al suicidio. La curiosidad era lo único que lo mantenía con vida. Era insaciablemente curioso. El teniente Trotta le había contado que esperaba la visita de su padre, el jefe de distrito, y, aunque el conde Chojnicki conocía a una docena cumplida de jefes de distrito austriacos y a otros tantos padres de tenientes, se moría de ganas de conocer a Von Trotta.

—Soy amigo de su hijo —dijo— y usted es mi invitado. Ya se lo habrá dicho su hijo. Por cierto, creo que nos hemos visto en alguna parte. ¿No conocerá al doctor Swoboda, del Ministerio de Comercio?

—Fuimos compañeros de escuela.

—¡Ah, claro! —exclamó Chojnicki—. Es muy amigo mío, Swoboda. Se ha atocinado un poco con el tiempo... ¡Hombre refinado, de todos modos! ¿Me permite que le sea del todo sincero? Usted me recuerda a Francisco José.

Durante unos instantes, se hizo el silencio. El jefe de distrito no había pronunciado el nombre del emperador en su vida. En las celebraciones se decía «Su Majestad». En la vida corriente, «el emperador». El Chojnicki este, en cambio, decía «Francisco José» igual que acababa decir «Swoboda».

—Me recuerda usted a Francisco José —repitió el conde.

Montaron en el coche. A ambos lados del camino atronaban los oídos los infinitos coros de ranas y se extendían los infinitos pantanos de un verde azulado. La noche nadaba hacia ellos, violeta y dorada. Se oía el coche rodar suavemente sobre la arena mullida y el agudo chirrido de sus ejes. Chojnicki paró frente al pequeño pabellón de caza.

La pared trasera lindaba con el oscuro bosque de abetos. Un pequeño jardín con baranda de piedra lo separaba del estrecho camino. Los setos que bordeaban el corto trecho entre la baranda y la puerta de la casa no se podaban desde hacía tiempo y así crecían a su entero capricho por encima del camino, con las ramas entretejidas de manera que no dejaban pasar a dos personas a la vez. Los tres caballeros tuvieron que caminar en fila india; obediente, el caballo fue detrás de ellos arrastrando el cochecillo, y parecía estar familiarizado con aquel sendero y habitar en la casa como una persona. A la derecha había un pilar de piedra partido, tal vez restos de una torre. La piedra salía en vertical de las entrañas del jardín delantero como una enorme muela partida, toda cubierta de manchas de musgo verde oscuro y de finas grietas negras. En la pesada puerta de madera lucía el blasón de los Chojnicki, un escudo azul dividido en tres y con tres ciervos dorados con las cornamentas entrelazadas. Chojnicki encendió la luz. Era una sala de techo bajo. Aún entraba el último resplandor de la tarde a través de las rendijas de las persianas verdes. Debajo de la lámpara tenían la mesa puesta: platos, botellas, jarras, cubertería de plata y viandas frías.

—Me he permitido prepararles un pequeño refrigerio —dijo Chojnicki.

Sirvió un noventa grados transparente como el agua en tres vasitos, tendió sendos a sus invitados y levantó el tercero. Todos bebieron. El jefe de distrito se sintió un tanto aturdido al volver a depositar el vasito en la mesa. Al menos lo exquisito de aquellos platos no se correspondía con el misterioso aspecto del pabellón, y el apetito del barón Von Trotta era mayor que su aturdimiento. En el centro de una centelleante corona de hielo recién picado había un paté de hígado de color marrón con pedacitos negros de trufa; la delicada pechuga de faisán se alzaba en solitario sobre una fuente blanca como la nieve, rodeada a su vez de una corte multicolor de verduras verdes, rojas, blancas y amarillas en sus respectivos cuencos con borde azul y dorado y adornados con el blasón familiar. En un amplio recipiente de cristal tallado brillaban millones de perlitas de caviar negro grisáceo, festoneadas con rodajas de limón. En otra fuente alargada se alineaban obedientes las lonchas de jamón, bien guardadas por un gran tenedor de plata y acompañadas por unos rabanitos de mejillas coloradas que se antojaban jugosas muchachas del pueblo. Hervidos, asados o marinados con cebollas agridulces, estupendos y grasos pedazos de carpa y delgados y escurridizos lucios esperaban en sus bandejas de cristal, plata y porcelana. Redondos panes —negros, marrones y blancos— descansaban en rústicos cestillos de paja como niños en la cuna, rebanados de manera apenas visible y colocados con tanto arte que parecían enteros e intactos. Entre los platos había grandes botellas panzudas y frascas de cristal altas y estrechas, cuadradas y hexagonales, y más botellas lisas, redondas, unas con el cuello largo, otras con el cuello corto, con etiqueta o sin etiqueta, y todas escoltadas por un regimiento de copas y copitas de todos los tipos.

Empezaron a comer.

El jefe de distrito consideró aquella insólita forma de «refrigerio» a una hora igualmente insólita como un signo harto agradable de los extraordinarios usos y costumbres de la frontera. En la antigua monarquía real e imperial, incluso las naturalezas tan espartanas como la del barón Von Trotta eran notables amantes de los placeres. Hacía mucho tiempo desde la última vez en que el jefe de distrito había realizado una comida fuera de lo habitual. El motivo había sido la fiesta de despedida del gobernador, el príncipe M., que marchaba a los territorios recién ocupados de Bosnia y Herzegovina con una misión honorable, gracias a un don de lenguas del que podía presumir, así como a su supuesto arte para «civilizar pueblos salvajes». Es más, aquella vez, el jefe de distrito había comido y bebido de manera excepcional. Y el día, junto con otros días de mucho brindis y festín gastronómico, había quedado grabado en su memoria con la misma fuerza que las fechas señaladas en las que había recibido algún reconocimiento de la gobernaduría, o como las fechas de sus nombramientos como comisario jefe de distrito y después como jefe de distrito. Paladeaba con los ojos la excelencia de aquellos alimentos como otros lo harían con el paladar. Recorría con la mirada la espléndida mesa y se detenía para recrearse en esto o en aquello. Había olvidado por completo el entorno tan misterioso, por no decir inquietante, en que se encontraba. Se dedicaron a comer y a beber de las diversas botellas. Y el jefe de distrito lo elogiaba todo, diciendo «Exquisito» o «Excelente» cada vez que pasaba de una vianda a otra. Se le empezó a poner la cara colorada. Y sus patillas al estilo de Francisco José no paraban de aletear suavemente.

—He invitado a los caballeros aquí —dijo Chojnicki—, porque en el palacio nuevo no habríamos podido estar sin que nos molestaran. Allí siempre tengo las puertas abiertas, por así decirlo, y todos mis amigos pueden venir cuando les plazca. Normalmente, lo único que hago aquí es trabajar.

—¿Usted trabaja? —preguntó el jefe de distrito.

—Sí —respondió Chojnicki—, trabajo. Trabajo por gusto, por así decirlo. Me limito a continuar la tradición de mis antecesores, aunque es cierto que, claro, no me lo tomo tan en serio como aún lo hiciera mi abuelo. Los campesinos de este lugar lo tenían por un poderoso mago y tal vez lo fuera de verdad. De mí también lo creen, pero yo no lo soy. Por el momento no he conseguido crear ni una motita.

—¿Motita? —preguntó el jefe de distrito—. ¿Motita de qué?

—De oro, naturalmente —dijo Chojnicki como si fuera la cosa más natural del mundo—. Entiendo bastante de química —prosiguió—, es un antiguo talento de nuestra familia. Aquí, por las paredes, como ven, tengo aparatos de lo más antiguo y de lo más moderno —dijo señalando las paredes.

El jefe de distrito vio una hilera de seis estanterías de madera en cada pared. En los estantes había morteros, bolsitas de papel grandes y pequeñas, frascos de vidrio como los de las farmacias antiguas, extrañas bolas de cristal con líquidos de distintos colores, lamparitas, infiernillos y tubos.

—¡Qué curioso, curiosísimo! —dijo el barón Von Trotta.

—Yo mismo tampoco sabría decir —continuó hablando— si lo hago en serio o no. A veces me encuentro presa del entusiasmo cuando vengo por la mañana y leo las fórmulas de mi abuelo, y voy y pruebo y me río de mí mismo y me marcho de nuevo. Y vuelvo a venir y a probar una y otra vez.

—Curioso, curioso —repitió el jefe de distrito.

—Tampoco lo es más —dijo el conde— que el resto de las cosas a las que podría dedicarme. ¿Iba a hacerme ministro de Cultura y Educación? Me lo propusieron. ¿Iba a hacerme jefe de sección del Ministerio del Interior? Me lo propusieron también. ¿Me iría de gran maestro de la corte? Posible sería, Francisco José me conoce...

El jefe de distrito, sin despegarse de su silla, se alejó dos pulgadas de la mesa. Sentía una punzada en el corazón cuando Chojnicki llamaba al emperador por su nombre con tanta confianza como si fuera uno de aquellos ridículos diputados que se sentaban en el Parlamento desde la introducción del sufragio universal, igualitario y secreto; o como si, en el mejor de los casos, ya estuviera muerto y fuera un personaje de la historia de la patria. Chojnicki se corrigió:

—Su Majestad me conoce.

El jefe de distrito volvió a arrimarse a la mesa y preguntó:

—¿Y por qué, y perdóneme usted, sería igual de superfluo servir a la patria que hacer oro?

—Porque la patria ya no existe.

—No lo entiendo —dijo el barón Von Trotta.

—Ya me figuraba que no me entendería —dijo Chojnicki—. Ninguno de nosotros está vivo de verdad.

No se oía ningún ruido. La última luz del día se había apagado hacía rato.

Ya podrían haberse visto algunas estrellas en el cielo a través de las rendijas de las persianas verdes. El grosero y estrepitoso croar de las ranas había dado paso al zumbido metálico de los grillos. De cuando en cuando, se oía el nítido canto del cuco. El jefe de distrito, en un estado para él desconocido, próximo al embrujamiento, entre el alcohol, aquel entorno tan particular y las insólitas declaraciones del conde, miraba a hurtadillas a su hijo, únicamente por ver a una persona conocida y de confianza. Pero Carl Joseph tampoco le resultaba ya conocido y de confianza. Quizás era cierto lo que decía Chojnicki y, en efecto, ninguno de ellos existía ya: ni la patria, ni el jefe de distrito ni el hijo. Con gran esfuerzo, el barón Von Trotta aún alcanzó a formular:

—No lo entiendo. ¿Cómo que la monarquía ya no existe?

—Pues está bien claro —respondió Chojnicki—. En un sentido literal sí que existe todavía, por supuesto. Todavía tenemos ejército... —dijo señalando a Carl Joseph— y funcionarios —añadió señalando ahora al jefe de distrito—, pero se nos desmorona viva. Se viene abajo, ya está tocada. Quien sostiene el viejo trono es un anciano con un pie en la tumba y amenazado por cualquier resfriado, y tan solo lo hace por el milagro de que aún es capaz de sentarse en él. ¿Cuánto le queda? ¿Cuánto le queda? Los tiempos ya no nos quieren. Los tiempos piden Estados nacionales independientes. Ya no se cree en Dios; la nueva religión es el nacionalismo. Los pueblos ya no van a la iglesia; van a las asociaciones nacionales. La monarquía, nuestra monarquía, está cimentada sobre la fe: sobre el credo de que Dios escogió a los Habsburgo para reinar sobre tales y cuales pueblos cristianos. Nuestro emperador es un hermano profano del papa, es Su Majestad Apostólica real e imperial, no hay ninguna otra majestad que, como la suya, sea apostólica, ninguna en Europa que dependa tanto de la gracia de Dios y de la fe de los pueblos en la gracia de Dios. El emperador alemán seguirá reinando con independencia de que Dios lo abandone; si acaso, gobernará por la gracia de la nación. El emperador austrohúngaro no puede permitirse que Dios lo abandone. Y lo que pasa es que Dios lo ha abandonado ya.

El jefe de distrito se levantó. En toda su vida habría creído que existiera nadie en el mundo entero capaz de decir que al emperador lo había abandonado Dios. Sin embargo, a él, que de siempre había dejado los asuntos del cielo en manos de los teólogos y que, por lo demás, consideraba la iglesia, las misas, la ceremonia del Corpus Christi, el clero y al buen Dios entidades de la monarquía, de repente le parecía que la frase del conde explicaba toda la confusión que se había adueñado de su persona desde la muerte del viejo Jacques. Estaba claro: al emperador lo había abandonado Dios. El jefe de distrito dio unos cuantos pasos y los viejos tablones de la tarima crujieron bajo sus pies. Se acercó a la ventana y vio las estrechas tiras de noche azul oscura a través de las rendijas de las persianas. Todos los procesos de la naturaleza y todos los acontecimientos de la vida cotidiana adquirieron, de repente, un sentido amenazador e incomprensible. Al jefe de distrito le resultaba incomprensible el susurro del coro de grillos, incomprensible el centelleo de las estrellas, incomprensible el azul aterciopelado de la noche, incomprensibles su viaje a la frontera y aquella cena en casa de aquel conde. Volvió a la mesa acariciándose una de las alas de la barba al estilo de Francisco José, como solía hacer cuando se sentía un poco desconcertado por algo. ¡Un poco desconcertado! ¡En su vida había experimentado desconcierto mayor que aquel!

Tenía delante una copa llena y se la bebió entera de golpe.

—Entonces, usted cree... —le dijo a Chojnicki—. Usted cree que estamos...

—Perdidos —añadió este—. Perdidos, sí. Lo estamos. Usted y su hijo y yo. Somos, como yo digo, los últimos en un mundo en el que Dios aún concedía su gracia a las majestades y los locos como yo hacían oro. Atienda. Mire. —Se levantó, se acercó a la puerta, giró un interruptor y se encendieron las bombillas de la gran araña—. ¡Ya lo ve! —dijo—. Son los tiempos de la electricidad, no de la alquimia. De la química también, entiéndame. ¿Sabe cómo se llama la sustancia clave? Nitroglicerina —y lo pronunció separando bien cada sílaba—. ¡Nitroglicerina! —repitió—. Ya no es el oro. En el palacio de Francisco José siguen encendiendo velas a menudo. ¿No lo ve? La nitroglicerina y la electricidad acabarán con nosotros. Y ya no queda mucho. ¡No queda nada!

El resplandor que desprendían las bombillas eléctricas hizo que también en las paredes, en las estanterías y en los tubos de cristal brotaran temblorosos reflejos verdes, rojos y azules, anchos y estrechos. Carl Joseph estaba mudo y pálido. No había dejado de beber en todo el rato. El jefe de distrito lanzó una mirada al teniente. Se acordó de su amigo, el pintor Moser. Y, como también él había bebido lo suyo, lo que vio, como en un espejo muy lejano, fue la cara pálida de su hijo borracho bajo los verdes árboles del Volksgarten de Viena, con un sombrero de ala ancha en la cabeza y un gran cartapacio bajo el brazo, y fue como si el don profético que le permitía al conde ver el futuro histórico se hubiera extendido también a él, volviéndolo capaz de vislumbrar el futuro de su heredero. Medio vacíos y tristes se veían ahora los platos, fuentes, botellas y copas. Las luces de los tubos de cristal que los rodeaban desde sus estantes parecían mágicas. Dos criados de edad avanzada, con barba al estilo de Francisco José, los dos tan parecidos al emperador y al jefe de distrito como si todos fueran hermanos, empezaron a recoger la mesa. De vez en cuando, el nítido canto del cuco golpeaba como un martillo el zumbido de los grillos. Chojnicki levantó una botella.

—«El autóctono» —así llamaba al aguardiente— sí que se lo tiene que beber usted. Solo queda un culillo. —Y apuraron el último culillo del «autóctono».

El jefe de distrito sacó el reloj, pero no logró distinguir bien la posición de las agujas. Era como si giraran tan deprisa por la esfera blanca que hubiera miles de agujas en lugar de las dos habituales. Y, en lugar de las doce cifras, de repente había doce veces doce. Porque las cifras estaban todas apelotonadas como solo solían estar las marcas de los minutos. Igual podían ser las nueve que ya la medianoche.

—Las diez —dijo Chojnicki.

Los criados de barba y patillas al estilo de Francisco José agarraron suavemente de los brazos a los invitados y los sa-

caron de la casa. Los esperaba la calesa grande de los Chojnicki. El cielo estaba muy cerca, recubría la tierra como la
campana terrenal, conocida y buena de un cristal azul y conocido que se podía tocar con la mano. El pilar de piedra
de la derecha del pabellón de caza parecía rozarla. Las estrellas las habían prendido en el cielo alcanzable manos
terrenales, con alfileres, como las banderitas de un mapa.
A veces, la noche azul, toda entera, daba una vuelta alrededor del jefe de distrito, se mecía suavemente y volvía a
quedarse quieta. Las ranas croaban en los pantanos infinitos. Olía a humedad, a lluvia y a hierba. Por encima de los
fantasmales caballos blancos que tiraban de la calesa negra
se veía al cochero con su capa negra. Los animales relinchaban y sus cascos pateaban el suelo húmedo y arenoso con
la suavidad de las patitas de terciopelo de un gato.

El cochero chasqueó la lengua y se pusieron en marcha.
Recorrieron el mismo camino por el que habían ido, gira-
ron hacia la ancha avenida de abedules y suelo de gravilla,
y llegaron a las farolas que anunciaban el acceso al palacio
nuevo. Las fuertes llantas de goma de la calesa iban rodando sobre la gravilla sin tropiezos y con un murmullo amortiguado; solo se oía el impacto de las herraduras de los veloces caballos. La calesa era amplia y cómoda. Era como
viajar en una cama. El teniente Trotta iba dormido. Sentado al lado de su padre. Su cara pálida descansaba casi en
posición horizontal sobre el respaldo, a veces acariciada
por el aire a través de la ventana abierta. De cuando en
cuando, la iluminaba una farola. Luego fue Chojnicki, sentado enfrente de sus invitados, el que se fijó en los labios
entreabiertos, sin sangre, y en la nariz dura, prominente y
huesuda del teniente.

—Duerme bien —dijo al jefe de distrito.

Ambos tenían la sensación de ser padres del teniente. Al jefe de distrito le había despejado la cabeza el viento nocturno, pero en su corazón todavía anidaba un temor que no sabía definir. Veía hundirse el mundo, y era su mundo. Chojnicki iba enfrente de él, con todo el aspecto de un hombre vivo, cuyas piernas incluso se topaban con las del barón Von Trotta en el coche; sin embargo, le resultaba siniestro. El viejo revólver de barrilete que el barón se había llevado se le iba clavando en el bolsillo trasero del pantalón. ¡Qué sentido tenía allí un revólver, si no se veían osos ni lobos en la frontera! Lo único que se veía era cómo se hundía el mundo.

La calesa se detuvo frente al gran portón abovedado. El cochero chasqueó el látigo. Las dos hojas del portón se abrieron y los caballos echaron a andar con paso acompasado por la ligera pendiente. Desde todas las ventanas de la fachada se derramaba una luz amarilla sobre el camino de grava y las zonas de hierba que lo bordeaban. Se oían voces y la música de un piano. Era evidente que era día de «gran fiesta».

Ya habían cenado. Los lacayos corrían de un lado para otro con grandes copas de licores de colores diversos. Los invitados bailaban, jugaban al *tarock* y al *whist,* bebían...; en algún lugar había uno pronunciando un discurso ante un público que no le hacía caso. Había invitados haciendo eses por las salas y otros durmiendo por los rincones. Los que bailaban eran todos hombres. Los uniformes de gala negros de los dragones se abrazaban a los azules de los cazadores. En las habitaciones del palacio nuevo, el conde Chojnicki conservaba la iluminación con velas: gruesas velas blancas como la nieve o amarillas como la cera ardían en imponentes candelabros de plata, colocados en repisas o ménsulas de piedra en las paredes o sostenidos por lacayos que las reponían cada media hora. Sus llamitas temblaban alguna vez que las rozaba el viento nocturno al colarse por las ventanas abiertas. Cuando, durante unos instantes, dejaba de sonar el piano, se oía cantar a los ruiseñores y zumbar a los grillos, y, de cuando en cuando, incluso el suave golpe de las lágrimas de cera al caer sobre la plata.

El jefe de distrito buscó a su hijo. Un miedo sin nombre lo empujaba de salón en salón. Su hijo... ¿dónde estaba? No se hallaba ni entre los que bailaban, ni entre los que iban de un lado para otro haciendo eses, ni entre los que jugaban, ni entre los caballeros mayores que guardaban la compostura y charlaban en pequeños grupos en algunos rincones. Él solo, Carl Joseph estaba en una habitación apartada de todo. A sus pies, la gran botella panzuda, fiel y medio vacía. Al lado del flaco y desmoronado bebedor, la botella se antojaba incluso arrolladora, casi como si ella pudiera tragárselo a él. El jefe de distrito se quedó de pie frente al teniente, con las puntas estrechas de sus botines rozando la botella. El hijo percibió la presencia de dos y más padres, que se multiplicaban cada segundo. Se sintió agobiado, no tenía sentido mostrarles a todos el respeto que solo le correspondía a uno y levantarse delante de ellos. No tenía sentido, y el teniente permaneció en la extraña posición en la que estaba, es decir: sentado, tumbado y acurrucado al mismo tiempo. El jefe de distrito no se movió. Su cerebro trabajaba a toda velocidad, produciendo mil recuerdos a la vez. Veía, por ejemplo, al cadete Carl Joseph los domingos de verano, cuando se sentaban en el gabinete, con sus guantes blancos como la nieve y su gorra negra sobre las rodillas, respondiéndole a todas las preguntas con voz aguda y obedientes ojos de niño. Veía al recién nombrado teniente de la caballería entrando en la misma habitación, de azul, dorado y rojo sangre. El joven teniente de ahora, en cambio, estaba a una enorme distancia del viejo barón Von Trotta. ¿Por qué le dolía tanto a este ver a un teniente de cazadores desconocido borracho? ¿Por qué le dolía tanto?

El teniente Trotta no se movió. Cierto es que alcanzaba a recordar que su padre había llegado hacía poco, y también alcanzó a pensar que no era ese padre, sino varios, el que ahora tenía delante. Pero ni consiguió entender por qué su padre había llegado aquel mismo día, ni por qué se multiplicaba todo el rato ni por qué él mismo, el teniente, era incapaz de ponerse de pie.

Desde hacía varias semanas, el teniente Trotta se había habituado al noventa grados. No se subía a la cabeza, como gustaban de decir los expertos, solo «se te bajaba a los pies». Al principio, hacía brotar un agradable calor en el pecho. La sangre empezaba a correr por las venas más deprisa y el apetito ocupaba el lugar del mareo y las náuseas. Entonces te tomabas otro noventa grados. Aunque hiciera un día frío y neblinoso, te enfrentabas a él con valor y el mejor de los humores, como si fuera una mañana soleada y feliz. Durante el descanso, tomabas un pequeño tentempié en la cantina de la frontera, cerca del bosque donde se ejercitaban muchos cazadores, y te tomabas otro noventa grados en compañía de los camaradas. Corría por la garganta como un fuego muy rápido que se apagaba solo. Apenas notabas que no habías comido nada. Volvías al cuartel, te cambiabas de ropa e ibas a la estación a comer. A pesar de haber recorrido un buen trecho, luego no tenías hambre. Así que te tomabas otro noventa grados. Comías y enseguida te entraba sueño. Así que te tomabas un café con otro noventa grados. En resumen: en el transcurso del anodino día, no había momento que no se prestase a tomarse otro noventa grados. Al contrario, había tardes y veladas en las que se imponía beber aguardiente.

Pues la vida se tornaba fácil en cuanto habías bebido. ¡Oh, maravillas de aquella frontera! Al sobrio le hacía la vida difícil, pero ¡¿a quién mantenía sobrio?! El teniente Trotta, cuando había bebido, veía a todos los camaradas, superiores y subordinados, como viejos y buenos amigos. La pequeña ciudad era como su casa, como si hubiera nacido y crecido allí. Podía entrar en las tiendecillas, diminutas, estrechas, oscuras, laberínticas y abarrotadas de toda suerte de mercancías, como madrigueras de hámster excavadas en los gruesos muros del bazar, y comprar cosas innecesarias únicamente porque le hacía gracia seguir los reclamos de los comerciantes pelirrojos: corales falsos, espejitos baratos, un jabón malísimo, peines de madera de álamo y correas de cuerda trenzada para pasear al perro. Le sonreía a todo el mundo: a las campesinas que llevaban pañuelos de colorines en la cabeza y grandes cestas de rafia bajo el brazo; a las endomingadas hijas de los judíos; a los funcionarios de la jefatura del distrito, y a los profesores del liceo. Un grueso torrente de amabilidad y bondad corría por aquel pequeño mundo. Todos, muy contentos, le devolvían el saludo al teniente. Ya no había nada que le resultara penoso. Nada le era penoso en el servicio ni nada le era penoso fuera de él. Todo lo resolvía en un momento y sin trabas.

Entendía lo que hablaba Onufrij. En ocasiones, iba a alguno de los pueblos de los alrededores, preguntaba el camino a los campesinos y le respondían en un idioma extranjero. Los entendía. No montaba a caballo. Se lo prestaba a tal o cual camarada, buenos jinetes que sabían apreciar un buen corcel. En una palabra: el teniente Trotta estaba contento. Solo que no era consciente de que no andaba con paso firme, llevaba manchas en la casaca y el pantalón sin la raya planchada, les faltaban botones a sus camisas, su piel se veía amarilla por las noches y gris ceniza por las mañanas y tenía la mirada vacía. No jugaba... y ya con eso el mayor Zoglauer estaba tranquilo. En la vida de todo hombre había épocas en las que no podía evitar beber. No era ningún problema, ¡eso se pasaba! El aguardiente era barato. Lo que llevaba al desastre a la mayoría eran las deudas, solo eso. Trotta no cumplía con sus obligaciones con mayor negligencia que el resto. Y no daba pie a ningún escándalo, a diferencia de otros. Al contrario, se volvía más manso cuanto más bebía. «¡Ya se casará algún día y volverá a estar sobrio!», pensaba el mayor. Es un protegido de las altas esferas. No tardará en hacer carrera. Llegará al Estado Mayor con solo desearlo.

El barón Von Trotta se sentó con cuidado en el borde del sofá, al lado de su hijo, buscando algo apropiado que decir. No estaba acostumbrado a hablar con borrachos.

—Deberías... —dijo después de pensar un largo rato— tener cuidado con el aguardiente, hijo. Yo, por ejemplo, no me he excedido nunca con la bebida.

El teniente hizo un esfuerzo ímprobo por pasar de su postura desmadejada y poco respetuosa a algo más parecido a estar sentado. Fue en vano. Se quedó mirando al viejo (gracias a Dios, ahora era solo uno), que tenía que conformarse con el borde del sofá y apoyar las manos en las rodillas, y le preguntó:

—¿Qué acabas de decir, *papa?*

—Deberías tener cuidado con el aguardiente —repitió el jefe de distrito.

—¿Para qué? —preguntó el teniente.

—¿Qué preguntas, hijo? —dijo el barón Von Trotta, algo consolado de que su hijo al menos estuviese lo bastante despejado como para entender lo que le había dicho—. El alcohol te arruinará la vida. ¿Te acuerdas de Moser?

—Moser, Moser... —dijo Carl Joseph—. ¡Ah, claro! ¡Pero tenía toda la razón! Me acuerdo de él. ¡Pintó el retrato del abuelo!

—¿Lo has olvidado? —preguntó el barón Von Trotta en voz muy baja.

—De él no me he olvidado —respondió el teniente—. Nunca he dejado de pensar en el cuadro. Yo no tengo la fuerza que requiere ese cuadro. ¡Los muertos! ¡No puedo olvidar a los muertos! ¡Padre, no puedo olvidar nada! ¡Padre!

El barón Von Trotta no sabía bien qué hacer. Allí sentado al lado de su hijo, no entendía del todo lo que le decía Carl Joseph, pero también intuía que no era solo la borrachera lo que hablaba. Sentía que aquello era una llamada de auxilio, pero él no era capaz de ayudar a su hijo. ¡Él mismo había viajado a la frontera en busca de un poco de ayuda! Porque estaba completamente solo en el mundo. ¡Y también su mundo se venía abajo! Jacques yacía bajo tierra, él estaba solo, quería ver a su hijo una vez más y el hijo estaba igual de solo y quizá, al ser más joven, todavía más cerca del ocaso del mundo. «¡Con lo sencillo que me había parecido toda la vida!», pensaba el jefe de distrito. A cada situación le correspondía un determinado comportamiento. Cuando el hijo venía a pasar las vacaciones, se lo examinaba. Cuando ascendía a teniente, se le daba la enhorabuena. Cuando escribía sus obedientes cartas, en las que no decía prácticamente nada, se le contestaba con unas líneas formales. Ahora bien, ¿cómo había que comportarse cuando el hijo estaba borracho?, ¿cuando clamaba «padre»?, ¿cuando «padre» brotaba de su interior como un grito de auxilio?

Vio entrar a Chojnicki y se levantó más bruscamente de lo que era propio en él.

—Ha llegado un telegrama para usted —dijo Chojnicki—. Lo ha traído el criado del hotel.

Era un telegrama oficial. Se requería la presencia del barón Von Trotta en la jefatura de su distrito.

—¡Qué lástima que ya lo reclamen en su puesto! —dijo Chojnicki—. Tendrá que ver con el acto del Sokol.

—Sí, es probable —dijo el barón Von Trotta—. Se habrá producido algún altercado.

Ahora sabía que le faltaban las fuerzas para hacer nada contra los altercados. Estaba muy cansado. ¡Y aún le quedaban unos años para la jubilación! En ese instante, sin embargo, tuvo la rápida ocurrencia de solicitar una jubilación anticipada. Podría cuidar de Carl Joseph, qué mejor ocupación para un padre de cierta edad.

Chojnicki dijo:

—No es fácil hacer algo contra los altercados cuando se tienen atadas las manos, como en esta condenada monarquía. Si se le ocurre detener a unos cuantos cabecillas, se le echarán encima los francmasones, los diputados, los líderes populares y los periódicos, y los soltarán a todos. Si se le ocurre ilegalizar la asociación del Sokol, le caerá una buena reprimenda de la gobernaduría. ¡Autonomía! ¡Sí, ya, denle tiempo! Aquí, en mi distrito, cualquier altercado acaba a tiros. Es más, mientras siga viviendo aquí, seré candidato al Gobierno y me votarán todos. Por suerte, este país está suficientemente lejos de todas esas ideas modernas que se cuecen en las sucias redacciones de sus periódicos.

Se acercó a Carl Joseph y, en el tono y con la actitud idónea de quien es todo un experto en tratar con borrachos, le dijo:

—Su señor padre tiene que marcharse.

Carl Joseph lo comprendió al instante. Incluso consiguió levantarse. Como si mirasen desde detrás de un cristal, sus ojos buscaron a su padre:

—Lo siento, padre.

—Estoy un poco preocupado por él —le dijo el jefe de distrito a Chojnicki.

—Con razón —respondió este—. Si es que tiene que alejarse de esta región. Cuando tenga un permiso, intentaré enseñarle un poco el mundo. Y ya no tendrá ganas de volver. Igual se enamora y todo...

—Yo no me voy a enamorar —dijo Carl Joseph muy despacio.

El coche los llevó de vuelta al hotel.

No se pronunció más que una palabra durante todo el camino, una única palabra de boca de Carl Joseph: «¡Padre!», y nada más.

Al día siguiente, el jefe de distrito se despertó muy tarde: ya se oían las trompetas del batallón que regresaba de su entrenamiento. Dos horas más tarde salía el tren. Llegó

Carl Joseph. En el mismo momento se oyó chasquear el látigo de Chojnicki. El jefe de distrito comió en la mesa de los oficiales de los cazadores, en el restaurante de la estación.

Desde que partiera de su distrito de W., había pasado muchísimo tiempo. Le costó un tremendo esfuerzo recordar que había subido al tren tan solo dos días atrás. Aparte de Chojnicki, era el único civil de la larga mesa en forma de herradura que compartían los oficiales, cada cual con sus colores; moreno y enjuto, le correspondía el sitio de debajo del cuadro de Francisco José I: el famoso y omnipresente retrato del más alto señor de los ejércitos, con su uniforme de mariscal de campo, blanco como la nieve, y con la banda rojo sangre. Justo debajo de las patillas blancas del emperador, casi en paralelo pero medio metro más abajo, sobresalían como dos alas negras, ya entreveradas de plata, la barba y las patillas del barón Von Trotta. Los oficiales más jóvenes, sentados en los extremos de la herradura, podían apreciar el parecido entre Su Majestad Apostólica y el seguro servidor de esta. También el teniente Trotta, desde su sitio, podía comparar el rostro del emperador con el de su padre. Y, durante unos segundos, creyó que lo que estaba colgado de la pared era el retrato de su padre, pero más anciano, mientras que debajo, sentado a la mesa, pero más joven, estaba el emperador de paisano. Y le resultaron lejanos y ajenos, tanto su emperador como su padre.

El jefe de distrito, a su vez, con ojos desesperanzados, recorrió la mesa inspeccionando los rostros casi imberbes, aún cubiertos de pelusilla, de los jóvenes oficiales, o ya con bigote en el caso de los de más edad. A su lado se sentaba el mayor Zoglauer. ¡Ay, le habría gustado intercambiar con

él algunas palabras sobre su preocupación por Carl Joseph!
Ya no les daba tiempo. Al otro lado de la ventana se estaba
preparando la salida del tren.

El jefe de distrito estaba totalmente descorazonado. Todos brindaban a su salud, por su buen viaje y por el éxito
de sus tareas profesionales. Él sonreía a todo el mundo; se
puso de pie y brindó con unos y con otros, pero sentía la
cabeza pesada de tantas preocupaciones y el corazón en un
puño ante los presentimientos más oscuros. ¡La de tiempo
que había pasado desde su partida del distrito de W.! Es
más: el jefe de distrito había emprendido aquel viaje para
visitar a su hijo querido en una región que era toda una
aventura con alegría y audacia. Sin embargo, regresaba en
soledad por haberse encontrado a un hijo en su propia soledad y de conocer una frontera donde ya se veía tan claro
el ocaso del mundo como se ve una tormenta en los márgenes de una ciudad mientras en sus calles, ignorantes y feli-
ces, todavía reina un cielo azul. Ya sonaba la campana del
jefe de estación. Ya silbaba la locomotora. Ya bañaba las
ventanas del comedor el vapor neblinoso del tren, con sus
finas perlas grises. Ya había terminado la comida y se levantaban todos de la mesa. El «batallón» al completo acompañó al barón Von Trotta al andén. A este le habría gustado
decir algo especial, pero no se le ocurrió nada apropiado.
Aún llegó a lanzar una mirada de cariño a su hijo. Solo que,
casi en el mismo momento, tuvo miedo de que los demás
captasen esa mirada y bajó los ojos. Estrechó la mano al
mayor Zoglauer. Dio las gracias a Chojnicki. Se quitó el ele-
gante sombrero de media copa gris que solía llevar en los
viajes. Se lo dejó en la mano izquierda y le pasó la derecha
por los hombros a Carl Joseph. Besó a su hijo en las meji-

llas. Y aunque habría querido decirle: «No me atormentes con esta angustia. Te quiero, hijo mío», lo único que le dijo fue esto:

—Cuídate.

Los Trotta eran gente tímida.

Ya estaba subiendo al tren el jefe de distrito. Ya estaba junto a la ventanilla. La mano, envuelta en su guante de cabritilla gris oscuro, reposaba en el borde de la ventanilla abierta.

Le brillaba la calva. Una vez más, buscó la cara de Carl Joseph con mirada de preocupación.

—La próxima vez que venga, barón —dijo el capitán Wagner, que siempre estaba de buen humor—, se encontrará con un Montecarlo en miniatura.

—¿Cómo? —preguntó el jefe de distrito.

—Van a abrir un casino —explicó el capitán Wagner.

Y, antes incluso de que el barón Von Trotta tuviera tiempo de llamar a su hijo para advertirle de todo corazón sobre los peligros de ese futuro «Montecarlo», silbó la locomotora, sonó el impacto de los pistones y el tren se puso en marcha. El jefe de distrito saludó con su guante gris y todos los oficiales lo saludaron a él. Carl Joseph no se movió.

Recorrió el camino de vuelta junto al capitán Wagner.

—¡Será un casino magnífico! —dijo este—. Un casino de los buenos. ¡Por Dios, el tiempo que llevo sin ver una ruleta! Me encanta cómo gira, ¿sabes? Ese sonido... ¡Qué ilusión me hace!

El capitán Wagner no era el único que esperaba la inauguración del nuevo casino. Todos lo esperaban. La guarnición de la frontera llevaba años a la espera del casino que iba a abrir Kapturak.

Una semana después de la partida del jefe de distrito, llegó Kapturak. Y, sin duda, habría despertado un interés mucho mayor de no ser porque, al mismo tiempo que él y debido a una extraña casualidad, también llegó una dama que atrajo la atención de todo el mundo.

Capítulo 12

En las fronteras de la monarquía austrohúngara, por aquel entonces, había muchos hombres como Kapturak. Empezaban a merodear alrededor del viejo imperio como esos pájaros negros y cobardes que echan el ojo a un moribundo desde una distancia inalcanzable. Esperan su final con impaciente y siniestro batir de alas. En picado, se lanzan sobre la presa. No se sabe de dónde salen, como tampoco se sabe adónde van después. Hermanos alados de la enigmática muerte, son sus mensajeros, sus acompañantes y sus sucesores.

Kapturak es un hombre bajito de rostro que no dice nada. Los rumores revolotean a su alrededor, se le adelantan por sus retorcidos caminos y siguen las huellas, apenas perceptibles, que deja tras de sí. Se aloja en la venta de la frontera. Tiene trato con los agentes de las compañías navieras sudamericanas que, cada año, transportan en sus barcos de vapor a miles de desertores rusos hacia una nueva y cruda patria. Le gusta el juego y bebe poco. Tampoco puede decirse que carezca de cierta afabilidad melancólica. Cuenta que lleva años dedicándose a traficar con desertores rusos del otro lado de la frontera y que allí dejó casa, mujer e hijos por miedo a que lo enviasen a Siberia, tras ser descubiertos y juzgados varios funcionarios y militares. Y a la pregunta de qué ha ido a hacer allí, responde lacónico y sonriente:

—Negocios.

El dueño del hotel donde se alojan los oficiales, un tal Brodnitzer, de origen silesio y de quien no se sabe cómo acabó en la frontera, abrió su comedor. Colgó un gran cartel en la ventana del café. Anunciaba que tenía todo tipo de juegos a disposición de los clientes; que todas las noches, hasta entrada el alba, habría «conciertos» a cargo de una orquestilla, y que tenía contratadas a «vedetes de renombre». La «modernización» del local comenzó con los conciertos de la orquestilla, compuesta por ocho músicos de aquí y de allá. Más adelante llegó «el Ruiseñor de Mariahilf», nombre artístico de una chica rubia de Oderberg[1]. Cantaba valses de Léhar, además de esta atrevida canción: «Cuando en mis noches de amor camino hacia el alba gris...»., y luego de propina: «Debajo del vestidito llevo un *dessous* lleno de *plis*»[2]. Entonces, Brodnitzer superó las expectativas de su clientela. Resultó que, entre las múltiples mesitas y mesas largas para jugar a las cartas, en un rincón en penumbra y detrás de una cortina, también había insta-

1. Mariahilf es el sexto distrito de Viena, zona peatonal muy animada con comercios, cafés, etc., mientras que Oderberg es la actual Bohumin, en Chequia. (N. de la T.).
2. Una enagua plisada. (N. de la T.).

lado una pequeña ruleta. El capitán Wagner se lo contó a todos y sembró el entusiasmo. Los hombres que llevaban muchos años de servicio en la frontera vieron aquella bolita (y muchos de ellos no habían visto una ruleta en su vida) como uno de los objetos más mágicos del ancho mundo, con ayuda del cual se podían ganar de golpe mujeres hermosas, caballos caros y palacios lujosos. ¿A quién no habría de prestarle su ayuda aquella bolita? Todos habían pasado penurias durante la infancia en algún hospicio, duros años de adolescencia en la escuela de cadetes, crudos años de servicio en la frontera. Esperaban la guerra. En su lugar, se había dado una movilización parcial contra Serbia de la que habían regresado sin pena ni gloria a seguir esperando el transcurso mecánico de siempre: maniobras, servicio, casino, casino, servicio y maniobras. Era la primera vez que escuchaban el suave traqueteo de la bolita y era ahora cuando tomaban conciencia de que la suerte giraba incluso entre ellos y que hoy le sonreiría al uno, y al día siguiente, al otro. Se sentaban frente a ella hombres desconocidos, pálidos, ricos y mudos como no se los había visto nunca. Un día, el capitán Wagner ganó quinientas coronas. Al día siguiente, tuvo pagadas todas sus deudas. Aquel mes, después de mucho tiempo, volvió a recibir su sueldo sin la retención de lo que le habían fiado previamente, los dos tercios completos[3]. Por otra parte, el teniente Schnabel y el teniente Gründler habían perdido cien coronas cada uno. ¡Pero mañana podrían ganar mil!

Cuando la bolita blanca comenzaba a rodar, convirtiéndose ella misma en una especie de círculo lechoso que iba

3. El tercio restante correspondía al seguro social. *(N. de la T.).*

trazándose alrededor de los campos negros y rojos; y cuando también los campos negros y rojos se emborronaban para crear un único círculo de color indeterminable, el corazón de los oficiales se estremecía y en el interior de su cabeza surgía un extraño zumbido, como si hubiera una bolita especial girando dentro de cada cerebro, y sus ojos lo veían todo negro y rojo, negro y rojo. Les fallaban las rodillas aun estando sentados. Con un ansia desesperada, los ojos buscaban la bolita que no lograban atrapar. Siguiendo sus propias leyes, en algún momento acababa dando tumbos por los campos, ebria de tanto girar, y rendida se detenía en una casilla numerada. Todos suspiraban de alivio. Incluso el que había perdido se sentía liberado. A la mañana siguiente, se lo contaban unos a otros. Y todos eran presa de una profunda embriaguez. Cada vez eran más los oficiales que acudían al salón de juegos. También llegaban civiles desde territorios inexplorados. Ellos eran los que azuzaban el juego y llenaban la caja; los que se sacaban billetes grandes de las carteras; ducados, relojes y cadenas de oro del bolsillo del chaleco, y anillos de los dedos. Todas las habitaciones del hotel estaban ocupadas. Las calesas que nunca habían hecho más que dormitar en su parada, a la espera, con sus jamelgos escuálidos en el tiro y sus cocheros bostezando en el pescante, como si fueran los carruajes de pega de un panóptico, despertaron también, y hete aquí que las ruedas eran capaces de rodar, y los jamelgos escuálidos, de trotar de la estación al hotel y del hotel a la frontera y de vuelta a la pequeña ciudad. Los avinagrados comerciantes sonreían. Sus tiendas parecían tornarse más luminosas, más coloridas sus mercancías, y noche tras noche cantaba «el Ruiseñor de Mariahilf». Y como si su canto hubiera desper-

tado a otras hermanas, también llegaron al café nuevas féminas, compuestas y emperifolladas, de un tipo que nunca
habían visto por allí antes. Apartaron las mesas para bailar
los valses de Léhar. El mundo entero estaba transformado.

¡Sí, el mundo entero! En otros sitios habían aparecido
unos carteles muy particulares que tampoco se habían visto
allí nunca. En todas las lenguas del territorio, los carteles
llamaban a parar de trabajar a los trabajadores de la fábrica
de cerdas para cepillos. Su producción es la única y muy
modesta industria de la región. Los trabajadores son campesinos pobres. Parte de ellos viven de partir leña en invierno y de ayudar con la cosecha en otoño. En verano no les
queda más remedio que trabajar en la fábrica de cerdas.
Otros son judíos de los estratos más bajos. No saben contar
ni comerciar, como tampoco han aprendido ningún oficio.
En toda la zona, y eso serán al menos veinte millas a la redonda, es la única fábrica que hay.

Para la producción de cerdas existían unas normas incómodas y costosas y a los fabricantes no les hacía ninguna
gracia atenerse a ellas. Había que proporcionar a los trabajadores máscaras que protegieran del polvo y de los bacilos;
había que disponer de naves industriales grandes y despejadas; quemar los desechos dos veces al día, y emplear a nuevos trabajadores cuando los otros empezaban a toser. Pues
todos los que se dedicaban a la limpieza de las cerdas, al
poco tiempo, empezaban a escupir sangre. La fábrica consistía en cuatro paredes en estado ruinoso con ventanas pequeñas y un tejado de pizarra deteriorado, cercada por una
valla de cañas que crecían a su libre albedrío en medio de
un gran descampado donde, desde tiempo inmemorial, se
depositaba el estiércol y había gatos muertos y ratas a mer-

ced de la podredumbre, cacharros de hojalata oxidándose y vasijas de barro rotas junto a zapatos rajados. A su alrededor se extendían los campos tocados por la dorada bendición de los cereales e impregnados del incesante canto de los grillos, y pantanos de un verde oscuro en los que tampoco cesaba nunca el alegre estrépito de las ranas. Por delante de los ventanucos grises al otro lado de los cuales se veía a los trabajadores sentados, peinando incansablemente, con grandes rastrillos de hierro, las espesas marañas que eran los manojos de cerdas, y tragándose las nubecillas de polvo seco que salían de cada manojo, pasaban volando las huidizas golondrinas, bailoteaban las moscas veraniegas, aleteaban las mariposas blancas o de colores, y el triunfal canto de las alondras atravesaba el tejado por sus grandes agujeros. Los trabajadores, que habrían llegado de sus pueblos libres tan solo unos meses atrás y que habrían nacido y se habrían criado con el aliento dulce del heno y el aliento frío de la nieve, con el penetrante olor del abono, el atronador jolgorio de los pájaros y la plenitud de las múltiples bendiciones de la naturaleza..., aquellos trabajadores veían las alondras, las mariposas y la danza de los mosquitos a través de las nubecillas grises y sentían añoranza. Cuando trinaban las alondras, empezaban a sentirse descontentos. Antes no sabían que existía una ley que imponía velar por su salud; que en la monarquía existía un Parlamento y que en él había diputados que también eran trabajadores. Llegaron hombres desconocidos, hicieron carteles, organizaron asambleas, les explicaron la Constitución y les leyeron los periódicos, hablando todas las lenguas del territorio. Su voz sonaba más fuerte que la de las alondras y las ranas: los trabajadores se pusieron en huelga.

En aquella zona, fue la primera. Alarmó a las instancias políticas. A lo que estaban acostumbrados desde hacía décadas era a realizar censos de población sin complicaciones, a celebrar el cumpleaños del emperador, a participar cada año en el reclutamiento de la nueva remesa de soldados y a enviar informes siempre iguales a la gobernaduría. De cuando en cuando detenían a algún ucraniano rusófilo, a algún pope ortodoxo, a judíos que descubrían haciendo contrabando de tabaco y a espías. Desde hacía décadas, en aquella zona se dedicaban a limpiar cerdas que se enviaban a las fábricas de cepillos de Moravia, Bohemia y Silesia, y luego llegaban los cepillos ya hechos desde aquellos países. Hacía años que los trabajadores tosían, escupían sangre, se ponían enfermos y morían en los hospitales. Pero no se ponían en huelga. Esta vez había hecho falta convocar incluso a los gendarmes de puestos de los alrededores más alejados y enviar el correspondiente informe a la gobernaduría. Esta, a su vez, se puso en contacto con el destacamento del ejército. Y el destacamento se lo comunicó al comandante de la guarnición.

Los oficiales más jóvenes se imaginaron que eso era que «el pueblo», es decir, la capa más baja de la población civil, reivindicaba la igualdad de derechos con los funcionarios, nobles y consejeros comerciales. Si se quería evitar una revolución, no se les podía conceder de ninguna manera. Y nadie deseaba la revolución, así que había que emprenderla a tiros antes de que fuera demasiado tarde. El mayor Zoglauer pronunció un breve discurso en el que todo esto quedaba claro. Cierto es que una guerra era harto más agradable para ellos. Al fin y al cabo, no eran gendarmes ni agentes de la policía. Ahora bien, por el momento no había guerra. Órdenes son órdenes. Llegado el caso, habría que salir a bayoneta calada y dar orden de fuego. ¡Órdenes son órdenes! Por el momento, a nadie le impiden ir al local de Brodnitzer y ganar mucho dinero. Un día, el capitán Wagner perdió mucho. Un caballero desconocido de nombre rimbombante, ulano en activo en tiempos y terrateniente en Silesia, ganó dos noches consecutivas, le prestó dinero al capitán y, a la tercera, recibió un telegrama que lo instaba a regresar a su tierra. En total eran dos mil coronas, una minucia para un oficial de la caballería. Para un capitán de cazadores, de minucia nada. Podía haber ido a ver a Chojnicki, de no ser porque ya le debía trescientas.

Brodnitzer sugirió:

—Si lo desea, lo avalaré yo con mi firma, capitán.

—Pero ¿quién va a darnos tanto a cambio de su firma? —dijo el capitán.

Brodnitzer lo pensó unos instantes:

—¡El señor Kapturak!

Este apareció y dijo:

—De modo que se trata de dos mil coronas. ¿Reintegrables?

—¡Cualquiera sabe!

—Es mucho dinero, capitán.

—Se lo devolveré —respondió el capitán.

—¿Cómo?, ¿en qué plazos? Ya sabe que solo se puede comprometer un tercio del sueldo. Aparte de que todos estos caballeros ya están comprometidos. No veo ninguna posibilidad.

—Señor Brodnitzer... —empezó el capitán.

—El señor Brodnitzer —empezó Kapturak, como si el hotelero no estuviera presente— también me debe mucho dinero a mí. Yo podría poner la suma deseada en caso de que no se prestase ninguno de los camaradas que todavía no están comprometidos, como, por ejemplo, el teniente Trotta. Procede de la caballería y tiene caballo.

—Está bien —dijo el capitán—. Hablaré con él.

Y despertó al capitán Trotta.

Estaban en el estrecho y largo pasillo del hotel.

—Corre, firma —susurró el capitán—. Están esperando ahí. Van a ver que no quieres.

Trotta firmó.

—Baja enseguida —dijo Wagner—. Te espero.

Frente a la pequeña puerta del fondo por la que solían entrar en el café los huéspedes fijos del hotel, Carl Joseph se detuvo. Era la primera vez que veía el nuevo salón de juegos que había abierto Brodnitzer. La primera vez en su vida que veía un salón de juegos en general. La mesa de la ruleta estaba rodeada por una cortina de tela de tapicería de color verde oscuro. El capitán Wagner abrió un hueco en la tela y se deslizó hacia otro mundo. Carl Joseph oyó el suave zumbido aterciopelado de la bolita. No se atrevía a levantar la cortina. En la otra punta del café, junto a la entrada de la calle, estaba el escenario y sobre este giraba el incansable Ruiseñor de Mariahilf. En las mesas había hombres jugando. Las cartas caían como sonoras palmadas sobre el tablero de imitación de mármol. Los jugadores proferían exclamaciones incomprensibles. Parecía que iban de uniforme, todos en mangas de camisa, todas ellas blancas, un regimiento de jugadores sentados. Las levitas colgaban de los respaldos de las sillas. Las mangas vacías se mecían, ligeras y fantasmagóricas, con cada uno de sus movimientos. Sobre las cabezas se cernía una densa nube de tormenta formada por el humo de los cigarrillos. Sus diminutas cabecitas rojas aparecían como chispas rojizas y plateadas entre el vaho gris, proporcionando más y más alimento azulado a la niebla que se convertía en densa nube. Y debajo de aquella humareda visible parecía cernirse una segunda nube, esta invisible, hecha de ruido; una nube de fragor, rumor y murmullos. Si cerrabas los ojos, era como si hubieran soltado sobre los hombres sentados un monstruoso enjambre de langostas, con su canto escalofriante.

El capitán Wagner salió al café desde detrás de la cortina completamente transformado. Los ojos se le habían hundido en dos agujeros de color violeta. El bigote castaño, uno de cuyos lados se antojaba extrañamente más corto, le caía sobre la boca hecho greñas, y ya le asomaban los pelos rojizos en la barbilla, un frondoso pedacito de campo lleno de pequeñas lanzas.

—¿Dónde estás, Trotta? —clamó, aunque estaba dándose de frente con él—. ¡Ese rojo maldito! Se acabó mi suerte en la ruleta. ¡Habrá que intentarlo de otra manera! —Y arrastró a Trotta hacia las mesas de cartas.

Kapturak y Brodnitzer se pusieron de pie.

—¿Ha ganado? —preguntó Kapturak, viendo que el capitán había perdido.

—¡He perdido, he perdido! —bramó el capitán.

—¡Qué pena, qué pena! —dijo Kapturak—. Míreme a mí, por ejemplo: la de veces que he ganado y he perdido. Ya ve, ¡llegué a perderlo todo! ¡Y todo lo volví a ganar! No hay que aferrarse al mismo juego. ¡No hay que aferrarse al mismo juego! ¡Ahí está la clave!

El capitán Wagner se desabrochó el cuello de la casaca. Su rostro recuperó el tono rojizo tostado habitual. El bigote se le recompuso por sí solo. Le dio una palmada en la espalda a Trotta.

—Tú no has tocado una carta en tu vida.

Trotta vio cómo Kapturak sacaba una baraja nueva del bolsillo y la colocaba sobre la mesa con mimo, como para no hacerle daño a la cara de colorines que quedaba debajo del todo. Acarició el bloque de cartas con sus ágiles dedos. Los reversos brillaban como espejitos de color verde oscuro. En su suave curvatura flotaban las luces del techo. Unas cuantas cartas se levantaban solas; se quedaban de pie sobre su delgado canto y caían, ya de cara, ya del revés; volvían a reunirse en un montoncito que luego se desplegaba en abanico con un suave redoble, mostrando por un instante el barrido de caras negras y rojas como una fugaz tormenta de colores; y se cerraba de nuevo para caer sobre la mesa, repartido en montoncitos más pequeños. De estos montoncitos iban escindiéndose las cartas de una en una, cada cual tapando la mitad del reverso de la compañera, formando un círculo que recordaba a una extraña alcachofa toda abierta pero plana, y ahí volaban a ponerse todas en fila y acababan formando otra vez el bloque compacto. Todas las cartas obedecen a las silenciosas llamadas de los dedos. El capitán Wagner sigue este preludio con ojos ávidos. ¡Ay, él amaba las cartas! A veces, venían a él las que había llamado, pero otras le huían. Le encantaba cuando sus desbocados deseos galopaban en pos de las cartas huidizas y conseguía obligarlas a volver con él. A veces, claro está, eran ellas las más rápidas, y los deseos del capitán, los que tenían que dar media vuelta derrotados. Con el paso de los años, el capitán había desarrollado un plan de guerra sumamente enrevesado, ya casi impenetrable, en el que no dejaba de lado ningún método para atraer la suerte: ni los medios de la invocación, ni los de la violencia, ni los del atropello ni los de la rogativa más fervorosa y la seducción enloquecida de amor. Una vez, el pobre había tenido que hacerse el desesperado cada vez que necesitaba un corazón y jurarle en secreto a la Invisible que, como ese corazón no llegara pronto a sus manos, el mismo día habría de suicidarse; otra vez consideró que tendría más posibilidades de ganar manteniéndose orgulloso, fingiendo indiferencia ante la tan anhelada suerte. La tercera tuvo que barajar las cartas él mismo, para más señas, con la mano izquierda, destreza que había alcanzado por fin gracias a su voluntad de hierro y a practicarlo durante mucho tiempo; una cuarta vez, lo más útil había sido colocarse a la derecha de la banca. En la mayor parte de los casos, lo que funcionaba era mezclar todos los métodos o alternarlos muy deprisa, justo de tal manera que los restantes jugadores no se dieran cuenta. Porque esto era importante. «Cambiémonos de sitio», podía decir el capitán, por ejemplo, como quien no quiere la cosa. Y cuando creía advertir una sonrisa en el rostro de algún compañero de partida, se reía y añadía: «¡Qué va! Si yo no soy supersticioso. Es que aquí me molesta la luz». Porque, como los compañeros se percatasen de las estrategias del capitán, las manos revelarían sus intenciones a las cartas. Es decir, las cartas estarían al tanto de sus trucos y les daría tiempo a escapársele. Así pues, en cuanto se sentaba a la mesa de juego, el capitán se ponía a trabajar con tanto celo como la plana mayor de todo un ejército. Y en tanto que su cerebro llevaba a cabo esta tarea sobrehumana, atravesaban su corazón ascuas y helores, esperanzas y tormentos, júbilo y amargura. Batallaba, luchaba y sufría terriblemente. Desde los días en que habían empezado a jugar a la ruleta, no paraba de maquinar brillantes planes de guerra contra la perfidia de la bolita. (Aunque sabía perfectamente que esta era mucho más difícil de vencer que la baraja.)

Casi siempre jugaba al bacará, a pesar de que no solo era uno de los juegos prohibidos, sino además incluso de los castigados. Pero ¿cómo iban a interesarle a él los juegos que requerían hacer cálculos y pensar —en el sentido de utilizar la cabeza para algo racional— cuando sus especulaciones ya rozaban lo incalculable y lo inexplicable, cuando lo desvelaban y a menudo incluso lo obligaban a rendirse? ¡Ah, no! Lo que él quería era enfrentarse directamente a los misterios del azar y acabar con ellos. Por consiguiente, se sentó a jugar al bacará. Y, de hecho, ganó. Le tocaron tres nueves y tres ochos seguidos, mientras que a Trotta no le tocaban más que *valets* y reyes y a Kapturak solo dos veces cuatros y cincos. Y ahí el capitán Wagner se dejó llevar. Y por más que tenía por principio no dejar que la suerte notara que se sentía seguro, de pronto triplicó sus ganancias. Pues tenía la esperanza de «cambiar las tornas» ese mismo día. Y ahí empezó la catástrofe. El capitán perdió y Trotta ya llevaba perdiendo todo el rato. Finalmente, Kapturak ganó quinientas coronas. El capitán se vio obligado a firmar un nuevo pagaré.

Wagner y Trotta se levantaron de la mesa. Empezaron a mezclar coñac con noventa grados y este, a su vez, con cerveza de Okocim[4]. El capitán Wagner sentía vergüenza por

4. Es un tipo de cerveza rubia típica de Polonia, parecida a la de Pilsen. (*N. de la T.*).

su derrota, como la que sentiría un general al salir vencido de una batalla en la que hubiese invitado a un amigo a compartir la victoria. Lo que el teniente Trotta, en cambio, compartía con el capitán era la vergüenza. Y ambos sabían que no serían capaces de mirarse a los ojos sin alcohol de por medio. Bebían despacio, a sorbos pequeños y regulares.

—A tu salud —dijo el capitán.

—A tu salud —dijo Trotta.

Cada vez que repetían estos parabienes, se miraban con arrojo, demostrándose el uno al otro que su desgracia les era indiferente. Sin embargo, de pronto, al teniente le pareció que el capitán, su mejor amigo, era la persona más desgraciada de este mundo y rompió a llorar amargamente.

—¿Por qué lloras? —preguntó el capitán, temblándole ya los labios también a él.

—Por ti, por ti —respondió Trotta—. ¡Mi pobre amigo!

Y ambos se deshicieron en lamentos, en parte mudos, en parte muy verbosos.

En la memoria del capitán Wagner reapareció un antiguo plan. Sacó a colación el caballo de Trotta, que solía montar a diario, al que le había tomado mucho cariño y que en su día había pensado en comprar él mismo. Al instante se le había ocurrido que, si tuviera tanto dinero como valía el caballo, sin duda podría ganar una fortuna al bacará y acabar teniendo varios. Y, a continuación, pensó en hacerse con el caballo del teniente; no pagárselo, sino tomarlo a modo de empeño, jugarse ese dinero y entonces comprar el animal. ¿Era poco limpio? ¿A quién podría perjudicarle? ¿Y cuánto se demoraría la operación? Dos horas de juego y ¡lo tendrían todo! La mayor certeza de ganar se daba siempre cuando uno se sentaba a la mesa sin miedo y hasta sin hacer el más mínimo cálculo. ¡Ah, quién pudiera haber jugado una sola vez como un hombre rico, independiente! ¡Una vez! El capitán maldijo el sueldo que cobraba. Era tan exiguo que ni siquiera le permitía jugar «dignamente».

Entonces, allí sentados uno junto al otro, olvidándose del resto del mundo, pero convencidos de que también el mundo entero se había olvidado de ellos, el capitán creyó que por fin era el momento de decir:

—Véndeme tu caballo.

—Te lo regalo —dijo Trotta conmovido.

«Un regalo no se puede vender después, ni siquiera de manera transitoria», pensó el capitán, y dijo:

—No, no, véndemelo.

—Quédate con él —suplicó Trotta.

—Que no, que te lo pago —insistió el capitán.

Así estuvieron discutiendo varios minutos. Al final, el capitán se puso de pie, se tambaleó un poco y gritó:

—¡Le ordeno que me lo venda!

—¡A sus órdenes, mi capitán! —respondió Trotta automáticamente.

—Lo que pasa es que no tengo dinero —dijo el capitán con lengua de trapo, volvió a sentarse y recuperó el tono amable.

—Eso no importa. Te lo regalo.

—Que no, ¡que justo eso es lo que no puede ser! Si ya tampoco lo quiero comprar... ¡Ojalá tuviera dinero!

—¡Se lo puedo vender a otra persona! —exclamó Trotta. Se le iluminó el rostro de contento ante tan brillante ocurrencia.

—¡Estupendo! —exclamó el capitán—. Pero ¿a quién?

—A Chojnicki, por ejemplo.

—¡Estupendo! —repitió el capitán—. Le debo quinientas coronas.

—Yo me hago cargo de ellas —dijo Trotta.

Como había bebido, su corazón rebosaba compasión hacia el capitán. ¡Aquel pobre camarada necesitaba ayuda! Corría un grave peligro. El querido capitán Wagner era su íntimo, una persona importantísima para él. Además, en aquel momento, Trotta pensó que era absolutamente necesario decir alguna buena palabra de consuelo, tal vez incluso memorable, al igual que realizar una obra caritativa. Nobleza de espíritu, sentimiento de amistad y necesidad de sentirse muy fuerte y útil confluyeron en su corazón como tres cálidos torrentes. Trotta se levanta. Se ha hecho de día. Ya no arden más que unas cuantas lamparillas, sofocadas por la claridad grisácea de la mañana que se cuela por entre las rendijas de las persianas. Aparte del señor Brodnitzer y su único camarero, no queda ni un alma en el local. Tristonas y expuestas quedan las sillas y mesas sobre el escenario por el que el Ruiseñor de Mariahilf se ha pasado la noche brincando. El caos que impera por doquier evoca terribles imágenes de la huida repentina que ha podido tener lugar allí, como si todos los clientes, sorprendidos por el peligro, hubieran salido en desbandada del café. Largas boquillas de cartón de cigarrillos se amontonan en el suelo junto con cortas colillas de puros. Son restos de cigarrillos rusos y puros austriacos y delatan que allí ha habido clientes de otras tierras jugando y bebiendo codo con codo con los lugareños.

—¡La cuenta! —exclama el capitán. Abraza al teniente. Lo aprieta larga y efusivamente contra su pecho—. ¡Con Dios, entonces! —dice con los ojos llenos de lágrimas.

En la calle, ya está la mañana desplegada por completo, la mañana de una pequeña ciudad del este, impregnada del olor de las flores de los castaños, de las lilas recién florecidas y del pan negro, ligeramente ácido y recién salido del horno, que los panaderos transportan en grandes cestos. Los pájaros alborotaban con sus cantos, el aire era todo un mar sonoro, un infinito mar de trinos. Un cielo azul pálido y transparente se extendía como una tela tensada, casi pegada a los tejados de pizarrilla gris de las casitas. Los pequeños vehículos de los campesinos rodaban suave y lentamente, aún adormilados, por la calzada polvorienta, desperdigando por doquier ramitas, briznas y restos de paja seca del año anterior. Por el despejado horizonte, al este, el sol se levantaba muy deprisa. A su encuentro iba el teniente Trotta, un poco despabilado por el suave viento que anunciaba el día y henchido de orgullo por la intención de salvar a su amigo. No era fácil vender el caballo sin pedirle previamente permiso al jefe de distrito. ¡Se hacía por un amigo! Tampoco era tan fácil —¡qué habría sido fácil para el teniente Trotta en esta vida!— endosárselo a Chojnicki. No obstante, cuanto más difícil parecía la misión, más valiente y decidido marchaba el teniente Trotta para cumplirla. Ya tocaba la campana de la torre. Trotta llegaba al palacio nuevo en el momento en que Chojnicki, con botas y el látigo en la mano, se disponía a subir a su carruaje de verano. El conde percibió el engañoso rubor en el rostro demacrado y sin afeitar del teniente, el maquillaje de los bebedores. Tapaba la palidez real de aquel rostro como el reflejo de una lámpara roja en una mesa blanca. «¡Se está echando a perder!», pensó Chojnicki.

—Venía a hacerle una proposición —dijo Trotta—. ¿Quiere usted mi caballo?

La pregunta le asustó incluso a él. De pronto, se le hacía difícil hablar.

—No le gusta montar, por lo que sé... Claro, y se marchó de la caballería. Bueno, imagino que no le hace gracia tener que ocuparse del animal, puesto que tampoco le gusta aprovecharlo. Bueno..., pero podría darle pena.

—No —dijo Trotta. No quería ocultar nada—. Necesito dinero.

El teniente se avergonzó. Pedirle dinero prestado a Chojnicki no era ningún acto deshonroso, castigado o cuestionable. Sin embargo, Carl Joseph se sintió como si con aquel primer préstamo comenzara una nueva etapa de su vida y como si para ello necesitara el permiso paterno. El teniente se avergonzaba. Dijo:

—Para ser claro: he avalado a un amigo. Una suma importante. Luego, la misma noche, perdió otra cantidad más pequeña. No quiero que se endeude con el dueño del café ese. A mí me es imposible prestarle. Eso es —repitió el teniente—, me es del todo imposible. El aludido ya le debe dinero a usted.

—¡Pero usted no tiene nada que ver con todo eso! —exclamó Chojnicki—. Ese asunto no va con usted. Ya me devolverá el dinero más adelante. ¡Si es una minucia! Mire, yo soy rico; según dicen, lo soy. No tengo ningún sentido del dinero. Si me pide que le invite a un aguardiente, para mí es lo mismo. ¡Mire todo lo que nos rodea! Mire —dijo mientras extendía el brazo hacia el horizonte, describiendo un semicírculo—. Todos estos bosques son de mi propiedad. Y no me importa nada, lo digo solamente para ahorrarle los remordimientos de conciencia. He de dar las gracias a todo el que se lleva una parte de lo mío. Que no, que es ridículo, usted no tiene nada que ver, es una pena malgastar tantas palabras en algo así. Le voy a hacer una propuesta yo: le compro el caballo, pero se lo dejo durante un año. Pasado el año, el caballo es mío.

Es evidente que Chojnicki se impacienta. Por otra parte, pronto saldrá el batallón para sus ejercicios. El sol sube sin demorarse. Se ha hecho plenamente de día.

Trotta volvió corriendo al cuartel. Media hora más tarde estaría el batallón formando. Ya no le daba tiempo a afeitarse. El mayor Zoglauer llegaba hacia las once. (No le gustaba nada ver a los jefes de sección sin afeitar. Lo único que había aprendido a valorar a lo largo de los años que llevaba sirviendo en la frontera era «pulcritud y cumplimiento con el servicio».) ¡En fin, ahora ya era demasiado tarde! Carl Joseph corrió al cuartel. Al menos volvía a estar sobrio. Se encontró con el capitán Wagner frente a la compañía formada. «Solucionado», se apresuró a decirle, y fue a colocarse al frente de su sección. Y a dar las órdenes de rigor:

—¡En doble fila! ¡Derecha! ¡Ar!

El sable resplandecía. Sonaron las trompetas. El batallón emprendió la marcha.

El capitán Wagner pagó el así llamado «refrigerio» de esa mañana en la cantina de la frontera. Tenían media hora para tomarse dos o tres noventa grados. El capitán Wagner sabía muy bien que había empezado a tomar las riendas de su suerte. ¡Ahora la dirigiría él solo! Esa tarde, tendría dos mil quinientas coronas. Mil quinientas las devolvería de inmediato y se sentaría todo tranquilo, todo despreocupado, enteramente como un hombre rico, a jugar al bacarrá. ¡Se haría cargo de la banca! ¡Barajaría él mismo! ¡Y con la izquierda! Tal vez no devolvería más que mil, por el momen-

to, y así tendría las otras mil quinientas enteras para sentarse a jugar todo tranquilo, todo despreocupado, enteramente como un hombre rico: quinientas a la ruleta y mil al
bacarrá. ¡Eso sería mejor aún!

—Apunte las consumiciones en la cuenta del capitán
Wagner —dijo en dirección a la barra. Se levantaron, pues
el descanso había tocado a su fin e iban a empezar los «ejercicios en el campo».

Por suerte, el mayor Zoglauer desapareció al cabo de media hora ese día. El capitán Wagner cedió el mando al teniente primero Zander y espoleó a su caballo para llegar
donde Brodnitzer lo antes posible. Preguntó si podía contar con compañeros de mesa esa tarde, sobre las cuatro.
¡Por supuesto, faltaría más! ¡Todo marchaba a las mil maravillas! Incluso los «espíritus del lugar», esos seres invisibles
que el capitán Wagner percibía en todo espacio donde se
jugara y con los que a veces hablaba sin que nadie lo oyera
—y, además, en un galimatías que él mismo había ido for-
jando con el curso de los años—, incluso los espíritus de
aquel lugar mostraban hoy una especial buena disposición
hacia él. Para ganarse su favor todavía más o para asegurar-
se de que no cambiaban de opinión, Wagner decidió hacer
la excepción de comer ese mediodía en el Café Broditzer y
no moverse del sitio hasta que llegara Trotta. Y allí se quedó. Hacia las tres llegaron los primeros jugadores. El capitán Wagner empezó a temblar. ¿Y si Trotta lo dejaba en la
estacada y no le llevaba el dinero, por ejemplo, hasta el día
siguiente? Ahí habría perdido todas sus oportunidades.
¡Igual no volvía a pillar un día tan bueno como aquel nunca
más! Los dioses estaban de buen humor y era jueves. Ahora que, en viernes... ¡Invocar a la suerte en viernes era

como mandarle los ejercicios de la compañía a un médico del Ejército Mayor! Cuanto más tiempo pasaba, más rabia sentía el capitán Wagner hacia el informal del teniente Trotta. ¡Seguía sin venir, el condenado joven! Para eso se había tomado él tanto esfuerzo por abandonar el campo de ejercicios antes de tiempo, por renunciar a su comida de todos los días en el restaurante de la estación, por negociar arduamente con los espíritus del lugar y, por así decirlo, amarrar bien lo favorable del jueves. ¡Y ahí lo dejaban en la estacada! El segundero del reloj de pared avanzaba incansable y Trotta no venía, y no venía, y no venía...

¡Que sí! ¡Viene! Se abre la puerta y a Wagner se le iluminan los ojos. Ni siquiera le da la mano a Trotta. Le tiemblan los dedos. Todos los dedos parecen ladrones impacientes. Al instante están apretando un maravilloso sobre que cruje.

—Toma asiento —ordenó el capitán—. Dentro de media hora, a lo sumo, me volverás a ver. —Y desapareció detrás de la cortina verde.

La media hora pasó... y luego una hora entera... y otra más. Ya había caído la tarde y se habían encendido las luces. El capitán Wagner fue acercándose lentamente. Se lo reconocía por el uniforme, a lo sumo, pues incluso este se había transformado. Llevaba los botones desabrochados, en el cuello se le había desprendido el collarín de caucho negro, llevaba la empuñadura del sable por debajo de la casaca, los bolsillos abultados, la camisa toda salpicada de ceniza de puro... La cabeza del capitán era un remolino de cabello castaño alrededor de la raya deshecha y, por debajo del bigote desgreñado, tenía los labios entreabiertos. Jadeó: «¡Todo!», y se sentó.

Ya no tenían nada más que decirse. Varias veces, Trotta hizo el intento de articular alguna pregunta. Wagner, estirando la mano y como si también estirara los ojos, le rogó silencio. Luego se levantó. Se atusó el uniforme. Asumió que la vida ya no tenía sentido. Y entonces se fue, se fue a ponerle fin de una vez.

—Te deseo lo mejor —dijo en actitud ceremoniosa... y se marchó.

Una vez en la calle, sin embargo, lo envolvió el bullir de la vida de una noche amable y ya veraniega, con cien mil estrellas y cien aromas agradables. Después de todo, era más fácil quitarse del juego que quitarse la vida. Se dio a sí mismo su palabra de honor de que no volvería a jugar jamás. ¡Antes morir que tocar una carta! ¡Nunca más! Nunca más era un periodo muy largo, así que lo acortó. Se dijo: hasta el treinta y uno de agosto, nada de juego. Luego ya vería. ¡Así que palabra de honor, capitán Wagner! Y con la conciencia recién lavada, orgulloso de su firmeza y contento por la vida que acaba de salvarse a sí mismo, el capitán Wagner se dirige a casa de Chojnicki. Este está en la puerta; conoce al capitán Wagner desde hace lo suficiente como para darse cuenta a primera vista de que ha vuelto a perder mucho y ha vuelto a tomar la decisión de no acercarse nunca más a ningún juego de azar. Exclama:

—¿Dónde ha dejado a Trotta?

—No lo he visto.

—¿Todo?

El capitán agacha la cabeza, clava la vista en la punta de sus botas y dice:

—He dado mi palabra de honor...

—Magnífico —dice Chojnicki—. ¡Ya era hora!

El conde está decidido a liberar al teniente Trotta de la amistad con el insensato de Wagner. «¡Hay que llevárselo de aquí!», piensa Chojnicki. De momento, que le concedan unos días de permiso y que lo manden de vacaciones, con Wally. Y que se vaya a la capital.

—Sí —dice Trotta sin vacilar.

Le da miedo Viena y le da miedo el viaje con una mujer. Pero tiene que ir. Ahora siente esa angustia que conoce bien, porque es la que siempre se ha adueñado de él ante cualquier cambio en su vida. Siente que lo amenaza un nuevo peligro, el más grande de todos los peligros que puedan existir; para ser exactos: un peligro que él mismo ha estado anhelando. No se atreve a preguntar quién es ella. Muchas caras de mujeres desconocidas, ojos azules y castaños y negros, cabellos rubios, cabellos negros, caderas, pechos y piernas, mujeres que tal vez ha rozado alguna vez de niño, de adolescente... Todas pasan volando por delante de él, de golpe: un maravilloso y dulce ciclón de mujeres desconocidas. Él huele la fragancia de la desconocida; siente la delicadeza fresca y dura de sus rodillas; ya rodea su cuello el dulce yugo de unos brazos desnudos y se cierra en su nuca el cerrojo de unas manos entrelazadas.

Existe un miedo al placer que, en sí mismo, produce placer, del mismo modo en que cierto miedo a la muerte puede resultar mortal. Ése es el miedo que invade ahora al teniente Trotta.

Capítulo 13

La señora Von Taußig tenía de guapa lo que ya no tenía de joven. Hija de un jefe de estación y viuda de un capitán de caballería llamado Eichberg que había muerto joven, se había casado hacía unos años con un tal señor Taußig, fabricante rico y enfermo y con un título nobiliario recién concedido. El esposo sufría de una ligera demencia que podía decirse cíclica. Le rebrotaba regularmente cada medio año. La sentía llegar durante varias semanas previas. Y entonces se marchaba a cierto centro junto al lago de Constanza donde los lunáticos mimados de familias ricas recibían un tratamiento tan exquisito como costoso y donde los cuidadores mostraban la ternura de las amas de cría. Poco antes de uno de sus ataques, y por prescripción de uno de esos irresponsables médicos de moda que recetan a sus pacientes «estímulos emocionales» igual que los doctores de antes mandaban ruibarbo y ricino, el señor Von Taußig había desposado a la viuda de su amigo Eichberg. «Estímulo emocional» fue, de eso no cabía duda, pero luego también el brote de demencia le dio antes y con más intensidad. Durante su breve matrimonio con el señor Von Eichberg, la esposa había hecho muchos amigos y, tras la muerte de aquel, había rechazado varias propuestas sinceras de volver a casarse. Sobre sus amoríos al margen del matrimonio se guardaba silencio por educación. Eran tiempos estrictos los de entonces, ya se sabe. No obstante, ella sabía reconocer las excepciones e incluso le encantaban. La excepción era uno de los pocos principios aristocráticos en función de los cuales los burgueses de a pie eran personas de segunda clase, pero algún que otro oficial burgués llegaba a asistente personal del emperador; los judíos no podían aspirar a los títulos más altos, pero alguno que otro conseguía ser noble y amigo de un archiduque; las mujeres debían someterse a la moral tradicional, pero a alguna que otra se le permitía amar igual que a un oficial de la caballería. (Eran esos principios que hoy en día se llaman «hipócritas», porque ahora somos muchísimo más inflexibles; inflexibles, honestos y faltos de sentido del humor.)

El único de los íntimos de la viuda que no le había propuesto matrimonio era Chojnicki. El mundo en el que aún merecía la pena vivir estaba abocado al hundimiento. El mundo que habría de venir después no merecía habitantes decentes. Por consiguiente, no tenía sentido amar para siempre, casarse y menos aún engendrar descendencia. Con sus ojos tristes, de color azul pálido y algo saltones, Chojnicki miró a la viuda y le dijo: «Perdona que no quiera casarme contigo». Con estas palabras se zanjó su visita de condolencia.

Así pues, la viuda se casó con el lunático de Taußig. Necesitaba dinero y aquel hombre era más cómodo que un niño chico. En cuanto se le pasaba el ataque, la llamaba para que fuera. Ella iba, le consentía un beso y lo llevaba de vuelta a casa. «¡Hasta la vista!», se despedía el señor Von Taußig del doctor que lo acompañaba hasta la verja de la zona de acceso reservado. «¡Hasta la vista, que será bien pronto!», decía la esposa. (Le encantaban los periodos en que su marido estaba enfermo.) Y se volvían a casa.

Hacía diez años desde la última vez que había visitado a Chojnicki; todavía no se había casado con Taußig por entonces y era igual de guapa que ahora, solo que con sus buenos diez años menos. Tampoco aquella vez se había vuelto a Viena sola. La había acompañado un teniente igual de joven y de triste que el de ahora. Se llamaba Ewald y era de los ulanos. (En tiempos había ulanos en aquella zona.) Volverse sin compañía habría supuesto para ella el primer disgusto de verdad de su vida, igual que habría sido una decepción que le endosaran un teniente primero. Para altos mandos no se sentía ella en la edad, ni mucho menos. Diez años más tarde... igual ya sí.

Con todo, la edad se acercaba con pasos crueles y silenciosos, y a veces con engañosos disfraces. La señora Von Taußig contaba los días, que se le pasaban volando, y también, cada mañana, sus finas arrugas, delgadísimas redes que la edad tejía por las noches alrededor de sus ojos mientras dormían inocentemente. Su corazón, eso sí, era el de una joven de dieciséis años. Bendecido con la eterna juventud, moraba en el interior de un cuerpo que envejecía, un bello misterio en el interior de un castillo en ruinas. Cada uno de los jóvenes que la señora Von Taußig estrechaba entre sus brazos era el anhelado huésped. Por desgracia, no pasaba de la antesala. Pues ella ya no vivía, únicamente esperaba. Uno tras otro los veía despedirse con los ojos llenos de pesar, insatisfacción y amargura. Poco a poco, se había acostumbrado a ver a los hombres llegar y marcharse, género aquel de niños grandes, como insectos gigantescos, fugaces a pesar de su tremendo peso; todo un ejército de necios patosos intentando revolotear con alas de plomo; guerreros que creían conquistar cuando una los despreciaba, que creían poseer cuando se reían de ellos, que creían gozar cuando apenas habían catado; una horda de bárbaros que, a pesar de todo, ella seguiría esperando mientras viviera. Quizás, quizás algún día se destacaría en medio de aquella oscura nebulosa uno especial, ligero y brillante, un príncipe de manos bienaventuradas. ¡No llegaba! Ella lo esperaba y él no llegaba. Ella envejecía y él no llegaba nunca. Ella se enfrentaba a la edad poniéndole hombres jóvenes a modo de diques de contención. Por miedo a mirar y tomar conciencia, se embarcaba con los ojos cerrados en cada una de sus así llamadas aventuras. Y, con sus deseos, embrujaba a los necios hombres para su propio uso y disfrute. Por desgracia, ellos no se enteraban de nada. Y tampoco les afectaba ni lo más mínimo.

La señora Von Taußig evaluó al teniente Trotta. «Parece viejo para la edad que tiene», pensó, «ha vivido cosas tristes, pero no ha aprendido nada de ellas. No ama con pasión, pero igual tampoco ama de forma efímera. Es tan infeliz que lo peor que puede pasarle es que lo hagan feliz».

A la mañana siguiente, a Trotta le concedieron tres días de permiso «por asuntos propios». A la una del mediodía, se despidió de los compañeros en el comedor. Y subió al tren con la señora Von Taußig, envidiado y aclamado, a un vagón de primera por el que, por cierto, no había pagado más que un suplemento.

Al llegar la noche, le entró miedo a la oscuridad como a un niño y salió del coche a fumar, es decir: con el pretexto de las ganas de fumar. Se quedó de pie en el pasillo, presa de confusas imaginaciones, mirando por la ventanilla llena de noche cómo pasaban volando las serpientes de luz que formaban en un instante las chipas de fuego de la locomotora y que en un instante se esfumaban otra vez; la densa oscuridad de los bosques y las serenas estrellas en la cúpula del cielo. Con mucho cuidado, abrió la puerta y entró en el coche de puntillas.

—Tal vez deberíamos haber tomado un coche cama —dijo la mujer en medio de la oscuridad, para sorpresa, es más, para susto, de Trotta—. No puede parar de fumar. También podría fumar aquí dentro.

De modo que ella tampoco se había dormido todavía... La cerilla le iluminó el rostro. Blanco, reposaba sobre el respaldo rojo oscuro, enmarcado por el cabello negro revuelto. Sí, tal vez deberían haber tomado un coche cama. La cabecilla del fósforo era un ascua rojiza en medio de la oscuridad. Pasaron por un puente y las ruedas traquetearon con más fuerza.

—¡Ay, los puentes! —dijo ella—. Me da miedo que se vengan abajo.

«¡Ojalá se vinieran abajo!», pensó el teniente. Sus únicas dos opciones eran una catástrofe repentina u otra que se avecinaba poco a poco. Iba sentado sin moverse enfrente de la mujer, veía cómo las luces de las estaciones que atravesaban velozmente iluminaban el coche durante unos segundos y tornaban aún más pálido el rostro de la señora Von Taußig. No era capaz de articular palabra. Se imaginó que debía besarla en lugar de decir nada. Postergaba el inevitable beso todo el tiempo. «Cuando dejemos atrás la próxima estación», se decía. De repente, ella alargó la mano hacia el pestillo de la puerta, lo encontró y lo echó. Y Trotta se inclinó sobre su mano.

En aquellos momentos, la señora Taußig amó al teniente con la misma vehemencia con la que había amado al teniente Ewald diez años antes, durante el mismo trayecto, a la misma hora y, quién sabe, igual hasta en el mismo coche. Sin embargo, aquel joven ulano quedaba borrado por completo, igual que los anteriores, igual que los posteriores. El deseo rompía como una fuerte ola contra el recuerdo y barría todas las huellas. La señora Von Taußig se llamaba Valerie, pero todo el mundo utilizaba la forma familiar típica de la zona: Wally. Ese nombre, susurrado en su oído en todos los momentos íntimos, sonaba nuevo por completo en cada uno de ellos. Así acababa de bautizarla aquel joven, y ella era una niña (tan recién llegada al mundo como aquel nombre). No obstante, ahora afirmaba, por costumbre, que era «mucho mayor que él»; un comentario que siempre se atrevía a hacerles a los hombres jóvenes, como por precaución, aunque temeraria. Por otra parte, ese mismo comentario daba pie a una nueva serie de caricias. Ella volvía a pronunciar todo el repertorio de ternezas con el que ya había regalado a uno y a otro. Y a esto le seguiría —¡ay, por desgracia conocía esta cronología demasiado bien!— el siempre idéntico ruego del caballero de no hablar de la edad ni del tiempo. Ella sabía lo poco que significaban aquellos ruegos... y los creía. Esperó. Pero el teniente Trotta guardaba silencio, era un joven muy parco en palabras. Wally temió que aquel silencio implicara un juicio, así que empezó con cierto tacto: «¿Cuántos años crees que te llevo...?». Trotta no sabía dónde meterse. A esas cosas no se responde, además de que eso no era de su incumbencia. Sintió el rápido paso de un frío cortante a un ardor también cortante en la piel de Wally, los bruscos cambios climáticos que forman parte de los mágicos efectos del amor. (En el curso de una única hora, las propiedades de las cuatro estaciones del año se agolparon en un único hombro femenino. Es verdad que anulan las leyes del tiempo.)

—Si es que podría ser tu madre —musitaba ella—. Adivina cuántos años tengo.

—No sé... —respondía el infeliz.

—¡Cuarenta y uno! —dijo la señora Wally. Acababa de cumplir cuarenta y dos un mes antes. Pero hay mujeres a las que la naturaleza les impide decir la verdad, la naturaleza que las guarda de envejecer. Tal vez habría sido demasiado orgullosa como para quitarse tres años enteros. Pero robarle a la verdad un miserable año nada más tampoco era realmente robarle a la verdad.

—Mientes —dijo Trotta, muy rotundo, por cortesía.

Y ella lo abrazó en una nueva y prometedora ola de agradecimiento. Las luces blancas de las estaciones pasaban a toda velocidad al otro lado de las ventanillas, iluminando el coche y dando luz al rostro de Wally, y parecían volver a desnudar sus hombros. El teniente iba recostado sobre su pecho como un niño. Ella sentía un dolor que le hacía bien, gozoso y maternal. Un amor materno le brotaba en los brazos y les daba renovadas fuerzas. Quería darle todo lo bueno que le daría a un hijo que hubiera nacido de su propio seno, del mismo que ahora lo recibía. «Mi niño, mi niño», repetía. Ya no le daba miedo la edad. Es más, por primera vez, bendijo los años que la separaban del teniente. Cuando, a través de las ventanillas en veloz movimiento, irrumpió la mañana, una espectacular mañana de principios de verano, no tuvo miedo en mostrarle al teniente su rostro, todavía sin arreglar para el día. También es cierto que contaba con el favor de la luz del amanecer. Casualmente, el este coincidía con la ventana delante de la que iba sentada.

Al teniente Trotta le pareció que el mundo estaba distinto. En consecuencia, asumió que acababa de conocer el amor, mejor dicho: la realización de la idea que tenía él del amor. En realidad, únicamente se sentía agradecido, un niño satisfecho.

—En Viena seguiremos juntos, ¿verdad?

«¡Mi niño, mi niño querido!», pensaba ella todo el rato. Miró al teniente, llena de orgullo maternal, como si tuviera ella algún mérito en las virtudes que él no poseía pero que ella le atribuía, como hacen las madres.

Empezó a preparar una infinita serie de pequeñas fiestas. ¡Qué bien les venía llegar justo para el Corpus! Sacaría dos entradas de tribuna. Disfrutaría con él de la vistosa procesión que tanto le gustaba y que les encantaba a todas las mujeres austriacas de cualquier clase social.

Compró dos asientos de tribuna. A su vez, la alegre y ceremoniosa pompa de la fiesta la envolvió a ella en un halo cálido y rejuvenecedor. Desde joven, conocía todas las fases, partes y reglas de la procesión del Corpus Christi con la precisión de cualquier maestro de ceremonias de la corte, de similar manera a como el añoso público de los palcos, fijo de la ópera, se conoce todas las escenas de sus obras preferidas. Sin embargo, este detallado conocimiento no disminuía el placer de contemplarla, sino que, al contrario, lo alimentaba. En Carl Joseph resurgieron los viejos sueños infantiles y heroicos que tanto lo llenaban y tan feliz lo hacían durante las vacaciones en casa, cuando escuchaba los acordes de la *Marcha Radetzky* desde el balcón de su padre. Todo el mayestático poder del viejo imperio desfilaba ante sus ojos. El teniente pensó en su abuelo, el héroe de Solferino, y en el inquebrantable patriotismo de su padre, que era comparable a una roca pequeña pero firme en medio de las altísimas montañas del poder habsbúrgico. Pensó en su propia misión sagrada de morir por el emperador en cualquier momento, en tierra, mar o incluso aire, en pocas palabras: en cualquier parte. Las fórmulas del juramento que había prestado de manera mecánica un par de veces en su vida cobraron vida. Se izaron, una palabra detrás de otra; se izaron, se izaron como una bandera.

Los ojos de porcelana azul del más alto señor de los ejércitos, los mismos que se habían quedado fríos en tantos cuadros de tantas paredes del Imperio, volvieron a brillar con blandura paternal y miraron al nieto del héroe de Solferino como un cielo azul entero. Resplandecían los pantalones azul claro de la infantería. Encarnando la seriedad de la ciencia balística pasaron desfilando los artilleros, vestidos de color café. Tocadas con el fez rojo sangre, las cabezas de los bosnios, de uniforme azul celeste, ardían al sol como pequeñas hogueritas de la alegría que el islam hubiera prendido en honor de Su Majestad Apostólica. En las brillantes carrozas negras iban los caballeros del Toisón de Oro, con sus adornos dorados, junto con los consejeros de la Comunidad, vestidos de negro y con las mejillas sonrosadas. Como tormentas de majestuosidad que contuvieran su pasión al estar cerca del emperador flameaban tras ellos los penachos de crin de caballo de la Guardia de Corps de la infantería. Al final del todo, anunciado por los potentes redobles de la *Marcha general*[1], el canto real e imperial de los querubines del ejército, terrenal aunque al menos apostólico —*Gott erhalte, Gott beschütze...*[2]—, se alzaba por encima de la masa popular que contemplaba la ceremonia de pie, los soldados que desfilaban, los caballos al suave trote y las carrozas que avanzaban sin hacer ruido. Flotaba por encima de la cabeza de todos, como un cielo hecho de música, un baldaquino negro y amarillo[3]. Y el corazón del teniente se paraba y se desbocaba a un mismo tiempo..., una auténtica rareza médica. Entre los lentos acordes del himno se intercalaban los vivas como banderines blancos entre grandes estandartes con escudos. El blanco corcel lipizano se acercaba como bailando, con la solemne coquetería característica de esta raza tan célebre que recibía adiestramiento en el acaballadero real e imperial. Lo seguía el inconfundible estrépito del trote de los caballos de medio escuadrón de dragones, un trueno encantador en pleno desfile. Los cascos negros y dorados de los uniformes brillaban al sol. Sonaban las llamadas de las brillantes fanfarrias, voces con alegres avisos: «¡Atención, atención! ¡El anciano emperador se acerca!».

---

1. Desde 1800, y en todo el territorio de lengua alemana, la *Marcha general* (*Generalmarsch*), era una marcha militar que tocaba solo el tambor. *(N. de la T.)*.
2. *Gott erhalte, Gott beschütze / unsern Kaiser, unsern Land!* («Dios guarde, Dios proteja / a nuestro emperador, a nuestro país»). Este texto de Johann Gabriel Seidl con melodía de Joseph Haydn fue el himno austriaco entre 1854 y 1818. *(N. de la T.)*.
3. La bandera amarilla y negra representaba la doble monarquía. Por eso, la mayoría de los establecimientos oficiales estaban pintados con franjas de ambos colores. *(N. de la T.)*.

Y apareció el emperador: ocho corceles como ocho flores blancas tiraban de su carroza. A lomos de los caballos, con levita negra bordada en oro y peluca blanca, iban los lacayos. Parecían dioses, cuando no eran más que sirvientes de semidioses. A ambos lados de la carroza iban sendos guardas húngaros con pieles de leopardo sobre los hombros. Recordaban a los guardianes de las murallas de Jerusalén, la ciudad santa de la que el emperador Francisco José también era rey. El emperador llevaba su uniforme blanco como la nieve, el que se conocía por los cuadros de todas partes, y un imponente penacho verde de plumas de papagayo en el sombrero. El viento las mecía muy suavemente. El emperador regalaba sonrisas hacia todos lados. La sonrisa brillaba en su anciano rostro como un sol pequeñito creado por él mismo. Desde la catedral de San Esteban llegaba el atronador tañido de las campanas, la iglesia romana saludaba al soberano del Sacro Imperio Romano Germánico. El anciano emperador bajó de la carroza con el paso elástico que todos los periódicos elogiaban siempre y entró en el templo como un hombre corriente: el soberano del Sacro Imperio Romano Germánico entró en la iglesia a pie, envuelto en el fragor de las campanas.

Ningún teniente del ejército real e imperial habría permanecido indiferente al contemplar aquella ceremonia. Y Carl Joseph era uno de los más sensibles. Veía el resplandor dorado que brotaba de la procesión y no oía el oscuro batir de alas de los buitres. Pues ya daban vueltas por encima del águila bicéfala de la monarquía de los Habsburgo los buitres, sus fraternales enemigos.

No, el mundo no se estaba hundiendo, como había dicho Chojnicki; allí veían todos con sus propios ojos lo vivo que estaba. Por la ancha Ringstraße pasaban los habitantes de aquella ciudad, alegres súbditos de Su Majestad Apostólica, todos ellos, gente de su corte. La ciudad entera no era sino una inmensa corte imperial. Imponentes, delante de los portales abovedados de los palacios, se mantenían firmes los guardias de uniforme, con su librea y su bastón, los dioses entre los lacayos. Carrozas negras de grandes ruedas con llantas de goma y delicados radios se detenían frente a los portales. Los caballos acariciaban el empedrado con cautelosas pisadas. Solemnes y sudando llegaban de la procesión los funcionarios del Estado, con el típico chacó, el uniforme de cuello dorado y el sable de delgado filo. Las niñas de los colegios, vestidas de blanco con flores en el pelo y velas en la mano, volvían a casa entre sus endomingados padres, vivas encarnaciones de sus almas, algo conmocionadas y quizás incluso algo vapuleadas. Por encima de las pamelas de color claro de las damas, todas ellas vestidas en tonos pálidos y paseadas por sus caballeros como de una correa, se curvaban los coquetos baldaquinos de las sombrillas. Uniformes azules, negros, con adornos dorados y plateados se movían por doquier como extraños arbolillos y arbustos arrancados de algún jardín del sur y anhelantes de regresar a su lejana patria. Sobre los rostros colorados y fervorosos brillaba el rojo fuego de los sombreros de copa. Sobre hermosas pecheras, chalecos y barrigas se ceñían las bandas de colores, un arcoíris de ciudadanos de a pie. Por la calzada de la Ringstraße avanzaba el torrente de guardias de corps, en dos anchas filas, con sus pelerinas blancas como las de los ángeles, pero con vueltas encarnadas, con sus plumeros blancos y relucientes alabardas en los puños; y los tranvías, los coches de punto y hasta los automóviles paraban para dejarlos pasar como a bien conocidos fantasmas de la historia. En los cruces y en las esquinas de las calles, las orondas vendedoras de flores (hermanas urbanas de las hadas), engalanadas con diez delantales, regaban sus ramos con regaderas verde oscuro, bendecían a las parejas de enamorados con sus sonrientes miradas, hacían ramitos de lirios de los valles y soltaban por su vieja boca cuanto se les ocurría. Brillaban los cascos dorados de los bomberos, que se dirigían hacia los lugares de los espectáculos, serenos recordatorios del peligro y la catástrofe. Olía a lilas y a flor de espino blanco. Los ruidos de la ciudad no eran lo bastante fuertes como para superar el canto de los mirlos en los jardines y los trinos de las alondras por los aires. Todas esas cosas derramaba el mundo sobre el teniente Trotta. Él iba en el coche, sentado junto su amiga, a la que amaba, y, en su sentir, recorría el primer día bueno de toda su vida.

De hecho, fue como si su vida estuviera empezando. Aprendió a beber vino como había aprendido a beber noventa grados en la frontera. Fue con su amiga a cierto restaurante famoso en el que la dueña es más digna que una emperatriz, cuyo salón está iluminado e inspira la misma devoción que un templo y donde reina la paz como en una cabaña alpina. Allí comían, en sus mesas fijas, las personalidades ilustres, y los camareros que les servían tenían el mismo aspecto ilustre, de tal suerte que parecía que huéspedes y camareros se intercambiaban por turnos. Y todos se conocían por el nombre de pila como si fueran hermanos; eso sí, se saludaban como un príncipe a otro príncipe. Allí se sabía quiénes eran los jóvenes y los mayores, los buenos jinetes y los malos, los perfectos caballeros y los jugadores, los vividores, los ambiciosos, los ojitos derechos de alguien importante, quiénes eran los herederos de una ancestral estupidez más que probada y santificada por tradición y venerada por todas partes, como también quiénes eran los listos que habrían de ocupar el poder mañana. Lo único que se oía era el suave tintineo de unos tenedores y cucharas muy refinados, y, en las mesas, esos sonrientes susurros de los comensales que tan solo capta el aludido en cada momento, pero que el enterado compañero de mesa adivina de todas formas. Los blancos manteles desprendían una claridad que inspiraba paz; a través de los altos ventanales con visillos entraba la luz de un día velado; de las botellas salía el vino con un gorgoteo adorable, y quien deseara llamar a un camarero no tenía más que levantar la vista. Pues en medio de aquel silencio delicadísimo un parpadeo era como una voz en cualquier otro lugar.

Sí, así empezaba lo que Trotta llamaba «la vida» y lo que, por aquel entonces, a lo mejor también era la vida: el trayecto en un coche que se deslizaba por la calle entre el denso manto de olores de la primavera en pleno apogeo, al lado de una mujer que te amaba. Cada una de las miradas que ella le regalaba parecía justificar que se sintiera convencido de ser un hombre extraordinario con muchas virtudes y, si cabe, «todo un oficial» en el sentido que se le daba a esto en el seno de aquel ejército. Recordaba que, durante casi toda su vida, había estado triste, medroso, casi podría decir que amargado. No obstante, el Trotta que ahora creía ser Trotta ya no entendía por qué había estado triste, medroso y amargado. Tener la muerte cerca lo había asustado. Pero también de los pensamientos melancólicos que ahora dedicaba a Katharina y a Max Demant extraía cierto placer.

En su opinión, había pasado por experiencias duras. Se merecía las miradas de ternura de una mujer hermosa. Cierto es que, de cuando en cuando, aún la miraba él un poco temeroso. ¿No sería un capricho de aquella dama llevarlo consigo como a un niño para hacerle pasar algunos días buenos? Eso sí que sería intolerable. Porque él, como bien claro estaba ya, era una persona extraordinaria, y quien lo amara debía hacerlo con un amor total, sinceramente y hasta la muerte, como la pobre Katharina. ¡Y cualquiera sabía cuántos hombres le venían a la cabeza a aquella hermosa dama, en tanto que creía amarlo solo a él o al menos así lo pretendía! ¿Estaba celoso? Por supuesto que sí, estaba celoso. Y, además, no podía hacer nada en absoluto, como comprendió a continuación. Celoso y sin ningún recurso para quedarse en la ciudad o para continuar de viaje con la mujer, para retenerla a su lado lo que él quisiera, para llegar a conocerla y para ganársela. Sí, era un pobre tenientillo con una asignación mensual de cincuenta coronas que le daba su padre, y tenía deudas...

—¿En vuestra guarnición jugáis? —preguntó la señora Von Taußig de repente.

—Los compañeros —dijo Trotta—. El capitán Wagner, por ejemplo. ¡Pierde muchísimo!

—¿Y tú?

—¡Yo nada! —dijo el teniente.

En ese momento, no sabía cómo hacer para convertirse en un hombre con poder. Se sentía indignado con su mediocre destino. Deseaba otro, uno lleno de esplendor. Si se hubiera hecho funcionario del Estado, tal vez habría tenido ocasión de hacer valer alguna de las virtudes intelectuales que sin duda poseía y así hacer carrera. Pero ¿qué era un oficial en tiempos de paz? ¿Qué había conseguido el héroe de Solferino incluso en la guerra y por medio de sus actos?

—¡Y que no se te ocurra jugar! —dijo la señora Von Taußig—. No pareces de los que tienen suerte en el juego.

El teniente se sintió ofendido. Al instante lo invadió el ansia por demostrar que sí que tenía suerte, ¡en lo que él quisiera! Empezó a urdir planes secretos, para ese día, para ya mismo, para esa noche. Sus abrazos fueron como abrazos provisionales, pruebas de un amor que daría al día siguiente como un hombre, y no solo un hombre extraordinario, sino también uno con poder. Pensó en la hora que era, miró el reloj y ya estaba inventando una excusa para no retirarse demasiado tarde. La propia Wally lo despidió.

—Se hace tarde, tendrás que marcharte.

—Mañana por la mañana.

—Mañana por la mañana.

El portero del hotel le indicó un salón de juego por la zona. Allí saludaron al teniente con industriosa cortesía. Vio a unos cuantos oficiales de alto rango y fue a saludarlos con la rigidez que prescribe el protocolo. Con desenfado, ellos le hicieron un saludo con la mano y se le quedaron mirando como si no comprendieran en absoluto que los tratara según el código militar; como si hiciera mucho que habían dejado de ser miembros del ejército para quedarse en desenfadados portadores de su uniforme; y como si aquel ignorante recién llegado despertara en su interior un recuerdo remotísimo de cierto tiempo también remotísimo en el que aún eran oficiales. Estaban en otra sección de su vida, en una secreta, quizás, y tan solo sus ropas y estrellas recordaban a su vida normal, cotidiana, a la que volverían con el amanecer del día siguiente. El teniente calculó el efectivo del que disponía: ascendía a ciento cincuenta coronas. Tal y como había aprendido del capitán Wagner, se quedó con cincuenta coronas en el bolsillo y metió el resto en la pitillera. Pasó un rato sentado junto a una de las dos mesas de ruleta, pero sin apostar. De cartas entendía demasiado poco y no se atrevía con ellas. Estaba muy tranquilo y asombrado de su tranquilidad. Veía cómo los montoncitos de fichas rojas, blancas y azules menguaban y aumentaban, se movían hacia un lado y hacia otro. Lo que no se le ocurría era que, en realidad, estaba allí para ver cómo todas acababan moviéndose hacia su sitio. Se decidió a apostar de una vez y no fue más que un deber. Ganó. Apostó la mitad de lo ganado y volvió a ganar. No se fijaba ni en los colores ni en los números. Apostaba con indiferencia a alguna casilla. Ganó. Apostó el total de lo ganado. Ganó por cuarta vez. Un mayor le hizo una seña. Trotta se puso en pie. El mayor le dijo:

—Es la primera vez que viene. Ha ganado mil coronas. Es mejor que se vaya ahora mismo.

—A sus órdenes, mayor —dijo Trotta, y obedeció.

Al cambiar las fichas lamentó haber obedecido al mayor. Se indignó consigo mismo por estar dispuesto a obedecer a quien fuera. ¿Por qué consentía que lo mandaran a casa? ¿Y por qué ya no tenía valor para volver? Se marchó, descontento consigo mismo y sin sentirse feliz por su primera vez de ganador.

Era ya tan tarde y todo estaba tan en silencio que se oían los pasos de los contados viandantes desde las calles alejadas. Ajenas y serenas chispeaban las estrellas en la franja de cielo que se extendía sobre la estrecha callejuela bordeada de casas altas. Una figura oscura doblaba la esquina y se acercaba al teniente. Iba haciendo eses, era un borracho sin lugar a duda. El teniente lo reconoció al instante: era el pintor Moser, en su habitual ronda nocturna por las calles del centro de la ciudad, con su cartapacio y su sombrero de ala blanda. Moser le hizo el saludo militar con un dedo y se dispuso a enseñarle sus obras:

—Todo chicas, en todas las posturas.

Carl Joseph se quedó parado. Pensó que era el mismo destino el que enviaba al pintor Moser a su encuentro. No sabía que, desde hacía años, cualquier noche a esa misma hora podría haberse encontrado con el profesor Moser en cualquier calle del centro. Se sacó del bolsillo las cincuenta coronas de reserva y se las dio al viejo. Lo hizo como si se lo hubiera mandado alguna voz sin sonido; como quien cumple una orden. «Igual que él, igual que él», pensó, «él es completamente feliz, tiene razón». Se estremeció ante tal ocurrencia. Buscó motivos de acuerdo con los cuales el pintor Moser pudiera ser quien realmente hacía lo que había que hacer, pero no encontró ninguno y se estremeció más todavía... Ya estaba sintiendo la sed de alcohol, la sed de los bebedores, que es una sed del alma y del cuerpo. De pronto, ves menos que un miope y oyes peor que un sordo. En ese momento, allí mismo, tienes que tomarte una copa. El teniente dio media vuelta, retuvo al pintor Moser y le preguntó:

—¿Adónde podemos ir a beber?

Había una taberna que abría durante la noche, no muy lejos de la Wollzeile. Ponían *slivovitz,* aunque, por desgracia, tenía veinticinco grados menos que el noventa grados. El teniente y el pintor se sentaron y se pusieron a beber. Poco a poco, Trotta comprendió que ya no era, ni mucho menos, el amo de su suerte, como ya tampoco era en absoluto un hombre extraordinario con todo tipo de virtudes. Más bien era pobre y desgraciado y estaba lleno de pesar por haberse mostrado tan dócil frente a un mayor que le había impedido ganar cientos de miles de coronas. ¡No! ¡La suerte no era lo suyo! La señora Von Taußig y el mayor del salón de juego y todo el mundo en general, todos se reían de él. Únicamente aquel hombre, el pintor Moser (bien podría llamarlo ya amigo), era honesto, sincero y fiel. ¡Tenía que revelarle quién era! Aquel hombre extraordinario era el amigo más antiguo de su padre, tal vez el único. Delante de él no cabía avergonzarse de sí mismo. ¡Había retratado al abuelo! El teniente respiró hondo, como para respirar valor del aire, y dijo:

—¿A que no sabe usted que hace mucho que nos conocemos?

El pintor Moser estiró el cuello, guiñó los ojos bajo las pobladas cejas y preguntó:

—¿Nosotros... nos... nos conocemos... hace mucho? ¿Personalmente? Porque, claro, usted a mí como pintor es obvio que me conoce. Como pintor soy muy conocido. Lamento, lamento... Me temo... que se equivoca usted. ¿O acaso...? —Moser parecía preocupado—. ¿Es posible que me esté confundiendo con alguien?

—Me llamo Trotta —dijo el teniente.

El pintor Moser lanzó una mirada al teniente con sus ojos vidriosos y de mirada vacía y alargó la mano. Luego estalló en ruidosas expresiones de júbilo. Estrechándole la mano, tiró del teniente hacia sí por encima de la mesa, se inclinó en su dirección y así se dieron un beso largo y fraternal.

—¿Y cómo está tu padre? —preguntó el profesor Moser—. ¿Sigue en el cargo? ¿Ya es gobernador? ¡Nunca más volví a saber de él! Hace algún tiempo, me lo encontré aquí, en el Volksgarten. Ahí me dio dinero. Había venido con su hijo, con el muchacho... Anda, un momento, pero si ese eres tú.

—Sí, era yo el que iba con él aquella vez —dijo el teniente—. Aquella vez te traté muy mal, muy mal, te traté fatal. ¡Perdóname, mi querido amigo!

—Pues sí, fatal —corroboró Moser—. Te perdono. ¡No se hable más del asunto! ¿Dónde te alojas? Te acompaño.

Cerraron la taberna. Del brazo, los dos recorrieron las callejuelas haciendo eses.

—Aquí me quedo yo —farfulló el pintor—. Toma, mi dirección. Ven a verme mañana, muchacho.

Y le dio al teniente una de las tarjetas de presentación picaronas que solía repartir por los cafés.

Capítulo 14

El día en que el teniente tenía que regresar a su guarnición fue un día triste y, casualmente, también hacía un día triste. Recorrió una vez más las calles por las que había pasado la procesión dos días antes. Entonces, pensó el teniente («entonces», pensó), se había sentido orgulloso de su profesión durante un breve intervalo de tiempo. Hoy, sin embargo, la idea del regreso caminaba a su lado como un guardia junto a un condenado. Por primera vez, el teniente Trotta estaba en contra de las leyes militares que gobernaban su vida. Llevaba obedeciendo desde su más tierna infancia. Y ya no quería obedecer más. No tenía noción alguna de lo que significaba la libertad; sin embargo, sentía que tenía que diferenciarse de unas vacaciones, igual que se diferencia una guerra de unas maniobras. Esta comparación se le ocurrió porque era soldado (y porque la guerra es la libertad del soldado). Le vino a la mente que la munición que se necesita para la libertad es el dinero. Ahora bien, la cantidad que llevaba encima venía a ser como los cartuchos de fogueo que disparaban en las maniobras. ¿Poseía algo siquiera? ¿Podía permitirse la libertad? ¿Acaso su abuelo, el héroe de Solferino, había dejado en herencia una fortuna? ¿La heredaría él de su padre algún día? Este tipo de reflexiones jamás se le habían ocurrido antes. Ahora irrumpían como una bandada de aves extrañas en su cerebro, que anidaban allí y no paraban de revolotear. Ahora percibía todas las perturbadoras llamadas del ancho mundo. Sabía, desde el día anterior, que ese año Chojnicki abandonaría su tierra antes de lo habitual y que, la misma semana, tenía previsto viajar al sur con su amiga. Y así descubrió lo que es tener celos de un amigo, lo cual le avergonzó por partida doble. Marchó a la frontera nororiental. La mujer y el amigo, en cambio, se dirigirían al sur. Y «el sur», que hasta entonces no había sido más que una denominación geográfica, cobró vida con todo el colorido embriagador de un paraíso desconocido.

¡El sur estaba en un país extranjero! Y hete aquí que Carl Joseph descubrió que existían países extranjeros que no eran súbditos del emperador Francisco José I, que tenían sus propios ejércitos, con muchos miles de tenientes en guarniciones grandes y pequeñas. En esos otros países, el nombre del héroe de Solferino no significaba absolutamente nada. También allí había monarcas. Y esos monarcas contaban con sus propios salvadores. Era muy muy perturbador desarrollar pensamientos de ese tipo; para un teniente de la monarquía era tan perturbador como, por ejemplo, para nosotros pensar que la Tierra no es más que uno entre millones de millares de cuerpos celestes, que existen incontables soles más en la Vía Láctea, que cada uno de esos soles tiene sus propios planetas y que uno mismo no es más que un mísero individuo, por no decir, en términos del todo groseros, un montoncito de mierda.

De lo que había ganado, al teniente aún le quedaban setecientas coronas. A volver a un salón de juego ya no se habría atrevido; no solo por miedo a aquel mayor que no conocía y que tal vez tenía órdenes de la Comandancia Municipal de vigilar a los oficiales más jóvenes, sino también por miedo a recordar su lamentable huida del local. ¡Ay! Demasiado bien sabía que volvería a abandonar aquel salón, obedeciendo los deseos o la sola señal de un superior. Y, como un niño cuando está enfermo, no se resistió a regodearse un poco en la dolorosa constatación de que era incapaz de forzar la suerte. Se daba una pena tremenda a sí mismo. En esos momentos, le sentaba bien autocompadecerse. Se tomó unos cuantos aguardientes. Y enseguida volvió a encontrar su lugar en la impotencia. E igual que a una persona que ingresa en la cárcel o en un monasterio, el dinero que llevaba encima se le antojó agobiante y superfluo. Decidió gastárselo todo de golpe. Fue a la tienda donde su padre le había comprado la tabaquera de plata y compró un collar de perlas para su amiga. Con flores en la mano, las perlas en el bolsillo del pantalón y el rostro compungido, se plantó delante de la señora Von Taußig.

—Te he traído una cosa —confesó como si hubiera querido decir: «He robado una cosa para ti».

Tenía la sensación de estar desempeñando un papel que no le correspondía, el papel de hombre de mundo. Y hasta el momento en que se vio con el regalo en la mano no se le ocurrió que tal vez era ridículamente exagerado, que era humillante para él y tal vez aun ofensivo para la adinerada dama.

—Le ruego me disculpe —dijo, entonces—. Quería comprarle un pequeño detalle, pero... —Y ahí se quedó. Y se puso colorado. Y bajó los ojos.

¡Ay, no conocía a las mujeres que se acercan a la edad madura, el teniente Trotta! No sabía que reciben todo regalo como un don mágico que las rejuvenece y que sus ojos sabios y anhelantes ven las cosas de una forma muy distinta. Por otro lado, la señora Von Taußig adoraba esa torpeza, y cuanto más patente se hacía la juventud del teniente Trotta, más joven se volvía también ella misma. Así pues, con sabiduría y arrebato, voló a rodearle el cuello con los brazos, lo besó como a un hijo propio, lloró porque ahora habría de perderlo, rio porque todavía estaba con ella, y un poco también por lo bonitas que eran las perlas, y, en medio de un fuerte y magnífico torrente de lágrimas, dijo: «¡Eres un cielo, eres un cielo, mi niño!», y al punto se arrepintió de esta frase, sobre todo de las palabras *mi niño,* pues la hacían mayor de lo que realmente era en aquellos momentos. Por suerte, al momento pudo ver también que él se sentía tan orgulloso como si hubiera recibido una condecoración del más alto señor de los ejércitos en persona. Es demasiado joven, pensó, como para tener conciencia de lo vieja que soy.

Luego, además, para anular por completo esa edad, para aniquilarla y hundirla en el fondo del mar de su pasión, Wally agarró al teniente por los hombros, cuyos huesos tiernos y calientes ya volvieron un poco locas a sus manos, y lo arrastró hasta el sofá. Lo arrolló con su vehemente anhelo de volver a ser joven. La pasión brotaba de ella en violentas oleadas de fuego, encadenó al teniente y lo sometió. Sus ojos lanzaban chispas de agradecimiento y gozo hacia el joven rostro del hombre, inclinado sobre el suyo. Mirarlo la rejuvenecía. Y su deseo de ser siempre una mujer joven era tan fuerte como su deseo de amar. Durante un rato, creyó que nunca podría separarse de aquel teniente. Un instante más tarde, en cambio, añadía:

—Qué lástima que te marches hoy...

—¿No volveré a verte nunca? —dijo él con devoción, un joven amante.

—¡Espérame, volveré! ¡No me engañes! —se apresuró a añadir ella, con el temor a la infidelidad y la juventud del otro que siente una mujer que se hace mayor.

—Te amo solo a ti —respondió desde el interior del teniente la voz sincera de un joven al que nada le parece tan importante como la fidelidad.

Ésa fue su despedida.

El teniente Trotta se marchó a la estación; llegó con demasiado tiempo y tuvo que esperar mucho rato.

No obstante, tenía la sensación de que ya se había marchado. Cada minuto que hubiera pasado en la ciudad le habría resultado penoso, tal vez incluso humillante. Suavizaba la obligación que tenía que cumplir tratando de aparentar ante sí mismo que se marchaba un poco antes de lo obligado. Por fin pudo subir al tren. Cayó en un sueño apacible con escasas interrupciones y se despertó poco antes de la frontera. Su asistente, Onufrij, lo estaba esperando y le contó que había disturbios en la ciudad. Los trabajadores de la fábrica de cerdas para cepillos habían anunciado una manifestación y la guarnición estaba de guardia.

Ahora comprendía Trotta por qué Chojnicki se había marchado de la zona tan pronto. ¡Así que de viaje «al sur» con la señora Von Taußig! ¡Y él no era más que un preso pusilánime y no podía dar media vuelta sin más, subir de nuevo al tren y volverse por donde había venido!

Ese día no había coches esperando junto a la estación. Así pues, el teniente Trotta se echó a andar. Detrás de él iba Onufrij, con el maletín en la mano. Las tiendecillas de la pequeña ciudad estaban cerradas. Las puertas de madera y las contraventanas de las casas bajas estaban clausuradas con barras de hierro. Los gendarmes patrullaban con las bayonetas caladas. No se oía ni un ruido, aparte del habitual croar de las ranas de los pantanos. El viento había esparcido el polvo que aquella tierra arenosa producía y lo vertía a manos llenas sobre tejados, muros y vallas de listones, sobre las pasarelas de madera y los prados de aquí y de allá. Un polvo de siglos parecía recubrir aquel mundo olvidado. No se veía ni un solo vecino por las callejas y cualquiera habría creído que a todos los había sorprendido una muerte repentina al otro lado de sus puertas y ventanas clausuradas. A la entrada del cuartel habían doblado los puestos de guardia. Los oficiales se alojaban allí desde el día anterior y el hotel de Brodnitzer estaba vacío.

El teniente Trotta dio parte de su regreso al mayor Zoglauer. Su superior le hizo saber que el viaje le había sentado bien. Según los parámetros de un hombre que llevaba más de una década sirviendo en la frontera, un viaje solo podía hacerle bien a uno. Y como si se tratara de un asunto de lo más común, el mayor le contó al teniente que, a primerísima hora de la mañana siguiente, una sección de cazadores saldría y tomaría posición en la carretera, enfrente de la fábrica, e intervendría con las armas, caso de producirse «acciones subversivas» por parte de los trabajadores en huelga. Y dicha sección estaría al mando del teniente

Trotta. En realidad, aquello era una nadería y cabía suponer que la presencia de los gendarmes sería suficiente para que aquella gente mantuviera el debido respeto; lo único que había que hacer era conservar la sangre fría y no precipitarse con la intervención; la decisión final sobre si los cazadores intervenían o no habría de tomarla, con todo, la autoridad política; ya entendía él que esto no acabaría de resultarle muy grato a un oficial, pues ¿cómo asumir que le diera órdenes un comisario de distrito? En suma, aquella delicada operación en el fondo era una especie de premio para el teniente más joven del batallón; después de todo, los demás caballeros no habían estado de permiso, y la norma más básica de la camaradería ya imponía que si tal y que si cual...

—A sus órdenes, mayor —dijo el teniente, y se retiró.

Al mayor Zoglauer no se le podía replicar. Más que darle una orden al nieto del héroe de Solferino, le había pedido un favor. Además, el nieto del héroe de Solferino ya había disfrutado de un maravilloso permiso inesperado. Ahora cruzaba el patio en dirección a la cantina. Aquella manifestación política la había preparado para él el mismísimo destino. Por eso había ido a parar a la frontera. Ahora creía ver claro que era un destino pérfidamente calculador el que primero le había regalado aquel permiso para después acabar con él. Los demás, sentados en la cantina, lo saludaron con esa efusión exagerada que tiene más de curiosidad por enterarse de algo que de cariño por quien regresa a casa, y también le preguntaron, todos a la vez: «Qué tal». Tan solo el capitán Wagner dijo algo:

—Cuando haya pasado todo esto, mañana, ya tendrá tiempo de contárnoslo.

Y, de una vez, todos se quedaron en silencio.

—¿Y si mañana me matan a golpes? —le dijo el teniente al capitán Wagner.

—¡Qué horror! —respondió el capitán—. Vaya muerte más repugnante. ¡Todo esto es un asunto repugnante! Luego no serán más que unos pobres diablos. Y al final van a tener razón.

Al teniente Trotta todavía no se le había ocurrido pensar que eran unos pobres diablos y que podían tener razón. Ahora, el comentario del capitán le parecía acertado y ya no le cupo la menor duda de que eran unos pobres diablos. Así que se tomó dos noventa grados y dijo:

—¡Entonces sí que no pienso dar orden de disparar! Ni siquiera de intervenir con la bayoneta calada. Ya verán los gendarmes cómo arreglárselas.

—Tú harás lo que tengas que hacer. De sobra lo sabes.

No. En aquel momento, Carl Joseph no lo sabía. Bebió. Y no tardó en alcanzar ese estado en el que se creía capaz de cualquier cosa imaginable: de insubordinación, de abandonar el ejército y de ganar una fortuna en el juego. No habría ningún muerto más en los caminos que emprendiera. «Abandona este ejército», le había dicho el doctor Max Demant. ¡Bastante tiempo había sido ya un pusilánime! En lugar de abandonar el ejército, había solicitado que lo trasladaran a la frontera. ¡Todo eso se iba a acabar! ¡No podía ser que al día siguiente lo convirtieran en una especie de guardia de categoría superior! ¡A este paso, un día más tarde aún le tocaría patrullar las calles y dar informaciones a los turistas! ¡Si es que eso de jugar a los soldados en tiempos de paz era ridículo! ¡No habría una guerra jamás! ¡Se acabarían pudriendo en las cantinas! Claro que él, el teniente

Trotta, no habría de vivirlo: ¡quién sabe si, la misma semana siguiente a esas horas, no estaría tan a gusto en «el sur»!

Todo eso se lo soltó al capitán Wagner encendido y en voz bien alta. Varios camaradas lo rodearon y se quedaron escuchando. A algunos ni se les pasaba por la cabeza lo de la guerra. La mayoría habrían estado bien contentos con todo, únicamente con sueldos un poco más altos, guarniciones un poco más cómodas y posibilidades de ascender un poco más deprisa. A otros, Trotta les parecía un tipo raro e incluso un poco siniestro. Era un protegido. Acababa de regresar de un permiso estupendo. ¿Qué le pasaba?, ¿que no le apetecía la operación del día siguiente?

El teniente Trotta percibió un silencio hostil a su alrededor. Por primera vez desde que servía en el ejército, decidió retar a sus compañeros. Y como sabía qué era lo que más les ofendería, añadió:

—Igual pido el traslado a la academia del Ejército Mayor.

«Estupendo. ¿Por qué no?», se dijeron los oficiales. Había venido de la caballería, bien podía irse ahora al Ejército Mayor. Seguro que se presentaba a los exámenes e incluso llegaba a general saltándose algún escalón, a una edad en la que otros como él acabarían de conseguir el grado de capitán y las espuelas. Así que tampoco le iba a hacer mal movilizarse al día siguiente para aquella patochada de la fábrica.

A la mañana siguiente, Carl Joseph tuvo que salir de la guarnición muy temprano. Pues era el propio ejército el que dictaba el curso de las horas. Hacía suyo el tiempo y lo colocaba en el lugar que correspondía en función del criterio militar. Aunque las «acciones subversivas» no se esperaban hasta más o menos el mediodía, el teniente Trotta ya

estaba en marcha por la ancha y polvorienta carretera comarcal a las ocho de la mañana. Detrás de las pulcras y bien
colocadas pirámides de armas que parecían pacíficas y peli-
grosas a la vez, los soldados permanecían de pie o se pasea-
ban. Las alondras trinaban a pleno pulmón, los grillos cantaban y los mosquitos zumbaban. En los campos, a lo lejos,
se veían los colores de los pañuelos que las campesinas llevaban a la cabeza. Cantaban. Y, a veces, los soldados que
habían nacido en aquella zona les respondían con las mismas canciones. En aquellos campos, habrían sabido perfectamente lo que tenían que hacer. A qué esperaban allí es lo
que no entendían. ¿Aquello ya era la guerra? ¿Iban a morir
ya, ese mediodía?

No muy lejos había una pequeña taberna de pueblo. Allí
se dirigió el teniente Trotta a tomarse un noventa grados.
El local, de techo bajo, estaba lleno de gente. El teniente se
dio cuenta de que eran los trabajadores llamados a manifes-
tarse frente a la fábrica a las doce. Se hizo el silencio cuando entró, con sus terribles pertrechos y los ruidos metálicos que hacían. Se quedó de pie en la barra. El tabernero se
tomó su tiempo con la botella y el vasito, demasiado tiempo. A la espalda de Trotta se levantaba el silencio, una imponente cordillera de silencio. Apuró el vasito de un trago.
Sintió que todos esperaban a que saliera por la puerta. Y
habría querido decirles que todo aquello no dependía de
él. Pero no era capaz de decirles nada, como tampoco era
capaz de marcharse de inmediato. No quería parecer asus-
tadizo y se tomó varios aguardientes seguidos. Ellos continuaban en silencio. A lo mejor se hacían señas a sus espaldas. El teniente no quiso volverse. Por fin salió del local y
tuvo la sensación de que se abría paso a través de aquella

dura roca de silencio; y de que llevaba cientos de miradas clavadas en la nuca, oscuras lanzas.

Cuando llegó de nuevo junto a su sección, consideró que tocaba dar la orden de formar, si bien no eran más que las diez de la mañana. Se aburría, y además había estudiado que el aburrimiento desmoraliza a la tropa, mientras que los ejercicios con las armas levantan la moral. Al instante, la compañía estaba formada delante de él, en las dos filas de rigor, y de repente, y probablemente por primera vez en su vida, le pareció que las extremidades de los hombres, todas iguales, eran piezas de máquinas muertas que no producían nada. La sección entera estaba inmóvil y todos los hombres contenían la respiración. Sin embargo, el teniente Trotta, que acababa de vivir el sombrío silencio de los trabajadores a su espalda, comprendió muy claramente que pueden darse varios tipos de silencio, del mismo modo en que existen varios tipos de ruidos. A los trabajadores de la taberna no les había dado orden de formar nadie al entrar él. No obstante, habían enmudecido todos a una. Y su silencio desprendía un odio oscuro y silencioso, igual que a veces las nubes, cargadas y eternamente calladas, desprenden el bochorno eléctrico y sin ruido de la tormenta que aún no ha pasado.

El teniente Trotta aguzó los oídos. Pero el silencio muerto de su sección inmóvil no desprendía nada de nada. Un rostro de piedra sucedía al siguiente. La mayoría le recordaban un poco a su asistente Onufrij. Tenían la boca ancha y unos labios tan carnosos que casi no permitían cerrarla, y ojos achinados, claros y sin mirada. Y allí, frente a su sección, bajo la resplandeciente bóveda azul de un cielo de principios de verano, envuelto en los atronadores trinos de las alondras, el canto de los grillos y el zumbido de los mosquitos y, a pesar de todo, creyendo oír la mudez muerta de sus soldados todavía más fuerte que cualquiera de los ruidos del día, al pobre teniente Trotta lo invadió la certeza de que aquel no era su sitio. «Pero ¿cuál podía ser?», se preguntaba en tanto que las filas seguían esperando que diera alguna orden. ¿Cuál es mi lugar si no? Con los que están ahí sentados en la taberna no está. ¿En Sipolje, quizás? ¿Con los antepasados de mis antepasados? ¿Será el arado y no el sable lo que han de sostener mis manos? Y seguía con la tropa suspendida en la posición de atención.

—¡Descansen! —ordenó por fin—. ¡Descansen armas! ¡Rompan filas!

Y todo volvió a estar como un rato antes. Los hombres se echaron detrás de las pirámides de armas. Desde los campos llegaba el canto de las campesinas. Y los soldados les respondían con las mismas canciones.

Desde la ciudad empezaron a llegar los gendarmes: tres unidades de la guardia reforzada acompañadas por el comisario del distrito, Horak. El teniente Trotta lo conocía. Era buen bailarín, polaco de Silesia, vividor y a la vez de vida ordenada, y se parecía a su padre, aunque ninguno de los presentes lo había conocido. Aquel había sido cartero. Ese día, tal y como lo mandaba el reglamento del servicio, iba de uniforme —negro y verde con los puños y las solapas de color violeta— y con sable. El bigote, rubio y corto, brillaba como el trigo dorado y sus mejillas llenas y sonrosadas olían a polvos desde lejos. Iba feliz como un domingo de procesión.

—Me han dado instrucciones —le dijo al teniente Trotta— de disolver la concentración de inmediato. Ahí será cosa suya, teniente.

Distribuyó a sus hombres por el descampado que rodeaba la fábrica y donde estaba prevista la concentración.

—Sí, señor —dijo el teniente Trotta, y le volvió la espalda. Esperó. Le habría gustado tomarse otro noventa grados, pero ya no podía volver a la taberna. Vio que el jefe de los cazadores a cargo de la sección y su inmediato subordinado desaparecían en el interior de esta y luego volvían. Se extendió cuan largo era sobre la hierba al borde del camino y esperó. El día iba avanzando y el sol cada vez estaba más alto; a lo lejos, se interrumpieron los cantos de las campesinas en los campos. Al teniente le parecía que hubiera transcurrido una eternidad desde su regreso de Viena. De aquellos días remotos ya solo recordaba a la mujer que hoy tal vez ya estaría en «el sur», la que lo había abandonado. «Traicionado», pensó. Y él, en cambio, allí tumbado al borde del camino, en la guarnición de la frontera, esperando… no al enemigo, sino a los manifestantes.

Llegaron. Llegaron de la dirección de la taberna. Por delante de ellos ondeaba su canto: una canción que el teniente no había oído nunca. En aquella región apenas se había oído aún. Era *La Internacional,* cantada en tres idiomas. El comisario del distrito, Horak, sí que la conocía por su trabajo. El teniente Trotta no entendía ni una palabra. Sin embargo, le pareció que aquella melodía era el silencio que antes había sentido a su espalda transformado en música. Una solemne excitación se adueñó del frívolo comisario del distrito. Corría de un gendarme a otro, con una libreta y un lapicero en la mano. De nuevo, el teniente Trotta ordenó formar. Y como una nube que hubiera caído sobre la tierra, el ceñido grupo de manifestantes pasó por delante de la doble barrera que formaban las dos filas de cazadores. Al teniente lo invadió un oscuro presentimiento del fin del mundo. Recordó el esplendor multicolor de la procesión del Corpus y, por un breve instante, creyó que la oscura nube de rebeldes se alzaba contra aquella comitiva imperial. En lo que duró aquel único instante fugaz, al teniente le fue dado el sublime poder de percibir el mundo en imágenes: y vio los dos tiempos como dos rocas rodando hasta estrellarse una contra otra, y se vio a sí mismo, el teniente, hecho añicos entre ambas.

Su tropa se colocó el arma al hombro mientras que, al otro lado de la carretera, emergían por encima del apretado círculo de la multitud en constante movimiento la cabeza y el tronco de un hombre, levantados por manos invisibles. Acto seguido, el cuerpo flotante fue a constituir el centro exacto del círculo. Sus manos se levantaron en el aire. De la boca le salían sonidos incomprensibles. La masa gritaba. Al lado del teniente estaba el comisario Horak, libreta y lapicero en mano. De pronto, cerró la libreta y echó a andar a zancadas hacia la muchedumbre del otro lado de la carretera, despacio, flanqueado por dos relucientes gendarmes.

—¡En nombre de la ley! —exclamó con una voz aguda que eclipsó al orador; la concentración estaba disuelta.

Durante un segundo, reinó el silencio. Luego, un grito único brotó de todas las gargantas. Junto a las caras aparecieron los puños blancos de los hombres, cada cara enmarcada por dos puños. Los gendarmes formaron una cadena. Al momento siguiente, el semicírculo de personas estaba en movimiento. Todos corrían gritando hacia los gendarmes.

—¡Calad las bayonetas! —ordenó Trotta.

Desenvainó el sable. No pudo ver que su arma, al darle el sol, arrojaba por un instante un reflejo juguetón y provocador sobre el otro lado de la carretera, que quedaba en sombra y donde se agolpaba la multitud. De pronto, los pomos que coronaban los cascos de los gendarmes habían desaparecido entre la masa.

—¡En dirección a la fábrica! —ordenó Trotta—. ¡Marchen!

Los cazadores obedecieron y empezaron a lloverles objetos de hierro de color oscuro, pedazos de madera marrón y piedras blancas, y se sucedían los silbidos y zumbidos, los gruñidos y resoplidos. Ágil como un armiño, Horak correteaba al lado del teniente mientras le susurraba:

—¡Mándeles disparar, teniente, por Dios!

—¡Compañía! ¡Atención! —Y Trotta ordenó así—: ¡Fuego!

Los cazadores, de acuerdo con las instrucciones que les había dado el mayor Zoglauer, dispararon la primera salva al aire. Acto seguido, se hizo un silencio absoluto. Durante un segundo, pudieron oírse todas las voces pacíficas de un mediodía de verano. Y se percibía el benéfico bullir del sol a través del polvo que habían levantado los soldados y la muchedumbre, y a través de las vaharadas de olor a chamusquina de los cartuchos disparados. De repente, el agudo aullido de una mujer rompió el mediodía. Y como, obviamente, algunas personas de la multitud pensaron que le había alcanzado algún disparo, empezaron otra vez a lanzar sus improvisados proyectiles contra los militares. A esas pocas no tardaron en unírseles otras más y, al final, el grupo entero de nuevo. Y ahí cayeron al suelo algunos cazadores de las primeras filas, y mientras el teniente Trotta se quedaba aturdido sin saber qué hacer, con el sable en la mano derecha y palpando la pistolera con la izquierda, oyó a su lado el bisbiseo de Horak: «Que disparen. ¡Mándeles disparar, por Dios!». En un único segundo pasaron por el excitado cerebro del teniente Trotta cientos de jirones de ideas y figuraciones, algunas de ellas simultáneas, y un embrollo de voces, en su corazón, le exigía ora que tuviera compasión enseguida, ora que fuese cruel; le recordaba lo que su abuelo hubiera hecho en esa situación; lo amenazaba con que moriría en el siguiente instante y, al mismo tiempo, le presentaba la propia muerte como la única salida posible y deseable de aquella contienda. Alguien le levantó la mano —o así lo creyó él—, una voz ajena de su interior ordenó fuego de nuevo y aún alcanzó a ver que esta vez los cañones de las armas apuntaban a la muchedumbre. Un segundo después no se acordaba de nada. Pues parte de la gente que al principio pareció que había salido huyendo había dado un rodeo y volvía corriendo por la espalda de los cazadores, con lo cual la sección del teniente Trotta quedó atrapada entre los dos grupos. Mientras los soldados disparaban la segunda salva, sobre su espalda y su cabeza empezaron a caer piedras y pedazos de madera con clavos. Y, golpeado por una de esas armas arrojadizas, el teniente Trotta se desplomó inconsciente. Aún llovieron toda suerte de objetos más sobre el caído. Sin nadie que les diera órdenes, ahora los soldados disparaban a sus atacantes a lo loco y en todas direcciones, y así los obligaron a retirarse. El enfrentamiento no duraría ni tres minutos. Cuando los cazadores, a las órdenes del suboficial, volvieron a formar en dos filas, yacían en el polvo de la carretera soldados y trabajadores heridos, y transcurrió un buen rato hasta que llegaron los vehículos de asistencia sanitaria. Llevaron al teniente Trotta al pequeño hospital de la guarnición y le diagnosticaron sendas fracturas de cráneo y de la clavícula izquierda, y además había riesgo de encefalitis. Una casualidad del destino, claramente absurda, deparaba al nieto la misma lesión en la clavícula que al héroe de Solferino. (Por otra parte, no había nadie entre los vivos, quizás a excepción del emperador, que hubiera podido saber que el ascenso de los Trotta se debía a una herida en la clavícula del héroe de Solferino.)

Tres días más tarde, en efecto, se produjo la encefalitis. Y, sin duda, se lo habrían notificado al jefe de distrito de no ser porque el propio teniente, el mismo día del ingreso en el hospital y tras haber despertado de su inconsciencia, había insistido muchísimo en que bajo ningún concepto se le contase nada de aquel incidente a su padre. Cierto es que el teniente volvía a estar inconsciente e incluso había motivo para temer por su vida, pero el mayor decidió esperar de todas formas. Y así fue como el jefe de distrito no se enteró de la revuelta en la frontera ni del desafortunado papel que había desempeñado en ella su hijo hasta pasadas dos semanas. Se enteró primero por los periódicos, a los que la información había llegado a través de los políticos de la oposición. Pues esta estaba decidida a hacer responsable de los muertos y las viudas y huérfanos al ejército y, sobre todo, al teniente Trotta, que había dado la orden de disparar. De hecho, al teniente le esperaba una especie de investigación, es decir: una investigación puramente formal organizada para tranquilizar a los políticos y llevada a cabo por las autoridades militares, ocasión que serviría para rehabilitar al acusado y, si cabe, incluso otorgarle algún tipo de condecoración. A pesar de todo, el jefe de distrito no se quedó tranquilo en absoluto. Telegrafió a su hijo hasta dos veces y una al mayor Zoglauer. Por entonces, el teniente ya estaba bastante mejor. Aún tenía que guardar cama, pero su vida estaba fuera de peligro. Escribió a su padre un breve informe. Y, por lo demás, no le preocupaba nada su salud... Pensaba que de nuevo había muertos en su camino y estaba decidido a despedirse de todo aquello para siempre. Con la mente en cosas así, le habría resultado imposible ver a su padre y hablar con él, aunque en realidad anhelaba estar a su lado. Sentía una especie de añoranza de él, pero a la vez era consciente de que su padre había dejado de ser su hogar. El ejército había dejado de ser su profesión. Y por más que le espeluznara el motivo por el cual había acabado en el hospital, no dejaba de estarle agradecido a aquella enfermedad, pues postergaba el momento de tomar decisiones obligatoriamente. Se entregaba al triste olor a fenol, a la monotonía blanquísima de las paredes y las camas, al dolor, a las curas, a la adusta y maternal ternura de los enfermeros y a las aburridas visitas de los camaradas, siempre contentos. Volvió a leer algunos de aquellos libros —no leía desde sus tiempos de cadete— que antaño le había mandado su padre como lectura privada, y cada línea le recordaba a él y a las tranquilas mañanas de los domingos de verano y a Jacques, al maestro Nechwal y a la *Marcha Radetzky*.

Un día fue a verlo el capitán Wagner, que se quedó un buen rato sentado junto a su cama; dejó caer alguna palabra suelta, se levantó y se volvió a sentar. Al final, suspirando, se sacó de la casaca un pagaré y le pidió a Trotta que firmase. Mil quinientas coronas. Kapturak había exigido expresamente la garantía de Trotta. El capitán Wagner se animó mucho y se puso a contarle con todo detalle una historia de un caballo de carreras que tenía pensado comprar a muy buen precio y que pondría a correr en el hipódromo de Baden; añadió algunas anécdotas y, muy repentinamente, se marchó.

Dos días más tarde, apareció junto a la cama de Trotta el médico jefe, pálido y consternado, y le contó que el capitán Wagner había muerto. Se había pegado un tiro en el bosque de la frontera. Había dejado una carta de despedida para todos los compañeros y un saludo especial para el teniente Trotta. El teniente no pensó en ningún momento en el pagaré ni en las consecuencias de su firma. Cayó con fiebre. Soñó —y lo contó después— que los muertos lo llamaban y que ya le había llegado la hora de abandonar este mundo. El viejo Jacques, Max Demant, el capitán Wagner y los trabajadores anónimos muertos por los disparos formaban una fila y lo llamaban. Entre él y los muertos mediaba una mesa de ruleta vacía en la que rodaba sin parar una bolita que no movía ninguna mano.

Dos semanas estuvo con fiebre. La ocasión les vino muy bien a las autoridades militares para demorar la investigación y hacer saber a varias instancias políticas que también el ejército había sufrido sus bajas, que la responsabilidad era de las autoridades políticas de la frontera y que se debería haber reforzado el cuerpo de gendarmes a tiempo. A raíz del caso del teniente Trotta se abrió un expediente de un grosor descomunal, y cada cargo de cada departamento le echaba un poco más de tinta, igual que se echa agua a las flores para que crezcan, y el asunto entero acabó llegando al Gabinete Militar del emperador, pues un auditor jefe especialmente diligente fue a descubrir que el teniente era nieto de aquel héroe de Solferino desaparecido, olvidado por completo, pero conocido personal del más alto señor de los ejércitos, y dio por hecho que ese teniente tenía que despertar el interés de las más altas instancias y que era mejor esperar antes de iniciar investigación alguna.

Así pues, el emperador, que acababa de regresar de Bad Ischl, no tuvo más remedio que dedicarle su tiempo, un día a las siete de la mañana, a un tal Carl Joseph, barón Von Trotta und Sipolje. Y como el emperador ya era anciano, por más que venía descansado de la estancia en el balneario, no alcanzaba a explicarse por qué, al leer aquel nombre, se había acordado de la batalla de Solferino, y se levantó del escritorio y se puso a recorrer su desangelado despacho de un lado para otro con sus cortos pasitos de anciano, con tal desazón que su viejo asistente personal se extrañó y, preocupado, llamó a la puerta.

—Adelante —dijo el emperador. Y al ver a su criado añadió—: ¿Cuándo llega Montenuovo?

—A las ocho, majestad.

Para las ocho faltaba media hora. Y el emperador creyó que no podría soportar más aquel estado. ¿Por qué? ¿Por qué le recordaba a Solferino el nombre de Trotta? ¿Y por qué ya no se acordaba de las historias completas? ¿Acaso era tan anciano? Desde que había regresado de Bad Ischl, no paraba de preguntarse la edad que tenía en realidad, pues de pronto se le hacía raro que, si bien para saber la edad de uno había que restar el año en que había nacido del año en que estaban, luego los años empezaban en enero, y él había nacido el dieciocho de agosto. ¡Ya podían empezar los años en agosto! Claro, si hubiera nacido, por ejemplo, el dieciocho de enero, esto habría sido una nadería, pero así no había manera de saber si tenía ochenta y dos y se encontraba en su año ochenta y tres o si tenía ochenta y tres y estaba en el ochenta y cuatro. Y no quería preguntarlo, el emperador. Todo el mundo andaba muy ocupado de todas formas, y en realidad tampoco importaba mucho si era un año más joven o un año más viejo; al fin y a la postre, tampoco ser más joven lo habría ayudado a saber por qué el condenado del Trotta ese le recordaba a Solferino. El jefe de la Casa Real e Imperial seguro que lo sabía. ¡Pero no llegaba hasta las ocho! ¿Lo sabría también ese criado?

Y el emperador se detuvo en medio de sus pasitos y le preguntó al criado:

—Dígame usted: ¿el nombre Trotta le suena?

En realidad, habría preferido tutear a su criado, como solía hacer a menudo, pero esta vez se trataba de un asunto de historia universal y él le mostraba respeto a todo aquel a quien preguntase por acontecimientos históricos.

—¡Trotta! —dijo el asistente personal del emperador—. ¡Trotta!

También era muy mayor, el criado, y se acordaba vagamente de un texto de un libro de lectura que llevaba el título «La batalla de Solferino». Y, de pronto, el recuerdo iluminó su rostro como en un día de sol.

—¡Trotta! —exclamó—. ¡Trotta fue el que le salvó la vida a Su Majestad!

El emperador se acercó al escritorio. Por la ventana abierta del despacho entraba el gorjeo de los pájaros más madrugadores de Schönbrunn. El emperador se vio joven de nuevo y oyó el traqueteo de las armas y sintió que lo agarraban de los hombros para arrastrarlo hasta el suelo. Y, de pronto, le resultó muy familiar el nombre de Trotta, igual que el nombre de Solferino.

—Bien, bien —dijo, haciendo un gesto con la mano para que el criado se retirase, y anotó algo en el margen del expediente de Trotta: «Resolver de manera favorable».

Luego volvió a levantarse y fue hacia la ventana. Los pájaros cantaban alborozados y el anciano les sonrió como si los viera.

Capítulo 15

El emperador era un hombre anciano. Era el emperador más anciano del mundo. La muerte paseaba a su alrededor en círculo, en círculo, segando y segando con su guadaña. Ya tenía pelado el campo entero y tan solo el emperador, una brizna de plata olvidada, seguía allí, esperando. Sus ojos claros y duros tenían, desde hacía muchos años, una mirada perdida en una lejanía perdida. Estaba calvo como un desierto en forma de cúpula. Las dos mitades de su barba eran tan blancas como un par de alas de nieve. Los surcos de su rostro eran una pura maraña de maleza en cuyo interior anidaban las décadas. Su cuerpo estaba muy delgado, y la espalda, ligeramente encorvada. En casa, se movía a pasitos, casi sin levantar los pies. Eso sí, en cuanto pisaba la calle, trataba de andar con los muslos apretados, las rodillas elásticas, los pies ligeros y la espalda recta. Se llenaban los ojos de una bondad artificial, la verdadera propiedad de los ojos de un emperador: parecía que miraban a quien el emperador mirara y que saludaban a quien el emperador saludara. Sin embargo, en realidad, las caras únicamente pasaban flotando y se desvanecían por delante de ellos, y lo que miraban era esa línea muy fina y delicada que es la frontera entre la vida y la muerte, el filo del horizonte, y que los ojos de los ancianos ven siempre, aun cuando lo tapan casas, bosques o montañas. La gente creía que Francisco José sabía menos cosas que ellos porque era mucho más viejo que ellos. Pero quizás sabía más que muchos. Veía ponerse el sol en su imperio, pero no decía nada. Sabía que moriría antes de su hundimiento. A veces se hacía el tonto y le hacía gracia que le explicaran, dando mil rodeos, cosas que conocía a la perfección. Pues, con la inteligencia de los niños y de los ancianos, le encantaba confundir a la gente. Y también le hacía gracia la vanidad con la que muchos se las daban de ser más listos que él. Ocultaba su inteligencia tras la ingenuidad: pues no es de recibo que un emperador sea tan listo como sus consejeros. Mejor parecer simple que parecer inteligente. Cuando iba de caza, sabía perfectamente que le colocaban la presa delante de la escopeta, y, aunque hubiera podido disparar a otras presas, nunca tiraba sino a aquella que le habían puesto justo en la boca del cañón. Pues no es de recibo que un emperador anciano revele que se ha dado cuenta del truco y que sabe tirar mejor que un guardabosques. Cuando le contaban un cuento, hacía como que se lo creía. Pues no es de recibo que un emperador pille a nadie faltando a la verdad. Cuando había risitas a sus espaldas, hacía como que no se daba cuenta. Pues no es de recibo que un emperador sepa que se ríen de él, y esas risas tampoco van a ninguna parte mientras él no quiera hacerles caso. Cuando tenía fiebre y todos a su alrededor se echaban a temblar y su médico personal le mentía diciéndole que no tenía fiebre, el emperador, por más que supiera de la fiebre, decía: «Entonces todo va bien». Porque un emperador no desmiente lo que dice un médico. Además, él sabía que la hora de su muerte no había llegado todavía. También era consciente de la cantidad de noches en que lo atormentaba la fiebre sin que ninguno de sus médicos tuviera noticia de ello. Porque a veces estaba enfermo y no lo veía nadie. Y otras estaba sano y decían que estaba enfermo, y él hacía como que lo estaba. Donde lo tenían por un hombre bondadoso, se mostraba indiferente. Y donde decían que era un hombre frío, ahí sentía una punzada en el corazón. Había vivido el tiempo suficiente como para saber que decir la verdad es una tontería. Dejaba que la gente viviera feliz en sus errores y creía en la pervivencia de su mundo todavía menos que esos graciosos que contaban chistes sobre él por todo lo ancho de su imperio. Pero no es de recibo que un emperador se mida con graciosos y sabidillos. Así pues, el emperador se callaba.

Aunque se había recuperado, y el médico estaba contento con su pulso, sus pulmones y su respiración, desde el día anterior estaba resfriado. Ni se le pasaba por la cabeza permitir que nadie se percatara de ello. Podrían impedirle visitar las maniobras de otoño en la frontera oriental, y él quería volver a ver unas maniobras una vez más, aunque solo fuera un día. El acto de aquel hombre que le había salvado la vida, de cuyo nombre otra vez no podía acordarse, le había traído a la memoria Solferino. Las guerras no le gustaban (pues sabía que se pierden), pero le encantaban el ejército, el espectáculo de la guerra, el uniforme, las prácticas de tiro, los desfiles y las exhibiciones, y los ejercicios militares. A veces le fastidiaba que los oficiales llevaran chacós más altos que el suyo propio, pantalones con raya y zapatos de charol y casacas con el cuello demasiado alto. Algunos incluso se habían quitado la barba y el bigote. Hacía poco, por casualidad, había visto por la calle a un oficial de infantería con toda la cara afeitada y se había pasado el día entero con el corazón en un puño. Eso sí, cuando iba él a verlos, todos volvían a tener claro qué era el deber y qué eran payasadas modernas. A este y a aquel se los podía tratar con peores modos, pues, en el ejército, también al emperador le estaba permitido todo, incluso él era un soldado. ¡Ay, lo que le gustaba oír tocar las trompetas, aunque fingiera interesarse por los planes estratégicos! Y aunque sabía que a él lo había sentado en el trono Dios mismo, en ciertas horas bajas no dejaba de darle rabia no ser oficial del frente y en el fondo de su corazón les tenía cierta ojeriza a los oficiales del Ejército Mayor. Recordaba que, después de la batalla de Solferino, durante el camino de vuelta, había tenido que llamar al orden a las tropas indisciplinadas a voces, como un sargento. Estaba convencido —pero, ¡ay!, ¿a quién podía decírselo?— de que cien buenos sargentos rendían más que veinte oficiales del Ejército Mayor. ¡Cuánto anhelaba las maniobras!

Así pues, decidió disimular su resfriado y sacar el pañuelo lo menos posible. Nadie debía saber nada, quería pillar las maniobras y a todo el mundo por sorpresa con su decisión de visitarlos. Le divertía pensar en el agobio que les provocaría a las autoridades civiles, que no habrían tomado las suficientes medidas policiales. Él no tenía miedo. Sabía perfectamente que aún no había llegado la hora de su muerte. Alarmó a todo el mundo. Trataron de convencerlo de que no fuera. Se mantuvo en sus trece. Un buen día, se montó en el tren imperial y se puso en camino hacia el este.

En el pueblo de Z., a menos de diez millas de la frontera rusa, le prepararon el alojamiento en un viejo palacio. El emperador habría preferido pernoctar en una de las cabañas donde estaban instalados los oficiales. Hacía años que no le dejaban disfrutar de la vida castrense de verdad. Una sola vez, en aquella desafortunada campaña italiana precisamente, había visto, por ejemplo, una pulga de verdad, viva, en su cama, pero no se lo había contado a nadie. Porque él era un emperador y un emperador no habla de insectos. Ya entonces era esa su opinión.

Le cerraron las ventanas de la habitación. En plena noche, no podía dormir, mientras a su alrededor dormían todos los que tenían la misión de guardarlo, se salió de la cama con su largo camisón plisado y, con mucho mucho cuidado de no despertar a nadie, abrió las dos hojas altas y estrechas de la ventana. Se quedó un rato de pie, respirando el aliento fresco de la noche de otoño y viendo las estrellas en el cielo azul profundo y los rojizos fuegos del campamento de los soldados. Una vez había leído un libro sobre sí mismo en el que aparecía la frase: «Francisco José I no es ningún romántico». Dicen de mí que no soy ningún romántico. Sin embargo, me encantan los fuegos de campamento. Le habría gustado ser un teniente común, y joven. No seré nada romántico, pensaba, pero sí que quisiera ser joven. Si no recuerdo mal, siguió pensando el emperador, tenía dieciocho años cuando subí al trono. «Cuando subí al trono» se le antojaba una frase excesiva; en aquellos momentos le resultaba difícil verse a sí mismo como el emperador. ¡Ah, claro! Eso lo ponía en el libro que le habían entregado con una de esas rimbombantes dedicatorias habituales. ¡Por supuesto que era Francisco José I! Frente a su ventana se extendía la infinita cúpula azul profundo de la noche estrellada. El campo era vasto y llano. Le habían dicho que aquellas ventanas daban al nordeste, de modo que miraban a Rusia. La frontera, naturalmente, no se avistaba desde allí. Y, en aquellos momentos, al emperador le habría gustado mucho ver la frontera de su imperio. ¡Su imperio! Sonrió. Hacía una noche azul y redonda y vasta y llena de estrellas. El emperador se asomaba a la ventana, enjuto y anciano, vestido con un camisón blanco, y se sentía muy pequeñito ante el rostro de la noche inconmensurable. El último soldado de su ejército que anduviera patrullando entre las tiendas de campaña tenía más poder que él. ¡El último de sus soldados! ¡Y él era el más alto señor de los ejércitos! Todos los soldados juraban, por Dios todopoderoso, fidelidad al emperador Francisco José I.

Él era majestad por la gracia de Dios, y creía en Él, en el Todopoderoso. Dios todopoderoso se escondía detrás del azul del cielo sembrado de estrellas de oro... ¡Inimaginable! Eran sus estrellas las que brillaban allá en el cielo y era su cielo el que formaba una cúpula sobre la tierra, y una parte de ella —a saber, la monarquía austrohúngara— se la había entregado a él, Francisco José I. Y Francisco José I era un anciano enjuto asomado a la ventana abierta, temeroso de que en cualquier momento lo sorprendieran sus guardias. Los grillos cantaban. Su canto, infinito como la noche, imponía al emperador el mismo respeto que las estrellas. A veces le parecía como si fueran las propias estrellas las que cantaban. Se estaba quedando un poco frío.

Pero aún tenía miedo de cerrar la ventana, no fuera a ser que no lo consiguiese con tanto sigilo como antes. Le temblaban las manos. Recordó que, mucho tiempo atrás, sin duda había visitado maniobras en aquella zona. Incluso aquel dormitorio emergió en su memoria desde el fondo de un tiempo olvidado. Lo que ya no recordaba era si desde entonces habían pasado diez años o veinte o más. Se sentía como flotando en el océano del tiempo..., pero no con un destino, sino de forma azarosa, a la deriva en la superficie, y arrojado una y otra vez contra unos acantilados que supuestamente debía conocer de antes. Algún día se hundiría en alguna parte. Estornudó. ¡Ay, ese resfriado! No se produjo movimiento alguno en la antesala. Con cautela, volvió a cerrar la ventana y regresó a la cama a pasitos, con sus enjutos pies descalzos. La imagen de la estrellada bóveda azul se le había quedado grabada. Sus ojos cerrados la conservaban todavía. Y así se durmió, bajo la cúpula de la noche, como si estuviera al aire libre.

Se despertó, como siempre que se encontraba «en campaña» (y así llamaba a las maniobras), puntualmente a las cuatro de la madrugada. Ya estaba el criado en la habitación. Y al otro lado de la puerta esperaban, como bien sabía, sus asistentes personales. Sí, había que empezar el día. En todo él no tendría ni una hora para sí mismo. A cambio, la noche anterior les había dado esquinazo a todos y se había pasado un cuarto de hora cumplido asomado a la ventana abierta. Ahora se acordaba de ese placer robado astutamente y sonreía. Les sonrió al criado y al mozo que entraba en ese instante, que se quedó petrificado en el sitio, asustado por la sonrisa del emperador, por los tirantes de Su Majestad, que veía por primera vez en la vida; por la barba revuelta y aún un poco enredada, entre cuyas dos alas revoloteaba la sonrisa como un silencioso pajarillo anciano y cansado; por el color amarillento de la tez del emperador y por la calva, cuya piel ya se descamaba. No sabía si lo correcto era devolverle la sonrisa el anciano o esperar sin decir nada. De repente, el emperador se puso a silbar. En efecto, afiló los labios, las dos alas de su barba se juntaron un poco y empezó a silbar una melodía, una melodía conocida, aunque un tanto desfigurada. Sonaba como una pequeña flauta pastoril. Y el emperador dijo:

—Es lo que siempre silba Hoyos[1], esta canción. ¡Ojalá supiera qué es!

Pero ninguno de los dos, ni el emperador ni el criado, lo sabían; y, al cabo de un rato, durante el aseo, el emperador ya se había olvidado de la canción.

Iba a ser un día duro. Francisco José examinó el papel en el que estaba descrito el plan del día, hora por hora. En la localidad no había más que una iglesia griega. Primero diría la misa un sacerdote católico romano, y después, el griego. Las ceremonias religiosas eran lo que más esfuerzo de todo le costaba al emperador. Tenía la sensación de que se imponía guardar la compostura ante Dios como ante un superior. ¡Y él ya estaba muy mayor para eso! ¡Ya podía el Señor haberme ahorrado algunas cosas!, pensaba. Claro que Dios es aún más viejo que yo y sus voluntades me resultan a mí igual de inexplicables que las mías a los soldados del ejérci-

---

1. El conde Alexander von Hoyos fue diplomático y consejero del Ministerio de Asuntos Exteriores durante la crisis que siguió al atentado de Sarajevo y desembocó en la Primera Guerra Mundial. Como «Misión Hoyos» se conoce el viaje que realizó a Berlín para conseguir el apoyo del Imperio alemán en la guerra. (*N. de la T.*).

to. ¡Y adónde iríamos a parar si a cada subordinado se le ocurriera criticar a su superior! A través de la ventana abovedada, el emperador vio salir el sol del Todopoderoso. Se santiguó y se arrodilló. Desde tiempos inmemoriales, había visto salir el sol todas las mañanas de su vida. Durante toda su vida se había levantado casi siempre antes que el sol, igual que un soldado se levanta antes que su superior. Conocía todos los amaneceres: los fogosos y alegres del verano y los tardíos y turbios del invierno, envueltos en niebla. Y todas las mañanas se había santiguado y arrodillado, igual que algunos árboles abren sus hojas al sol, ya traigan los días una tormenta o el hacha del leñador o la mortífera escarcha; ya sean días rebosantes de paz y de calor y de vida.

El emperador se levantó y llegó su barbero. Siguiendo la misma rutina todas las mañanas, el emperador dejaba la barbilla en sus manos y el barbero le recortaba y le cepillaba bien la barba. El frío metal de las tijeras le hacía cosquillas al rozarle las orejas y los agujeros de la nariz. A veces, el emperador no podía evitar estornudar. Hoy estaba sentado frente a un espejito ovalado y seguía con animado interés los movimientos de las huesudas manos del barbero. Después de cada pelito que caía al suelo y de cada pasada de la navaja de afeitar o del peine, el barbero daba un paso atrás y musitaba con labios temblorosos: «Majestad». El emperador no oía esta palabra como hecha de vaho. Solo veía los labios del barbero en constante movimiento y no se atrevía a preguntar; finalmente, pensó que el hombre estaría un poco nervioso.

—¿Cómo se llama usted? —preguntó el emperador.

El barbero, que tenía rango de cabo, aunque no llevaba más que seis meses de soldado en infantería, pues servía a su coronel de forma impecable y contaba con todo el favor de sus superiores, pegó un salto que llegó hasta la puerta, con la elegancia que su disciplina requiere, pero sin perder el elemento militar; un salto que fue reverencia y petrificación a un mismo tiempo, y el emperador, complacido, hizo el gesto de asentir con la cabeza.

—¡Hartenstein![2] —exclamó el barbero.

—¿Cómo da esos brincos, hombre?[3] —preguntó Francisco José.

Pero no recibió respuesta. El cabo se le volvió a acercar titubeando y terminó su cometido con manos presurosas. Se moría por marchar bien lejos de allí y por verse de nuevo en su campamento.

—Quédese un poco —dijo el emperador—. Anda, si es cabo. ¿Y lleva mucho en el servicio?

—Seis meses, majestad —dijo el barbero sin voz.

—Vaya, vaya, conque ya es cabo... —dijo el emperador, igual que habría dicho un veterano—. ¡Pues sí que van deprisa las cosas ahora! Claro que se ve que es usted un soldado con buena planta. ¿Y se quiere quedar en el ejército?

El barbero Hartenstein tenía mujer e hijo y una tienda que iba muy bien en Olmütz, y ya en varias ocasiones había fingido que tenía reúma en las articulaciones con la espe-

2. Irónicamente, el apellido significa «piedra dura» y se prestaría a una versión española como, por ejemplo, Delapiedra. *(N. de la T.)*.
3. En todas las intervenciones del emperador, el texto original reproduce ligeramente el habla dialectal austriaca y coloquial, no la forma pronunciada con total corrección del alemán estándar. Que Francisco José hable con acento y en un tono campechano no solo pone de relieve el retrato tan humano que hace Roth de él, sino que produce un efecto irónico por el contraste con su endiosamiento y el rígido protocolo que envuelve todo lo relacionado con su persona. *(N. de la T.)*.

ranza de que lo licenciaran pronto. Pero ¡cómo iba a decirle que no al emperador!

—Así es, Majestad —dijo, y en el mismo instante supo que se había arruinado la vida del todo.

—Ah, bueno, muy bien. ¡Pues ya es sargento, hala! ¡Pero no esté tan nervioso, hombre!

¡Hala! Ya había hecho feliz a alguien el emperador. Se puso contento. Sí que se puso contento. Había hecho una obra magnífica con aquel Hartenstein. Ahora podía comenzar el día. El coche lo estaba esperando. Lentamente, fueron a la iglesia griega, subiendo la colina en cuya cima se encontraba. Su cruz dorada, con doble travesaño, centelleaba al sol de la mañana. Las bandas militares tocaron el *Gott erhalte.* El emperador se apeó y entró en la iglesia. Se arrodilló ante el altar y empezó a mover los labios, pero no rezaba. El Todopoderoso no podía mostrarle su favor con tan repentinas mercedes como un emperador a un cabo, lo cual era una lástima. Rey de Jerusalén: ese era el máximo cargo al que Dios podía ascender a un monarca. Y Francisco José ya era rey de Jerusalén. «¡Qué pena!», pensó el emperador. Alguien le susurró al oído que, en el exterior de la iglesia, en el pueblo, aún le estaban esperando los judíos. De esos sí que se había olvidado por completo. «¡Uf, y ahora, para colmo, los judíos!», pensó el emperador consternado. ¡Pues nada! ¡Atendería a los judíos! Pero había que darse prisa. Que, si no, llegaría tarde a ver la esgrima.

El sacerdote griego despachó la misa a todo correr. Una última vez entonaron las bandas el *Gott erhalte.* El emperador salió de la iglesia. Eran las nueve de la mañana. La esgrima empezaba a las nueve y veinte. Francisco José decidió montar ya sobre su caballo en lugar de volver al coche.

A esos judíos los podía atender desde el caballo igualmente. Mandó que el coche regresara y se dirigió hacia donde estaban los judíos. A la salida del pueblo, donde arrancaba la ancha carretera comarcal que conducía a su alojamiento y también al campo de batalla, se arremolinaron hacia él como una nube oscura. Como un campo de extrañas espigas negras al viento, la comunidad judía se inclinaba ante el emperador. Él veía las espaldas encorvadas desde la silla de montar. Luego se acercó más y pudo distinguir las largas barbas que el suave viento otoñal hacía flamear, barbas blancas como la plata, negras como la pez y rojas como el fuego; y las largas narices huesudas que parecían buscar algo en la tierra. El emperador, con capa azul, iba a lomos de su caballo. La barba le brillaba bajo el sol plateado del otoño. Desde los campos de alrededor brotaban unos velos blancos. En dirección al emperador comenzó a ondear la figura del rabino, un anciano de largas barbas vestido con el manto de oración judío, a rayas blancas y negras. El emperador cabalgaba al paso. Los pies del anciano judío se volvían cada vez más lentos. Por fin, pareció que se quedaba quieto en un punto, pero luego fue como si se moviera de todas formas. El emperador Francisco José sintió un poco de frío. Paró tan de golpe que el caballo se puso de manos. Bajó. Su escolta bajó también. Comenzó a andar. Sus botas lustrosísimas se le llenaron de polvo del camino y, por los bordes de las finas suelas, de pesado barro gris. El enjambre negro de judíos se levantó delante de él como una ola.

Las espaldas subían y bajaban. Las barbas negras como la pez, rojas como el fuego y blancas como la plata flameaban al suave viento. A tres pasos del emperador, el anciano se detuvo. Llevaba en los brazos un enorme rollo de la Torá de color púrpura y adornado con una corona de oro con una campanita que tintineaba suavemente. Entonces, el judío levantó la Torá para presentársela al emperador. Y, entre sus barbas enmarañadas, la boca desdentada pronunció —en una lengua incomprensible— la bendición que corresponde pronunciar a los judíos en presencia de un emperador. Francisco José inclinó la cabeza. Por encima de la kipá negra soplaba el aire del fino y plateado veranillo de San Miguel, transportando los graznidos de los patos salvajes, y en una granja cercana se oyó un gallo cantando a pleno pulmón. Por lo demás, todo era silencio. Del enjambre de judíos empezó a salir un oscuro murmullo. Las espaldas se encorvaron todavía más. Sin nubes, infinito, el cielo azul plata se desplegaba sobre la tierra.

—Bendito seas —dijo el judío al emperador—. No habrás de vivir el hundimiento del mundo.

«Eso ya lo sé yo», pensó Francisco José. Le estrechó la mano al viejo. Se dio media vuelta. Montó en su caballo.

Trotó hacia la izquierda sobre los duros terrones de los campos otoñales, con la escolta detrás. El viento hizo que le llegaran las palabras que el capitán Kaunitz le decía al amigo que cabalgaba a su lado:

—Yo no le he entendido ni palabra al judío.

El emperador se volvió sobre su silla de montar y dijo:

—Es que únicamente se dirigía a mí, querido Kaunitz. —Y siguió cabalgando.

No comprendía en absoluto qué sentido tenían aquellas maniobras. Lo único que veía era que «los de azul» luchaban contra «los de rojo». Prestó oídos mientras le explicaban todo. «Ajá, ajá», decía una y otra vez. Le hacía gracia que la gente pensara que intentaba entender las cosas y no lo conseguía. «¡Majaderos!», pensaba. Meneaba la cabeza. Pero la gente creía que la meneaba porque era muy anciano. «Ajá, ajá», repetía el emperador. Las operaciones estaban bastante avanzadas. El ala izquierda de los azules, que ese día se encontraban aproximadamente a milla y media detrás del pueblo de Z., llevaba dos días en retirada ante la presión de la caballería de los rojos. El bloque central mantenía ocupado el terreno alrededor de P., una zona de colinas de difícil ataque y fácil defensa, pero también expuesta al peligro de acabar sitiada en caso de que los de rojo —y en eso mismo se centraba ahora la atención de estos— lograsen cortarles el paso a las alas izquierda y derecha de los azules. En tanto que el ala izquierda se disponía a ceder, la derecha no se movía, más bien avanzaba lentamente y mostraba cierta tendencia a dilatarse de tal modo que cabía pensar que pretendían rodear el flanco del enemigo. En opinión del emperador, era una situación de lo más banal. De haber estado él a la cabeza de los rojos, habría mandado continuar con la retirada más y más para, así, forzar el acercamiento de aquella ala de los azules tan entregada y un despliegue de sus fuerzas de ataque hacia los extremos, que, al final, habría dejado algún hueco desprotegido entre él y la columna central. Pero el emperador no iba a decir nada. Le preocupaba el abominable hecho de que el coronel Lugatti, triestino y tan vanidoso como, en opinión de Francisco José, solo son capaces de serlo los italianos, llevaba un cuello de corte muy alto, más alto incluso de lo permitido en una casaca, y por si fuera poco, para que a pesar de todo no cupiera duda de su rango, lo llevaba coquetamente desabrochado.

—Dígame, coronel —preguntó Francisco José—, ¿dónde le confeccionan los abrigos?, ¿en Milán? Por desgracia, he olvidado por completo cómo son los sastres de allí.

El coronel Lugatti chocó los talones y se abrochó el cuello.

—Ahora cabría tomarlo por un teniente —dijo el emperador—. ¡Qué joven se le ve!

Y espoleó su caballo blanco y salió galopando hacia la colina, en lo alto de la cual, siguiendo el modelo de las antiguas batallas, les correspondía estar a los generales. Iba decidido a mandar que, como la cosa se alargara mucho, interrumpieran aquella «simulación de combate», pues él tenía muchas ganas de ver el desfile. Seguro que Francisco Fernando hacía las cosas de otra manera. Él sí que tomaba partido, se posicionaba en algún lado, empezaba a dar órdenes y vencía siempre, claro. ¿De dónde iba a salir un general que venciera al heredero al trono? Los ojos azul pálido del emperador recorrieron fugazmente las caras de los presentes. «¡Vaya panda de vanidosos!», pensó. Unos años atrás, todavía se habría enfadado. Hoy ya ni eso. ¡Hoy ya ni eso! No sabía con exactitud los años que tenía, pero cuando lo rodeaba la gente notaba que tenía que ser muy anciano. A veces se sentía como si se alejara flotando de la gente y del mundo. Todos se volvían cada vez más pequeños, cuanto más los miraba, y sus palabras llegaban a los oídos de Francisco José como desde muy lejos y se desvanecían como un eco indiferente. Y cuando a este o a aquel le sucedía una desgracia, él se daba perfecta cuenta de que se esforzaban por contárselo con mucha cautela. ¡Ay, no sabían que Francisco José era capaz de soportarlo todo! Los grandes dolores ya habían echado raíces en su alma y los nuevos tan solo venían a sumarse a los viejos como hermanos a los que llevara esperando mucho tiempo. Ya no se enfadaba con tanta vehemencia. Tampoco se alegraba con tanta emoción. Ya no sufría con tanta intensidad. En efecto, mandó que interrumpieran «el combate» y que empezara el desfile. Por aquellos campos infinitos se colocaron en formación los regimientos de todas las armas; era una pena que fueran todos de gris (otra de esas cosas modernas que no le hacían ninguna gracia al emperador). En fin, por lo menos el rojo sangre de los pantalones de la caballería se destacaba por encima del amarillo paliducho de los campos de espigas y cortaba el gris de la infantería como el fuego a través de las nubes. El resplandor mate de los delgados sables relampagueaba a la cabeza de las filas y dobles filas de soldados; las cruces rojas sobre el fondo blanco[4] lucían espléndidas detrás de las secciones de ametralladoras. Como viejos dioses de la guerra en sus pesados carros se acercaban los artilleros, y los hermosos caballos castaños y rubios se ponían de manos con orgullosa e imponente docilidad. A través de los prismáticos, Francisco José contemplaba los movimientos de todas y cada una de las secciones; durante unos minutos se sintió orgulloso de su ejército y, durante unos minutos, también sintió lástima por su pérdida. Porque ya lo veía machacado y disperso, repartido entre los muchos pueblos de su vasto imperio. El gran sol dorado de los Habsburgo se le escapaba hacia el ocaso, hecho añicos contra el suelo primigenio de los mundos; se le convertía en muchos soles pequeñitos que, a su vez, tendrían que iluminar naciones independientes como astros también inde-

4. Se refiere a la cruz de san Jorge. (N. de la T.).

pendientes. «¡Si es que ya no les apetece que los gobierne yo!», pensó el anciano. «¡Ahí ya no hay nada que hacer!», añadió para sus adentros. Porque él era austriaco...

Entonces, para estupor de todos los mandos, Francisco José bajó de la colina y se puso a pasar revista a los regimientos inmóviles, casi sección por sección. De vez en cuando, incluso se introducía entre las filas: curioseaba las nuevas mochilas y bolsas para los víveres; sacaba alguna lata de conservas y preguntaba de qué era; o veía alguna cara chata y le preguntaba por su tierra, familia y profesión. Apenas oía las respuestas y a veces alargaba su anciana mano y le daba unas palmadas en el hombro a algún teniente. Hacía cuatro semanas que Trotta había salido del hospital. Iba a la cabeza de su sección, pálido, flaco e indolente. Sin embargo, al ver que se le acercaba el emperador, empezó a ser consciente de su indolencia y a lamentarlo. Tenía la sensación de estar incumpliendo un deber. El ejército se había convertido en algo ajeno a él. También le era ajeno el más alto señor de los ejércitos. El teniente Trotta parecía un hombre que no solo hubiera perdido su patria, sino también la añoranza de esa patria. Sentía compasión por aquel anciano de barba blanca que cada vez tenía más cerca, toqueteando con curiosidad las mochilas, bolsas y latas de conservas. Ojalá hubiera podido recuperar el teniente aquella euforia que se había adueñado de él durante casi todos los momentos festivos de su trayectoria militar, en casa, durante aquellos domingos de verano en el balcón de su padre, o también durante los desfiles, o incluso, unos meses atrás, durante la procesión del Corpus en Viena. Nada se alteró en el teniente Trotta al tener al emperador a cinco pasos; nada se movió en el interior de su pecho, en posición de firmes, excepto la compasión por un anciano. El mayor Zoglauer soltó la fórmula de rigor. Por algún motivo, al emperador no le gustó demasiado aquel mayor. Despertó en él la sospecha de que, en el batallón que tenía a su cargo aquel hombre, las cosas no iban como debían, así que decidió investigarlo más a fondo. Examinó con atención los rostros inmóviles, señaló a Carl Joseph y preguntó:

—Este... ¿es que está malo?

El mayor Zoglauer le informó de lo que había sucedido con el teniente Trotta. El nombre resonó en los oídos de Francisco José como algo conocido, un tanto fastidioso al mismo tiempo, y en su memoria surgió el incidente tal y como el expediente lo había recogido, y al hilo de estos hechos emergieron también aquellos otros, tan largamente olvidados, de la batalla de Solferino. Se acordó, como si lo estuviera viendo, de aquel capitán que tanto le había insistido en la eliminación de un texto patriótico de un libro de lectura durante una ridícula audiencia. El texto número quince. El emperador recordó el número con la ilusión que le hacían las contadas pruebas de su «buena memoria». Su humor mejoró de forma notable. También empezó a ver al mayor Zoglauer con mejores ojos.

—Aún me acuerdo muy bien de su padre —le dijo el emperador a Trotta—. Era muy modesto, el héroe de Solferino.

—Majestad —replicó el teniente—, era mi abuelo.

El emperador dio un paso atrás, como repelido por la fuerza del tiempo, que, de pronto, había formado una montaña entre él y aquel joven. Bueno, bueno... Aún se acordaba del número de la lectura del libro, aunque no de la tremenda cantidad de años que había recorrido.

—¡Vaya! —dijo—. ¡Conque era el abuelo! Vaya, vaya... Y su padre será coronel, ¿no?

—Jefe de distrito en W.

—Vaya, vaya... —repitió Francisco José—. Tomo nota —añadió a modo de disculpa por el fallo que acababa de cometer.

Se quedó un rato más frente al teniente, pero ya no veía ni a Trotta ni a los demás. Ya no le apetecía seguir recorriendo las filas, pero ahora no tenía más remedio que hacerlo para que la gente no se diera cuenta de que se había asustado de su propia edad. Su mirada, como de costumbre, volvió a perderse en la lejanía, por donde ya se atisban los bordes de la eternidad. No se dio cuenta de que, en su nariz, apareció una gota transparente, ni tampoco se dio cuenta de que el mundo entero quedaba en suspenso observando aquella gota que, por fin, por fin, le cayó sobre el espeso bigote de plata para encontrar invisible acomodo.

Y todos sintieron que se les quitaba un peso de encima. Y el desfile pudo dar comienzo.

Fin de la segunda parte

Tercera parte

Capítulo 16

Diversos cambios importantes tuvieron lugar en la casa y en la vida del jefe de distrito. Él tomaba nota de ellos con sorpresa y con cierta rabia. Eran pequeños signos —para él tremendos, eso sí— los que le hacían notar que el mundo a su alrededor estaba cambiando, y recordó lo de su hundimiento y las profecías de Chojnicki. Tuvo que buscar un nuevo criado. Le recomendaron a muchos hombres más jóvenes y claramente excelentes, de expediente impecable; hombres que habían servido tres años en el ejército e incluso habían llegado al rango de cabo. A este o a aquel llegó a contratarlos «a prueba», pero luego no se quedó con ninguno. Se llamaban Karl, Franz, Alexander, Joseph, Alois, Christoph u otras cosas. El jefe de distrito, no obstante, intentaba llamarlos «Jacques». Después de todo, también el Jacques real se llamaba de otra manera y había adoptado aquel nombre igual que hace un poeta famoso con su seudónimo, con el que firma canciones y poemas inmortales. Lo que pasaba luego era que los Aloises, Alexanders, Josephs y demás hacían oídos sordos al nombre de Jacques, y el jefe de distrito interpretaba aquella resistencia no solo como una falta a la obediencia y al orden del mundo, sino también como una ofensa personal al irrecuperable difunto. ¡¿Cómo?! ¡¿Que no les apetecía llamarse Jacques?! ¡¿A esos inútiles que no tenían ni años, ni méritos, ni inteligencia ni disciplina?! Pues el difunto Jacques seguía viviendo en la memoria del jefe de distrito como un criado de cualidades ejemplares, como un ejemplo de ser humano en general. Y lo que le asombraba todavía más que la insubordinación de los sucesores era la ligereza de las autoridades y de la Administración que habían firmado unos expedientes tan brillantes a tan miserables sujetos. Si incluso era posible que cierto individuo de nombre Alexander Cak —un tipo cuyo nombre no habría de olvidar el jefe de distrito en su vida, y un nombre que hasta se prestaba a ser pronunciado con cierta inquina, de un modo que ya sonaba como si al tal Cak lo hubiesen fusilado con solo mentarlo—; si, en efecto, era posible que el tal Cak fuera miembro del Partido Socialdemócrata y, con todo y con eso, hubiera llegado a cabo en su regimiento, la cosa no solo era para desesperar de aquel regimiento, sino para desesperar del ejército entero. Y eso que el ejército, en opinión del jefe de distrito, seguía siendo la única autoridad en toda la monarquía de la que aún podía uno fiarse. Al jefe de distrito le daba la sensación de que ahora el mundo entero estaba formado por checos: una nación que consideraba díscola, testaruda y necia, por no decir que los consideraba los inventores del concepto de nación en sí. Claro que podían existir muchos pueblos, pero no muchas naciones. Y luego estaban llegando diversos decretos y disposiciones de la gobernaduría a propósito de un trato de especial consideración a las «minorías nacionales», otra de esas expresiones que el barón Von Trotta odiaba con toda su alma. Porque las «minorías nacionales», según sus criterios, no eran más que comunidades más grandes de «individuos revolucionarios». ¡Si es que todo eran individuos revolucionarios a su alrededor! Incluso creía advertir que se reproducían de una manera antinatural, de una manera que no es propia del ser humano. El jefe de distrito se había dado perfecta cuenta de que los «elementos fieles al Estado» cada vez eran menos fértiles y tenían menos hijos, según demostraban las estadísticas de los censos que hojeaba de cuando en cuando. No se podía seguir negando la escalofriante idea de que la propia Providencia estaba disgustada con la monarquía, y, si bien él era —en un sentido general— cristiano practicante, que no demasiado creyente, no podía dejar de sospechar que el propio Dios castigaba al emperador. Lo cierto es que, poco a poco, se le ocurrían todo tipo de cosas raras. La dignidad de que hacía gala desde el primer día en que había ejercido de jefe de distrito en W. de golpe lo había convertido en un viejo. Ni siquiera cuando su barba al estilo de Francisco José todavía era completamente negra se le habría ocurrido a nadie pensar que el barón Von Trotta era un hombre joven. Y, sin embargo, ahora sí que empezaba a decir la gente de su pequeña ciudad que el jefe de distrito se hacía viejo. Se había visto obligado a renunciar a muchos de sus hábitos de toda la vida. Así, por ejemplo, desde la muerte del viejo Jacques y desde el regreso de la guarnición de la frontera donde servía su hijo, había dejado de salir a pasear de buena mañana, antes del desayuno, por temor a que alguno de aquellos sospechosos sujetos, cada vez distintos, que servían en su casa hubiera podido olvidarse de dejarle el correo sobre la mesita del desayuno o, peor todavía: de abrir la ventana. Odiaba a su ama de llaves. Siempre la había odiado, pero antes le dirigía la palabra alguna que otra vez. Desde que no servía la mesa el viejo Jacques, el jefe de distrito se abstenía de decir nada durante la comida. Pues, en el fondo, sus comentarios mordaces siempre habían ido dirigidos a Jacques y, en cierto modo, buscaban el aplauso del viejo criado. Ahora, desde que este había muerto, el barón Von Trotta tomaba conciencia de que siempre había hablado para Jacques, como un actor que supiera de la presencia de un fiel admirador de su arte en el patio de butacas. Y si antes siempre comía a toda velocidad, ahora trataba de levantarse de la mesa apenas probaba el primer bocado. Porque le resultaba hasta blasfemo disfrutar del *tafelspitz* mientras que al viejo Jacques se lo estarían comiendo los gusanos en la tumba. Y aunque, de cuando en cuando, levantaba la mirada hacia las alturas, con la esperanza y con cierta credulidad innata en que el difunto estaría en el cielo y podría ver a su antiguo señor, el jefe de distrito no dejaba de toparse con el harto conocido techo de su comedor, pues se había alejado de la fe sencilla y sus sentidos ya no obedecían al dictado de su corazón. ¡Ay, todo era una verdadera pena!

Algunas veces, el jefe de distrito incluso se olvidaba de ir a trabajar en días corrientes. Y también podía pasar que, por ejemplo, una mañana de jueves se pusiera el chaqué negro de ir a la iglesia. Hasta que no se veía en la calle no se daba cuenta de que todo indicaba mediante inconfundibles signos de normalidad que no era domingo, así que daba media vuelta y volvía a ponerse el traje de diario. Al contrario, algunos domingos se olvidaba de ir a la iglesia y se quedaba en la cama más tiempo que de costumbre sin acordarse de que era domingo hasta que aparecía el maestro Nechwal con su banda en la plaza. Se sentaban los dos en el gabinete. Se fumaban un Virginia. También el maestro Nechwal se había hecho viejo. No tardaría en retirarse. Ya no viajaba tanto a Viena y hasta al jefe de distrito le sonaban desde hacía mucho los chistes que contaba. Seguía sin entenderlos, pero los reconocía, igual que reconocía a algunas personas con las que se cruzaba a menudo, pero cuyos nombres tampoco sabía.

—¿Cómo está la familia? —preguntaba el barón Von Trotta.

—De maravilla, muchas gracias —respondía el maestro Nechwal.

—¿Su señora?

—Muy bien, gracias.

—¿Los retoños? —Pues el jefe de distrito seguía sin saber si eran hijos o hijas, así que llevaba más de veinte años preguntando en abstracto, por si acaso.

—El mayor ha llegado a teniente —respondía Nechwal.

—De infantería, naturalmente —preguntaba el barón Von Trotta por inercia y, a continuación, se acordaba de que su único hijo servía ahora en los cazadores y ya no en la caballería.

—Por supuesto, de infantería —decía Nechwal—. Vendrá a vernos dentro de poco. Me permitiré presentárselo.

—No faltaba más, me hará mucha ilusión —decía el jefe de distrito.

Un día se presentó el joven Nechwal. Llevaba un año sirviendo en los *Deutschmeister*[1], desde que lo habían reclutado para el servicio obligatorio, y, a los ojos del barón Von Trotta, tenía «todo el aspecto de un músico».

—¡Cómo se parece a su padre! —le dijo el jefe de distrito—. Tiene la misma cara.

En realidad, el joven Nechwal era mucho más parecido a su madre que al director de la banda.

Con «aspecto de músico» el jefe de distrito se refería a una cara especial, como de garbosa despreocupación, con un bigote mínimo, rubio y con las puntas retorcidas y un poco curvadas hacia arriba, como el signo ortográfico de la llave puesto en horizontal debajo de una nariz pequeña y ancha, unas orejas bien formadas, tan pequeñas y logradas como las de un muñeco de porcelana, y un cabello muy rubio, dócil y peinado con la raya en medio.

—Se lo ve feliz —le dijo el barón Von Trotta al maestro Nechwal—. ¿Está usted contento? —preguntó luego al muchacho.

—A decir verdad, señor jefe de distrito —respondió el hijo del maestro Nechwal—, me resulta un poco aburrido.

—¿Aburrido? —preguntó el barón Von Trotta—. ¿Viena?

—Sí —dijo el joven Nechwal—, aburrido. Verá, señor, es que, sirviendo en una guarnición pequeña, pues no se da uno tanta cuenta de que no tiene dinero.

El jefe de distrito se sintió ofendido. No le parecía de recibo hablar de dinero y temió que el joven Nechwal estu-

---

1. El regimiento de los «Altos Maestros de la Orden Alemana» es el 40 regimiento de la infantería austriaca. Se remonta al siglo XVI y goza de especial prestigio como heredero de los primeros maestros teutónicos. *(N. de la T.)*.

viera lanzándole una indirecta en relación con la mejor situación económica de Carl Joseph.

—Sí que es cierto que mi hijo sirve en la frontera —dijo el barón Von Trotta—, pero siempre se las ha arreglado bien. También cuando estaba en la caballería —subrayó esta palabra.

Por primera vez le resultó embarazoso que Carl Joseph hubiera dejado el regimiento de ulanos. ¡Seguro que en la caballería no se daban los Nechwals de ese pelaje! Y la idea de que el hijo de aquel director de banda de música pudiera osar siquiera imaginar que se parecía en algo al joven Trotta casi le causaba un dolor físico. El jefe de distrito decidió echarle la culpa «al músico ese». Presentía incluso la traición a la patria en aquel muchacho cuyo nombre se le antojaba «checo».

—¿Le agrada servir en el ejército? —preguntó.

—A decir verdad —dijo el teniente Nechwal—, me podría imaginar otra profesión mejor.

—¿Cómo es eso? ¿Una profesión mejor?

—Una más práctica —dijo el joven Nechwal.

—¿No es práctico luchar por la patria? —preguntó el jefe de distrito—. Suponiendo que uno sirva para algo práctico, por otra parte —añadió remarcando la palabra *práctico* con evidente ironía.

—Pero si es que no luchamos... —le replicó el teniente—. Y si llegamos a luchar, a lo mejor tiene poco de práctico.

—¿Y eso por qué? —preguntó el jefe de distrito.

—Porque seguro que perdemos la guerra —dijo Nechwal, el teniente—. Son otros tiempos —añadió, y lo hizo con no poca mala idea, según le pareció al barón Von Trotta.

El joven guiñó los ojillos de una manera que casi le desaparecieron de la cara y, con una mueca que al jefe de distrito le pareció absolutamente insoportable, el labio superior dejó al descubierto la encía superior y el bigote le rozó la nariz, y esta era muy semejante a los ollares dilatados de quién sabe qué animal, según le pareció al barón Von Trotta.

«¡Qué muchacho más asqueroso!», pensó el jefe de distrito.

—Es otra época —repitió el joven Nechwal—. Todos esos pueblos no van a aguantar mucho juntos.

—¡Vaya! —dijo el jefe de distrito—. ¿Y cómo sabe usted todo eso, teniente?

Y se dio cuenta de que, en ese momento, su sarcasmo carecía de filo, y él mismo se sintió como un veterano blandiendo un sable inofensivo e impotente contra un enemigo.

—Todo el mundo lo sabe —dijo el joven—. Y también lo dice.

—¿Lo dice? —repitió el barón Von Trotta—. ¿Sus camaradas lo dicen?

—Sí, lo dicen.

El jefe de distrito dejó de hablar. De pronto, le dio la sensación de estar en la cima de una montaña muy alta con el teniente Nechwal enfrente, en lo hondo de un valle. ¡Qué pequeñito era el teniente Nechwal! Sin embargo, aun siendo muy pequeñito, no dejaba de tener razón. Y el mundo ya no era el mundo de toda la vida. Se desmoronaba. Y el orden natural dictaba que los valles se impondrían a las montañas, los jóvenes a los viejos y los tontos a los sensatos. El jefe de distrito se quedó callado. Era una tarde de domingo de verano. A través de las persianas amarillas del gabinete se filtraba la dorada luz del sol. El reloj hacía tictac.

Las moscas zumbaban. El jefe de distrito se acordó de aquel día de un verano en que su hijo Carl Joseph se presentó con su uniforme de teniente de caballería. ¿Cuánto tiempo había pasado desde entonces? ¡Unos pocos años! En esos años, sin embargo, le parecía que los acontecimientos se habían condensado. Era como si el sol hubiera salido y se hubiera puesto dos veces al día; como si cada semana hubiera tenido dos domingos, y los meses, sesenta días. Los años habían sido años dobles. Y el barón Von Trotta se sintió como si el tiempo le hubiera engañado, a pesar de haberle ofrecido el doble; y se sintió como si la eternidad le hubiera ofrecido años dobles engañosos en lugar de años normales de verdad. Y, al mismo tiempo que despreciaba al teniente que tenía delante, allá en lo más profundo de su valle de lágrimas, desconfiaba de la montaña en cuya cima estaba él. ¡Ay! ¡Él no se merecía aquello! ¡No se lo merecía! ¡No se lo merecía! Por primera vez en su vida, el jefe de distrito sintió que no se merecía lo que le estaba sucediendo.

Sintió ganas de ver al doctor Skowronnek, el hombre con el que jugaba al ajedrez todas las tardes desde hacía unos meses. Pues también la rutina de las partidas de ajedrez formaba parte de los cambios que se habían producido en la vida del jefe de distrito. Al doctor Skowronnek lo conocía desde hacía mucho, igual que conocía a otros habituales del café, ni más ni menos. Una tarde habían ido a sentarse justo enfrente el uno del otro, cada cual medio escondido detrás de un periódico abierto y desplegado. Los dos a una, bajaron el periódico y sus ojos se encontraron. A un mismo tiempo y de golpe, ambos se dieron cuenta de que acababan de leer el mismo artículo. Era un texto sobre una fiesta de verano en Hietzing en la que un maestro carnicero

llamado Alois Schinagl, gracias a su sobrenatural glotone-
ría, había ganado la «medalla de oro del campeonato de co-
milonas de Hietzing» en la modalidad de engullir costillas.
Y las miradas de ambos caballeros dijeron a un mismo
tiempo: a nosotros también nos gusta comer costillas, pero
dar una medalla de oro por semejante cosa no deja de ser
una idea tan moderna como disparatada. La existencia del
amor a primera vista plantea justificadas dudas a los expertos. Ahora bien, de la existencia de la amistad a primera vista, la amistad entre hombres de edad avanzada, no cabe
duda alguna. El doctor Skowronnek miró al jefe de distrito
por encima de los cristales ovalados de sus gafas de montura al aire en el mismo momento en que el jefe de distrito se
llevaba la mano a los quevedos. Se los quitó del todo. Y el
doctor Skowronnek se acercó a su mesa.

—¿Juega usted al ajedrez? –preguntó este.

—Con mucho gusto –dijo el jefe de distrito.

No necesitaban concertar una cita. Se encontraban todas
las tardes a la misma hora. Llegaban al café a la vez. En sus
costumbres diarias parecía reinar una sincronía acordada.
Durante la partida de ajedrez, apenas intercambiaban palabra. Tampoco sentían la necesidad de hablar el uno con el
otro. A veces, sus huesudos dedos se rozaban sobre el apretado tablero como las personas en un espacio reducido, daban un pequeño respingo y cada uno volvía a su lugar. Eso
sí, con lo fugaces que eran estos mínimos instantes de contacto, como si los dedos poseyeran ojos y oídos, capta-
ban todo lo relacionado con el otro, con el hombre al que
pertenecían. Y después de haber chocado sus manos varias
veces sobre el tablero, el jefe de distrito y el doctor Skowronnek tenían la sensación de conocerse desde hacía muchos

años y de no tener secretos entre ellos. Así pues, un buen día, alrededor de la partida de ajedrez empezaron a brotar sosegadas conversaciones, y, por encima de las manos que ya eran íntimas conocidas hacía mucho, flotaron los comentarios que ambos hacían sobre el tiempo, el mundo, la política y los seres humanos. «¡Un hombre bien digno de aprecio!», pensaba el jefe de distrito del doctor Skowronnek. «¡Un hombre en verdad extraordinario!», pensaba el doctor Skowronnek del jefe de distrito.

La mayor parte del año, el doctor Skowronnek no tenía nada que hacer. Solo trabajaba cuatro meses como médico del balneario de Franzensbad y todo su conocimiento del mundo se basaba en las confesiones de sus pacientes, pues las mujeres le contaban todo cuanto creían motivo de su congoja y no había nada en el mundo que no las acongojara. Su salud se resentía por la profesión del esposo en igual medida que por su falta de cariño, por «la necesidad generalizada de estos tiempos», por la carestía, por las crisis políticas, por el constante peligro de una guerra, por las suscripciones a los periódicos del marido, por su propia ociosidad, por la infidelidad de los amantes, por la indiferencia de los hombres y luego también por sus celos. De esta forma, el doctor Skowronnek había llegado a conocer las distintas clases sociales y la vida en sus respectivos hogares, en las cocinas y las alcobas, y las inclinaciones, las pasiones y las estupideces. Y como no les creía todo a las mujeres, sino solo las tres cuartas partes de lo que le contaban, con el tiempo había alcanzado un conocimiento del mundo extraordinario, mucho más valioso que los conocimientos médicos. También cuando hablaba con los hombres conservaban sus labios la sonrisa incrédula y, no obstante, complaciente de quien se espera oír cualquier cosa. La mueca de su carita sonriente se veía tan bondadosa como escéptica. Y, de hecho, sentía por la gente tanto cariño como menosprecio.

¿Acaso intuía algo de la afectuosa agudeza del doctor Skowronnek el alma sin dobleces del barón Von Trotta? En cualquier caso, era la primera persona después de Moser, su amigo de juventud, por quien el jefe de distrito comenzó a sentir un profundo aprecio personal.

—¿Hace mucho que vive en nuestra ciudad, doctor? —le preguntó una vez.

—Desde que nací —respondía Skowronnek.

—¡Vaya, qué lástima! —decía el jefe de distrito—. ¡Qué lástima que nos hayamos conocido tan tarde!

—Yo lo conozco a usted hace mucho, jefe de distrito —decía el doctor.

—Pues yo solo me había fijado en usted fugazmente —respondía Trotta.

—Su hijo estuvo aquí una vez —comentó Skowronnek—. Hará unos años.

—Sí, sí, me acuerdo —dijo el jefe de distrito.

Recordó la tarde en la que había aparecido en el café Carl Joseph con las cartas de la difunta señora Slama. Era verano. Llovía. El muchacho se había tomado un coñac malo en la barra.

—Solicitó el traslado —añadió— y ahora sirve en los cazadores, en la frontera, en B.

—¿Y le da a usted muchas alegrías? —preguntó Skowronnek. Aunque en realidad quería decir «disgustos».

—En realidad... sí. Sin duda. ¡Sí, sí! —respondió el jefe de distrito, y se apresuró a levantarse, dejando allí al doctor Skowronnek.

El jefe de distrito llevaba bastante tiempo dándole vueltas a contarle todas sus preocupaciones al doctor. Se hacía viejo y necesitaba alguien que lo escuchara. Todas las tardes tomaba la decisión de hablar con él. Pero no era capaz de articular la palabra adecuada para dar pie a una conversación íntima. El doctor Skowronnek la esperaba todas las tardes. Intuía que Trotta había llegado a un punto en que necesitaba hacer confesiones. Desde hacía semanas, llevaba una carta de su hijo en el bolsillo de la pechera. Tenía que responderle, pero no era capaz. En lugar de ello, la carta se le volvía cada vez más pesada, casi un lastre en el bolsillo. Pronto tendría la sensación de que esa carta era un peso en su viejo corazón. Pues Carl Joseph escribía que tenía intención de abandonar el ejército. En efecto, ya la primera frase de la carta rezaba así: «Estoy contemplando la idea de abandonar el ejército». Al leer esta frase, el jefe de distrito se había detenido de inmediato para pasar a comprobar la firma y convencerse de que era Carl Joseph y nadie más que él quien había escrito la carta. Luego había dejado a un lado los quevedos que usaba para leer, y la carta con ellos. Se había tomado un descanso. Se había quedado sentado en su despacho. Las cartas oficiales del día todavía no se habían abierto. A lo mejor traían hoy algo importante, asuntos que resolver de inmediato. Sin embargo, todas las cuestiones que tuvieran que ver con algo oficial quedaron resueltas de golpe, en los términos más desfavorables, a raíz de aquel planteamiento de Carl Joseph. Era la primera vez que los asuntos personales afectaban al jefe de distrito en su cumplimiento del deber. Así pues, con todo lo humilde —es más: ciego servidor del Estado— que era el barón Von Trotta, la idea de que su hijo quisiera abandonar el ejército tuvo sobre él un efecto similar al de haber recibido la notificación de que el ejército real e imperial en su totalidad tenía la intención de disolverse. Todo todo en este mundo pareció perder su sentido. ¡Su fin parecía hacerse realidad! Luego, cuando por fin se había decidido a abrir el correo oficial, el jefe de distrito se había sentido como si estuviera cumpliendo con un deber heroico inefable y tan vano como, por ejemplo, el del telefonista de un barco que se hunde.

Hasta que no hubo transcurrido una hora cumplida, no había seguido leyendo la carta de su hijo. Carl Joseph le pedía su consentimiento. Y el jefe de distrito le había escrito lo que sigue:

Querido hijo:
Tu carta me ha conmocionado. Te comunicaré mi decisión definitiva transcurrido cierto tiempo.

Tu padre

A esta carta del barón Von Trotta ya no había respondido Carl Joseph. De hecho, había interrumpido su rutina de enviar el parte quincenal a su padre, y así este llevaba largo tiempo sin saber nada de él. Esperaba recibir una carta todas las mañanas, el viejo Trotta, y al mismo tiempo sabía que esperaba en vano. Y no era tanto como si cada mañana faltase la carta esperada, sino como si cada mañana llegara el esperado silencio. El hijo callaba. Pero el padre le oía callar. Y era como si, cada día, el hijo rescindiera expresamente su obediencia al viejo. Y cuanto más tiempo pasaba sin carta de Carl Joseph, más difícil le resultaba al jefe de distrito escribirle él la carta que le había anunciado. Pues, mientras que, al principio, le había parecido lo más natural prohibirle al muchacho abandonar el ejército sin tener ni que explicárselo, ahora el barón Von Trotta empezaba a pensar que él ya no era quién para prohibir nada. Estaba realmente descorazonado, el jefe de distrito. Su barba al estilo de Francisco José se veía cada vez más plateada. Sus sienes ya eran blancas por completo. A veces dejaba caer la cabeza sobre el pecho y las dos alas de la barba se apoyaban en la camisa almidonada. Así daba cabezadas en el sillón y a los pocos minutos se despertaba sobresaltado, creyendo haber dormido una eternidad. En general, desde que había abandonado algunas de sus costumbres de toda la vida, había perdido el sentido del tiempo, antaño preciso como un reloj. Pues dar soporte a aquellas costumbres había sido el preciso objeto de las horas y los días, esos días y horas que ahora se le antojaban recipientes vacíos que ya no había modo de llenar y de los que ya no merecía la pena ocuparse. La partida de ajedrez de las tardes era lo único para lo que el jefe de distrito seguía siendo puntual.

Un día recibió una visita inesperada. Estaba sentado en su despacho con sus papeles cuando oyó de lejos el bien conocido vozarrón de su amigo de juventud, Moser, así como los vanos intentos del secretario por echar de allí al pintor. El jefe de distrito tocó la campanilla y mandó que pasara el profesor.

—¡*Grüß Gott*, gobernador! —dijo Moser.

Con su sombrero de ala ancha, su cartapacio y sin abrigo, no parecía que Moser acabara de hacer un viaje y de bajar del tren, sino que viniera de cualquier casa de enfrente. Y el jefe de distrito se estremeció ante la terrible idea de que pudiera haber venido para establecerse para siempre en W. El profesor retrocedió primero hasta la puerta, echó la llave y dijo:

—Para que no nos sorprendan, querido amigo. ¡No vaya a perjudicar tu carrera!

Luego, con amplias y lentas zancadas, se acercó al escritorio, abrazó al jefe de distrito y le estampó un sonoro beso en la calva. A continuación, se dejó caer en el sillón que había junto a la mesa, dejó el cartapacio y el sombrero en el suelo, a sus pies, y se quedó callado.

También el jefe de distrito callaba. Ya sabía por qué había venido Moser. Llevaba tres meses sin mandarle dinero.

—Discúlpame —dijo el barón Von Trotta—. Te lo iba a enviar enseguida. Me tienes que disculpar. ¡Tengo muchas preocupaciones últimamente!

—Me lo imagino —respondió Moser—. Tu hijo sale carísimo. Lo veo todas las semanas en Viena. Parece que se lo pasa la mar de bien, el señor teniente.

El jefe de distrito se puso de pie. Se llevó la mano al pecho. Sintió la carta de Carl Joseph en el bolsillo. Se acercó a la ventana. Dándole la espalda a Moser, con la mirada en los viejos castaños del parque de enfrente, le preguntó:

—¿Has hablado con él?

—Nos tomamos una copita cada vez que nos vemos —le contó Moser—. Todo un caballero, tu señor hijo.

—¡Vaya! ¡Todo un caballero! —repitió el barón Von Trotta.

Se apresuró a regresar al escritorio, abrió un cajón de un tirón, repasó el dinero que había, sacó unos cuantos billetes y se los dio al pintor. Moser se guardó el dinero en el sombrero, entre el forro rajado y el fieltro, y se levantó.

—Un momento —dijo el jefe de distrito. Fue hasta la puerta, giró la llave y le dijo al secretario—: Acompañe al profesor a la estación. Va a Viena. El tren sale dentro de una hora.

—Quedo a su servicio —dijo Moser, haciendo una reverencia.

El jefe de distrito esperó unos minutos. Después, cogió sombrero y bastón y se marchó al café.

Llegaba un poco tarde. El doctor Skowronnek ya estaba sentado a la mesa, con el tablero de ajedrez delante y las piezas colocadas. El barón Von Trotta se sentó.

—¿Negras o blancas? —preguntó Skowronnek.

—Hoy no voy a jugar —dijo el jefe de distrito. Pidió un coñac, se lo bebió y empezó—: ¿Me permitiría abusar de su confianza, doctor?

—Faltaría más —dijo Skowronnek.

—Se trata de mi hijo —comenzó diciendo el jefe de distrito. Y, con su típica manera de hablar, lenta, un poco nasalizada y con sus términos de funcionario, expuso sus preocupaciones como si estuviera hablando con un consejero de la gobernaduría—. Bueno. De esto se trata, pues —concluyó el jefe de distrito.

El silencio entre ambos caballeros se prolongó bastante. El jefe de distrito no se atrevía a mirar al doctor Skowronnek. Y el doctor Skowronnek no se atrevía a mirar al jefe de distrito. Y los dos bajaban los ojos como si se hubieran sorprendido respectivamente cometiendo algún acto vergonzoso. Por fin, el doctor Skowronnek dijo:

—¿No habrá una mujer detrás de todo ello? ¿Qué motivo tendría su hijo para viajar a Viena tan a menudo?

Al jefe de distrito, efectivamente, jamás se le habría pasado por la cabeza pensar en una mujer. Ahora, a él mismo le parecía inconcebible que no se le hubiera ocurrido enseguida algo tan probable. Pues todo (y este «todo», sin duda, no era mucho) cuanto él mismo había vivido en su día de la influencia fatal que alcanzan a tener las mujeres en los hombres jóvenes se agolpó acaloradamente en su cabeza y, al mismo tiempo, le quitó un peso del corazón. Si no era más que una mujer lo que había llevado a Carl Joseph a la decisión de abandonar el ejército, aunque esto quizá tampoco implicara la posibilidad de reparar nada, al menos se veía la causa de semejante despropósito, y el hundimiento del mundo dejaba de ser una cuestión de fuerzas secretas, oscuras e impenetrables contra las que no hay forma de defenderse. «¡Una mujer!», pensó el jefe de distrito. ¡No! ¡Él no sabía nada de ninguna mujer! Y, en su estilo funcionarial, dijo:

—A mis oídos no ha llegado nada de ninguna fémina.

—¡Una fémina! —repitió el doctor Skowronnek sonriendo—. También podría dar la casualidad de que fuera una dama.

—¿Quiere usted decir —dijo el barón Von Trotta— que mi hijo albergaría el serio propósito de contraer matrimonio?

—Eso tampoco —dijo el doctor Skowronnek—. No es obligado casarse con las damas.

El doctor se dio cuenta de que el jefe de distrito era una de esas naturalezas cándidas que a veces parece que necesitarían volver al colegio. Así pues, decidió tratarlo como a un niño que tiene que aprender su lengua materna. Y le dijo:

—Dejemos a las damas a un lado, barón. No es un factor relevante. Por el motivo que sea, su hijo no desea seguir en el ejército. Y yo lo entiendo.

—¿Usted lo entiende?

—Sin duda. No es posible que un joven oficial de nuestro ejército esté contento con su profesión si es un hombre que reflexiona. Lo suyo es que anhele la guerra. Por otro lado, es consciente de que la guerra es el final de la monarquía.

—¿El final de la monarquía?

—El final, sí. ¡Lo siento mucho! Deje que su hijo haga lo que quiera. A lo mejor tiene cualidades para cualquier otra profesión.

—¡Para cualquier otra profesión! —repitió el barón Von Trotta—. ¡Para cualquier otra profesión! —dijo una vez más.

Guardaron silencio durante un buen rato. Luego, el jefe de distrito dijo por tercera vez:

—¡Para cualquier otra profesión!

Se esforzaba por familiarizarse con aquellas palabras, pero seguían resultándole tan ajenas como *revolucionario* o *minorías nacionales,* por ejemplo. Y presintió que tampoco iban a tener que esperar tanto al hundimiento del mundo. Con su puño huesudo golpeó la mesa y se oyó el suave sonido del gemelo redondo chocando con el tablero; la lamparita verdosa de encima de la mesa se tambaleó un poco y el jefe de distrito preguntó:

—¿Qué tipo de profesión, doctor?

—Tal vez podría... —consideró el doctor Skowronnek— colocarse en los ferrocarriles.

Al instante, el jefe de distrito se imaginó a su hijo con uniforme de revisor y la troqueladora de billetes en la mano. La palabra *colocarse* le provocó un escalofrío en su corazón anciano. Le entró frío.

—Ah, ¿usted cree?

—No se me ocurre nada más —declaró el doctor Skowronnek.

Y como el jefe de distrito se puso de pie, también el doctor se levantó y le dijo:

—Lo acompañaré.

Fueron caminando por el parque. Llovía. El jefe de distrito no abrió el paraguas. Aquí y allá, de las frondosas copas de los árboles le caían gruesas gotas en los hombros o en el sombrero rígido. Era de noche y no se oía nada. Cada vez que pasaban junto a una de las farolas que escondían su cabeza de plata entre el follaje, también ellos bajaban la cabeza. Al llegar a la salida del parque, se quedaron vacilando un instante. Y fue el doctor Skowronnek quien dijo de pronto:

—¡Adiós, jefe de distrito!

Y el barón Von Trotta cruzó la calle en solitario para entrar por el ancho portón abovedado de su edificio.

Se encontró con su ama de llaves por las escaleras, le dijo que hoy no iba a cenar a la señorita Hirschwitz y apretó el paso. Tenía ganas de subir los escalones de dos en dos, pero le dio vergüenza y continuó derecho hasta su despacho con la dignidad habitual. Por primera vez desde que dirigía aquella jefatura de distrito, se sentó en su escritorio después del anochecer. Encendió la lámpara verde que solía prender solo las tardes de invierno. Las ventanas estaban abiertas. La lluvia golpeaba con fuerza sobre los alféizares recubiertos de chapa. El barón Von Trotta sacó un pliego de papel de oficio del cajón y escribió lo que sigue:

Querido hijo:

Tras madurar largamente mi decisión, considero dejar la responsabilidad sobre tu futuro en tus propias manos. Lo único que te ruego es que me comuniques tus decisiones.

Tu padre

El barón Von Trotta permaneció un largo rato sentado frente a la carta. Leyó varias veces las contadas frases que había escrito. Le sonaban a testamento. Nunca se le había ocurrido considerar que su condición de padre fuera más importante que la de funcionario del Estado. Y como ahora, con aquella carta, se desprendía de toda autoridad sobre su hijo, le daba la sensación de que su vida entera tampoco tenía ya demasiado sentido y de que igualmente debía dejar de ser funcionario. No era nada deshonroso lo que estaba haciendo. Pero él sentía que cometía una ignominia hacia sí mismo. Salió del despacho con la carta en la mano y pasó al gabinete. Allí encendió todas las luces que había, la lámpara de pie del rincón y la lámpara del techo, y se presentó bajo el retrato del héroe de Solferino. El rostro de su padre no se veía bien. El retrato se descomponía en cientos de pequeñas manchas y motitas de óleo; la boca era una línea de color rojo pálido, y los ojos, dos negras esquirlas de carbón. El jefe de distrito se subió a un sillón (no se subía a un sillón desde que era niño), se estiró, se puso de puntillas, se sujetó los quevedos delante de los ojos y consiguió a duras penas leer la firma de Moser en la esquina inferior derecha del cuadro. Se bajó con cierto esfuerzo, reprimió un suspiro, se alejó caminando hacia atrás hasta tocar la pared de enfrente, se dio un doloroso golpe con el canto de la mesa y comenzó a examinar el cuadro desde lejos. Apagó la lámpara del techo. Y, en la profundidad de la penumbra, creyó que el rostro de su padre cobraba vida. Ya se le acercaba, ya se alejaba de él, parecía esconderse detrás de la pared y asomarse de nuevo al gabinete por una ventana abierta, como desde una lejanía inconmensurable. El barón Von Trotta sintió un cansancio tremendo. Se sentó en el sillón, lo movió de manera que quedara justo frente al retrato y se desabrochó el chaleco. Se quedó escuchando las gotas de la lluvia que cesaba, cada vez menos seguidas, como fuertes latigazos irregulares contra los cristales de la ventana, y, de cuando en cuando, el murmullo de los viejos castaños de enfrente. Cerró los ojos. Y se durmió, con el sobre de la carta en la mano y la mano inmóvil por encima del respaldo del sillón.

Cuando se despertó, el pleno día entraba a raudales por las tres grandes ventanas abovedadas. Lo primero vio el retrato del héroe de Solferino y luego notó la carta en la mano; leyó la dirección, leyó el nombre de su hijo y se levantó suspirando. Se le había arrugado la pechera, tenía la corbata ancha de color rojo oscuro con lunarcitos blancos ladeada y, por primera vez desde que llevaba pantalones, advirtió unas espantosas arrugas horizontales en los suyos, que eran a rayas. Se observó un rato en el espejo. Y vio que tenía la barba revuelta, unos cuantos pelillos grises insubordinados en la calva y sus hirsutas cejas todas despeinadas, como si las hubiese azotado una pequeña tormenta. El jefe de distrito miró el reloj. Como estaba a punto de llegar el barbero, se apresuró a quitarse la ropa y meterse en la cama para hacerle creer que era una mañana normal. Eso sí, se quedó con la carta en la mano. Y siguió con ella en la mano mientras lo enjabonaban y lo afeitaban, y después, mientras se aseaba, la carta se quedó en el borde de la mesita del lavamanos. Hasta que no se sentó a desayunar no le entregó la carta al secretario con la orden de que la incluyera en el siguiente envío de correo oficial.

Se puso a trabajar, como cualquier día normal. Y nadie habría sido capaz de detectar que el barón Von Trotta había perdido la fe. Pues la minuciosidad con que resolvió sus diligencias ese día no fue, en modo alguno, menor a la de otros días. Solo que esa minuciosidad era completa y absolutamente distinta. Residía exclusivamente en sus manos y en sus ojos, en sus quevedos incluso. Y el barón Von Trotta era como un virtuoso en cuyo interior se ha extinguido toda llama, cuya alma se ha quedado vacía y sorda, y cuyos dedos tan solo producen los acordes correctos con la fría destreza que se adquiere tras muchos años de práctica gracias a su particular memoria muerta. Pero nadie se dio cuenta, como dijimos. A primera hora de la tarde apareció, como de costumbre, el sargento Slama. Y el barón Von Trotta le preguntó:

—Dígame, querido Slama, ¿ha vuelto a casarse?

Ni él mismo sabía cómo se le había ocurrido hacerle esa pregunta precisamente ese día ni por qué, de pronto, le incumbía en algo la vida privada del sargento Slama.

—No, señor barón —respondió Slama—. Y tampoco pienso volver a casarme.

—Hace usted bien —dijo el barón Von Trotta. Aunque tampoco sabía por qué hacía bien el sargento Slama con su decisión de no volver a casarse.

Era la hora en la que solía aparecer por el café todas las tardes, así que se dirigió hacia allí esa también. El tablero

de ajedrez ya estaba en la mesa. El doctor Skowronnek llegó al mismo tiempo y se sentaron.

—¿Negras o blancas, jefe de distrito? —preguntó el doctor, como todas las tardes.

—Como guste —dijo el jefe de distrito.

Y empezaron la partida. El barón Von Trotta jugó bien
concentrado, casi con devoción, y ganó.

—¡Se está usted convirtiendo en todo un maestro del
ajedrez! —dijo Skowronnek; el jefe de distrito se sintió ver-
daderamente halagado.

—Tal vez podría haber llegado a serlo —respondió. Y pensó que ojalá lo hubiera sido, ojalá hubiera sido cualquier
otra cosa.

Al cabo de un rato, empezó a contarle al doctor:

—Por cierto, he escrito a mi hijo. Que haga lo que quiera.

—A mí me parece que es lo correcto —dijo el doctor
Skowronnek—. Uno no puede asumir la responsabilidad.
Nadie puede cargar con la responsabilidad de otro.

—Mi padre asumió la mía —dijo el jefe de distrito—, y mi
abuelo, la de mi padre.

—Eran otros tiempos —contestó Skowronnek—. Ni el mismo emperador es ya responsable de su monarquía. Es más,
parece que ni Dios está muy dispuesto a cargar con la responsabilidad del mundo. Antes era más fácil. Todo estaba
asegurado. Cada piedra estaba en su sitio. Las calles de la
vida estaban bien pavimentadas. Y los muros de las casas
tenían tejados seguros. Hoy en día, en cambio, hoy en día,
señor barón, los adoquines están sueltos y tirados por todas partes en peligrosos montones por las calles, y en los
tejados hay agujeros, y en las casas entra el agua de la lluvia, así que ya sabrá cada cual por qué calle va y en qué casa

se mete. Su padre hizo bien cuando no quiso que usted se hiciera cargo de la finca, sino que fuera funcionario. Se ha convertido en un funcionario modélico. Sin embargo, cuando usted quiso que su hijo fuera soldado, no hizo bien. Un soldado modélico no es...

—Claro, claro... —confirmó el barón Von Trotta.

—Y por eso hay que dejar que sea lo que sea, que cada cual vaya por su camino. Cuando mis hijos no me obedecen, yo ya solo procuro no perder la dignidad. Es todo cuanto se puede hacer. A veces me quedo mirándolos mientras duermen. Entonces, sus caras se me antojan las de unos completos extraños, apenas reconocibles, y me doy cuenta de que son unos extraños, hijos de un tiempo que aún está por venir y que yo ya no veré. Son muy pequeños todavía, mis hijos. Uno tiene ocho años, y el otro, diez, y dormidos tienen la carita redonda y sonrosada. Con todo, no dejo de ver algo cruel en esas caritas, mientras duermen. A veces me da la sensación de que es la crueldad de su tiempo, del futuro, la que ya se cierne sobre los niños mientras duermen. ¡No quiero vivir ese tiempo!

—Claro, claro —dijo el jefe de distrito.

Jugaron una partida más, pero esta vez Trotta perdió.

—Al final no voy a ser un maestro del ajedrez... —dijo con mansedumbre y como en paz con sus defectos.

Como muchos días, se había hecho tarde; ya se oía el zumbido de las lamparillas de gas verdosas, esas voces del silencio, y el café estaba vacío. De nuevo, atravesaron el parque para volver a casa. Hacía muy buena noche y se cruzaron con alegres paseantes. Hablaron de lo mucho que estaba lloviendo ese verano y de lo seco que había sido el anterior y de lo duro que iba a ser el invierno siguiente. Skowronnek llegó hasta la puerta de la jefatura del distrito.

—Ha hecho usted bien con esa carta, barón.

—Claro, claro —corroboró el barón Von Trotta.

Se sentó a cenar y engulló su medio pollo con ensalada sin decir una palabra. El ama de llaves le lanzaba de cuando en cuando una mirada furtiva y temerosa. Desde la muerte de Jacques, servía la mesa ella. Salió del comedor antes que el jefe de distrito, con una reverencia poco lograda, como las que le hiciera de niña al director de su colegio. El jefe de distrito la despidió mediante un gesto con la mano, el mismo de espantar las moscas. Luego se levantó y se fue a dormir. Se sentía cansado y casi enfermo; la noche anterior flotaba como un sueño lejano en su memoria, pero latía en su cuerpo como un horror muy cercano.

Se durmió tranquilo, creyendo haber superado lo más difícil. No sabía el viejo barón Von Trotta que, mientras dormía, el destino urdía para él un amargo sufrimiento. Era viejo, estaba cansado y la muerte lo esperaba, pero la vida se resistía a dejarlo libre. Como un anfitrión implacable, lo retenía a su mesa, porque aún no había probado todos los tragos amargos que le tenía preparados.

Capítulo 17

No, el jefe de distrito aún no había probado todos los tragos amargos. Carl Joseph recibió la carta de su padre demasiado tarde, es decir: en una época en la que ya hacía tiempo que había decidido no abrir las cartas ni escribir ninguna. La señora Von Taußig le enviaba telegramas. Cual ágiles y pequeñas golondrinas, le llegaban cada dos semanas, llamándolo a su lado. Y Carl Joseph se lanzaba hacia su armario, sacaba el traje de civil —su yo mejor, más importante y secreto— y se cambiaba. Al instante, se sentía plena parte del mundo al que iba a incorporarse y se olvidaba de su vida militar. El puesto del capitán Wagner lo había ocupado el capitán Jedlicek del Primero de Cazadores, «un buen tipo» de talla descomunal, ancho como un armario, sonriente y tierno como todos los gigantes, además de fácil de convencer con cualquier buena excusa. ¡Qué hombre! Según llegó, todos supieron que estaba a la altura de aquellos pantanos y era más fuerte que la frontera. Se podía uno fiar de él. Rompía todas las reglas militares, pero más bien era como si estas se cayeran a su paso. Habría podido inventar, introducir e imponer un reglamento nuevo. ¡Bien capaz parecía! Necesitaba mucho dinero, pero también le llegaba en abundancia de todas partes. Los camaradas se lo prestaban, firmaban pagarés por él, empeñaban sus anillos y sus relojes por él, y por él escribían a padres y tías. No podía decirse que era como si lo amasen, porque el amor habría implicado la cercanía con él y él no parecía desear tener a nadie demasiado cerca. Por otra parte, tampoco habría resultado fácil por una pura cuestión de físico: su altura, su anchura y su fuerza echaban atrás a cualquiera, y así, obviamente, no le resultaba nada difícil ser bondadoso.

—Nada, tú vete de viaje —le decía al teniente Trotta—. Yo me hago responsable.

Se hacía responsable y no le costaba nada cargar con la responsabilidad. Y necesitaba dinero todas las semanas. El teniente Trotta se lo pedía a Kapturak. Él mismo, el teniente Trotta, también necesitaba dinero. Le parecía penoso llegar a ver a la señora Von Taußig sin dinero. Habría sido como presentarse sin armas en un campamento armado. ¡Qué imprudencia! Y así iban aumentando sus necesidades, y también aumentaban las cantidades que llevaba, y de cada viaje volvía sin sobrarle ni una moneda, y cada vez tomaba la decisión de llevarse más dinero para el siguiente. A veces, intentaba rendirse cuentas a sí mismo del dinero perdido. Claro que nunca conseguía acordarse de cada uno de los gastos y a menudo no era capaz ni de realizar simples sumas. No sabía de números. Sus pequeñas libretas habrían podido dar fe de sus descorazonados esfuerzos por mantener cierto orden. En cada página había interminables columnas de números. Las cifras se le confundían y se le mezclaban, era como si se le escaparan de las manos; se sumaban a su libre albedrío y lo engañaban con resultados que no eran, se escapaban al galope ante sus ojos para regresar al instante siguiente con otra forma en la que él ya no las reconocía. Ni siquiera era capaz de sumar las deudas que tenía. Tampoco se aclaraba con los intereses. Lo que había prestado se quedaba en nada en comparación con lo que debía, como una colina eclipsada por una montaña. Y tampoco entendía cómo echaba sus cálculos Kapturak. Eso sí, por mucho que desconfiara de su honradez, confiaba todavía menos en su propia habilidad matemática. En el fondo, cualquier cosa de números le aburría. Y así abandonó definitivamente todo intento de llevar las cuentas, con el arrojo que traen consigo la impotencia y la desesperación.

Seis mil coronas era lo que le debía a Kapturak y a Brodnitzer. Esta suma era gigantesca, incluso para su nulo sentido de los números, cuando la comparaba con su nómina de cada mes. (Y de esa nómina aún le retenían automáticamente el tercio del seguro social.) A pesar de todo, se había ido familiarizando con la cifra de seis mil coronas como con un enemigo invencible, pero de toda la vida. Es más, en los momentos buenos, hasta podía llegar a pensar que la cifra se encogía y perdía fuerza. En los momentos malos, por el contrario, le parecía que aumentaba y se hacía más fuerte.

Se iba a ver a la señora Von Taußig. Llevaba semanas haciendo aquellas breves y furtivas excursiones para reunirse con ella, aquellas peregrinaciones pecaminosas. Como los devotos ingenuos para los que una peregrinación es una forma de placer, una distracción y a veces, si cabe, todo un acontecimiento, el teniente Trotta vinculaba la meta hacia la que peregrinaba con el entorno donde esta vivía, con su eterno anhelo de vida en libertad —según imaginaba él esa libertad—, con el traje de civil que se ponía y con el atractivo de lo prohibido. Le encantaba el trayecto de diez minutos hasta la estación en coche cerrado, imaginando que nadie lo reconocía. Le encantaban los billetes de cien coronas en el bolsillo superior de la chaqueta, esos billetes prestados que hoy y mañana solo habrían de pertenecerle a él y que no se notaba que eran prestados... y que ya empezaban a engordar y a inflarse en las libretas de Kapturak. Le encantaba el anonimato de los civiles con que atravesaba y abandonaba la estación del Norte de Viena. Nadie lo reconocía. Oficiales y soldados pasaban de largo. No saludaba ni recibía saludos de nadie. A veces, el brazo se le levantaba solo para hacer el saludo militar. Enseguida se acordaba de que iba de paisano y lo dejaba caer de nuevo. Llevar chaleco, por ejemplo, lo llenaba de una ilusión infantil. Metía las manos en todos los bolsillos sin saber para qué eran. Llenos de coquetería, sus dedos acariciaban el nudo de la corbata por encima del escote, la única que tenía —se la había regalado la señora Von Taußig— y que, pese a sus infinitos esfuerzos, seguía sin saber anudarse en condiciones. Hasta el más torpe agente de policía habría reconocido en el teniente Trotta, a primera vista, al oficial vestido de civil.

La señora Von Taußig lo esperaba de pie en el andén de la estación del Norte. Veinte años atrás —ella creía que eran quince, pues llevaba tanto tiempo sin reconocer su edad que estaba convencida de que los años se quedaban quietos y no llegaban a pasar—, veinte años atrás también solía ir a esperar a un teniente en la estación del Norte; eso sí: a uno de la caballería. Salía al andén como quien se mete en un baño rejuvenecedor. Se sumergía en el penetrante vaho del carbón, en el estruendo de silbidos y resoplidos de las locomotoras poniéndose en marcha, en la espesura de las múltiples señales sonoras. Llevaba un velo de viaje, corto. Según creía, había estado de moda hacía quince años. En realidad, eran veinticinco, ni siquiera veinte. Le encantaba esperar en el andén. Le encantaba el momento en que entraba el tren por las vías y ella atisbaba el ridículo sombrerito verde de Trotta en la ventanilla del coche y su adorado, desconcertado y joven rostro. Pues ella hacía más joven a Carl Joseph, igual que a sí misma, como también más tonto y más desnortado, igual que lo estaba ella misma. En el momento en que el teniente Trotta ponía el pie sobre el último peldaño de la escalerilla, sus brazos se abrían igual que hacía veinte (o quince) años. Y en su rostro de ese día resurgía aquel otro rostro anterior, sonrosado y sin arrugas, de hacía veinte (o quince) años, aquel rostro de jovencita tierna y algo acalorada. Alrededor del cuello, en cuya piel ya se marcaban dos surcos paralelos, se había puesto aquella cadenita de oro de niña que, hacía veinte (o quince) años, era su única joya. Y, al igual que hacía veinte (o quince) años, iba con el teniente a uno de los pequeños hoteles donde el amor secreto florecía en el delicioso paraíso de una cama de pago, cutre y chirriadora. Empezaban los paseos. Los amores de cuarto de hora en el joven verdor del bosque de Viena, breves tormentas espontáneas de la sangre. Las veladas en la penumbra rojiza de los palcos de la ópera, detrás de las cortinas echadas. Las caricias, harto conocidas y aun así sorprendentes, que esperaba su carne experimentada y aun así desprevenida. Sus oídos estaban familiarizados con aquella música que habían escuchado muchas veces, pero sus ojos solo conocían fragmentos de las escenas. Pues la señora Von Taußig siempre había estado en la ópera con los ojos cerrados o detrás de las cortinas echadas de algún palco. Las ternezas que inspiraba la música, y que se dirían encomendadas por la propia orquesta a las manos de los hombres, refrescaban su piel a la vez que le infundían calor, hermanas que conocía desde hacía mucho, pero que a la vez siempre eran jóvenes; regalos que había recibido antes, pero que había vuelto a olvidar y ya solo creía soñados. Iban a algún restaurante tranquilo. Empezaban las cenas en silencio, en rincones de donde también parecía proceder el vino que se bebía, madurado por el amor cuya ascua nunca se apagaba, allí, en la oscuridad. Llegaba la despedida, un último abrazo a primera hora de la tarde, acompañado por el constante tictac del reloj de bolsillo sobre la mesilla de noche y ya impregnado de la ilusión del siguiente encuentro; las prisas con las que había que correr al tren, y el ultimísimo beso en la escalerilla del vagón, y la esperanza, hasta el último momento, de subirse también ella.

Cansado, pero saciado de todos los dulces placeres del mundo y del amor, el teniente Trotta llegaba de nuevo a su guarnición. Su asistente Onufrij ya le tenía preparado el uniforme. Trotta se cambiaba en el cuarto de atrás del restaurante y tomaba el coche hasta el cuartel. Pasaba a la oficina de la compañía. Todo en orden, ninguna incidencia. El capitán Jedlicek estaba contento y de buen humor, imponente y sano como siempre. El teniente Trotta se sentía aliviado y decepcionado al mismo tiempo. En un recóndito rinconcito de su corazón albergaba la esperanza de alguna catástrofe que le hubiera impedido seguir prestando servicio al ejército. Ahí se habría dado media vuelta de inmediato. Pero no había sucedido nada. Así pues, le tocaba esperar otros doce días, encerrado entre las cuatro paredes del patio del cuartel, entre las inhóspitas callejuelas de aquella ciudad. Lanzaba una mirada a los maniquíes para las prácticas de tiro que tenían en los muros del patio; aquellos hombrecillos azules, hechos trizas por las balas y repintados de nuevo, aparecían ante sus ojos como duendes malignos, como los fantasmas del cuartel, amenazando ellos mismos con las armas con que les disparaban, convertidos de blancos de tiro en peligrosos tiradores. En cuanto llegaba al hotel Brodnitzer, entraba en su austera habitación, se dejaba caer sobre la cama de hierro y tomaba la decisión de no regresar a la guarnición de su siguiente permiso.

De llevar a cabo esta decisión no era capaz. Además, lo sabía. Y en realidad esperaba que algún día le cayera algún raro golpe de suerte y lo liberase para siempre del ejército y de la necesidad de abandonarlo él por su propia determinación. Lo más que podía hacer consistía en dejar de escribir a su padre y en dejar sin abrir las contadas cartas del jefe de distrito para hacerlo más adelante, alguna vez; más adelante...

Los siguientes doce días iban corriendo. El teniente abría el armario, contemplaba su traje de civil y esperaba el telegrama.

Siempre llegaba a esa hora, al atardecer, justo antes de caer la noche, como un ave que regresa a su nido. Sin embargo, ese día no llegó, ni siquiera cuando ya había anochecido. El teniente no encendió ninguna luz para no tener que tomar conciencia de la noche. Permaneció echado en la cama vestido y con los ojos abiertos. Todas las voces familiares de la primavera flotaban en el aire a través de la ventana abierta: el grave canto de las ranas y, superpuesto, el canto hermano de los grillos, más dulce y agudo; el lejano trino del arrendajo, intercalado de cuando en cuando, y las canciones de los jóvenes y las mozas del pueblo de la frontera. Por fin llegó el telegrama. Le comunicaba al teniente que esa vez no podía ir a Viena. Que la señora Von Taußig iba a reunirse con su esposo. Que tenía intención de regresar a la capital pronto, pero aún no sabía cuándo. Con «Mil besos» concluía el texto. El número ofendió al teniente. ¡Qué ganas de ahorrar más innecesarias! También podía haberle telegrafiado cien mil. Le vino a la mente que debía seis mil coronas. Comparado con eso, mil besos eran una cifra que daba lástima. Se levantó a cerrar la puerta del armario. Allí estaba, todo pulcro y tieso, un cadáver bien planchado: el Trotta libre, civil y gris oscuro. El armario se cerraba sobre su cabeza. Un ataúd. Enterrado. ¡Enterrado!

El teniente abrió la puerta que daba al pasillo. Al otro lado, siempre se encontraba a Onufrij sentado, en silencio o tarareando bajito o con la armónica en los labios, pero cubriéndola con las manos abocinadas para amortiguar el sonido. A veces se sentaba en una silla. Otras, en cuclillas en el umbral de la puerta. Hacía un año que podía haber dejado el ejército. Se había quedado voluntariamente. Su pueblo, Burdlaki, estaba cerca. Cada vez que el teniente salía de viaje, él se iba a su pueblo. Cogía un palo de madera de guindo y un paño blanco con flores azules, guardaba en él quién sabe qué, ataba el hatillo al extremo del palo, se lo echaba al hombro, acompañaba al teniente a la estación, esperaba a que saliera el tren, todo tieso en el andén, haciendo el saludo militar, a pesar de que Trotta nunca se asomaba a la ventanilla, y luego se echaba a andar en dirección a Burdlaki, entre los pantanos, por el estrecho sendero en cuyas orillas crecían los sauces, el único camino seguro por donde no se corría el peligro de hundirse en la tierra. Onufrij regresaba a tiempo de esperar a Trotta. Y se sentaba frente a su puerta, en silencio, canturreando o tocando la armónica entre las manos abocinadas.

El teniente abrió la puerta que daba al pasillo.

—Esta vez no te puedes ir a Burdlaki. No me voy de viaje.

—A sus órdenes, mi teniente.

Onufrij se mantenía todo tieso, haciendo el saludo militar, una raya recta de color azul marino en el pasillo blanco.

—Te quedas aquí —repitió Trotta, creyendo que Onufrij no le había entendido.

Pero todo cuanto dijo Onufrij fue, otra vez: «A sus órdenes». Y, como para demostrar a su teniente que entendía más de lo que le decían, bajó y regresó con una botella de noventa grados.

Trotta bebió. La austera habitación se volvió más acogedora. La bombilla desnuda que colgaba del cable trenzado, rodeada de polillas y mosquitos y mecida por el viento nocturno, arrojaba cálidos reflejos fugaces sobre el barniz castaño de la mesa. Poco a poco, también la decepción de Trotta se tornó un dolor placentero. Cerró una especie de pacto con sus penas. Todo en el mundo era sumamente triste aquel día y el teniente se hallaba en el mismísimo centro del mísero mundo. Las ranas croaban con un lastimoso estrépito por él, y también los dolientes grillos se lamentaban por él. Por él se llenaba de un dolor muy dulce y sutil la noche de primavera; por él estaban las estrellas a una altura tan inalcanzable en el cielo, y solo a él se dirigía su luz con tanto y tan vano anhelo. El infinito dolor del mundo casaba a la perfección con el sufrimiento de Trotta. Sufría en absoluta armonía con el sufriente cosmos. Desde el otro lado de la cúpula del cielo azul profundo, el mismo Dios lo miraba compasivo. Trotta abrió el armario de nuevo. Allí estaba colgado, difunto para siempre, el Trotta libre. A su lado brillaba el sable de Max Demant, su amigo muerto. En la maleta estaba el recuerdo del viejo Jacques, la raíz petrificada, junto a las cartas de la difunta señora Slama. Y sobre el alféizar de la ventana, al menos tres cartas sin abrir de su padre... ¡Quién sabe si no habría muerto él también! ¡Ay! ¡El teniente Trotta no solo se sentía triste y desdichado, sino también malo, una auténtica mala persona! Regresó a la mesa, se sirvió otro vaso de aguardiente y lo apuró de un solo trago. En el pasillo, al otro lado de la puerta, Onufrij acababa de empezar a tocar otra canción con la armónica, la conocidísima *Oh, unser Kaiser*.... Las primeras palabras en ucraniano ya no se las sabía Carl Joseph: *Oj nasch cisar, cisarewa*. No había llegado a aprender la lengua del lugar. No solo era una auténtica mala persona, sino también una mente obtusa y sin energía. En suma: ¡su vida entera había sido un fracaso! Se le encogió el pecho y ya se le agolpaban las lágrimas en la garganta, que no tardarían en asomarse por los ojos. Y se bebió otro vaso de aguardiente para facilitarles el camino. Por fin, brotaron. Apoyó los brazos en la mesa y la cabeza entre los brazos y rompió en sollozos desconsolados. Se pasaría llorando un cuarto de hora cumplido. No oyó que Onufrij había interrumpido la escena, llamando a la puerta. Hasta que no escuchó que se volvía a cerrar no levantó la cabeza. Y vio a Kapturak.

Consiguió contener las lágrimas y decir en tono severo:

—¿Y usted cómo ha llegado aquí?

Kapturak, con la gorra entre las manos, se mantenía de pie, rígido, al lado de la puerta, apenas mucho más alto que su picaporte. Su rostro gris amarillento sonreía. Iba vestido de gris y llevaba zapatos de lona gris. Los bordes se veían manchados de barro fresco de la primavera en las calles de aquel lugar, brillante y gris. En su diminuta cabeza calva se levantaban algunos pelillos ensortijados, también grises.

—Buenas noches —dijo haciendo una pequeña reverencia; como sincronizada, su sombra se hizo más grande sobre la puerta blanca y enseguida se encogió de nuevo hasta el tamaño inicial.

—¿Dónde está mi mozo? —preguntó Trotta—. ¿Y qué desea usted?

—Esta vez no se ha ido a Viena... —empezó a decir Kapturak.

—¡Yo no voy a Viena a nada! —dijo Trotta.

—Esta semana no ha necesitado dinero —dijo Kapturak—. Esperaba su visita hoy. He querido saber qué pasaba. Vengo de casa del capitán Jedlicek. ¡No está en casa!

—No está en casa —repitió Trotta, indiferente.

—Eso —dijo Kapturak—. No está en casa. Será que le ha pasado algo.

Trotta oyó perfectamente que al capitán Jedlicek debía de haberle pasado algo. Pero no preguntó. En primer lugar, no sentía curiosidad. (Ese día no sentía curiosidad.) En segundo lugar, consideraba que bastante le había pasado ya a él, demasiado, como para ocuparse además de cualquier otra persona; y, en tercer lugar, no tenía ninguna gana de que Kapturak le contase nada. Le indignaba su presencia, solo que no tenía fuerzas para hacer nada contra aquel tipo bajito. En su interior surgía una y otra vez cierto recuerdo, muy vago, de las seis mil coronas que le debía a su visitante; un recuerdo muy penoso. Intentó reprimirlo. El dinero —trataba de convencerse para sus adentros— no tiene nada que ver con esta visita. Son dos personas muy distintas: una, a la que le debo dinero, no está en esta habitación; la otra, la que sí está, solo pretende contarme un chisme sobre Jedlicek. Miró a Kapturak fijamente. Por unos instantes, al teniente le pareció que se descomponía en múltiples manchas grises desdibujadas y luego volvía a componerse. Trotta esperó a verlo recompuesto del todo. Le requería cierto esfuerzo aprovechar justo ese momento, pues existía el peligro de que el hombrecillo gris volviera a descomponerse y se le desvaneciera por completo. Kapturak avanzó un paso, como si intuyera que el teniente no lo veía con claridad, y repitió un poco más fuerte:

—Al capitán le ha pasado algo.

—Pero ¿qué es lo que le ha pasado? —preguntó Trotta displicente, como en sueños.

Kapturak se acercó a la mesa un paso más y le susurró algo, cubriéndose la boca con las manos, de manera que el susurro se convirtió en un bisbiseo:

—Lo han detenido y trasladado. Por sospecha de espionaje.

Esa palabra hizo levantarse al teniente. Se quedó de pie, con las manos apoyadas en la mesa. Apenas sentía las piernas. Tenía la sensación de estar sosteniéndose únicamente sobre las manos. Casi las clavó en el tablero de madera.

—No quiero oírle contar nada en relación con eso —dijo—. Márchese.

—Sintiéndolo mucho, no es posible, no es posible —dijo Kapturak.

Ahora estaba muy cerca de la mesa, al lado de Trotta. Bajó la cabeza como para hacer una confesión vergonzante y dijo:

—Me veo obligado a insistirle en un pago parcial.

—Mañana —dijo Trotta.

—Mañana —repitió Kapturak—, ¡mañana igual es imposible! Ya ve usted las sorpresas que nos trae cada día. He perdido una fortuna con el capitán. Quién sabe si volveremos a verlo alguna vez. ¡Usted es amigo suyo!

—¡¿Qué me está diciendo?! —preguntó Trotta.

Luego despegó las manos de la mesa y, de pronto, se encontró bien plantado con los pies en el suelo. De pronto, comprendió que Kapturak había pronunciado una palabra abominable, aunque fuera verdad; si resultaba abominable era justo porque decía la verdad. Al mismo tiempo, el teniente se acordó del único momento de su vida en el que había supuesto un peligro para otras personas. Deseó estar armado como entonces, con su sable, su pistola y su sección de soldados a la espalda. Esa noche, el hombrecillo gris era mucho más peligroso que los cientos de manifestantes de antaño. Y para compensar su indefensión, Trotta trató de llenarse el corazón de una rabia que no le era propia. Apretó los puños, cosa que no había hecho jamás, y sintió que nunca podría ser una amenaza; a lo sumo, podría interpretar el papel de hombre amenazador. En la frente se le hinchó una vena azul, se le puso el rostro rojo, los ojos se le inyectaron de sangre y dejó la mirada fija. Consiguió tener aspecto de muy peligroso y Kapturak retrocedió.

—¿Qué me está diciendo? —repitió el teniente.

—Nada —dijo Kapturak.

—¡Repita lo que ha dicho! —ordenó Trotta.

—¡Nada! —respondió Kapturak.

Por un instante, el hombrecillo volvió a descomponerse en múltiples manchas grises. Y al teniente Trotta le entró un miedo tremendo a que tuviera la capacidad de hacerse pedacitos para luego recomponerse de nuevo como un fantasma. De pronto, le invadió una curiosidad irresistible por averiguar de qué sustancia estaba hecho Kapturak, como la pasión indomable que mueve a los científicos. En el poste de la cama, a su espalda, tenía colgado el sable, su arma, objeto de su honor militar y privado y, en aquel instante, también instrumento mágico, idóneo para desenmascarar la naturaleza de los siniestros fantasmas. Sintió el brillante sable a su espalda y una especie de fuerza magnética que emanaba del arma. Y, como atraído por esa fuerza, dio un salto hacia atrás, sin apartar la mirada del hombrecillo gris que se descomponía y recomponía una y otra vez; agarró el arma con la izquierda, la desenvainó con la derecha a la velocidad del rayo y, en tanto que Kapturak brincaba hacia la puerta y se le caía la gorra de las manos para ir a parar al suelo, delante de sus zapatos de lona gris, Trotta lo siguió blandiendo el sable. Sin saber ni lo que hacía, el teniente apoyó la punta de acero contra el pecho gris del fantasma y, a lo largo de la hoja, sintió la resistencia de la ropa y del cuerpo; respiró aliviado al dar por comprobado que Kapturak era humano..., pero, no obstante, no fue capaz de bajar el sable. Solo transcurrió un instante.

Sin embargo, en ese único instante, al teniente Trotta le fue dado ver y oler todo lo que tenía vida en este mundo: las voces de la noche; las estrellas del cielo; la luz de la lámpara; los objetos de la habitación; su propio cuerpo, como si no lo llevara él mismo, sino como si fuera un maniquí colocado delante de él; la danza de los insectos alrededor de la luz; el vaho húmedo de los pantanos, y el aliento frío del viento nocturno. De pronto, Kapturak estaba con los brazos en cruz. Sus delgadas manitas querían agarrarse a ambos lados del marco de la puerta. La cabeza, calva y con cuatro ricitos levantados, se le inclinó hacia un hombro. Al mismo tiempo, cruzó un pie por delante del otro, convirtiendo sus ridículos zapatos grises en un nudo. Y, por detrás de él, ante los ojos fijos del teniente Trotta, surgió de pronto, negra y tambaleante, la sombra de una cruz.

La mano de Trotta empezó a temblar y dejó caer el sable. El arma cayó al suelo con un suave y lloroso tintineo. A la vez, Kapturak bajó los brazos. La cabeza se le deslizó desde el hombro hasta el pecho. Había cerrado los ojos. Le temblaban los labios. El cuerpo entero le temblaba. Todo estaba en silencio. Se oía el movimiento de las alas de los mosquitos alrededor de la bombilla; a través de la ventana, el canto de las ranas y los grillos y, entre medias, el ladrido cercano de un perro. El teniente Trotta se tambaleó. Volvió sobre sus pasos.

—Siéntese —dijo, señalándole a Kapturak la única silla que había.

—Sí —dijo este—, me voy a sentar.

Se dirigió hacia la mesa todo ufano, ufano como si no hubiera sucedido nada, o así se lo pareció a Trotta. Tocó el sable, en el suelo, con la punta del pie. Se agachó y lo levantó. Como si cumpliera con la obligación de ordenar el cuarto, con una mano en alto, sujetando el sable desnudo entre dos dedos, se acercó a la mesa donde estaba la vaina y, sin mirar al teniente, envainó el sable para devolverlo al gancho del poste de la cama. Luego rodeó la mesa y se sentó enfrente de Trotta, que permanecía de pie. Ahora sí pareció que le dirigía la mirada.

—No me quedaré más que un momento —dijo Kapturak—, para recuperarme.

El teniente guardó silencio.

—Le cito de hoy a una semana, y a esta misma hora, para devolverme todo el dinero —prosiguió Kapturak—. No quiero hacer negocios con usted. Son siete mil doscientas cincuenta coronas en total. Además, le comunico que al otro lado de la puerta está el señor Brodnitzer y lo ha escuchado todo. El señor conde, el conde Chojnicki, no vendrá este año hasta más adelante, como ya sabrá usted, o a lo mejor no viene siquiera. Ahora sí deseo marcharme, teniente.

Se levantó, se dirigió a la puerta, hizo una reverencia, recogió la gorra del suelo y se volvió a mirar a Trotta una última vez. La puerta se cerró.

Ahora, el teniente estaba completamente sobrio. Sin embargo, tenía la sensación de haberlo soñado todo. Abrió la puerta. Encontró a Onufrij sentado en su silla, como siempre, a pesar de que debía de haberse hecho muy tarde. Trotta miró el reloj: eran las nueve y media.

—¿Cómo es que aún no te has ido a dormir? —preguntó.

—*Por visita* —contestó Onufrij.

—¿Lo has oído todo?

—¡Todo! —dijo Onufrij.

—¿Ha estado aquí Brodnitzer?

—Sí, mi teniente —confirmó Onufrij.

No cabía la menor duda, todo había sucedido tal y como lo había vivido el teniente Trotta. Eso significaba que, a primera hora de la mañana, tendría que dar parte de todo el asunto. Los compañeros aún no habían vuelto al hotel. Fue de puerta en puerta y todos los cuartos estaban vacíos. Estarían en la mesa de oficiales, comentando el caso del capitán Jedlicek, el terrible caso del capitán Jedlicek. Sería sometido a un consejo de guerra, degradado y fusilado. Trotta se abrochó el sable, cogió el chacó y se dirigió escaleras abajo. Tenía que esperar a los camaradas en la calle. Se puso a dar zancadas de un lado para otro frente al hotel, como patrullando. Curiosamente, el asunto del capitán le parecía más importante que la escena que acababa de protagonizar con Kapturak. Creía reconocer en lo sucedido las pérfidas artes de una fuerza oscura; se le antojaba harto inquietante la casualidad de que la señora Von Taußig hubiera decidido volver con su marido ese mismo día, y también iba viendo que todos los sombríos acontecimientos de su vida formaban parte de un sombrío entramado en manos de un ser invisible, muy poderoso, abominable, que manejaba los hilos con la intención de acabar con él. Estaba claro —saltaba a la vista, como suele decirse— que el teniente Trotta, el nieto del héroe de Solferino, en parte contribuía al hundimiento de otros y, en parte, se veía arrastrado él por los que se hundían, y, en cualquier caso, era una de esas desdichadas criaturas a las que una gran fuerza del mal había echado mal de ojo. Recorría la callejuela de un lado para otro mientras sus pasos retumbaban bajo las ventanas del café, iluminadas y tapadas con cortinas, donde tocaban música, se oían las palmadas de las cartas sobre las mesas y, en lugar del Ruiseñor de antaño, ahora era otra la que cantaba y bailaba: las canciones de siempre y los bailes de siempre. Sin duda, ninguno de los camaradas estaría allí hoy. En cualquier caso, Trotta no quería comprobarlo. Pues también le alcanzaba a él la sombra de la vergüenza que había caído sobre el capitán Jedlicek, por más que odiara el servicio en el ejército desde hacía mucho. La vergüenza del capitán se extendía a todo el batallón. La educación militar del teniente Trotta era lo bastante sólida como para ver poco plausible que, después de aquello, los oficiales de ese batallón aún se atrevieran a salir a la calle de uniforme. ¡Ay, este Jedlicek! Un tipo alto, fuerte y alegre, un buen compañero que necesitaba mucho dinero... De todo se hacía cargo sobre aquellos hombros suyos de gigante; Zoglauer lo quería, la tropa lo quería. A todos les había parecido más fuerte que el pantano y que la frontera. ¡Y era un espía! Desde el interior del café se oían música, rumor de voces y tintineo de tazas, y todo sonido se acababa perdiendo en el coro nocturno de las incansables ranas. ¡Había llegado la primavera! Pero Chojnicki no vendría. El único que habría podido ayudarlo con su dinero. Ya eran mucho más de seis mil coronas, eran siete mil doscientas cincuenta. El pago vencía pasada una semana exacta, a esa misma hora. Si no pagaba, seguro que Kapturak se las ingeniaba para crear algún vínculo entre él y el capitán Jedlicek. ¡Había sido amigo suyo! Aunque, al fin y al cabo, todos habían sido amigos suyos. Ahora bien, del desdichado de Trotta precisamente cabía esperar cualquier cosa... ¡El destino! ¡Su destino! Dos semanas antes aún era un joven caballero libre y con traje de civil. A esa misma hora, se había encontrado con el profesor Moser para tomar un aguardiente. Y hoy envidiaba al profesor Moser.

Oyó pasos conocidos a la vuelta de la esquina: los camaradas regresaban al hotel. Venían todos los que se alojaban en el Brodnitzer, todos caminaban en silencioso tropel. Trotta fue a su encuentro.

—¡Anda, no te has ido! —dijo Winter.

—Ya te habrás enterado, entonces. ¡Qué terrible! ¡Espantoso!

Uno detrás de otro, sin intercambiar palabra alguna y tratando de hacer el menor ruido posible, fueron subiendo por la escalera. Casi se diría que lo hacían a hurtadillas.

—¡Todos a la nueve! —ordenó el teniente primero Hruba.

Él vivía en la habitación número nueve, la más espaciosa del hotel. Con la cabeza gacha, todos fueron pasando a la número nueve.

—¡Tenemos que hacer algo! —comenzó Hruba—. Ya habéis visto a Zoglauer. Está desesperado. Se va a pegar un tiro. ¡Tenemos que hacer algo!

—Eso es absurdo, teniente primero —dijo el teniente Lippowitz; había ingresado en el servicio activo tarde; después de dos semestres de la carrera de Derecho, no conseguía dejar a un lado su condición de «civil» y lo trataban con el respeto un tanto receloso a la vez que un tanto burlón que suele mostrarse hacia los oficiales en la reserva—. Aquí no podemos hacer nada —dijo Lippowitz—. Callar y continuar con nuestro servicio. No es el primer caso. Por desgracia, tampoco será el último en el ejército.

Nadie respondió. Eran conscientes de que realmente no se podía hacer nada. Aunque todos y cada uno habían entrado en la habitación con la esperanza de que, todos reunidos, encontrarían todo tipo de salidas. Ahora, en cambio, se daban cuenta de golpe de que lo único que los había reunido era el susto, pues todos tenían miedo de quedarse a solas con el susto entre sus cuatro paredes, e igualmente se daban cuenta de que apelotonarse no les servía de mucho, pues todos y cada uno seguían igual de solos con su susto, aunque los rodeara el pelotón entero. Levantaban la cabeza y se miraban y la volvían a agachar. Así sentados todos juntos habían estado también el día del suicidio del capitán Wagner. Cada cual se acordaba del predecesor del capitán Jedlicek, el capitán Wagner. Y cada cual pensaba hoy que ojalá también Jedlicek se hubiera pegado un tiro. Y cada cual sospechaba, de pronto, que su difunto camarada tal vez solo se había pegado un tiro porque, de otro modo, lo habrían detenido.

—Yo me voy a adelantar, voy a por él —dijo el teniente Habermann—, y pienso pegarle un tiro.

—En primer lugar, no te vas a adelantar —le replicó Lippowitz—. En segundo, ya se están encargando de que el tiro se lo pegue él mismo. En cuanto lo haya contado todo, le darán una pistola y lo encerrarán con ella.

—¡Eso es lo que hay que hacer! —exclamaron algunos.

Respiraron aliviados. Surgió la esperanza de que, a esas alturas, el capitán ya se hubiera matado. Y se sintieron como si hubieran sido ellos mismos, gracias a su brillante inteligencia, los impulsores de tan sensata aplicación de la jurisdicción militar.

—Por los pelos no he matado yo hoy a un hombre —dijo el teniente Trotta.

—¿A quién? ¿Cómo? ¿Por qué? —preguntaron todos en desorden.

—A Kapturak, al que todos conocéis —empezó Trotta; se lo contó despacio, buscando las palabras, mudando de color, y, cuando llegó al final, le fue imposible explicar qué le había impedido clavarle el sable. Es más, ahora era cuando no le entendía nadie.

—¡Yo lo habría matado! —decía uno.

—¡Yo también! —decía un segundo.

—¡Y yo! —decía un tercero.

—¡Es que no es tan fácil! —intervino Lippowitz.

—¡Sanguijuela de judío! —dijo alguien, y todos se quedaron de piedra, pues se acordaron de que el padre de Lippowitz también era judío.

—Bueno..., es que, de repente... —retomó la palabra Trotta, y le sorprendió sobremanera que, en ese momento, le vinieran a la memoria el difunto Max Demant y su abuelo, el rey de los taberneros, el de las barbas blancas—, de repente vi una cruz detrás de él.

Alguien se rio. Otro dijo fríamente:

—¡Estabas borracho!

—¡Basta! ¡Se acabó! —ordenó Hruba por fin—. De todo esto hay que dar parte a Zoglauer mañana.

Trotta contempló el rostro de sus camaradas uno por uno; estaban cansados, fláccidos y excitados, pero provocadoramente alegres a pesar del cansancio y la excitación. «Ojalá viviera Demant», pensó Trotta. Podría hablar con él, con el nieto del barbado rey de los taberneros. Trató de salir de la habitación inadvertido y se fue a la suya.

A la mañana siguiente, dio parte del incidente. Informó en el lenguaje del ejército, el que acostumbraba a utilizar en sus tiempos de cadete para informar y contar las cosas; ese lenguaje del ejército que era su lengua materna.

Pero se daba perfecta cuenta de que no lo había dicho todo, ni siquiera lo más importante, y de que mediaba una gran distancia entre lo que había vivido y el informe que estaba dando de ello, una distancia como un país entero muy extraño. No olvidó incluir en el parte la sombra de la cruz que había creído ver. Y el mayor sonrió, justo como Trotta esperaba, y le preguntó:

—¿Cuánto había bebido?

—Media botella —dijo Trotta.

—Pues ahí lo tiene —comentó Zoglauer.

No había sonreído más que un instante, el atormentado Zoglauer. Aquello era un tema serio. Los temas serios se acumulaban, por desgracia. Un asunto espinoso, en cualquier caso, a la hora de informar a las instancias superiores. Más valía esperar.

—¿Tiene el dinero? —preguntó el mayor.

—No —dijo el teniente.

Y se miraron un instante sin saber qué hacer, con ojos vacíos y fijos, con los pobres ojos de quienes ni siquiera podían permitirse reconocer que no sabían qué hacer. No todo estaba indicado en el reglamento; bien podía uno leerse los manuales de principio a fin y en dirección contraria. ¡No todo estaba indicado!

¿Había hecho bien el teniente? ¿Se había precipitado al echar mano del sable? ¿Hacía bien el hombre que le había prestado una fortuna y ahora se la reclamaba? Por más que el mayor hubiera reunido en consejo a todos sus oficiales, ¿quién habría sabido qué hacer? ¿Quién iba a saberlo mejor que el responsable del batallón? ¿Y qué demonios pasaba con aquel desdichado teniente? Ya había costado lo suyo que pasaran página respecto a aquella historia de la huelga.

¡Ay, el infortunio! ¡Este se cernía sobre la cabeza del mayor Zoglauer! ¡Se cernía sobre Trotta! ¡El infortunio se cernía sobre aquel batallón! El mayor se habría retorcido las manos de haber cabido la posibilidad de retorcerse las manos estando de servicio. Aunque todos los oficiales del batallón hubieran avalado a Trotta, no llegaban a esa suma. Claro que la historia se complicaba más todavía si no se pagaba.

—Pero ¿en qué se ha gastado tanto? —preguntó Zoglauer, aunque al momento se acordó de que ya lo sabía todo. Hizo el gesto de negar con la mano. No necesitaba datos—. Escríbale a su padre sobre todo esto —dijo.

Creyó haber expuesto una idea brillante. Y así terminó el despacho.

El teniente Trotta se fue a su cuarto, se sentó a la mesa y empezó a escribir a su padre. No podía hacerlo sin beber. Bajó al café, pidió un noventa grados, tinta, pluma y papel. Empezó. ¡Qué carta tan difícil! ¡Qué carta tan imposible! El teniente Trotta hizo varios intentos; rompía los papeles y volvía a empezar. No hay nada más difícil para un teniente que describir acontecimientos que le afectan o incluso lo ponen en peligro a él mismo. Se demostró en esta ocasión que el teniente Trotta, con la aversión que sentía por el ejército desde hacía tanto tiempo, aún conservaba la suficiente ambición militar como para no querer ser expulsado. Y mientras trataba de explicarle a su padre aquel enrevesado asunto, sin quererlo se transformó de nuevo en el Trotta alumno de la escuela de cadetes que, en su día, en el balcón de la casa de su padre, al escuchar los acordes de la *Marcha Radetzky,* anhelaba morir por la Casa de Habsburgo y por Austria. (Así de peculiar, mudable e incomprensible es el alma humana.)

Trotta necesitó más de dos horas para trasladar al papel los hechos y la situación. Se había hecho media tarde. Ya empezaban a congregarse en el café los jugadores de cartas y de ruleta. También apareció el dueño, Brodnitzer. Su cortesía le resultó al teniente inusitada y aterradora. Le hizo una reverencia tan marcada que Trotta enseguida se dio cuenta de que el hotelero deseaba recordarle la escena con Kapturak, así como su propia condición de testigo real. Trotta se levantó para ir en busca de Onufrij. Salió al pasillo y gritó su nombre varias veces hacia lo alto de la escalera. Pero Onufrij no se presentó. El que acudió fue Brodnitzer para informarle:

—Su mozo se ha marchado esta mañana.

En vista de esto, el teniente se puso en camino para llevar la carta a Correos él mismo. Hasta la mitad del camino no cayó en la cuenta de que Onufrij se había marchado sin pedir permiso. Su educación militar le dictó enfurecerse con su criado. Él mismo, el teniente, se había marchado a Viena muchas veces... de civil y sin permiso. A lo mejor el mozo se había limitado a seguir el ejemplo de su señor. «A lo mejor tenía una chica esperándolo», pensó el teniente yendo un paso más lejos. «¡Pienso encerrarlo hasta que le salgan cardenales!», se dijo el teniente Trotta. Pero al mismo tiempo sintió que esa frase en realidad no la había pensado él y que tampoco lo decía en serio. Era un giro mecánico, siempre listo para su uso en su cerebro militar, uno de los incontables giros mecánicos que, en los cerebros militares, sustituyen a las ideas y se adelantan a las decisiones.

No, el criado Onufrij no tenía ninguna chica en el pueblo. Tenía cuatro yugadas y media de terreno, heredadas de su padre y administradas por su cuñado, y veinte ducados de oro enterrados junto al tercer sauce a la izquierda de la cabaña, en el sendero que llevaba a la casa de su vecino, Nikofor. El criado Onufrij se había levantado antes de salir el sol, había limpiado la montura y las botas de su teniente y las había colocado en el respaldo del sillón y delante de la puerta, respectivamente. Había cogido su palo de guindo y se había echado a andar en dirección a Burdlaki. Recorrió el estrecho sendero bordeado de sauces, el único camino que garantizaba un suelo seco. Pues los sauces consumían toda la humedad del pantano. A ambos lados del sendero se levantaban con mil formas los fantasmales jirones de niebla del amanecer, que se le acercaban flameando y lo obligaban a santiguarse. Con labios temblorosos, musitaba un padrenuestro tras otro. A pesar de todo, iba muy animado. Ahora llegaban, a la izquierda, las grandes cocheras del ferrocarril, con su tejado de pizarra, y en cierto modo le consoló ver que seguían en el sitio donde esperaba que estuvieran. Se santiguó una vez más, esta para dar gracias al Señor por la bondad de haber dejado las cocheras del ferrocarril en su lugar habitual. Llegó al pueblo de Burdlaki una hora después de amanecer. Su hermana y su cuñado ya estaban en el campo. Entró en la cabaña de su padre, donde vivían todos. Los niños aún dormían en sus cunas, colgadas en el techo con gruesas maromas de retorcidos ganchos de hierro. Cogió un pico y una pala del huertecillo que había detrás de la casa y fue en busca del tercer sauce a la izquierda de la cabaña. Al salir de la cabaña, se colocó bien erguido con la puerta a la espalda y los ojos mirando al horizonte. Pasó un rato hasta que tuvo bien claro que su brazo derecho era el derecho, y el izquierdo, el izquierdo, y ahí ya empezó a andar hasta el ter-

cer sauce en dirección a la casa de Nikofor. Allí se puso a
cavar. De cuando en cuando lanzaba una mirada a su alrededor, para convencerse de que no había nadie mirándolo.
No. Nadie veía lo que estaba haciendo. Onufrij cavaba y
cavaba. El sol subía tan deprisa que creyó que ya era mediodía. Sin embargo, no eran más que las nueve. Por fin
oyó el golpe de la punta de hierro de la pala al chocar contra algo duro. Dejó la pala y empezó a acariciar la tierra
con la punta del pico, con cuidado, y luego lo tiró a un
lado, se tumbó en el suelo y, con los diez dedos, siguió peinando las miguitas sueltas de tierra húmeda hacia los lados. Lo primero que tocó fue el paño de lino; buscó palpando el nudo y tiró para sacarlo. Ahí estaba su dinero:
veinte ducados de oro.

No se tomó el tiempo de contar las monedas. Escon-
dió el tesoro en el bolsillo del pantalón y se fue a ver al tabernero judío del pueblo de Burdlaki, un tal Hirsch Beniower, el único banquero del mundo al que conocía personalmente.

—¡Yo te conozco! —dijo Hirsch Beniower—. Y también conocí a tu padre. ¿Qué necesitas? ¿Azúcar, harina, tabaco
ruso o dinero?

—Dinero —dijo Onufrij.

—¿Cuánto necesitas? —preguntó Beniower.

—¡Muchísimo! —dijo Onufrij abriendo los brazos todo lo
que pudo para indicar así cuánto necesitaba.

—Muy bien —dijo Beniower—, vamos a ver cuánto tienes.

Y Beniower abrió un libro grueso. En aquel libro estaba
recogido que Onufrij era propietario de cuatro yeguadas y
media. Beniower estaba dispuesto a prestarle trescientas
coronas a cambio.

—Vayamos a ver al alcalde —dijo Beniower. Llamó a su mujer, le encargó que se ocupase de la taberna y salió con Onufrij Kolohin a ver al alcalde.

Allí le dio a Onufrij sus trescientas coronas. Onufrij se sentó a una mesa de madera carcomida y se puso a escribir su nombre al pie de un documento. Se quitó la gorra. El sol ya estaba en lo alto del cielo. Incluso por los ventanucos de la cabaña campesina que hacía las veces de alcaldía en Burdlaki se filtraban sus ardientes rayos. Onufrij sudaba. Las perlas de sudor brotaban en su estrecha frente como burbujas de cristal transparente. Cada letra que escribía le costaba una burbuja de cristal. Luego le corrían cara abajo, como lágrimas que su cerebro hubiera llorado. Por fin, el nombre de Onufrij estuvo completo al pie del documento. Y, con los veinte ducados de oro en el bolsillo del pantalón y las trescientas coronas en billetes en el de la casaca, Onufrij Kolohin emprendió el camino de regreso.

Apareció en el hotel a primera hora de la tarde. Entró en el café, preguntó por su teniente y, en cuanto vio a Trotta, se plantó entre los jugadores de cartas con tanta naturalidad como si estuviera en medio del patio del cuartel. El rostro entero, aquel rostro ancho, le brillaba como un sol. Trotta se lo quedó mirando un buen rato, con el corazón lleno de ternura, y la mirada, de severidad.

—¡Te voy a encerrar hasta que te pudras! —formuló la boca del teniente, obedeciendo el dictado de su cerebro militar—. Sígueme a la habitación.

El teniente subió la escalera. A tres escalones exactos de distancia lo siguió Onufrij. Ya ambos de pie en la habitación, Onufrij, con la misma cara resplandeciente de antes, le anunció:

—Mi teniente, aquí hay dinero.

Se sacó todo cuanto poseía de los bolsillos del pantalón y la casaca, se acercó y lo depositó encima de la mesa. El pañuelo rojo oscuro que durante tantos años había guardado bajo tierra las veinte monedas de oro aún tenía pegados algunos trocitos de barro gris plateado. Junto al pañuelo estaban los billetes azules. Trotta los contó. Luego desanudó el pañuelo. Contó las monedas de oro. Entonces colocó los billetes junto con las monedas dentro del pañuelo, volvió a hacer el nudo y le devolvió el hatillo a Onufrij.

—Lo siento, pero no puedo aceptar dinero tuyo, ¿lo entiendes? —dijo Trotta—. Lo prohíbe el reglamento, ¿lo entiendes? Si acepto que me des dinero, me expulsarán del ejército y me degradarán, ¿lo entiendes?

Onufrij asintió con la cabeza.

El teniente seguía con el hatillo en la mano levantada. Onufrij seguía asintiendo con la cabeza. Alargó la mano y agarró el hatillo. El hatillo se meció en el aire un rato.

—¡Retírate! —ordenó Trotta, y Onufrij salió con su hatillo.

El teniente se acordó de aquella noche de otoño en la guarnición de caballería, oyendo los vigorosos pasos de Onufrij detrás de él. Y se acordó de los pequeños relatos humorísticos que había leído en unos tomitos encuadernados en tela verde de la biblioteca del hospital. En aquellas historias abundaban los criados entrañables, jóvenes campesinos sin desbastar, pero con un corazón de oro. Y aunque el teniente Trotta no tenía gusto literario en absoluto, y aunque, si por casualidad escuchaba la palabra *literatura,* el único título que se le ocurría era el *Zriny* de Theodor Körner —y ahí paraba de contar—, siempre había sentido un rechazo visceral hacia la sensiblería de aquellos libritos y hacia sus adorables personajes. No tenía la suficiente experiencia el teniente Trotta como para saber que también en la vida real existían los jóvenes campesinos sin desbastar, pero de corazón noble, y que en los libros malos se escriben muchas cosas del mundo real que son verdad; lo que están es mal escritas. En el fondo, el teniente Trotta no tenía mucha experiencia en nada.

Capítulo 18

Fue una mañana de primavera fresca y soleada cuando el jefe de distrito recibió la infausta carta del teniente. Antes de abrirla, calculó su peso en la mano. Aquella carta parecía pesar más que cualquiera de las que había recibido de su hijo. Debía de ser una carta de dos pliegos, una carta de una extensión inusitada. El corazón envejecido del barón Von Trotta se llenó, a la vez, de preocupación, rabia de padre, ilusión y terribles presentimientos. Mientras abría el sobre, el puño almidonado de la camisa crepitó suavemente. Sosteniendo en la izquierda los quevedos, que en los últimos meses habían empezado a temblarle sobre la nariz, con la derecha se acercó tanto la carta a la cara que los bordes de la barba al estilo de Francisco José produjeron un susurro al acariciar el papel. La urgencia que evidenciaba la caligrafía espantó al barón Von Trotta en igual medida que su insólito contenido. Y aún entre líneas buscó nuevos motivos de estupor, pues de pronto le parecía como si la carta no contuviera horrores suficientes; como si él, ya desde hacía mucho y, sobre todo, desde que su hijo había dejado de escribirle, hubiera estado esperando, día tras día, la más terrible de las noticias. A eso se debía, probablemente, que estuviera tan sereno cuando dejó la carta a un lado. Era un hombre viejo de un tiempo viejo. Puede que los viejos de los tiempos anteriores a la Gran Guerra fueran más necios que los jóvenes de ahora. Con todo, en los momentos que a ellos les parecían terribles y que ahora, con la mentalidad de los días que vivimos, probablemente se darían por zanjados con algún fugaz comentario jocoso, aquellos viejos caballeros mantenían una serenidad heroica. Hoy en día, los principios de honor profesional, honor familiar y honor personal por los que se regía el barón Von Trotta son meros restos de leyendas infantiles y muy poco creíbles, o así nos lo parece en ocasiones. Por aquel entonces, sin embargo, a un jefe de distrito austriaco de la naturaleza del barón Von Trotta le habría conmocionado menos la noticia de la muerte repentina de su único hijo que la de un acto deshonroso, aunque solo lo fuera en apariencia, cometido por ese único hijo. Para la mentalidad de aquella época vetusta y hoy como sepultada bajo las tumbas aún recientes de los caídos, un oficial del ejército real e imperial que, al parecer, no había matado a quien le había faltado al honor por deberle dinero era una desgracia y aún peor que una desgracia: era una vergüenza para su progenitor, para el ejército y para la monarquía. Así, de entrada, no fue el corazón de padre del barón Von Trotta el que reaccionó, sino en cierto modo su corazón de funcionario real e imperial. Y le dijo: «¡Dimite de inmediato! Solicita la jubilación anticipada. Ya no tienes nada que hacer al servicio del emperador». Al instante siguiente, en cambio, el corazón de padre clamó: «¡La culpa es de estos tiempos! ¡La culpa es de esa guarnición de la frontera! ¡La culpa también es tuya! ¡Tu hijo es honesto y noble! Solo que, por desgracia, es débil. ¡Y hay que ayudarlo!».

¡Tenía que ayudarlo! Tenía que impedir que el nombre de Trotta se viera deshonrado y mancillado. Y en este punto estuvieron de acuerdo los dos corazones del barón Von Trotta: el de padre y el de funcionario real e imperial. Por consiguiente, ante todo se trataba de conseguir el dinero: siete mil doscientas cincuenta coronas. Los cinco mil florines que el emperador había donado graciosamente al hijo del héroe de Solferino en su día, así como el dinero heredado del padre, ya hacía mucho que no existían. Al jefe de distrito se le habían ido de las manos en esto y en lo otro, en las cosas de la casa, en la escuela de cadetes de Mährisch-Weißkirchen, en el pintor Moser, en el caballo, en donaciones benéficas... Al barón Von Trotta siempre le había gustado parecer más rico de lo que era. Tenía los instintos de un auténtico señor. Y no había en aquellos tiempos (y quizá esto siga siendo igual hoy en día) instintos que salieran más caros. Las personas que nacen con este don maldito nunca saben ni cuánto tienen ni cuánto gastan. Ellos van sacando de una fuente invisible. No calculan. Piensan que su patrimonio no puede ser menor que su magnanimidad.

Por primera vez en su ya bastante larga vida, el barón Von Trotta se encontró ante el imposible cometido de conseguir de inmediato una suma relativamente cuantiosa. No tenía amigos, excepto aquellos compañeros de escuela y de carrera que ahora ocupaban cargos como él y con los que

llevaba años sin tener trato alguno. La mayoría eran pobres. Conocía al hombre más rico de su pequeña ciudad, el
anciano señor Von Winternigg. Comenzó, pues, a hacerse
a la espantosa idea de ir a ver al señor Von Winternigg y pedirle un préstamo mañana, pasado mañana, hoy mismo, incluso. La imaginación no era precisamente uno de los do-
nes del barón Von Trotta. Aun así, logró representar en su
cabeza cada paso de ese calvario con suma claridad. Y por
primera vez en su ya bastante larga vida, el jefe de distrito
tuvo la experiencia de lo difícil que es estar desesperado y
conservar la dignidad. Aquella experiencia le cayó como un
rayo y en un instante hizo pedazos el orgullo que tanto
tiempo se había esmerado en guardar y alimentar el barón
Von Trotta, que había heredado y estaba decidido a dejar
en herencia. Ahora estaba igual de humillado que cualquiera de los que llevan muchos años pidiendo favores en vano.
El orgullo había sido, primero, el compañero fuerte de su
juventud; después, el bastón de su vejez, y ahora, en cambio, al pobre y viejo jefe de distrito le habían arrebatado el
orgullo. Decidió escribir una carta al señor Von Winternigg sin más tardanza. Pero apenas había apoyado la pluma
sobre el papel cuando se dio cuenta de que ni siquiera era
capaz de anunciar una visita que, en realidad, no tenía otro
objetivo que pedirle algo al anfitrión. Y el viejo Trotta consideró que incurría en una forma de engaño si no dejaba
que su objetivo al menos se intuyera desde el principio. Por
otro lado, le era imposible encontrar un giro que más o menos expresara esa intención. Así pues, permaneció largo
rato sentado con la pluma en la mano, reformulando y dando vueltas a las palabras, y todas las frases las acababa des-
cartando. Cierto es que también cabía la posibilidad de

telefonear al señor Von Winternigg. Pero, desde que contaban con un teléfono en la jefatura del distrito —y de eso no
hacía ni dos años—, el barón Von Trotta no lo había utiliza-
do más que para llamadas de trabajo. No le cabía en la cabeza acercarse a aquella especie de caja grande de color marrón, que sin duda también tenía algo de inquietante, para
hacer girar el disco y que a una conversación con el señor
Von Winternigg le dieran inicio un timbre y ese «Hola»
que casi ofendía al jefe de distrito (pues lo consideraba un
santo y seña infantil, muestra de la inapropiada soberbia con la que la gente seria abordaba ahora el despacho de
asuntos serios). Entretanto, también cayó en la cuenta
de que su hijo esperaba una respuesta, tal vez un telegrama. ¿Y qué debía decirle en el telegrama? Por ejemplo: «Intentaré lo que sea, detalles en breve». O: «Paciencia, espera
ulteriores noticias». O: «Busca otros medios, aquí imposible... ¡Imposible!». ¡Qué largo y terrible era el eco que despertaba esa palabra! ¿Qué era imposible?, ¿salvar el honor
de los Trotta? Eso no podía ser tan imposible. Dando zancadas de un lado para otro, el jefe de distrito recorría y volvía a recorrer el despacho, igual que aquellas mañanas de
domingo en las que examinaba a Carl Joseph de niño. Con
una mano a la espalda y la otra en alto, haciendo crepitar
suavemente el puño almidonado. Luego bajó al patio, im-
pulsado por la descabellada idea de que tal vez se encontraría allí con el difunto Jacques, sentado a la sombra del balcón. El patio estaba vacío. La ventana de la casita donde
había vivido Jacques estaba abierta y el canario aún vivía.
Cantaba a pleno pulmón, posado en el marco de la ventana. El jefe de distrito se dio media vuelta, cogió sombrero
y bastón y salió de la casa. Había tomado la decisión de ha-

cer algo fuera de toda costumbre, a saber: ir a ver al doctor Skowronnek a su casa. Cruzó la placita del mercado y torció por la Lenaugasse, buscando por los portales alguna placa con el nombre, pues no sabía el número de la casa, y finalmente tuvo que preguntar la dirección del doctor en una tienda, a pesar de que le parecía harto indiscreto importunar a un desconocido para pedirle información. Pero también esto pudo superarlo el barón Von Trotta con su determinación y presencia de ánimo, y entró en la casa que le habían indicado. Encontró al doctor Skowronnek en un jardincillo interior, sentado con un libro debajo de una sombrilla enorme.

—¡Por Dios bendito! —exclamó Skowronnek. Pues de inmediato supo que tenía que haber pasado algo realmente fuera de lo común para que el jefe de distrito se presentara en su casa.

El barón Von Trotta desplegó todo un repertorio de farragosas disculpas antes de empezar. Y se lo contó, sentado en el banco del jardincillo, con la cabeza gacha y hurgando con la punta del bastón en la gravilla multicolor del caminito. Luego depositó la carta de su hijo en las manos de Skowronnek. Y se quedó callado, reprimió un suspiro y respiró hondo.

—Mis ahorros —dijo Skowronnek— ascienden a dos mil coronas que pongo a su entera disposición, si me lo permite, jefe de distrito.

El doctor pronunció esta frase muy deprisa, como si tuviera miedo de que el jefe de distrito fuera a interrumpirlo, y, ante lo embarazoso del momento, le quitó el bastón y se puso a hurgar en la gravilla él, pues le parecía que, después de semejante frase, no podía uno quedarse sin hacer algo con las manos.

El barón Von Trotta le dijo:

—Gracias, doctor, los acepto. Le firmaré un pagaré. Se lo devolveré a plazos, si me lo permite.

—Eso no hace falta ni mencionarlo —dijo Skowronnek.

—Bien —dijo el jefe de distrito.

De repente, le parecía impensable pronunciar la retahíla de fórmulas inútiles que, por cortesía, llevaba utilizando con los desconocidos toda la vida. De repente, el tiempo apremiaba. Los contados días de que aún disponía se le antojaban muy pocos, se quedaban en nada.

—El resto... —prosiguió Skowronnek—, el resto solo se puede reunir recurriendo al señor Von Winternigg. ¿Lo conoce?

—Superficialmente.

—No hay más opciones, jefe de distrito. Aunque creo que yo sí conozco al señor Von Winternigg. Traté a su nuera una vez. A mi juicio, es un hombre tan inhumano como dicen de él. Cabe la posibilidad, cabe la posibilidad, jefe de distrito, de que le responda con una negativa.

A continuación, Skowronnek guardó silencio. El jefe de distrito le volvió a quitar el bastón de la mano. Y se hizo un profundo silencio. Solo se oía el ruido de la punta del bastón hurgando en la gravilla.

—¡Una negativa! —musitó el jefe de distrito—. No le tengo miedo a eso —dijo, ya en voz alta—. Pero, entonces, ¿qué?

—Entonces —dijo Skowronnek—, no hay más que una solución un tanto peculiar. Se me acaba de ocurrir y, en fin, a mí mismo se me antoja tal vez demasiado fantasiosa. En fin, quiero decir, tal vez no sea tan impensable en su caso. Yo en su lugar iría directamente... a ver al anciano, al emperador, quiero decir. Porque no se trata solo del dinero. Su

hijo no deja de correr el peligro, y perdóneme por hablar así, sin ningún tapujo, de que... el ejército, en el ejército...
—Skowronnek quería decir «lo expulsen». Pero dijo—: Lo obliguen a licenciarse.

Nada más pronunciar esta palabra, Skowronnek se avergonzó. Y añadió:

—A lo mejor es una idea infantil, después de todo. De hecho, mientras se la expongo, yo mismo tengo la sensación de que somos como dos chiquillos ideando cosas imposibles. Ay, sí, nos hemos hecho viejos y nos atormentan preocupaciones muy serias, aunque, con todo, veía yo cierta audacia en esta idea... Perdóneme.

Para la mente sin dobleces del barón Von Trotta, la ocurrencia del doctor Skowronnek no tenía nada de infantil. En cada cosa que el jefe de distrito hacía o mandaba o firmaba, en cada indicación que daba al comisario del distrito o tan solo al sargento Slama, él siempre actuaba bajo el cetro del emperador. Tampoco tenía nada de raro que el emperador en persona hubiera hablado con Carl Joseph. El héroe de Solferino había derramado sangre por el emperador y Carl Joseph también, en cierto sentido, al enfrentarse a aquellos «individuos» y «elementos» perturbadores y sospechosos. Desde la cándida perspectiva del barón Von Trotta, no era abusar de la gracia del emperador que un siervo de Su Majestad acudiera a Francisco José en absoluta confianza, como el niño en apuros que pide ayuda a su padre. El doctor Skowronnek se estremeció y empezó a dudar de la salud mental del jefe de distrito cuando el viejo Trotta exclamó:

—¡Qué excelente idea, doctor! ¡Si eso es lo más fácil del mundo!

—Yo no lo veo tan fácil —dijo Skowronnek—. No tiene usted mucho tiempo. En dos días no es posible conseguir una audiencia privada.

El jefe de distrito hubo de darle la razón. Decidieron, pues, que el barón Von Trotta primero tenía que ir a ver a Winternigg.

—Incluso aunque responda con una negativa —dijo el jefe de distrito.

—Incluso aunque responda con una negativa —repitió el doctor Skowronnek.

Y el jefe de distrito se puso en camino de inmediato para visitar al señor Von Winternigg. Fue en coche de punto. Era en torno al mediodía. No había comido nada. Paró frente al café y se tomó un coñac. Pensó que estaba emprendiendo algo más que inapropiado. Iba a importunar al señor Winternigg en plena comida. Pero no le queda más tiempo. Necesita una decisión esa misma tarde. Pasado mañana se presentará ante el emperador. Manda parar el coche una vez más. Se apea en Correos y, con mano firme, escribe un telegrama a Carl Joseph: «Se solucionará. Abrazos, tu padre». Está completamente seguro de que todo irá bien. Porque tal vez resulte imposible reunir el dinero, pero más imposible todavía es que nada ponga en riesgo el honor de los Trotta. Es más, el jefe de distrito se imagina que el espíritu de su padre, el héroe de Solferino, lo guarda y lo acompaña. Y el coñac insufla calor a su corazón anciano. Late con un poco más de fuerza. Él, sin embargo, está muy tranquilo. Y paga al cochero a la entrada de la villa de Winternigg, saludándolo con gesto complaciente, con un dedo, como suele saludar a la gente que no es nadie. También con gesto complaciente le sonríe al criado. Con el sombrero y el bastón en la mano, espera.

Apareció el señor Von Winternigg, menudo y amarillo. Le tendió al jefe de distrito una manita escuálida y amarilla, se dejó caer en un hermoso sillón y casi desapareció entre el mullido acolchado verde. Sus ojos sin color apuntaban hacia el gran ventanal. Eran unos ojos en los que no moraba ninguna mirada, o que más bien ocultaban la mirada: eran como viejos espejitos opacos y lo único que veía en ellos el jefe de distrito era el pequeño reflejo de su propia imagen. Con más locuacidad de la que él mismo se habría atribuido y entre disculpas bien formuladas, comenzó a exponer por qué le había resultado imposible anunciarle su visita al anfitrión. Luego dijo:

—Señor Von Winternigg, yo soy un hombre viejo.

No quería decir esa frase. Los arrugados párpados amarillos de Winternigg se abrieron y cerraron un par de veces y el jefe de distrito tuvo la sensación de estar hablando con un pájaro anciano y esquelético que no entendía el lenguaje humano.

—Muy de lamentar —dijo Winternigg a pesar de todo. Hablaba muy bajito. Su voz carecía de sonido, igual que sus ojos de mirada; solo producía aire cuando hablaba, mostrando una dentadura sorprendente, fuerte, de dientes anchos y amarillentos, una potente verja de seguridad para proteger las palabras.

—Muy de lamentar —dijo el señor Winternigg por segunda vez—. Pues no tengo nada de dinero en efectivo.

El jefe de distrito se puso de pie al instante. También el señor Von Winternigg se apresuró a levantarse. Amarillo y diminuto, se quedó frente al jefe de distrito, un hombre sin barba frente a unas barbas plateadas al estilo de Francisco José, y el barón Von Trotta pareció crecer y él mismo creyó y hasta notó que crecía. ¿Se había quebrado su orgullo? En modo alguno. ¿Se sentía humillado? ¡No lo estaba! Tenía que salvar el honor del héroe de Solferino del mismo modo que la misión de este había sido salvar la vida del emperador. ¡Qué fácil era, en el fondo, pedir favores! Desprecio, esta fue la primera vez que el corazón del barón Von Trotta se llenó de verdadero desprecio, y era casi tan grande como su orgullo. Se despidió. Y lo hizo con su voz de siempre, aquella voz engolada de funcionario arrogante:

—Me despido, señor Von Winternigg.

Caminando erguido, despacio, envuelto en su particular halo de dignidad plateada, el jefe de distrito recorrió la larga avenida que conducía desde la villa de Winternigg hasta el centro de la ciudad. La avenida estaba vacía y los gorriones la cruzaban brincando, las alondras trinaban y los viejos castaños verdes festoneaban el camino.

En casa, cogió la campanilla de plata que tantos años llevaba sin utilizar. Su delicada voz revoloteó por la casa entera.

—Señorita Hirschwitz —dijo el barón Von Trotta a su ama de llaves—, quiero la maleta hecha dentro de media hora. El uniforme con el chacó y la espada, el frac, y la corbata blanca, por favor. ¡Dentro de media hora!

Sacó su reloj y abrió la tapa haciendo ruido a propósito. Se recostó en el sillón y cerró los ojos. En el armario, su uniforme ocupaba cinco perchas: frac, chaleco, pantalón, chacó y espada. Pieza tras pieza, el uniforme salió del armario como si lo hiciera solo, acompañado únicamente por las cuidadosas manos del ama de llaves. La gran maleta del jefe de distrito, con su funda de lona marrón, abrió sus fauces, forradas de crujiente papel de seda, y recibió pieza tras pieza del uniforme. La espada ocupó obedientemente su lugar dentro del estuche de cuero. La corbata blanca se envolvió en un fino velo de papel. Los guantes blancos hallaron acomodo entre el forro del chaleco. Luego se cerró la maleta. Y la señorita Hirschwitz fue a anunciar que ya estaba todo preparado.

Entonces, el jefe de distrito viajó a Viena.

Llegó a última hora de la tarde. Pero sabía dónde encontrar a los hombres que necesitaba. Conocía las casas donde vivían y los locales a los que iban a cenar. Y, así, el consejero del Gobierno Smekal y el consejero de la corte Pollak y el consejero superior del Tribunal de Cuentas Pollitzer y el consejero superior de la magistratura Busch y el consejero de la gobernaduría Leschnigg y el consejero de la policía Fuchs; todos estos y algunos más vieron entrar aquella noche al peculiar barón Von Trotta y, aunque tenía la misma edad que ellos, todos y cada uno pensaron, preocupados, cómo había envejecido el jefe de distrito. Pues era mucho más anciano que todos ellos. Es más, les parecía venerable y casi les costaba tutearlo. Aquella noche se lo vio aparecer en muchos sitios, casi al mismo tiempo en todos, y en todos recordó a un fantasma, un fantasma de los viejos tiempos y de la vieja monarquía de los Habsburgo; la sombra de la historia. Y, por extraño que les sonara lo que les contó en confianza —es decir: su intención de conseguir una audiencia privada con el emperador en dos días—, lo que más extraño les resultaba era él mismo, el barón Von Trotta, el que tan prematuramente había envejecido o el que en realidad había sido viejo siempre, y poco a poco a todos les pareció que aquella idea era justa y lo más natural del mundo.

En la jefatura de la Casa Real de Montenuovo trabajaba el suertudo de Gustl, a quien todos envidiaban, si bien se sabía que su gloria tendría un final deshonroso con la muerte del viejo y la subida al trono de Francisco Fernando. Ya lo estaban esperando. Gustl, entretanto, se había casado, para más señas con la hija de un Fugger; él, un simple burgués al que todos conocían de la esquina izquierda del tercer banco, al que siempre habían tenido que soplar las respuestas en los exámenes y cuya «suerte» iba acompañada de venenosos comentarios desde hacía treinta años. Con todo, Gustl había entrado a formar parte de la nobleza y tenía un cargo en la Casa Real. Había pasado de apellidarse Hasselbrunner a ser Von Hasselbrunner. Su trabajo era fácil, un juego de niños, mientras que todos los demás tenían que resolver asuntos insoportables y sumamente enrevesados. ¡Hasselbrunner! Él era el único que podía hacer algo.

A la mañana siguiente, pues, a una hora tan temprana como las nueve, el jefe de distrito se presentó en la puerta de Hasselbrunner en la sede de la Casa Real. Se enteró de que Hasselbrunner estaba de viaje y tal vez regresaría esa tarde. Dio la casualidad de que pasaba por allí Smetana, a quien no había conseguido localizar la noche anterior. Y Smetana, que no tardó en ponerse al corriente y se mostró tan listo como siempre, sabía muchas cosas. Aunque Hasselbrunner estuviera de viaje, junto a él trabajaba un tal Lang. Y Lang era un tipo simpático. Y así comenzó la incansable odisea del jefe de distrito de despacho en despacho. Desconocía por completo las leyes secretas del funcionamiento de la real e imperial Administración de Viena.

Ahí tuvo ocasión de conocerlas. De acuerdo con dichas leyes, los funcionarios se mostraban gruñones hasta que les sacaba su tarjeta de visita; luego ya, en cuanto conocían su rango, eran todo amabilidad a sus pies. Los altos funcionarios de todas partes lo saludaban con el más cordial respeto. Todos y cada uno, sin excepción, se mostraban dispuestos a arriesgar su carrera y hasta su vida por el jefe de distrito al cuarto de hora de conocerlo. Al cuarto de hora siguiente, en cambio, ya se les ensombrecía la mirada y se les marchitaba el rostro; una inmensa pena se adueñaba de su corazón y paralizaba su gran diligencia, y todos y cada uno de ellos le decían: «¡Ay, si fuera otra cosa! Yo le ayudaría con mucho gusto. Pero esto, mi querido, mi queridísimo barón Von Trotta, incluso tratándose de uno de nosotros, en fin... ¡Qué le voy a decir yo precisamente a usted!». Y de esta manera y de otras similares le daban largas al imperturbable barón Von Trotta. Recorrió el crucero del edificio y el patio de luces, subió a la tercera planta, a la cuarta, volvió a la primera y luego al entresuelo. Y luego decidió esperar a Hasselbrunner. Esperó hasta la tarde y se enteró de que ni siquiera estaba de viaje, sino que se había quedado en su casa. Con lo cual, el impertérrito defensor del honor de los Trotta se plantó en su domicilio. Allí, por fin, se abrió una débil perspectiva. Los dos juntos, Hasselbrunner y el anciano barón Von Trotta, fueron a ver a este y al de más allá. Se trataba de llegar hasta Montenuovo. Y, finalmente, hacia las seis de la tarde, consiguieron dar con un amigo de Montenuovo en cierta confitería famosa donde a veces iban a merendar los joviales y golosos dignatarios del Imperio. El jefe de distrito escuchó por decimoquinta vez que su propósito era imposible de llevar a cabo.

Pero se mantuvo impasible. Y la dignidad plateada de su avanzada edad; el convencimiento, un tanto inusual y hasta descabellado, con que hablaba de su hijo y del peligro que amenazaba a su nombre; la solemnidad con la que llamaba «héroe de Solferino» (y solo así) a su difunto padre, y «Su Majestad» (y solo así) al emperador provocaban en sus interlocutores que a ellos mismos fuera pareciéndoles que el propósito del barón Von Trotta era justo y lo más natural del mundo. Si no había más remedio, decía el jefe de distrito de W., él mismo, anciano servidor de Su Majestad, hijo del héroe de Solferino, se lanzaría delante del carruaje en el que, todas las mañanas, el emperador iba de Schönbrunn al Hofburg, igual que lo haría cualquier mozo de carga del Naschmarkt. Él mismo, Franz von Trotta, jefe de distrito de W., tenía que solucionar aquel asunto. Tan entusiasmado estaba con su misión de salvar el honor de los Trotta con ayuda del emperador que creía que aquel «accidente» de su hijo, como llamaba todo aquel asunto para sus adentros, era lo que había conferido un verdadero sentido a su vida.

Es más, era lo único que le había dado sentido. Era difícil romper el protocolo. Se lo habían dicho quince veces. Él respondía que su padre, el héroe de Solferino, también había roto el protocolo. «¡Así, con la mano, fue como agarró a Su Majestad de los hombros y lo arrastró al suelo!», decía el jefe de distrito. Y él, que solía sentir estupor ante los movimientos bruscos o excesivos por parte de los demás, agarraba el hombro al caballero al que le estuviera exponiendo la escena y trataba de representar el histórico salvamento de la vida del emperador allí mismo. Y nadie sonreía. Y se ponían a pensar en alguna forma de saltarse el protocolo.

El jefe de distrito entró en una papelería y compró un pliego de papel de oficio bueno, una botellita de tinta y una pluma de acero marca Adler, la única con la que sabía escribir. Y, volándole la mano, pero con su letra de siempre, sin saltarse una sola de las normas de la caligrafía canónica, redactó la solicitud de rigor para una audiencia con Su Majestad Real e Imperial, y no vaciló ni un instante, es decir: no se permitió dudar ni un instante de que todo se solucionaría «en los términos más favorables». Habría estado dispuesto a despertar al mismísimo Montenuovo en plena noche. En el transcurso de aquel día, el asunto de su hijo se había convertido para el barón Von Trotta en asunto del héroe de Solferino y, con ello, en asunto del emperador; en cierto modo: asunto de la patria. Desde que saliera de W. apenas había comido nada. Se lo veía más enjuto que de costumbre y a su amigo Hasselbrunner le recordó a una de esas aves exóticas del parque zoológico de Schönbrunn que se antojan un intento de la naturaleza de recrear la fisonomía de los Habsburgo en la fauna. De hecho, el jefe de distrito recordaba a cuantos lo veían al propio Francisco José. Aquellos caballeros de Viena no estaban acostumbrados en absoluto al tremendo grado de determinación que mostraba el jefe de distrito. Habituados ellos a despachar asuntos imperiales todavía más difíciles entre las bromas ligerísimas que surgían en los cafés de la capital, el anciano barón Von Trotta les parecía un personaje venido de una provincia muy lejana, pero no en términos geográficos, sino históricamente muy lejana, un fantasma de la historia de la madre patria y vivo recordatorio de la conciencia patriótica. La permanente actitud de broma que se esmeraban por mostrar ante todos los indicios de su propia decadencia se disipó durante una hora y el nombre de Solferino los hizo estremecer y sentir un profundo respeto; el nombre de la batalla que anunció por primera vez el hundimiento de la monarquía real e imperial. Al mirar y al oír hablar a aquel extraño jefe de distrito, ellos mismos sentían un escalofrío. Tal vez sentían ya el aliento de la muerte que, unos meses más tarde, alargaría la mano para agarrarlos, para agarrarlos del cuello. Y ya notaron el gélido aliento de la muerte en la nuca.

Tres días en total era el tiempo del que aún disponía el barón Von Trotta. Y, en una sola noche, en la que no durmió, ni comió ni bebió, consiguió romper la ley de oro del protocolo. Del mismo modo en que el nombre del héroe de Solferino brilla por su ausencia en los libros de historia y entre las lecturas homologadas para las escuelas populares y burguesas de Austria, el nombre del hijo del héroe de Solferino tampoco consta en las actas de Montenuovo. Aparte del propio Montenuovo y del recientemente fallecido criado de Francisco José, no queda nadie en el mundo que sepa que el barón Franz von Trotta, jefe de distrito, fue recibido por el emperador una mañana temprano, para más datos: justo antes de partir este hacia Bad Ischl.

Hacía una mañana de ensueño. El jefe de distrito se había pasado la noche probándose el uniforme de gala. Había dejado la ventana abierta. Era una noche de verano muy luminosa. De cuando en cuando, se acercaba a la ventana. De cuando en cuando, escuchaba los ruidos de la ciudad durmiente y luego el canto de algún gallo en alguna granja lejana. Olía el aliento del verano; veía las estrellas en el pedazo de cielo nocturno que se vislumbraba; oía el paso rítmico del policía de patrulla. Se dedicó a esperar el amanecer. Por décima vez, se acercó al espejo, enderezó las alas de la pajarita blanca por encima de los picos del cuello alto de la camisa, pasó una vez más el pañuelo de batista blanca por los botones dorados del frac, limpió el puño dorado de la espada, se cepilló los zapatos, se peinó la barba, se pasó el peine para domar los cuatro pelillos que le quedaban en la calva y que se empeñaban en levantarse y ensortijarse y volvió a cepillar los faldones del frac. Cogió el chacó, pero se quedó con él en la mano. Se situó frente al espejo y repitió: «Majestad, vengo a pedir vuestro favor para con mi hijo».

Observó en el espejo cómo se le movían las dos alas de la barba y eso no le pareció de recibo, así que comenzó a pronunciar la frase de tal manera que la barba no se le moviera, pero que las palabras siguieran oyéndose bien. No sentía ningún cansancio. Se acercó una vez más a la ventana como quien se acerca a una orilla. Y esperó el amanecer con profundo anhelo, como quien espera un barco que viene de la patria. Sí, sentía añoranza del emperador. Permaneció de pie junto a la ventana hasta que el resplandor gris del crepúsculo iluminó el cielo, hasta que se apagó el lucero de la mañana y las voces revueltas de los pájaros anunciaron la salida del sol. Entonces apagó las luces de la habitación. Tocó la campanilla que había en la puerta. Mandó venir al barbero. Se quitó el frac. Se sentó. Pidió que lo afeitaran.

—Dos veces —dijo al joven que llegaba medio dormido—. Y a contrapelo.

Entre las alas de plata de la barba al estilo de Francisco José, su barbilla se cubrió de un brillo azulado. La piedra de alumbre le escocía, pero los polvos le refrescaron el cue-

llo. Lo habían citado a las siete y media. Una vez más, cepilló el frac negro y verde. Luego repitió frente al espejo:
«Majestad, vengo a pedir vuestro favor para con mi hijo».
Después cerró la habitación. Bajó las escaleras. Aún dormía el edificio entero. Se enfundó los guantes blancos, tirando bien para alisar los dedos, acariciando la piel, y se
detuvo un último momento frente al gran espejo del rellano de la escalera, entre la segunda y la primera planta, para
verse de perfil. Luego, con mucho cuidado, pisando solo
con la punta del pie, recorrió los escalones cubiertos por
una mullida alfombra roja, envuelto en su aura de dignidad
plateada, en la fragancia de los polvos y el agua de colonia
y en el penetrante olor de la cera de lustrar zapatos. El portero le hizo una profunda reverencia. El coche de dos caballos se detuvo delante de la puerta giratoria. El jefe de distrito pasó el pañuelo por el asiento acolchado y se sentó.

—¡A Schönbrunn! —ordenó.

Y fue todo el viaje muy tieso en el interior del coche. Los
cascos de los caballos golpeteaban alegres los adoquines recién regados y los jóvenes aprendices de panaderos que corrían al trabajo vestidos de blanco se paraban para contemplar aquel coche como el de un desfile. Como la carroza
principal de un desfile, así se dirigió el barón Von Trotta al
encuentro con el emperador.

Le pidió al cochero que parase a la distancia que consideró apropiada. Y así, con sus cegadores guantes blancos en-
marcando el frac negro y verde, colocando un pie delante
del otro con mucho cuidado para evitar que el polvo de la
avenida le ensuciara los botines, recorrió a pie el camino
recto que conducía hasta el palacio de Schönbrunn. Por encima de él se alborozaban los pájaros de la mañana. El per-

fume de las lilas y el jazmín lo aturdía. De las blancas flores de los castaños se desprendía y le caía en el hombro algún petalito. Él lo retiraba con dos dedos. Lentamente, subió los relucientes escalones bajos que el sol ya hacía parecer blancos. El guarda de la puerta hizo el saludo militar y el jefe de distrito entró en el palacio.

Esperó. Como mandaba la norma, un funcionario de la Casa Real lo examinó de arriba abajo. Su frac, sus guantes, sus pantalones y sus botines estaban impecables. Habría sido imposible encontrarle algún defecto al barón Von Trotta. Esperó. Esperó en la gran antesala del despacho de Su Majestad, a través de cuyos seis magníficos ventanales abovedados, abiertos pero todavía con las cortinas echadas, entraba todo el esplendor del comienzo del verano, todos los dulces aromas y todas las eufóricas voces de las aves de Schönbrunn.

Él parecía no oír nada, el jefe de distrito. Tampoco pareció prestar atención alguna al caballero cuyo discreto deber consistía en someter a riguroso examen y dar indicaciones de comportamiento a todas las visitas del emperador. Ante la inaccesible dignidad plateada del jefe de distrito, se quedó mudo y no consideró necesario insistir en su deber. Frente a ambas alas de la alta puerta blanca con filos dorados había dos guardias de estatura imponente que parecían dos estatuas muertas. El suelo de parqué, de un marrón amarillento y solo cubierto por la alfombra rojiza por el centro, reflejaba difusamente la parte inferior del barón Von Trotta: el pantalón negro, la punta dorada de la vaina de la espada y también la sombra flameante de los faldones del frac. El barón Von Trotta se puso de pie. Atravesó la alfombra con vacilantes pasos sin ruido. Sentía el latido del corazón. Sin embargo, su alma estaba tranquila. En aquellos momentos, cinco minutos antes del encuentro con su emperador, el barón Von Trotta se sentía como si llevara años frecuentando aquel lugar y como si estuviera acostumbrado a presentarse cada mañana ante Su Majestad, Francisco José I en persona, para darle el parte de los acontecimientos del día anterior en el distrito moravo de W. Enteramente como en su casa se sentía el jefe de distrito en el palacio del emperador. A lo sumo, le incomodaba la idea de que tal vez necesitaría volver a pasarse los dedos por la barba, cuando ya no tenía ocasión de quitarse los guantes. Ningún ministro del emperador y ni siquiera el mismo jefe de la Casa Real habrían podido sentirse más en su elemento que el barón Von Trotta. De cuando en cuando, el viento inflaba las cortinas amarillas de los altos ventanales abovedados y un pedazo de verde estival se colaba en el campo de visión del jefe de distrito. Los pájaros cantaban cada vez más fuerte. Ya empezaban a zumbar también algunas moscas gordas, con la precipitada y necia ilusión de que ya era mediodía, y poco a poco empezaba a sentirse ya el calor veraniego. El jefe de distrito se quedó parado en medio del salón, con el chacó pegado a la cadera derecha y la mano izquierda enfundada en el guante, de un blanco cegador, y apoyada en la empuñadura dorada de la espada, con el rostro bien dirigido hacia la puerta del despacho del emperador. En esa posición pasaría al menos dos minutos. Por las ventanas abiertas entraron las doradas campanadas de los relojes de torres lejanas. Entonces, las dos alas de la puerta se abrieron de golpe. Y con la cabeza hacia atrás, con pasos cautelosos y sin ruido, pero bien firmes, el jefe de distrito avanzó. Hizo una profunda reverencia y se mantuvo inclinado unos segundos, mirando el parqué y con la mente en blanco. Cuando se incorporó, la puerta se había cerrado a su espalda. Frente a él, al otro lado de su escritorio, de pie, estaba el emperador Francisco José, y el jefe de distrito tuvo la sensación de que quien estaba al otro lado de aquel escritorio fuera su hermano mayor. Cierto es que la barba de Francisco José se veía algo amarillenta, sobre todo alrededor de la boca, pero por lo demás era igual de blanca que la del barón Von Trotta. El emperador vestía un uniforme de general, y el barón Von Trotta, el de un jefe de distrito. Y se parecían como dos hermanos de los que uno se hubiera hecho emperador, y el otro, jefe de distrito. Muy humano fue, como la totalidad de esta audiencia del barón Von Trotta con el emperador, jamás recogida en las actas, el gesto que hizo en ese momento Francisco José. Como temía alguna gota a punto de caerle de la nariz, sacó el pañuelo del bolsillo del pantalón y se lo pasó por el bigote. Lanzó una mirada al expediente. «¡Anda, Trotta!», pensó. El día anterior le habían explicado la necesidad de aquella audiencia imprevista, pero no había hecho mucho caso. ¡Desde hacía meses, esos Trotta no paraban de darle la lata! Recordó que, durante su visita a las maniobras, había hablado con el vástago más joven de aquella familia. Era un teniente, uno extrañamente pálido. ¡Seguro que este de ahora era su padre! Y ya se le había vuelto a olvidar si el que le había salvado la vida en la batalla de Solferino era el padre o el abuelo del teniente. ¿El héroe de Solferino se había hecho jefe de distrito de repente? ¿O es que era el hijo del héroe de Solferino? El emperador se apoyó en la mesa con las manos.

—¿Y bien, mi querido Trotta? —preguntó. Pues, por sorprendente que pueda parecer, era su deber imperial conocer por su nombre a quienes lo visitaban.

—Majestad —dijo el jefe de distrito y, de nuevo, hizo una profunda reverencia—, vengo a pedir vuestro favor para con mi hijo.

—¿Qué hay de vuestro hijo? —preguntó el emperador con la intención de ganar tiempo y no revelar de entrada que no estaba informado con respecto a la historia familiar de los Trotta.

—Mi hijo es teniente en el regimiento de cazadores de B. —dijo el barón Von Trotta.

—Ajá, ajá... —dijo el emperador—. Entonces es el joven que vi en las últimas maniobras. ¡Gran persona! —Y como se le confundían un poco las ideas, añadió—: Casi me salvó la vida. ¿O fue usted?

—Majestad, fue mi padre, ¡el héroe de Solferino! —apuntó el jefe de distrito, inclinándose una vez más.

—¿Y qué edad tiene ahora? —preguntó el emperador—. La batalla de Solferino... ¡Entonces su padre es el del libro de lectura!

—Así es, majestad —dijo el jefe de distrito.

Y, al momento, el emperador se acordó perfectamente de la audiencia con aquel capitán tan especial. Y, al igual que aquella vez que se presentó en su despacho el particular capitán, también esta abandonó Francisco José I su posición de detrás del escritorio para avanzar unos pasos en dirección a su visitante y decirle:

—Acérquese más, hombre.

El jefe de distrito se acercó un poco. El emperador le tendió la mano, una mano muy delgada y temblorosa, de anciano, sarmentosa y toda surcada de venillas azules. El jefe de distrito le tomó la mano al emperador y se inclinó. Iba a besarla. No sabía si podía osar retener la mano del emperador o si debía colocar la suya encima de tal manera que el monarca tuviera la oportunidad de retirar la mano en cualquier momento.

—¡Majestad! —repitió el jefe de distrito por tercera vez—. Vengo a pedir vuestro favor para con mi hijo.

Eran como dos hermanos. Si los hubiera visto alguien completamente ignorante de quiénes eran, habría podido creer que eran hermanos. Las barbas como dos alas blancas en torno a la barbilla afeitada, los hombros estrechos y caídos y la misma complexión física les daban a cada cual la impresión de hallarse frente a su propia imagen en el espejo. Y el uno creyó haberse transformado en jefe de distrito. Y el otro creyó haberse transformado en el emperador. A la izquierda del emperador y derecha del jefe de distrito, los dos grandes ventanales del despacho estaban abiertos, aunque todavía velados por sus cortinas amarillas.

—¡Qué buen día hace hoy! —dijo, de pronto, Francisco José.

—¡Un día espléndido! —confirmó el jefe de distrito.

Y en tanto que el emperador señalaba la ventana con la mano izquierda, el jefe de distrito estiró su derecha en la misma dirección. Y el emperador tuvo la sensación de estar frente a su propia imagen en el espejo.

De repente, al emperador le vino a la mente que todavía tenía que resolver muchas cosas antes de salir de viaje a Bad Ischl. Y dijo:

—¡No hay problema! Todo se arreglará. ¿En qué se ha metido? ¿Deudas? Eso se arreglará. Dele recuerdos a su padre.

—Mi padre está muerto —dijo el jefe de distrito.

—¡Vaya! Muerto... —dijo el emperador—. ¡Qué pena, qué pena!

Y se le fue el pensamiento a otra parte, recordando la batalla de Solferino. Regresó a su escritorio, se sentó, apretó el botón para que sonara el timbre y ya no vio cómo salía el jefe de distrito, agachando la cabeza, con la mano izquierda sobre la empuñadura de la espada y el chacó pegado a la cadera derecha.

La algazara matinal de los pájaros inundó la estancia entera. Con todo el aprecio que el emperador sentía hacia las aves en su condición de privilegiadas criaturas del Señor, no dejaban de inspirarle, en el fondo de su corazón, cierta desconfianza, similar a la que le despertaban los artistas. Y, a juzgar por sus experiencias de los últimos años, siempre habían sido los pájaros y sus trinos la causa de sus pequeños despistes. Por eso se apresuró a apuntar en el expediente: «Asunto Trotta».

Luego se puso a esperar la visita diaria del jefe de la Casa Real. Ya daban las nueve. Ahora venía.

Capítulo 19

El funesto asunto del teniente Trotta fue enterrado en un cauteloso silencio. Todo lo que dijo el mayor Zoglauer fue:

—Su asunto se ha resuelto desde arriba del todo. Su señor padre ha enviado el dinero. No hay nada más que decir.

A continuación, Trotta escribió a su padre. Le informó de que el peligro que corría su honor había sido eliminado desde las más altas instancias. Le pidió perdón por la temporada de silencio tan vergonzosamente larga, sin responder a las cartas del jefe de distrito. Estaba conmovido y emocionado. Se esforzaba por no delatar su emoción. Aunque en su parco vocabulario faltaban las palabras para arrepentimiento, tristeza y añoranza. Fue una tarea bien ardua y amarga. Después de firmar la carta, se le ocurrió la frase: «Tengo la intención de solicitar un permiso y pedirte perdón verbalmente». Como posdata no podía añadir esta frase acertada por motivos formales. Así pues, el teniente se puso a reformular la carta entera. Tardó una hora en terminar. Al reescribir el texto, la forma había salido mejorada, con lo cual le pareció que todo estaba solucionado, y aquella repulsiva historia, enterrada. Él mismo se asombraba de su «fantástica suerte». Del viejo emperador podía fiarse el nieto del héroe de Solferino en cualquier circunstancia. No menos le alegraba el hecho, ahora probado, de que su padre tenía dinero. Dado el caso, ahora que ya estaba fuera del peligro de ser expulsado del ejército, podía abandonarlo él voluntariamente, vivir en Viena con la señora Von Taußig, tal vez hacerse funcionario del Estado y vestir de civil. Hacía mucho que no iba a Viena. Que no sabía nada de la señora Von Taußig. La echaba de menos. Después de tomarse un noventa grados, la echaba de menos más todavía, pero ya en ese reconfortante grado de añoranza que se presta a llorar un poco. Últimamente, las lágrimas le afloraban enseguida. Complacido, el teniente Trotta contempló por última vez su carta, lograda obra de sus manos, la metió en el sobre y añadió la dirección alegremente. Como premio, pidió un noventa grados. Se lo sirvió el señor Brodnitzer en persona, diciéndole:

—Kapturak se ha ido.

Aquel era un día estupendo para el teniente Trotta, sin lugar a duda. El hombrecillo que siempre habría podido traerle a la memoria uno de sus peores momentos también había desaparecido de la faz de la tierra.

—¿Cómo así?

—Lo han expulsado del país, sin más.

Sí, así de largo era el alcance del brazo de Francisco José, el anciano con el que había hablado el teniente Trotta, con su gota brillante colgándole de la imperial nariz. Tan lejos alcanzaba, pues, el recuerdo del héroe de Solferino.

Una semana después de la audiencia del jefe de distrito, también se había quitado de en medio a Kapturak. Tras recibir cierta indicación de las altas esferas, las autoridades políticas prohibieron, además, el salón de juegos de Brodnitzer. Del capitán Jedlicek no se volvió a decir nada. Cayó en ese olvido misterioso y mudo del que volver es tan raro como volver del más allá. Desapareció en las prisiones preventivas de la vieja monarquía, en las cámaras acorazadas de Austria. Si a los oficiales les venía a la mente su nombre, se apresuraban a ahuyentarlo. La mayoría lo conseguían gracias a su disposición natural a olvidarlo todo. Llegó un capitán nuevo, un tal Lorenz: un tipo bajito y entrado en carnes, bonachón, con una incontrolable tendencia a la laxitud en el servicio y las maneras, siempre dispuesto a quitarse la chaqueta, por prohibido que estuviese, para jugar una partida de billar. Y entonces se le veían unas mangas de camisa cortas, con remiendos y a veces un poco sudadas. Era padre de tres hijos y marido de una mujer amargada. No tardó en sentirse como en casa. A él también se acostumbraron enseguida. Sus hijos, que se parecían como si fueran trillizos, iban a recogerlo al café de tres en fondo. Poco a poco fueron desapareciendo del escenario los «ruiseñores», fueran de Olmütz, Hernals[1] o Mariahilf. Solo dos veces a la semana había música en el café. Pero carecía de nervio y de temperamento, y por falta de bailarinas se convirtió en música clásica que más parecía llorar los viejos tiempos que amenizar los actuales. Los oficiales empezaron a aburrirse de nuevo cuando no bebían. Cuando bebían, en

---

1. Olmütz, actualmente Olomuoc, está en la República Checa, en Moravia; Hernals es el distrito 17 de Viena, ya en la zona de los Bosques. *(N. de la T.)*.

cambio, se ponían melancólicos y se daban mucha pena a sí mismos. El verano estaba siendo muy bochornoso. Durante el entrenamiento, tenían que hacer dos descansos cada mañana. Las armas y las tropas sudaban. Las notas de las trompetas de la banda salían sofocadas y con desgana para toparse con un aire muy cargado. Una fina niebla recubría el cielo entero de manera uniforme, como un velo de plomo plateado. También recubría los pantanos e incluso mitigaba el canto de las ranas, siempre tan lleno de energía. Los sauces no se movían. El mundo entero esperaba algún viento. Pero todos los vientos dormían.

Chojnicki no había vuelto a su tierra ese año. Todos estaban enfadados con él, como si hubiera roto un contrato fijo con el ejército como animador oficial de los juegos de verano. Con el fin de que aquella guarnición perdida recuperase un nuevo esplendor a pesar de todo, el conde Tschoch, capitán de la caballería, tuvo la genial idea de organizar una gran fiesta de verano. Lo que tenía de genial la idea era que aquella fiesta podía servir de ensayo para la gran celebración del centenario del regimiento de dragones. El centenario del regimiento tendría lugar un año más tarde, pero parecía que no había manera de conservar la paciencia durante noventa y nueve años enteros así, por las buenas, sin festejar nada. Todo el mundo decía que la idea era genial. El coronel Festetics también lo decía y, de hecho, hasta se creía el único y el primero en acuñar ese calificativo. Además, ya había empezado con los preparativos de la gran fiesta del centenario hacía unas semanas. A diario, en sus horas libres, en la oficina del regimiento, se dedicaba a dictar la formalísima carta de invitación que, un año más tarde, tendrían que enviar al propietario del regimiento, un pequeño príncipe alemán de una rama secundaria un tanto desatendida. La sola redacción del escrito oficial tenía ocupados a dos hombres, al coronel Festetics y al capitán Tschoch. A veces se enzarzaban en acaloradas discusiones por puros detalles de estilo. Así, por ejemplo, al coronel le parecía adecuado el giro «y así, el regimiento se permite con la suma humildad», mientras que el capitán consideraba que no solo la «y» estaba mal, sino que tampoco se podía poner «con la suma humildad». Habían determinado redactar dos frases cada día, y eso era a lo que llegaban. Cada uno le dictaba a un secretario: el capitán, a un cabo, y el coronel, a un jefe de sección. Luego comparaban las frases. Ambos se deshacían en elogios para con el compañero. Entonces, el coronel guardaba los borradores en el gran armario de la oficina del regimiento, del que nadie más que él tenía llave. Los depositaba junto a los otros planes que ya tenía preparados para el gran desfile y el torneo de oficiales y de la tropa. Todos los papeles se guardaban cerca de los grandes y siniestros sobres lacrados que contenían las órdenes confidenciales en caso de movilización.

Después de que el capitán Tschoch tuviera la genial idea, interrumpieron la redacción de la carta de invitación al príncipe para ponerse a enviar las otras invitaciones, similares en estilo y contenido, a los cuatro puntos cardinales. Estas invitaciones escuetas requerían menos esfuerzo literario, y así estuvieron listas en un plazo de pocos días. Tan solo dieron pie a algunas discusiones sobre el rango de los invitados. Pues, contraviniendo al coronel Festetics, el capitán Tschoch era de la opinión de que las invitaciones debían enviarse de acuerdo con el orden del escalafón, primero a los más distinguidos y después a los menos.

—¡A todo el mundo a la vez! —decía el coronel—. ¡Se lo ordeno!

Y aunque Festetics pertenecía a una de las mejores familias húngaras, el conde Tschoch creía advertir en dicha orden cierta tendencia democrática congénita por parte del
coronel. Arrugó la nariz y envió todas las invitaciones a
la vez.

Se mandó llamar al encargado del registro. En sus manos
estaban todas las direcciones de los oficiales en la reserva,
así como de los oficiales retirados. Los invitaron a todos. Invitados fueron también los parientes cercanos y los amigos
de los oficiales de los dragones. A estos se les comunicó que
se trataba de un ensayo para la gran fiesta del centenario. De
esta manera se les daba a entender que tenían perspectivas
de coincidir con el propietario del regimiento en persona,
aquel príncipe alemán de una rama secundaria, por desgracia y en cualquier caso poco representativa. Algunos de los
invitados eran de dinastías más antiguas que la de este. Sin
embargo, no dejaban de darle su importancia al trato con un
príncipe mediatizado[2]. Se decidió también que, puesto que
iba a ser una «fiesta de verano», se tenía que celebrar en el
bosquecillo del conde Chojnicki. «El bosquecillo» se dife-
renciaba de los bosques de Chojnicki en que parecía hecho
a propósito para celebrar fiestas, tanto por la naturaleza misma como por su propietario. Era un bosque joven. Lo formaban coquetos abetitos rojos, ofrecía fresco y sombra, ca-

2. La mediatización fue el proceso de redistribución de los territorios y regu-
lación de las compensaciones económicas y las condiciones jurisdiccionales
que estableció la Conclusión Principal de la Delegación Imperial Extraordinaria *(Reichsdeputationshauptschluss)* en 1803, después de que Francia se ane-
xionara los territorios alemanes del oeste del Rin. *(N. de la T.)*.

minos allanados y unos cuantos claros de reducido tamaño que, obviamente, no servían para nada mejor que para ponerles una tarima y convertirlos en pistas de baile. Así pues, alquilaron el bosquecillo. Con este motivo, se lamentó una vez más la ausencia de Chojnicki. Fue invitado de todas formas, con la esperanza de que no fuera capaz de resistirse a una invitación a la fiesta del regimiento de dragones e incluso estuviera dispuesto a acudir acompañado de «gente con *charme*», como lo expresaba Festetics. Se invitó a los Hulin y a los Kinsky, a los Podstatzki y a los Schönborn, a la familia de Albert Tassilo Larisch, a los Kirchberg, los Weißenhorn y los Babenhausen, a los Sennyi, los Benkyös, los Zuscher y los Dietrichstein. Cada uno de ellos tenía algún tipo de vínculo con aquel regimiento de dragones. Revisando una vez más la lista de invitados, el capitán Tschoch exclamó:

—¡Por todos los demonios del santo sacramento de la madre del cordero! —Y repitió varias veces tan peculiar expresión.

Era terrible, pero inevitable, que a tan magnífica fiesta no hubiera modo de no invitar a los oficiales corrientes del batallón de cazadores. «Bueno, ya se hará por que se queden arrimados a las paredes», pensaba el coronel Festetics. Justo lo mismo creía el capitán Tschoch. Mientras dictaban las invitaciones para los oficiales del batallón de cazadores, el uno a su cabo y el otro a su jefe de sección, se miraban con ojos de rabia. Y cada uno de ellos hacía responsable al otro de aquella obligación de invitar al batallón de cazadores. Sus rostros se iluminaron al surgir el nombre del barón Von Trotta und Sipolje.

—Batalla de Solferino —apuntó el coronel como quien no quiere la cosa.

—Aah —dijo el capitán Tschoch; estaba convencido de que la batalla de Solferino había tenido lugar en el siglo dieciséis.

A todos los secretarios de la oficina los pusieron a hacer guirnaldas de papel en verde y rojo. Los mozos de los oficiales, encaramados a los tronquitos de los árboles del bosquecillo, tendían alambres de un árbol a otro. Tres veces a la semana, los dragones dejaban de salir a ejercitarse. Tenían «clase» en el cuartel: eran instruidos en el arte de alternar con invitados distinguidos. Medio escuadrón fue asignado temporalmente a la tutela del cocinero. Los muchachos venidos del campo aprenderían a fregar cacerolas, servir bandejas, sostener copas de vino y darle vueltas al asador. Todas las mañanas, el coronel Festetics pasaba rigurosa revista a la cocina, la cantina y la bodega. Para todo el personal de la tropa del que cupiera la posibilidad de coincidir con los invitados en alguna parte habían encargado guantes de hilo blanco. Todas las mañanas, los dragones agraciados con tan duro honor por el capricho de sus sargentos tenían que enseñar las manos, estirando bien los dedos dentro de los guantes blancos, para la supervisión del coronel. Este comprobaba la limpieza, el perfecto ajuste y la resistencia de las costuras. Estaba eufórico, iluminado por un sol interior especial y secreto. Admiraba su propio talento ejecutivo, lo elogiaba y reclamaba admiración. Desarrolló una fantasía extraordinaria. Le inspiraba al menos diez ocurrencias diarias, cuando antes se las arreglaba perfectamente con una sola a la semana. Y tales ocurrencias no solo guardaban relación con la fiesta, sino también con los grandes interrogantes de la vida, por ejemplo, el reglamento de las maniobras o el uniforme o hasta la táctica militar. En aquellos días, el coronel Festetics vio claro que podía llegar a general sin ningún problema.

Una vez tendidos los alambres entre los troncos de los árboles, hubo que colgarles las guirnaldas. Las colocaron, pues, a modo de prueba. Fue a verlas el coronel. Era innegable que se imponía ponerles farolillos. Solo que, a pesar de la niebla y del bochorno, llevaba mucho tiempo sin llover y se contaba con que cualquier día los sorprendería una tormenta. Así pues, el coronel dispuso una guardia permanente en el bosquecillo cuya misión era retirar tanto las guirnaldas como los farolillos al mínimo indicio de tormenta. «¿Los alambres también?», preguntaron al capitán con cautela. Pues es sabido que a los grandes hombres no les agrada oír consejos de sus ayudantes de menor categoría. «A los alambres no les pasa nada», dijo el capitán. Entonces, dejaron los alambres en los árboles. No hubo ninguna tormenta. Siguió haciendo un tiempo pesado y bochornoso. Por otro lado, a través de las cartas de algunos invitados que excusaban su asistencia se enteraron de que, el mismo domingo de la fiesta de los dragones, se celebraba otra en Viena, en un conocido club para la nobleza. Algunos invitados se debatían entre las ganas de enterarse de todas las novedades de la sociedad (cosa que solo era posible en la fiesta del club de Viena) y el placer rayano en aventura que suponía visitar la legendaria frontera. El exotismo de esto último les resultaba casi tan seductor como el cotilleo, como la ocasión de fijarse en las especiales simpatías o enemistades, de hacer valer la protección que alguien acabara de rogarle a uno o de pedirla para lo que se necesitara. Algunos prometían mandar un telegrama; eso sí: en el último momento. Tales respuestas y la perspectiva de los telegramas minaron la seguridad que había ganado el coronel Festetics durante los últimos días.

—¡Es una desgracia! —dijo.

—¡Es una desgracia! —repitió el capitán.

Y los dos se quedaron cabizbajos.

¿Cuántas habitaciones había que preparar? ¿Cien o solo cincuenta? ¿Y dónde? ¿En el hotel? ¿En casa de Chojnicki? Era una lástima que no estuviera Chojnicki y que ni siquiera hubiera contestado.

—Es traicionero, ese Chojnicki. Yo nunca me he fiado de él —decía el capitán.

—¡Cuánta razón tiene! —confirmaba el coronel.

Entonces llamaron a la puerta y el ordenanza anunció al conde Chojnicki.

—¡Qué gran tipo! —exclamaron los dos al unísono.

Lo saludaron efusivamente. Para sus adentros, el coronel sentía que su genio se había desinflado y necesitaba apoyo. También el capitán Tschoch sentía que su genio no daba más de sí. Abrazaron al conde por turnos, tres veces cada uno. Y cada cual esperaba impaciente el final del abrazo del otro. Luego pidieron aguardiente.

Sus graves preocupaciones se transformaron de golpe en cuestiones ligeras y divertidas. Si Chojnicki, por ejemplo, decía: «Vamos a preparar cien habitaciones y si luego se quedan vacías cincuenta pues ¡qué le vamos a hacer!», los dos exclamaban como un solo hombre: «¡Genial!», y de nuevo se lanzaban a abrazarlo.

En toda la semana que faltaba para la fiesta no llovió. Todas las guirnaldas y todos los farolillos se quedaron colgados. A veces, un rugido lejano, eco de un trueno más lejano aún, daba algún que otro susto al suboficial y a los cuatro hombres, acampados cual patrulla de montaña en la linde del bosquecillo, y miraban hacia el oeste. A veces, al anochecer, algún relámpago descolorido atravesaba las nieblas de color gris azulado que se condensaban en el horizonte occidental para proporcionarle un lecho mullido al sol poniente. ¡Ya podían descargar las tormentas muy lejos de allí, como en otro mundo! En el bosquecillo mudo se oía el crepitar de las agujas secas y de las cortezas acartonadas de los árboles. Los pájaros piaban somnolientos y sin ganas. El suelo blando y arenoso de entre los árboles ardía. No caía ninguna tormenta. Las guirlandas seguían en sus alambres.

El viernes llegaron algunos invitados. Lo habían anunciado mediante telegrama. El oficial de servicio fue a recogerlos. En ambos cuarteles aumentaba la excitación a medida que pasaban las horas. En el café de Brodnitzer, los oficiales de la caballería y las tropas de a pie mantenían debates por nimiedades y con el único fin de alimentar el desasosiego más todavía. Nadie era capaz de quedarse a solas. La impaciencia empujaba a juntarse con quien fuera. Cuchicheaban y de repente sabían montones de secretos confidencialísimos que llevaban años guardándose. Confiaban unos en los otros sin ningún recato, se querían todos mucho. Sudaban en amor y compañía ante la expectativa común. La fiesta ocultaba el horizonte: una imponente montaña festiva. Todos estaban convencidos de que aquello no solo era algo diferente, para variar, sino que significaba un cambio total en sus vidas. En el último momento, les entró miedo ante su propia obra. Por sí sola, la fiesta empezaba a resultar un dulce aliciente y un grave peligro. Ensombrecía el cielo y lo iluminaba. Todos cepillaban su uniforme. Ni siquiera el capitán Lorenz se atrevía a echar ninguna partida de billar durante esos días. La agradable despreocupación con que había decidido pasar el resto de su vida militar se había truncado. Contemplaba su uniforme de gala con miradas de desconfianza y cabía comparar al pobre capitán con un caballo cachazudo que llevara años en la fresca sombra de su establo y, de pronto, se viera obligado a tomar parte en una carrera.

Por fin llegó el domingo. Se contaron cincuenta y cuatro invitados.

—¡La madre de todos los demonios! —dijo el capitán Tschoch unas cuantas veces.

Sabía bien en qué regimiento servía, pero al ver los cincuenta y cuatro sonoros nombres de la lista sintió que no se había sentido todo lo orgulloso que debía estar de su regimiento en todo aquel tiempo. La fiesta comenzaba a la una de la tarde con un desfile de una hora en el campo de maniobras. Habían traído dos bandas militares de guarniciones más grandes. Tocaban en sendos quioscos de madera, instalados en el bosquecillo. Las damas iban en carros cubiertos con lonas y llevaban vestidos de verano con rígidos corsés y pamelas del diámetro de una rueda adornadas con aves disecadas. Aunque tenían calor, iban sonriendo, una alegre brisa cada una de ellas. Sonreían con los labios, con los ojos, con los pechos encerrados en sus fragantes y acorazados corpiños, con los guantecitos de encaje calado que les llegaban hasta el codo, con el diminuto pañuelito que llevaban en la mano y con el que se daban algún toquecito en la nariz, muy suave, no se les fuera a romper. Vendían caramelos, vino espumoso y números para la rueda de la fortuna, que manejaba el administrador con sus propias manos, y sa-

quitos de confeti multicolor, del que todo el mundo iba
salpicado y que ellas trataban de quitarse soplando, con los
labios pícaramente afilados. También había muchas serpentinas. Se enredaban en cuellos y en piernas y caían desde los
abetos rojos, tornando al instante artificiales todos los árboles naturales. Pues las serpentinas eran más densas y convin-
centes que el verde de la naturaleza.

En el cielo sobre el bosquecillo, entretanto, se habían formado las nubes largamente esperadas. El trueno se acercaba cada vez más, pero las bandas militares sonaban más
fuertes. Cuando la noche se extendió sobre carpas, carros,
confeti y baile, encendieron los farolillos y nadie se dio
cuenta de que los repentinos golpes de viento los hacían
balancearse más de lo ideal para unos farolillos festivos.
Los relámpagos que iluminaban el cielo cada vez con más
intensidad no tenían nada que ver con los fuegos artificiales que la tropa disparaba por detrás del bosquecillo. A pesar de todo, en general, se tendió a confundir los rayos
que se veían de cuando en cuando con cohetes que no habían estallado bien.

—¡Es una tormenta! —dijo alguien, de repente.

Y el rumor empezó a extenderse por el bosquecillo.

Se prepararon para abandonar el lugar y, a pie, a caballo
y en coche, se trasladaron a casa de Chojnicki. El resplandor de las velas se vertía en grandes haces titilantes sobre la
amplia avenida, bañando de dorado el suelo y los árboles,
cuyas hojas parecían de metal. Aún era temprano, pero ya
había oscurecido gracias a las huestes de nubes que se ape-
lotonaban y se fundían en otras más grandes. A la entrada
del castillo, en la amplia avenida y en la pequeña explanada ovalada y con suelo de gravilla, se congregaban ahora los

caballos, los coches, los invitados, las damas de coloridos atuendos y los oficiales, con más colores todavía. Los caballos se impacientaban, tanto los de montar, sujetos de las riendas por soldados, como los que tiraban de los coches, controlados por los cocheros con gran esfuerzo; el viento les acariciaba el pelo brillante como un peine eléctrico y relinchaban con miedo y pateaban la gravilla con cascos temblorosos. También a las personas parecía transmitirse la excitación de la naturaleza. Las animadas voces con que aún jugaban a la pelota unos minutos antes se habían extinguido. Todos miraban, algo asustados, hacia las puertas y ventanas. Ahora se abría la gran puerta de doble hoja y, en grupos, todos comenzaban a acercarse a la entrada. Y ora porque todos estaban demasiado pendientes de los fenómenos de la tormenta, siempre emocionantes para las personas, aunque no tuvieran nada de anormales, ora porque ya distraían su atención las notas desdibujadas de las dos bandas de música que empezaban a afinar los instrumentos en el interior de la casa, nadie percibió el rápido galope del ordenanza que, sobre un fondo de rayos blancos y nubes violeta, irrumpía en la explanada, hacía frenar al caballo en seco y, con su indumentaria oficial, su casco reluciente, su carabina enganchada a la espalda y su cartuchera sujeta al cinturón, guardaba no poco parecido con un mensajero salido de una obra de teatro. El dragón se apeó y preguntó por el coronel Festetics. Le dijeron que ya estaba dentro. Un momento después, Festetics salía, recibía la carta del ordenanza y volvía a meterse en el edificio. Se quedó de pie en el vestíbulo redondo, que no disponía de iluminación en el techo. Un criado con un candelabro en la mano se colocó a su espalda. El coronel rasgó el sobre para abrirlo. El criado, aunque instruido desde su juventud más temprana en el gran arte de servir, no fue capaz de dominar el temblor que le entró en la mano. Las velas que sostenía empezaron a flamear visiblemente. Sin ánimo de leer por encima del hombro del coronel, el texto de la carta quedaba irremediablemente dentro del campo de visión de sus bien instruidos ojos, una única frase escrita con tinta indeleble, letras más grandes de lo normal y una caligrafía muy clara. Del mismo modo en que no le habría resultado posible ignorar los rayos que ahora se sucedían cada vez a menos distancia y en todos los puntos cardinales ni siquiera cerrando los ojos, le resultaba imposible apartar la mirada de aquellas grandes letras azules: «Según rumores, heredero al trono asesinado en Sarajevo».

Las palabras calaron como una única, todas a la vez, en la conciencia del coronel y en los ojos del criado que tenía detrás. Al coronel se le cayó el sobre. El criado, con el candelabro en la mano izquierda, se acachó para recogerlo con la derecha. Al erguirse de nuevo, miró directamente a la cara al coronel Festetics, que se había vuelto hacia él. El criado dio un paso atrás. Sostenía en una mano el candelabro y en la otra el sobre, y las dos le temblaban. El resplandor de las velas temblequeaba en el rostro del coronel, iluminándolo o dejándolo a oscuras de manera intermitente. Su cara, colorada por lo general y adornada por un hermoso mostacho rubio ceniza, unas veces se veía de color morado, y otras, blanca como la cal. Los labios revelaban un ligero temblor y el bigote se le contraía solo. Aparte del coronel y el criado, no había nadie en el vestíbulo. Ya llegaba desde el interior de la casa el sonido amortiguado de los acordes del primer vals, el tintineo de las copas y el rumor de las voces. A través de la puerta que se abría al vestíbulo se veía el resplandor de los lejanos rayos y se oía el débil eco de truenos lejanos. El coronel miró al criado.

—¿Lo ha leído? —preguntó.

—Sí, mi coronel.

—¡Ni palabra! —dijo Festetics llevándose el índice a los labios.

Se alejó tambaleándose un poco. Tal vez fuera la flameante luz de las velas lo que hacía parecer inseguro su paso.

El criado, intrigado y nerviosísimo tanto por el voto de silencio que le había hecho al coronel como por la sangrienta noticia que acababa de leer, esperó a un compañero para dejar en sus manos su tarea y su candelabro, recorrer las estancias y tal vez enterarse de algo más. También a él, aunque era un hombre de mediana edad ilustrado y sensato, empezaba a resultarle un tanto inquietante permanecer en aquel vestíbulo que solo podía iluminarse malamente con aquellas cuatro velas y que se sumía en una oscuridad marrón cada vez más profunda después de cada uno de los fuertes relámpagos blancos azulados. El espacio estaba cargado de pesadas ondas de aire electrizado, pues la tormenta no terminaba de estallar. El criado estableció un vínculo sobrenatural entre el azar de aquella tormenta y la terrible noticia. Pensó que, por fin, había llegado la hora en que las fuerzas sobrenaturales del mundo se manifestaban de un modo tan claro como cruel. Y se santiguó, aún con el candelabro en la mano izquierda. En ese momento salía Chojnicki, que lo miró sorprendido y le preguntó si acaso le daba tanto miedo la tormenta. «No es solo la tormenta», respondió el criado. Y por más que hubiera prometido guardar silencio, ya no fue capaz de seguir soportando la carga de ser cómplice de aquel conocimiento. «¿Qué es, entonces?», quiso saber Chojnicki. El coronel Festetics había recibido una noticia terrible, le contó. Y citó palabra por palabra. Chojnicki dio orden de que, en primer lugar, se cerraran todas las ventanas, aunque solo fuera por la tormenta, pero que también echasen bien todas las cortinas y que después le preparasen el coche. Iría al centro de la ciudad. Mientras le enganchaban los caballos, llegó un fiacre con la lona desplegada y empapada, lo cual revelaba que venía de una zona donde ya la tormenta había caído. De él se apeó, con un maletín bajo el brazo, aquel avispado comisario de distrito que había disuelto la concentración política de los trabajadores de la fábrica de cepillos. Lo primero de todo, y como si acudiera especialmente para tal fin, informó de que en la pequeña ciudad estaba lloviendo. A continuación, le comunicó a Chojnicki que cabía la posibilidad de que, en Sarajevo, hubieran asesinado al heredero al trono austrohúngaro. La noticia habían empezado a difundirla unos viajeros que habían llegado hacía tres horas. Luego había llegado un telegrama de la gobernación, cifrado e incompleto. Al parecer, la tormenta afectaba a la transmisión telegráfica y, por el momento, el que se había enviado para comprobar la información no recibía respuesta. Además, era domingo y habría poco personal en las oficinas. No obstante, el revuelo en la ciudad e incluso en los pueblos iba en aumento y, a pesar de la tormenta, la gente había salido a la calle.

Al mismo tiempo que el comisario relataba esto en voz baja y a toda prisa, desde los salones les llegaba el suave murmullo que producían los pies al bailar, el agudo tintineo de las copas y, de cuando en cuando, las fuertes risotadas de los hombres. Chojnicki decidió reunir en un salón aparte a algunos de sus invitados, a aquellos que le parecieron indicados, sensatos y todavía sobrios. Bajo toda suerte de pretextos, fue conduciendo a unos y otros al lugar elegido, les presentó al comisario del distrito y les informó. Entre los iniciados se encontraban el coronel del regimiento de dragones, el mayor del batallón de cazadores con sus ayudantes, algunos de los portadores de nombres ilustres y, de entre los oficiales del batallón de cazadores, el teniente Trotta. El salón donde se habían reunido no ofrecía demasiadas posibilidades de sentarse, de modo que varios de ellos se quedaron apoyados en las paredes, mientras que otros, arrogantes y despreocupados antes de saber de qué se trataba, se sentaron sobre la alfombra con las piernas cruzadas. Sin embargo, pronto se demostró que incluso después de contarles todo fueron incapaces de cambiar de postura. Algunos podían haberse quedado paralizados del susto y otros estaban borrachos sin más. Los terceros eran indiferentes por naturaleza a cualquier acontecimiento que se diera en el mundo, por así decirlo: la parálisis les venía de nacimiento, pues habían nacido en cunas tan dignas que no les parecía de recibo causar incomodidad a su cuerpo por una simple catástrofe. Hubo quienes ni siquiera se habían quitado los trocitos de serpentinas de colores ni las hojitas de confeti de hombros, cuello y cabeza. Y aquellos símbolos bufonescos no hacían sino intensificar el horror de la noticia.

El reducido espacio se volvió muy caluroso a los pocos minutos. «Abramos una ventana», dijo uno. Otro abrió una de las ventanas altas y estrechas, se asomó y, acto seguido, rebotó hacia el interior. Un rayo de una fuerza inusual y que lo tiñó todo de luz blanca azotó el parque al que daba la ventana. No se alcanzaba a ver el punto en que había caído, pero se oyó el crujido de árboles partidos. Un rumor inconfundible delató cómo se desplomaban alrededor sus copas negras y pesadas. E incluso los arrogantes caballeros de la alfombra, los indiferentes, se levantaron de un salto, y los achispados empezaron a tambalearse y todos se quedaron lívidos. Se maravillaron de seguir con vida. Contuvieron la respiración, se miraron unos a otros con los ojos muy abiertos y esperaron el trueno. Apenas transcurrieron unos segundos hasta que retumbó. Sin embargo, entre el rayo y el trueno, se comprimió la eternidad misma. Todos se aprestaron a juntarse. Formaron un racimo de cuerpos y cabezas alrededor de la mesa. Por un instante, sus caras, por distintos que fueran sus rasgos, mostraron el parecido propio de los hermanos. Era como si todos vivieran una tormenta por primera vez en su vida. Aguardando con temor y reverencia el breve redoble del trueno. Luego respiraron aliviados. Y mientras las pesadas nubes que el rayo había rasgado descargaban con jubiloso chapoteo al otro lado de las ventanas, los hombres fueron volviendo adonde estuvieran colocados antes.

—¡Tenemos que interrumpir la fiesta! —dijo el mayor Zoglauer.

El capitán Tschoch, con unas cuantas estrellitas de confeti en el pelo y el resto de una serpentina rosa alrededor del cuello, dio un respingo. Se sentía ofendido: ofendido como conde, como capitán, como dragón, como oficial de caballería en general y, en particular, como él mismo, individuo de naturaleza extraordinaria, como Tschoch a secas. Sus cejas cortas y espesas se levantaron y se convirtieron en dos pequeños arbustos de amenazadores pinchos que apuntaban al mayor Zoglauer. Sus grandes ojos claros de tonto, en los que solía reflejarse cuanto habían visto años atrás, pero nunca lo que veían en el momento, parecían expresar ahora la soberbia de los ancestros de Tschoch, una soberbia que se remontaba al siglo quince. Casi se le habían olvidado el rayo, el trueno, la terrible noticia y todos los acontecimientos de los minutos anteriores. Lo único que permanecía en su recuerdo eran los esfuerzos que había hecho él por aquella fiesta, su genial idea. Tampoco tenía mucho aguante, había bebido champán y le goteaba un poco su naricilla chata.

—Esa noticia no es verdad —dijo—, porque es que no es verdad. ¡Que venga alguien y me demuestre que es verdad, no una burda mentira, que ya lo delatan las propias expresiones «según rumores» y «cabe la posibilidad», o como digan todos esos chismes políticos!

—El mero rumor es motivo suficiente —dijo Zoglauer.

Aquí intervino en la disputa el señor Von Babenhausen, capitán de caballería en la reserva. Estaba algo bebido y se abanicaba con el pañuelo, que se guardaba y se volvía a sacar de una manga. Se despegó de la pared, se acercó a la mesa y guiñó los ojos.

—Caballeros —dijo—, Bosnia queda muy lejos de donde estamos. ¡Los rumores no valen nada! Por mi parte, ¡me la traen al fresco los rumores! Si es verdad, nos vamos a enterar a tiempo, eso está claro.

—¡Bravo! —exclamó el barón Nagy Jenö, el de los húsares.

Aunque no cabía duda de que descendía de un abuelo judío de Odenburg y aunque la baronía la había comprado su padre, consideraba a los magiares una de las razas más nobles de la monarquía y del mundo entero y se esmeraba con éxito en olvidar la semítica de sus orígenes, adoptando todos los defectos de la alta burguesía y baja nobleza húngara.

—¡Bravo! —repitió una vez más.

Había conseguido amar u abominar, según el caso, todo lo que la política nacional de los húngaros consideraba amable o abominable. Había alentado a su corazón a odiar al heredero del trono austrohúngaro, pues se decía, en general, que con él saldrían ganando los pueblos eslavos y perdiendo los húngaros. El barón Nagy no se había desplazado hasta aquella frontera perdida con el único propósito de ir a una fiesta para que luego se la aguara un incidente. Ya le parecía una traición a la nación magiar que un burdo rumor le hiciera perder la oportunidad de bailar un *csárdás,* baile que era su íntima obligación por motivos nacionales, para uno de sus representantes. Se agarró con más fuerza el monóculo, como era su costumbre cada vez que debía hacer gala del sentir nacional húngaro, igual que se agarran más fuerte al bastón los ancianos cuando van a echarse a andar, y, con el alemán típico de los húngaros, errores gramaticales incluidos, soltó:

—El señor Von Babenhausen tiene toda la razón. ¡Toda la razón! Si *asesinarían* de verdad a señor heredero al trono, ya habrá otros herederos al trono.

El señor Von Senny, de sangre magiar como el barón Von Nagy y repentina presa del miedo a que un medio judío pudiera ser más nacionalista húngaro que él, se puso en pie y dijo:

—Si *asesinarían* de verdad a señor heredero al trono, en lugar primero, no sabemos todavía nada con seguridad y, en lugar segundo, no incumbe a nosotros.

—Sí que nos incumbe —dijo el conde Benkyö—, solo que no lo han asesinado. ¡Es un rumor!

En el exterior, seguía lloviendo fuerte y rumorosamente. Los rayos de un blanco azulado fueron espaciándose y el trueno se alejó.

El teniente primero Kinsky, que había crecido en las orillas del Moldava, afirmó que, en cualquier caso, el heredero al trono había sido una opción de la monarquía muy poco segura..., suponiendo que fuera acertado siquiera utilizar la expresión «había sido». Él mismo, teniente primero, compartía la opinión de su predecesor. El asesinato del heredero al trono había de entenderse como un falso rumor. Y ellos estaban tan lejos del lugar de los hechos que no tenían forma de comprobar nada. Y de la verdad completa no se enterarían, en cualquier caso, hasta mucho después de la fiesta.

El ebrio conde Battyanyi comenzó entonces a conversar en húngaro con sus compatriotas. El resto no les entendía ni una palabra. Se quedaron callados, mirando al que estuviera hablando cada vez y a la espera; eso sí, un tanto consternados. Pero los húngaros parecían dispuestos a seguir la velada entera en animada charla, debía de exigirlo su costumbre nacional. Aunque todos los demás estaban muy lejos de captar ni una sola sílaba de lo que decían, se dieron cuenta de que los húngaros empezaban a olvidarse de que ellos seguían allí presentes. A veces se echaban a reír todos a la vez. Los otros se sentían ofendidos, no tanto porque no les parecían de recibo las risas en aquellos momentos, sino porque no podían enterarse del motivo. Jelacich, un esloveno, se enfureció. Odiaba a los húngaros en la misma medida en que despreciaba a los serbios. Él amaba la monarquía. Era un patriota. Y allí estaba, con el amor a la patria entre los brazos abiertos y sin saber qué hacer con él, como con una bandera que hay que colocar en algún sitio, pero no se le encuentra tejado. Bajo los húngaros vivía una parte de su pueblo: los eslovenos y sus primos, los croatas, zonas que correspondían a la Administración de Budapest. Toda Hungría separaba al capitán Jelacich de Austria, de Viena y del emperador Francisco José. En Sarajevo, casi su patria, tal vez incluso a manos de un esloveno como lo era él mismo, habían asesinado al heredero al trono. Claro, si ahora empezaba a defender a la víctima de las injurias de los magiares (era el único de todo el grupo que entendía el húngaro), le podían replicar que los asesinos no eran otros que sus propios compatriotas. De hecho, se sentía un poco culpable. No sabía por qué. Hacía unos ciento cincuenta años que su familia servía fiel y honradamente a la dinastía de los Habsburgo. Sin embargo, sus dos hijos adolescentes ya hablaban de la independencia de todos los eslavos del sur y le ocultaban panfletos que tal vez procedían de la enemiga Belgrado. Y él amaba a sus hijos. Cada tarde, a la una, cuando el regimiento pasaba por delante del liceo donde estudiaban, los muchachos se abalanzaban a su encuentro, salían volando por la gran puerta marrón, con el pelo revuelto y la boca abierta llena de risas, y la ternura paternal lo empujaba a bajar del caballo y abrazarlos. Cerraba los ojos cuando los veía leer periódicos sospechosos y los oídos cuando los oía decir cosas sospechosas. Era un hombre inteligente y sabía que estaba abocado a una postura de impotencia entre sus ancestros y sus sucesores, decididos a convertirse en ancestros de un linaje nuevo por completo. Tenían su mismo rostro y el mismo color de cabello y ojos, pero sus corazones ya latían a un compás nuevo, sus mentes daban a luz ideas que le eran ajenas y sus gargantas entonaban canciones nuevas, extrañas y desconocidas para él. Y, a sus cuarenta años, el capitán se sentía como un anciano y sus hijos le parecían más unos bisnietos a los que no comprendía.

«Da todo igual», pensó en aquel momento; se acercó a la mesa y dio una palmada sobre el tablero.

—Rogamos a los caballeros —dijo— que continúen su conversación en alemán.

Benkyö, que justo estaba hablando, se interrumpió y dijo:

—Lo diré en alemán. Hemos llegado a la conclusión común, mis compatriotas y yo, de que podemos alegrarnos si ese cerdo está muerto.

Todos se levantaron de un salto. Chojnicki y el avispado comisario del distrito abandonaron la estancia. Se quedaron solos los invitados. Les habían dado a entender que las desavenencias en el seno del ejército no podían tener testigos. Junto a la puerta estaba el teniente Trotta. Había bebido mucho. Tenía el rostro sin color, los miembros sin fuerza, el paladar seco y el corazón vacío. Notaba que estaba borracho, pero para su asombro echaba de menos la reconfortante nebulosa que solía acompañar su percepción en tal caso. Más bien creía verlo todo más nítido, como a través de hielo pulido y transparente. Las caras que había visto aquel día por primera vez le resultaban conocidas de toda la vida. Aquel momento en su totalidad le resultaba familiar, era la realización de unas circunstancias que llevaba tiempo viendo en sueños. La patria de los Trotta se desmoronaba y se hacía añicos.

Tal vez su tierra, la capital del distrito de W., en Moravia, todavía fuera Austria. Todos los domingos, la banda de música del maestro Nechwal tocaba la *Marcha Radetzky*. Una vez a la semana, el domingo, era Austria. El emperador, el ancianito olvidadizo de barba blanca, con su brillante gota suspendida en la nariz, y el viejo barón Von Trotta eran Austria. El viejo Jacques estaba muerto. El héroe de Solferino estaba muerto. El médico de su antiguo regimiento, Max Demant, estaba muerto. «Abandona este ejército», le había dicho. También mi abuelo lo abandonó. «Se lo voy a decir», siguió pensando. Igual que años atrás, en el local de la señora Resi, se sintió en la obligación de hacer algo. ¿No había por allí ningún cuadro que rescatar? Sintió la oscura mirada de su abuelo en la nuca. Dio un paso hacia el centro de la habitación. Todavía no sabía qué iba a decir. Algunos ya dirigieron sus ojos hacia él.

—Yo sé... —empezó, pero seguía sin saber nada—. Yo sé... —repitió, avanzando un paso más— que Su Alteza Real e Imperial, el príncipe heredero al trono, ha sido asesinado de verdad.

Guardó silencio. Apretó los labios. Formaban una delgada línea de un tono rosa pálido. En sus ojillos oscuros brillaba una luz clara, casi blanca. El cabello negro revuelto le teñía de sombra su frente estrecha y le ensombrecía también el surco del entrecejo, aquel nicho de la ira que heredaban todos los Trotta. Mantenía la cabeza baja. Al final de sus brazos fláccidos, sus puños estaban apretados. Todos le miraban las manos. Si los presentes hubieran conocido el retrato del héroe de Solferino, no les habría costado creer que el viejo Trotta había resucitado.

—Mi abuelo —retomó la palabra el teniente, sintiendo la mirada del viejo en la nuca—, mi abuelo le salvó la vida al emperador. Yo, su nieto, no estoy dispuesto a consentir que se insulte a la Casa de nuestro más alto señor de los ejércitos. Estos caballeros se están comportando de una forma escandalosa —dijo. Levantó la voz—: ¡Esto es un escándalo!

Era la primera vez que se oía gritar. A diferencia de sus camaradas, no le había gritado a la tropa jamás. El eco de su voz le retumbó en los oídos. El borracho Benkyö se tambaleó al dar un paso en su dirección.

—¡Un escándalo! —gritó el teniente por tercera vez.

—¡Un escándalo! —repitió el capitán Jelacich.

—A quien vuelva a decir una palabra en contra del difunto —prosiguió el teniente— le pego un tiro.

Se metió la mano en el bolsillo. Como el borracho Benkyö empezó a farfullar algo, Trotta le gritó: «¡Silencio!»; su voz le sonó prestada, una voz de trueno que tal vez fuera la del héroe de Solferino. Se sintió un solo ser con su abuelo. Él mismo era el héroe de Solferino. Era su propio retrato el que se perdía en la penumbra de la moldura del techo en el gabinete de su padre.

El coronel Festetics y el mayor Zoglauer se pusieron de pie. Por primera vez desde que existía el ejército austriaco, un teniente mandaba callar a capitanes, mayores y coroneles. Ninguno de los presentes dudaba ya de que el asesinato del heredero al trono no era un mero rumor. Imaginaron al heredero en un rojo charco de sangre humeante. Temieron ver sangre allí también, en aquel salón, un segundo más tarde.

—Ordénele que se calle —susurró el coronel Festetics.

—Teniente —dijo Zoglauer—, márchese de este salón.

Trotta se volvió hacia la puerta. En ese instante, la abrían de golpe. Entraron muchos invitados en tropel, con confeti y serpentinas en la cabeza y los hombros. La puerta se quedó abierta. Se oían, desde otros salones, las risas de las mujeres, la música y el suave murmullo de los pies al bailar. Alguien exclamó:

—¡Han asesinado al heredero al trono!

—¡La *Marcha fúnebre!* —gritó Benkyö.

—¡La *Marcha fúnebre!* —gritaron varios.

Salieron de la habitación en masa. En los dos grandes salones que hasta entonces lo habían sido de baile, las dos bandas militares, dirigidas por sus dos sonrientes y coloradísimos maestros de capilla, tocaron la *Marcha fúnebre* de Chopin. A su alrededor, algunos invitados comenzaron a caminar en círculo: en círculo al compás de la música fúnebre. Con serpentinas de colores y estrellitas de confeti en los hombros y en el pelo. Caballeros de uniforme y de paisano ofreciéndole el brazo a su dama. Sus pies seguían obedientes el ritmo insistente y macabro de la marcha. Pues las bandas tocaban sin partitura y sin que las dirigieran realmente; más bien seguían el lento balanceo que dibujaban las batutas negras en el aire. A veces, una banda se quedaba rezagada con respecto a la otra y tenía que saltarse un par de compases para salvar el desfase. Los invitados desfilaban en círculo por el borde de la pista de baile, vacía, de parqué reluciente. Así iban girando unos detrás de otros, cada cual con el miembro del cortejo fúnebre del cadáver que tenía delante, y en el centro, los cadáveres del heredero al trono y de la monarquía. Todos estaban borrachos, y a quien no hubiera bebido lo suficiente la cabeza le daba vueltas de tanto desfilar en círculo. Poco a poco, las bandas empezaron a acelerar y las piernas de los que desfilaban adoptaron un ritmo más animado. Los percusionistas tocaban el tambor sin parar y las pesadas baquetas del timbal comenzaron a redoblar como jóvenes y alegres palillos. Un percusionista borracho, de pronto, golpeó el triángulo y, en el mismo instante, el conde Benyö dio un salto de alegría.

—¡El cerdo ha estirado la pata! —gritó en húngaro.

Pero todos le entendieron como si lo hubiera dicho en alemán. De repente, algunos se pusieron a brincar. Las bandas aporreaban la *Marcha fúnebre* cada vez más deprisa. De cuando en cuando, sonaba el triángulo, con su sonrisa de plata, cantarina y borracha.

Finalmente, los lacayos de Chojnicki optaron por retirar los instrumentos. Los músicos se dejaron hacer, sonriendo. Con los ojos muy abiertos, los violinistas les seguían el rastro a sus violines; los violonchelistas, a sus violonchelos; los trompistas, a sus trompas... Algunos continuaban moviendo el arco, que habían conservado en la mano, por encima de la tela sorda y muda de la manga y moviendo la cabeza al son de melodías inaudibles que tal vez sí seguían sonando en su alcoholizada cabeza. Después de retirarle los instrumentos al percusionista, él siguió agitando las baquetas y los palillos en el aire. Los directores de las bandas, que eran quienes más habían bebido de todos, fueron sacados en volandas entre dos criados cada uno, como un instrumento más. Los invitados se rieron. Luego se hizo el silencio. Nadie hacía ningún ruido. Cada cual se quedó donde estuviera sentado o de pie y no volvió a moverse. Después de los instrumentos, retiraron también las botellas. Y a aquellos que aún sostenían una copa a medio terminar se la quitaron de la mano.

El teniente Trotta abandonó el edificio. En las escaleras de la entrada se habían sentado el coronel Festetics, el mayor Zoglauer y el capitán Tschoch. Ya no llovía. Tan solo caían, de cuando en cuando, algunas gotas de las nubes deshechas y de los salientes del tejado. A los tres les habían puesto grandes paños blancos para sentarse sobre la piedra. Y era como si ya se hallaran sobre sus propias mortajas. En su espalda azul marino se dibujaban grandes manchas de agua de lluvia llenas de aristas. Los jirones de una serpentina mojada habían hecho cuerpo con la nuca del capitán.

El teniente se cuadró delante de ellos. Ni se movieron. Se quedaron con la cabeza gacha. Recordaban a un grupo de soldados de cera, como las figuras que se exponen en los panópticos.

—Mayor —le dijo Trotta a Zoglauer—, mañana presentaré mi solicitud de licencia.

Zoglauer se levantó. Le tendió la mano y quiso decirle algo, pero no alcanzó a articular ningún sonido. Empezaba a clarear y un viento suave rasgaba las nubes en el tembloroso resplandor plateado de aquella noche, tan corta que ya había en ella un atisbo de la mañana, se veían las caras con entera claridad. En el rostro huesudo del mayor, todo estaba en movimiento. Las arrugas se enredaban unas con otras, la piel latía, la barbilla se balanceaba de un lado para otro —casi parecía un péndulo—, unos cuantos músculos se le contraían en torno a los pómulos, los párpados aleteaban y las mejillas temblaban. Todo se había descontrolado por la agitación que debían de provocarle en el interior de la boca las palabras que no llegaba a pronunciar por ser impronunciables. Una ráfaga de locura azotaba aquel rostro. Zoglauer apretó la mano de Trotta durante segundos, eternidades. Festetics y Tschoch seguían inmóviles, sentados en los escalones. Se olía el fuerte aroma del saúco. Se oía el sutil goteo de la lluvia y el delicado murmullo de los árboles mojados, y ya empezaban a despertar también, remolonas, las voces de los animales que la tormenta había dejado mudos. La música del interior de la casa se había extinguido. Únicamente llegaba el eco de las conversaciones de la gente a través de las ventanas cerradas y con las cortinas echadas.

—Tal vez haga bien, usted es joven —dijo Zoglauer. Era la parte más ridícula y más pobre de cuanto se le había pasado por la cabeza durante aquellos segundos. El resto, una gran maraña de pensamientos, se lo volvió a tragar.

Era mucho más tarde de la medianoche. Sin embargo, en la pequeña ciudad, la gente seguía en la calle, sentada en las aceras de madera delante de las casas, hablando. Cuando pasaba el teniente, se callaban.

Llegó al hotel y ya estaba amaneciendo. Abrió el armario. Metió en la maleta dos uniformes, el traje de civil, unas mudas y el sable de Max Demant. Iba despacio para llenar el tiempo. Calculaba la duración de cada movimiento mirando el reloj. Dilataba los pasos. Le daba miedo el tiempo vacío que le debía de quedar antes de presentarse a dar parte.

Se hizo de día y Onufrij le trajo el uniforme que se tenía que poner y las botas recién lustradas.

—Onufrij —dijo el teniente—, dejo el ejército.

—Sí, mi teniente —dijo Onufrij.

Salió, recorrió el pasillo, bajó la escalera hasta el cuartito donde vivía, guardó sus cosas en un pañuelo de colores, lo ató a la punta de su vara de guindo y depositó todo encima de la cama. Decidió volver a su casa, a Burdlaki; pronto empezarían las faenas de la cosecha. Ya no se le había perdido nada en el ejército real e imperial. Eso recibía el nombre de «desertar» y te fusilaban por ello. Los gendarmes no pasaban por Burdlaki más que una vez a la semana y uno se podía esconder. ¡Cuántos no lo habían hecho ya! Panterlejmon, el hijo de Iván; Grigorij, el hijo de Nikolaj; Pawel, el de la cara picada de viruela; Nikofor, el pelirrojo... Solo a uno lo habían cogido y juzgado, pero de eso hacía una eternidad. Por lo que respecta al teniente Trotta, presentó su solicitud de licencia del ejército con el parte de oficiales. De inmediato, le concedieron un permiso. Se despidió de los camaradas en el campo de maniobras. No supieron qué decirle. Se quedaron de pie a su alrededor, medio en círculo, hasta que por fin Zoglauer encontró la fórmula de despedida. Era sumamente sencilla. A saber:

—Te deseo lo mejor.

Y todos la repitieron.

El teniente pasó a ver a Chojnicki.

—En mi casa siempre tendrá un sitio —dijo—. De todas formas, iré a buscarlo.

Durante un segundo, Trotta pensó en la señora Von Taußig. Chojnicki lo adivinó y dijo:

—Está con su marido. Esta vez va a tardar más en recuperarse. Quizá se quede ingresado para siempre. Y hará bien. Lo envidio. Por cierto, fui a visitarla. Ha envejecido, querido amigo, ha envejecido.

A la mañana siguiente, a las diez, el teniente Trotta entraba en la jefatura del distrito de W. Su padre estaba en el despacho. Se lo veía nada más abrir la puerta. Estaba sentado enfrente, junto a la ventana. A través de las persianas verdes, el sol dibujaba finas líneas sobre la alfombra de color rojo oscuro. Zumbaba una mosca y un reloj de pared hacía tictac. Se estaba fresco, en sombra, y reinaba un silencio estival, como antaño en las vacaciones. A pesar de todo, esa mañana, los objetos de aquel despacho estaban envueltos en un resplandor distinto, nuevo. No se sabía de dónde procedía. El jefe de distrito se levantó. Él mismo irradiaba ese nuevo brillo. La plata pura de su barba se teñía con la luz del día, filtrada a través del verde y con el reflejo rojizo de la alfombra. Respiraba la resplandeciente suavidad de un día desconocido, quién sabe si no sería un día del más allá que ya había amanecido en mitad de la vida terrenal del barón Von Trotta, igual que las mañanas de este mundo suelen amanecer cuando aún brillan las estrellas de la noche. Muchos años atrás, cuando Carl Joseph iba a pasar las vacaciones de la escuela de cadetes de Mährisch-Weißkirchen, la barba de su padre aún era una pequeña nube negra dividida en dos por la barbilla.

El jefe de distrito se quedó de pie junto al escritorio. Le pidió a su hijo que se acercara, dejó los quevedos encima de las carpetas y abrió los brazos. Se dieron un beso rápido.

—Siéntate —dijo el anciano señalando el sillón donde el teniente se sentaba en sus tiempos de cadete, los domingos por la mañana, de nueve a doce, con su gorra sobre las rodillas y los guantes blancos como la nieve encima de la gorra.

—Padre —empezó Carl Joseph—, abandono el ejército.

Esperó. De inmediato, supo que no podría explicar nada mientras siguiera sentado. Así pues, se puso de pie, se colocó enfrente de su padre, al otro lado del escritorio, y dirigió los ojos hacia su barba plateada.

—Después de esta desgracia —dijo el padre— que nos golpeó anteayer, una despedida así se asemeja a una... una... deserción.

—El ejército entero ha desertado —replicó Carl Joseph.

Se movió de su sitio. Empezó a recorrer la habitación de un lado para otro, con la mano izquierda a la espalda y moviendo la derecha para acompañar su relato. Muchos años atrás, era el viejo quien recorría el despacho de aquella forma. Zumbaba una mosca y un reloj de pared hacía tictac. Las franjas de sol de la alfombra eran cada vez más marcadas y el sol subía deprisa, debía de estar ya muy alto en el cielo. Carl Joseph interrumpió su relato y lanzó una mirada al jefe de distrito. Seguía sentado, con los brazos apoyados en los brazos del sillón y las manos colgando sin nervio, medio cubiertas por los rígidos puños redondeados y brillantes. La cabeza le caía sobre el pecho y las alas de la barba reposaban sobre las solapas de la chaqueta. «Es joven y necio», pensaba el hijo. Es un adorable y necio joven de cabello blanco. Quizá yo sea su padre, el héroe de Solferino. Yo me he hecho viejo, él solo ha cumplido muchos años. Carl Joseph iba de un lado para otro y daba sus explicaciones.

—¡La monarquía ha muerto, está muerta! —gritó de pronto, y no dijo más.

—Probablemente —murmuró el jefe de distrito.

Tocó la campanilla para que acudiera el asistente.

—Dígale a la señorita Hirschwitz que hoy comeremos veinte minutos más tarde.

Y a Carl Joseph:

—Ven conmigo —y se puso de pie y tomó sombrero y bastón. Fueron al parque de la ciudad—. El aire fresco nunca hace mal.

Evitaron el quiosco de la señorita rubia que vendía soda con sirope de frambuesa.

—Estoy cansado —dijo el jefe de distrito—. Sentémonos.

Por primera vez en todo el tiempo que llevaba destinado en aquella ciudad, se sentó en uno de los bancos de los jardines. Se puso a dibujar líneas y contornos con el bastón en la tierra y, en cierto momento, dijo:

—Fui a ver al emperador. En realidad, no te lo quería decir. Fue el mismo emperador quien solucionó tu asunto. ¡Ni una palabra más al respecto!

Carl Joseph pasó la mano por debajo del brazo de su padre. Sintió el delgadísimo brazo del anciano igual que muchos años atrás durante aquel paseo por Viena una tarde. Ya no retiró la mano. Se pusieron de pie juntos. Volvieron a casa del brazo.

La señorita Hirschwitz apareció con su vestido de seda gris de los domingos. Una delgada línea en la raíz del cabello, recogido en un moño alto, delataba el mismo color del vestido. A toda prisa, había conseguido organizar un menú de domingo: sopa de fideos, punta de cadera guisada y buñuelos de cereza.

Con todo, el jefe de distrito no malgastó ni una palabra al respecto. Fue como si comiera un filete común y corriente.

Capítulo 20

Una semana más tarde, Carl Joseph se despidió de su padre. Se abrazaron en el vestíbulo de la casa, antes de subir al coche de punto. En opinión del anciano barón Von Trotta, las muestras de afecto no debían darse en el andén, exponiéndose a la posible presencia de testigos. El abrazo fue fugaz, como lo eran todos, con las húmedas sombras del vestíbulo y el aliento frío de las baldosas de piedra del suelo como escenario. La señorita Hirschwitz ya esperaba asomada al balcón, con la entereza de un hombre. Los esfuerzos del barón Von Trotta por explicarle que era innecesario decir adiós con la mano fueron vanos. Ella debía de considerarlo una obligación. Aunque no llovía, el barón abrió el paraguas. El cielo ligeramente cubierto le parecía motivo suficiente. Protegido por el paraguas, subió al coche. Como si la señorita Hirschwitz no pudiera verlo desde el balcón. No hablaba nada. Hasta que su hijo no estuvo ya dentro del tren, no levantó la mano, con el índice estirado.

—Sería conveniente —dijo— que pudieras dejar el ejército por algún motivo de salud. No se abandona el ejército sin un motivo importante.

—Sí, *papa* —dijo el teniente.

El jefe de distrito se marchó del andén poco antes de ponerse el tren en marcha. Carl Joseph lo vio alejarse, con la espalda muy recta y el paraguas cerrado, pero con la punta hacia arriba, como si llevara un sable desenvainado al brazo. Y ya no se volvió, el viejo barón Von Trotta.

Carl Joseph recibió la licencia. «¿Y ahora qué vas a hacer?», preguntaron los camaradas. «Tengo un puesto», decía Trotta, y ellos no volvían a preguntarle.

Preguntó por Onufrij. En la oficina del regimiento le dijeron que Kolohin, el mozo, había desertado.

El teniente Trotta se fue al hotel. Se cambió lentamente. Primero se desabrochó el sable, la pistolera y el fajín con la insignia. Le había tenido miedo a ese momento. Se extrañó de ser capaz de hacer aquello sin dolor. Tenía una botella de noventa grados en la mesa, pero ni siquiera le hizo falta beber. Llegó Chojnicki a buscarlo, el teniente acababa de oírlo chasquear el látigo en la calle y ya estaba en su habitación. Se sentó a observar a Carl Joseph. Era primera hora de la tarde y desde la torre sonaron tres campanadas. Todas las voces restallantes del verano entraban como un torrente a través de la ventana abierta. El verano mismo llamaba a voces al teniente Trotta. Chojnicki, con un traje gris claro y botas amarillas, con el mango amarillo del látigo en la mano, era un emisario del verano. El teniente acarició con la manga la vaina mate del sable, desenvainó la hoja, le echó vaho, limpió el acero con el pañuelo y colocó el arma entera en un estuche. Fue como si limpiara un cadáver antes del entierro. Antes de sujetar el estuche a la maleta con una correa, calculó su peso sobre la palma de la mano. Luego metió junto al suyo el sable de Max Demant. Leyó una última vez la inscripción que este le había grabado bajo la empuñadura. «Abandona este ejército», le había dicho Demant. Ahora estaba abandonando el ejército...

Las ranas croaban, cantaban los grillos y abajo, en la calle, relinchaban los caballos castaños de Chojnicki, tirando un poco del coche ligero y haciendo gemir los ejes de las ruedas. El teniente estaba de pie, con el uniforme desabrochado y el collarín de caucho negro entre las solapas de color verde de la casaca. Se dio media vuelta y dijo:

—¡El final de una carrera!

—La carrera ha llegado al final —comentó Chojnicki—. Es la propia carrera la que ha tocado su fin.

Entonces Trotta se quitó la casaca, la casaca del emperador. La colocó estirada sobre la mesa, tal y como le habían enseñado en la escuela de cadetes. Primero le dio la vuelta al rígido cuello y luego dobló las mangas sujetándolas con la propia tela. Después plegó la parte de abajo hacia arriba y ya se había convertido todo en un paquetito que quedaba envuelto en el forro brillante de muaré gris. Encima se colocaba el pantalón, doblado dos veces. A continuación, Trotta se puso el traje de calle gris y se quedó con el cinturón como último recuerdo de su carrera (nunca llegó a hacerse con los tirantes).

—Mi abuelo, en su día —dijo—, tendría que empaquetar su personalidad militar de una forma parecida.

—Probablemente —confirmó Chojnicki.

La maleta seguía abierta, la personalidad militar de Trotta yacía en su interior, un cadáver plegado de la forma reglamentaria. Llegó el momento de cerrarla. Ahí sí que, de repente, se adueñó del teniente el dolor y las lágrimas se le agolparon en la garganta; se volvió hacia Chojnicki con la intención de decirle algo. A los siete años era alevín; a los diez, alumno de la escuela de cadetes. Había sido soldado durante toda su vida. El soldado Trotta tenía que ser enterrado y llorado. No se deposita un cadáver en la tumba sin llorar. Era bueno tener a Chojnicki sentado a su lado.

—Bebamos —dijo Chojnicki—. Se me está usted poniendo triste.

Bebieron. Luego, Chojnicki se levantó y cerró la maleta del teniente.

Brodnitzer en persona la llevó hasta el coche.

—Ha sido un placer tenerlo como inquilino, barón —dijo Brodnitzer.

Se quedó de pie junto al coche, con el sombrero en la mano. Chojnicki ya estaba sujetando las riendas. De pronto, Trotta sintió un cariño especial por Brodnitzer. «Que le vaya muy bien», habría querido decirle. Pero Chojnicki chasqueó la lengua y los caballos se pusieron en movimiento, levantaron la cabeza y la cola al mismo tiempo, y las ruedas altas y ligeras empezaron a rodar, crepitando suavemente sobre la calzada arenosa como sobre un lecho mullido.

Viajaron entre los pantanos, en los que retumbaba el eco del canto de las ranas.

—Aquí vivirá —dijo Chojnicki.

Se refería a una casita en la linde del bosquecillo, con persianas verdes iguales que las de la jefatura de distrito. Allí residía el guardabosques Jan Steppaniuk, un anciano de bigote largo y como de plata ennegrecida. Había servido en el ejército durante doce años. Llamó a Trotta «teniente», devolviéndolo así al lenguaje militar que era su lengua materna. Llevaba un blusón de tela basta de lino con un pequeño bordado rojo y azul en el cuello. El viento le inflaba las mangas, de mucho vuelo, y daba la apariencia de que sus brazos fueran alas.

Allí se quedó a vivir el teniente Trotta.

Estaba decidido a no volver a ver a ninguno de sus camaradas.

A la luz temblorosa de una vela, desde su morada de madera, escribía a su padre en papel de oficio, fibroso y amarillento, el encabezamiento a cuatro dedos del margen superior y el texto a dos del lateral. Todas las cartas se parecían unas a otras como los partes administrativos.

Tenía poco trabajo. Anotaba los nombres de los jornaleros en grandes libros de cuentas encuadernados en verde y negro, y también los jornales y las provisiones para los huéspedes que vivían en casa de Chojnicki. Sumaba las cantidades con buena voluntad, pero mal sumadas, e informaba del estado de las aves de corral, de los cerdos, de la fruta que se vendía o que se guardaba, del pequeño terreno donde crecía el amarillo lúpulo y del horno de secado, que cada año se alquilaba a un comisionista.

Ahora sí sabía el idioma del país. Entendía más o menos lo que le decían los campesinos. Negociaba con los judíos pelirrojos, que ya empezaban a comprar madera para el invierno. Aprendió las diferencias entre el valor del abedul, el abeto, el abeto rojo, el roble, el tilo y el arce. Racaneaba con los precios. Igual que su abuelo, el héroe de Solferino, el Caballero de la Verdad, contaba las duras monedas de plata con dedos duros y sarmentosos cuando iba al centro de la ciudad los jueves, al mercado de cerdos, a comprar sillas o colleras para los caballos, yugos y guadañas, piedras de afilar, hoces, rastrillos y semillas. Si, por casualidad, veía pasar a algún oficial, agachaba la cabeza. Le creció un bigote muy poblado y una barba hirsuta, negra y espesa en las mejillas; apenas se lo reconocía. Todo se estaba preparando ya para la cosecha, los campesinos salían a la puerta de su choza a afilar las guadañas en las piedras redondas de color arcilla. Por todo el campo se oía el chirrido del acero en las piedras, más fuerte que el de los grillos. Algunas veces, por las noches, el teniente oía música y ruido desde el palacio nuevo de Chojnicki. Incorporaba esas voces a su sueño, igual que el canto nocturno de los gallos y el ladrido de los perros en las noches de luna llena. Por fin estaba contento, solo y en paz. Era como si nunca hubiera llevado otro tipo de vida. Cuando no podía dormir, se levantaba, cogía el bastón y salía a caminar por los campos, en medio del coro de múltiples voces de la noche, a esperar el amanecer, y saludaba al sol rojo, respiraba el rocío y el dulce canto del viento que anuncia el nuevo día. Y se sentía descansado, como si hubiera dormido varias noches seguidas.

Todas las tardes, pasaba por los pueblos de los alrededores. «¡Alabado sea Jesucristo!», lo saludaban los campesinos. «Por siempre jamás, amén», respondía Trotta. Caminaba igual que ellos, con las rodillas dobladas. Así habrían caminado los campesinos de Sipolje.

Un día pasó por el pueblo de Burdlaki. La diminuta torre de su iglesia apuntaba hacia el cielo azul como un dedo del pueblo. Era una tarde muy tranquila. Los gallos cantaban somnolientos. Los mosquitos revoloteaban y zumbaban a lo largo de la carretera. De pronto, salió de su cabaña un campesino muy moreno y con barba que se plantó en medio del camino y saludó:

—¡Alabado sea Jesucristo!

—Por siempre jamás, amén —dijo Trotta sin querer pararse.

—Señor teniente, soy Onufrij —dijo el barbado campesino. La barba le cubría toda la cara, parecía un abanico negro de densas plumas.

—¿Por qué desertaste? —dijo Trotta.

—Solo me fui a mi casa —dijo Onufrij.

No tenía sentido hacer preguntas tan tontas. Era fácil entender a Onufrij. Había servido al teniente igual que el teniente al emperador. La patria ya no existía. Se resquebrajaba, se hacía añicos.

—¿Y no tienes miedo? —preguntó Trotta.

Onufrij no tenía miedo. Vivía en casa de su hermana. Los gendarmes pasaban por el pueblo todas las semanas y no miraban. Por otra parte, eran campesinos ucranianos, como el propio Onufrij. Si nadie presentaba una denuncia a la policía, no había motivo para preocuparse. En Burdlaki nadie presentaba denuncias.

—Que te vaya muy bien, Onufrij —dijo Trotta.

Subió por la carretera en curva que desembocaba naturalmente en los vastos campos. Hasta el cruce, Onufrij lo siguió. Trotta iba oyendo el paso de sus botas militares con clavos en la gravilla del camino, aquellas botas de otro tiempo. Onufrij las había conservado. El teniente fue a la taberna del pueblo, la del judío Abramchik. Allí se podían comprar pastillas de jabón, aguardiente, cigarrillos, tabaco de liar y sellos. El judío tenía una barba roja como el fuego. Se sentaba frente a la puerta abovedada de su taberna y se lo veía a dos kilómetros, desde la carretera. «Cuando se haga viejo», pensó el teniente, «será un judío de barba blanca como el abuelo de Max Demant».

Trotta se tomó un aguardiente, compró tabaco y sellos y se marchó. Desde Burdlaki, el camino conducía, pasando por Oleksk, hasta el pueblo de Sosnov, y luego a Bytók, Leschnitz y Dombrova. Recorría ese camino todos los días. Cruzaba las vías del tren dos veces, dos balizas de rayas amarillas y negras descoloridas y las eternas campanillas de aviso de la caseta del guardavía. Esas eran las alegres voces del ancho mundo que a Trotta ya no le importaban. El ancho mundo lo tenía borrado. Borrados los años en el ejército, como si nunca hubiera hecho otra cosa que recorrer los campos y los caminos comarcales, con el bastón en la mano, nunca con el sable a la cadera. Vivía como el abuelo, el héroe de Solferino, y como el bisabuelo, el inválido de los jardines de Laxenburg, y tal vez como los desconocidos ancestros sin nombre, los campesinos de Sipolje. Siempre por el mismo camino: pasando por Oleksk hasta el pueblo de Sosnov, y luego a Bytók, Leschnitz y Dombrova. Todos aquellos pueblos se encontraban en los alrededores del palacio de Chojnicki, todos eran de su propiedad. Desde Dombrova, un sendero festoneado de sauces conducía hasta su casa. Aún era temprano. Si apretaba el paso, aún lo encontraría antes de las seis de la tarde y no coincidiría con ninguno de los camaradas de antes. Trotta alargó sus zancadas. Ya estaba debajo de las ventanas de Chojnicki. Silbó. El conde se asomó por una, asintió con la cabeza y salió.

—Por fin ha llegado la hora —dijo—. Hay guerra. Con lo que la hemos esperado. A pesar de todo, nos sorprenderá. Está visto que a un Trotta no le es dado vivir en libertad por demasiado tiempo. Yo ya tengo el uniforme preparado. En una semana o en dos, calculo, nos movilizarán.

Trotta tuvo la sensación de que la naturaleza no había estado nunca tan en paz como en aquel momento. Ya se podía mirar al sol de frente, avanzaba con visible rapidez hacia el oeste. Un fuerte viento se había levantado para recibirlo, rizando las nubecillas blancas del cielo, ondulando los campos de espigas de trigo y centeno y acariciando las caras rojas de las amapolas. Una sombra azul flotaba por encima de las verdes praderas. Al este, el bosquecillo se hundía por entero en un color violeta casi negro. La pequeña casita de Steppaniuk donde vivía Trotta se destacaba al borde del camino, la luz del sol poniente se reflejaba en las ventanas. Los grillos cantaron con más energía. Luego, el viento se llevaba lejos sus voces, todo se quedaba en silencio un instante y se percibía la respiración de la tierra. De pronto, desde arriba, desde el cielo, oyeron un graznido débil y ronco. Chojnicki levantó la mano.

—¿Sabe lo que es? ¡Gansos salvajes! Nos abandonan pronto. Aún estamos en pleno verano. Ya oyen los disparos. Saben lo que hacen.

Era jueves, el día de las «pequeñas veladas». Chojnicki dio media vuelta. Trotta se dirigió lentamente hacia las ventanas brillantes de su casita.

Esa noche no durmió. A medianoche, oyó el grito ronco de los gansos salvajes. Se vistió. Salió a la puerta. Steppaniuk estaba tumbado en el umbral, en camisa, y en su pipa resplandecía un ascua rojiza. Estaba echado en el suelo y, sin moverse, dijo:

—Hoy no se puede dormir.

—Los gansos —dijo Trotta.

—Eso, los gansos —corroboró Steppaniuk—. En toda mi vida los he oído a estas alturas del año, tan pronto. Escuche, escuche...

Trotta miró al cielo. Las estrellas brillaban como siempre. No se veía otra cosa allá arriba. Sin embargo, por debajo de las estrellas no cesaba el graznido ronco.

—Están ensayando —dijo Steppaniuk—. Llevo aquí tumbado un buen rato. A veces consigo verlos. No son más que una sombra gris. Fíjese, fíjese...

Steppaniuk apuntó al cielo con el ascua rojiza de la pipa. En ese momento, se vio la diminuta sombra blanca de los gansos salvajes bajo el azul cobalto. Flotaba entre las estrellas como un pequeño velo luminoso.

—Y no es todo —dijo Steppaniuk—. Esta mañana he visto cientos de cuervos, como nunca. Cuervos que no son de aquí, vienen de tierras extranjeras. Vienen de Rusia, creo yo. Por aquí decimos que los cuervos son los profetas de las aves.

Al nordeste del horizonte se veía una ancha franja plateada. Cada vez se volvía más clara. Se levantó un viento que les trajo algunos ruidos poco definidos desde el palacio de Chojnicki. Trotta se tumbó en el suelo al lado de Steppaniuk. Somnoliento, se puso a mirar las estrellas, a escuchar el chillido de los gansos y se quedó dormido.

Se despertó al salir el sol. Era como si hubiera dormido media hora, pero debían de haber sido al menos cuatro. En lugar de la algazara de trinos de los pájaros que lo saludaban todas las mañanas, lo que hoy resonó fue el graznido negro de muchos cientos de cuervos. Al lado de Trotta se levantaba Steppaniuk. Se quitó la pipa de la boca (se le había enfriado mientras dormía) y señaló con el mango hacia los árboles de alrededor. Los grandes pájaros negros estaban posados en las ramas, siniestros frutos caídos del aire. Permanecían inmóviles y lo único que hacían era graznar. Steppaniuk les tiró piedras. Pero los cuervos se limitaron a agitar las alas unas cuantas veces. Realmente parecían frutos de las ramas.

—Les voy a disparar —dijo Steppaniuk.

Entró en la casa, cogió la escopeta y disparó. Cayeron unos cuantos, pero el resto pareció no haber oído los tiros. Todos se quedaron posados en las ramas. Steppaniuk recogió los cadáveres negros —había matado al menos una docena— y cargó sus presas con ambas manos hasta la casa, la sangre goteando sobre la hierba.

—Qué pájaros más raros —dijo— que no se mueven. Son los profetas de las aves.

Era viernes. Esa tarde, Carl Joseph salió a recorrer los pueblos, como de costumbre. Los grillos no cantaban y las ranas no croaban, solo graznaban los cuervos. Estaban posados por todas partes, en los tilos, en los robles, en los abedules, en los sauces... «Igual aparecen cada año antes de la cosecha», pensó Trotta. Será que oyen afilar las guadañas a los campesinos y se congregan. Pasó por el pueblo de Burdlaki, con la callada esperanza de que volviera a salir Onufrij. Pero este no salió. Los campesinos estaban a la puerta de su cabaña afilando el acero en las piedras rojizas. A veces levantaban la vista, pues el graznido de los cuervos les molestaba y soltaban negras maldiciones contra aquellos pájaros negros.

Trotta pasó por la taberna de Abramchik; el judío pelirrojo estaba sentado a la puerta, la barba le brillaba como un ascua. Abramchik se puso de pie. Se quitó la kipá de terciopelo negro y dijo:

475

—Han venido cuervos. Llevan todo el día chillando. Pájaros muy listos. Hay que tener cuidado.

—Quizá, sí, quizá tenga usted razón —dijo Trotta, y siguió su camino por el sendero de siempre, el festoneado de sauces, hasta casa de Chojnicki. Ya estaba debajo de sus ventanas. Silbó. No se asomó nadie.

Seguro que Chojnicki estaba en la ciudad. Trotta se dirigió hacia allí por el camino entre los pantanos, para no encontrarse con nadie. Aquel camino solo lo utilizaban los campesinos. Era tan estrecho que resultaba imposible evitar toparse con la gente. Uno se tenía que parar y dejar pasar al otro. Todos cuantos se cruzaron con Trotta ese día parecían llevar más prisa que de costumbre. Saludaban más fugazmente de lo habitual. Daban pasos más largos. Iban con la cabeza agachada, como suele ir la gente que va pensando en cosas importantes. Y, de pronto —Trotta ya veía la baliza de la aduana tras la cual empezaba el territorio de la ciudad—, los caminantes eran mucho más numerosos, eran un grupo de veinte personas o más que iban desgranándose para tomar el sendero uno detrás de otro. Trotta se detuvo. Se dio cuenta de que tenían que ser trabajadores, trabajadores de la fábrica de cerdas que regresaban a sus pueblos. Tal vez se encontraba entre ellos la gente a la que había disparado en su día. Se detuvo para dejarlos pasar. Caminaban con prisa, mudos, en fila india, cada cual con un hatillo al hombro. Parecía que la tarde estaba cayendo más rápido, como si la gente con prisa hiciera más intensa la oscuridad. El cielo estaba ligeramente cubierto; el sol se ponía, rojo y pequeño; desde los pantanos se levantaba la niebla gris plata, la hermana terrenal de las nubes, como queriendo juntarse con ellas. De pronto, empezaron a tocar todas las campanas de la pequeña ciudad. Los caminantes se detenían un momento, atendían y seguían andando. Trotta paró al último y le preguntó por qué doblaban las campanas.

—Es por la guerra —respondió el hombre sin levantar la cabeza.

—Por la guerra —repitió Trotta.

Daba por hecho que había guerra. Era como si lo hubiera sabido ya desde por la mañana, desde ayer, desde anteayer, desde hacía semanas, desde su despedida y desde la desafortunada fiesta de los dragones. Era la guerra para la que llevaba preparándose desde los siete años. Era su guerra, la guerra del nieto. Regresaban los días y los héroes de Solferino. Las campanas no paraban de doblar. Llegó a la baliza de la aduana. El guardia de la pierna de madera estaba de pie frente a su caseta, rodeado de gente, y había un vistoso cartel amarillo y negro en la puerta. Las primeras letras, negras sobre fondo amarillo, se leían desde lejos. Sobresalían como pesados postes por encima de las cabezas apelotonadas: «A los pueblos de mi corona».

Campesinos vestidos con pellizas cortas y de fuerte olor a oveja; judíos con caftanes a rayas negras y verdes; agricultores suabos de las colonias alemanas con sus abrigos de loden verde; ciudadanos polacos, comerciantes, artesanos y funcionarios rodeaban la caseta del guardia. En cada una de sus cuatro paredes había un cartel enorme, cada uno en una lengua distinta, todos con el mismo encabezado: «A los pueblos de mi corona». Aquellos que sabían leer leían los carteles en voz alta. Las voces se entremezclaban con el atronador tañido de las campanas. En cuanto se apagaba el eco de una, empezaba a sonar otra.

Desde la pequeña ciudad salía un torrente de personas por la ancha calzada que conducía a la estación. Trotta iba en dirección contraria, hacia la ciudad. Había anochecido y, como era viernes por la tarde, en las casitas de los judíos había velas encendidas que iluminaban las aceras. Cada casita era como una pequeña cripta. La muerte misma había encendido aquellas velas. Desde el interior de las casas donde estaban rezando, el canto de los judíos sonaba más fuerte que en sus otros días de fiesta. Era como si cantaran a un *sabbat* fuera de lo normal, un *sabbat* sangriento. Salían de las casas en negros y apresurados enjambres, se congregaban en los cruces de las calles, y ya estaba alzándose de entre ellos el lamento por los que eran soldados y tenían que ingresar en filas al mismo día siguiente. Se daban la mano, se besaban en la mejilla y, cuando se abrazaban dos, sus barbas rojas se fundían como en una despedida especial, y luego los hombres tenían que separárselas con las manos. Por encima de las cabezas doblaban las campanas. Entre su canto y las voces de los judíos irrumpían las punzantes llamadas de las trompetas de los cuarteles. Tocaban a retreta, la última retreta. Ya se había hecho de noche. No se veía ni una estrella. Un cielo cubierto bajo y plano se extendía sobre la pequeña ciudad.

Trotta dio media vuelta. Buscó un coche, pero no había ninguno. Con rápidas y grandes zancadas, se dirigió a casa de Chojnicki. La gran puerta estaba abierta y todas las habitaciones estaban iluminadas como en las grandes fiestas. Chojnicki salió a su encuentro en el vestíbulo, de uniforme, con casco y cartuchera. Mandó enganchar los caballos al coche. La guarnición que le correspondía estaba a tres millas y quería irse por la noche.

—Espera un momento —dijo. Era la primera vez que tu-
teaba a Trotta, tal vez por descuido, tal vez porque ya se había puesto el uniforme—. Te llevo de camino y luego voy a
la ciudad.

Pasaron por la casita de Steppaniuk. Chojnicki se sienta
y se queda mirando cómo Trotta se quita la ropa de civil y
se pone el uniforme. Prenda tras prenda. Tan solo hace
unas semanas —¡pero cuánto tiempo parece que hubiera
pasado!— que estuvo contemplando, en el hotel de Brodnitzer, cómo Trotta se quitaba el uniforme. El teniente regresa a su atuendo de siempre, a su patria. Saca el sable del
estuche. Se ciñe el fajín a la cintura, la gigantesca borla en
negro y amarillo acaricia suavemente el brillante metal de
la hoja. Ahora, Trotta cierra la maleta.

Les queda poco tiempo para despedirse. Se detienen
frente al cuartel de los cazadores.

—*Adieu!* —dice Trotta.

Se estrechan la mano durante mucho rato, casi se oye
transcurrir el tiempo por detrás de las anchas e inmóviles
espaldas del cochero. Es como si no bastara con estrechar-
se las manos. Sienten que deberían hacer algo más.

—En mi tierra se besa uno[1] —dice Chojnicki.

Así pues, se abrazan y se besan rápidamente. Trotta
se apea del coche. El guardia del cuartel le hace el saludo
militar. Los caballos se ponen en movimiento. Detrás de
Trotta se cierra el portón del cuartel. Aún se queda de pie
un instante, oyendo alejarse el coche de Chojnicki.

---

1. La costumbre polaca es darse tres besos, como en Francia. *(N. de la T.).*

Capítulo 21

Esa misma noche, el batallón de cazadores emprendió la marcha hacia el nordeste, hacia Volochisk, en la frontera. Empezó a llover, primero suavemente, luego cada vez más fuerte, y el polvo blanco de la carretera se convirtió en un lodazal plateado. El barro parecía chasquear la lengua lamiendo las botas de los soldados y salpicaba los impecables uniformes de los oficiales que marchaban hacia la muerte, como mandaba el reglamento. Los largos sables les molestaban y las enormes borlas del fajín, en negro y amarillo, les colgaban de la cadera hechas fieltro, empapadas y salpicadas de mil motitas de barro. Al amanecer, el batallón llegó a su destino, se unió a dos regimientos de infantería que no conocían y formaron líneas para atacar en enjambre. Así esperaron dos días, pero no vieron nada de la guerra. A veces, a lo lejos, a su derecha, oían algún disparo suelto. Eran pequeñas reyertas en la frontera, entre tropas a caballo. A veces veían a algún funcionario de aduanas herido, o también a algún gendarme de la frontera muerto. Los sanitarios retiraban tanto a los heridos como a los cadáveres, pasando por delante de los soldados. La guerra no llegaba a arrancar. Remoloneaba, igual que a veces remolonean las tormentas durante días antes de estallar.

El tercer día llegó la orden de retirada y el batallón formó para marcharse de allí. Tanto los oficiales como las tropas estaban decepcionados. Se extendió el rumor de que, a dos millas al este, habían aniquilado a un regimiento de dragones entero. Al parecer, habían irrumpido en su propia tierra los cosacos. En silencio y de mala gana, emprendieron la marcha hacia el oeste. Pronto se dieron cuenta de que se llevaba a cabo una retirada falta de preparación, pues iban topándose con un hervidero de soldados de las más diversas armas en los cruces de las carreteras y en los pueblos y pequeñas ciudades. Del cuartel general llegaban múltiples órdenes diferentes. La mayoría estaban relacionadas con la evacuación de los pueblos y ciudades y con el trato que habían de recibir los ucranianos prorrusos, los sacerdotes y los espías. En los pueblos se celebraban precipitados consejos de guerra que imponían condenas también precipitadas. Había espías que presentaban informes sobre campesinos, popes, profesores, fotógrafos y funcionarios sin poder contrastarlos. No daba tiempo. Había que retirarse a la mayor velocidad posible, pero también castigar a los traidores. Y mientras los vehículos sanitarios, los trenes de campaña, la artillería de campo, los dragones, los ulanos y la infantería se congregaban en azarosos y desconcertados rebaños por las carreteras reblandecidas por la lluvia incesante; mientras los correos galopaban de acá para allá, los habitantes de las pequeñas ciudades huían en masa hacia el oeste ante el terror blanco[1] que flotaba en el aire, cargados con colchones blancos y rojos, sacos grises, muebles marrones y lámparas de petróleo azules, desde las plazas de las iglesias se oían los disparos de quienes ejecutaban las apresuradas condenas, y el sombrío redoble de tambores acompañaba los monótonos veredictos de los jueces, y las esposas de los asesinados chillaban pidiendo clemencia, echadas al suelo a los pies salpicados de barro de los oficiales, y de cabañas, cobertizos, establos y pajares salían lenguas de fuego rojas y plateadas. La guerra del ejército austriaco empezó con juicios militares. Los traidores, reales o supuestos, permanecieron días colgados de los árboles en las plazas de las iglesias para meter miedo a los vivos. Pero los vivos habían salido huyendo en todas direcciones. Alrededor de los cadáveres colgados de los árboles ardían las llamas y ya empezaban a crepitar las hojas secas, y el fuego podía más que la incesante y silenciosa llovizna que preludiaba aquel otoño sangriento. La vieja corteza de los árboles centenarios se carbonizaba poco a poco y entre sus grietas se abrían camino las diminutas chispas plateadas o al rojo vivo, gusanos de fuego que llegaban a las hojas, y la hoja verde se enroscaba y se volvía roja, luego negra y después gris; las sogas se desprendían y los cadáveres caían al suelo, con la cara carbonizada y el cuerpo todavía intacto.

Un día hicieron alto en el pueblo de Krutynia. Llegaron a primera hora de la tarde y partirían más hacia el oeste a la mañana siguiente, aún antes del amanecer. Ese día había

---

1. «Terror blanco» es una expresión que se asocia sobre todo con la Revolución y la Guerra Civil rusas, pero se remonta al periodo del Terror tras la Revolución francesa. En general, se refiere a la represión violenta de cualquier oposición al poder oficial. *(N. de la T.)*.

dejado de llover y el sol de finales de septiembre extendía una agradable luz plateada sobre los vastos campos donde aún no se había recogido el cereal, pan vivo que ya nadie habría de comerse. El veranillo de San Miguel soplaba suavemente. Hasta los cuervos y las cornejas estaban tranquilos, engañados por la efímera paz de aquel día y, por lo tanto, sin perspectivas de hacerse con la carroña esperada. Los soldados llevaban ocho días sin cambiarse de ropa. Las botas se les habían llenado de agua, tenían los pies hinchados, las rodillas agarrotadas, les dolían las piernas y no podían doblar la espalda. Se habían instalado en las cabañas y trataban de sacar ropa seca de las maletas y lavarse en los contados pozos que había. Durante la noche, una noche clara y silenciosa en la que tan solo los perros olvidados y abandonados en algunas granjas aullaban de hambre y de miedo, el teniente Trotta no pudo conciliar el sueño. Y salió de la cabaña donde estaba albergado. Recorrió el alargado camino del pueblo en dirección al campanario que se alzaba hacia las estrellas, con su cruz griega de doble travesaño. La iglesia, con tejado de ripias, estaba en el centro del cementerio, rodeada de cruces de madera torcidas que, con la luz de la noche, parecía que bailaban. Frente al gran portón gris de entrada al cementerio, abierto, colgaban tres cadáveres: en el centro, un sacerdote con barba; a los lados, dos jóvenes campesinos, con blusones de color arena y toscos zapatos de esparto en los pies inmóviles. La casulla negra del sacerdote le llegaba hasta los zapatos. Y a veces el viento nocturno le movía los pies de manera que golpeaban el borde circular de la prenda como los badajos mudos de una campana muda y sorda que, sin emitir el más mínimo sonido, parecía sonar igualmente.

El teniente Trotta se acercó a los ajusticiados. Se fijó en las caras hinchadas. Y creyó reconocer en los tres a soldados de su tropa. Eran las mismas caras de muchachos de pueblo que entrenaba a diario. La barba negra en forma de abanico del sacerdote le recordó a la barba de Onufrij. Ese mismo aspecto tenía Onufrij la última vez. Quién sabe, igual Onufrij era hermano de aquel sacerdote ahorcado. El teniente Trotta miró a su alrededor. Aguzó el oído. No se oía ningún ruido humano. En el campanario aleteaban los murciélagos. En las granjas abandonadas ladraban los perros abandonados. Entonces el teniente desenvainó el sable y cortó la soga de los tres ajusticiados, uno tras otro. Luego transportó un cuerpo tras otro al cementerio, cargándolos al hombro. Después empezó a escarbar con el sable desnudo para ahuecar la tierra entre las tumbas, hasta que creyó haber hecho hueco suficiente para tres cadáveres más. Finalmente depositó allí los tres cuerpos, los cubrió de tierra ayudándose del sable, la vaina y sus propios pies, y pisoteó la sepultura bien fuerte para apretar la tierra. Luego hizo la señal de la cruz. No la hacía desde la última misa en la escuela de cadetes de Mährisch-Weißkirchen. También quiso rezarles un padrenuestro, pero sus labios se movieron sin que alcanzara a salir de ellos ningún sonido. Un ave nocturna cualquiera chilló. Se oía el aleteo de los murciélagos. Los perros aullaban.

A la mañana siguiente, antes de salir el sol, volvieron a emprender la marcha. Las nieblas plateadas del amanecer de otoño envolvían el mundo. No tardó, sin embargo, en salir de entre ellas el sol, ardiente como en pleno verano. Les entró sed. Marchaban por una zona arenosa y abandonada. A veces creían oír un murmullo de agua en alguna parte. Algunos soldados echaban a correr en la dirección del sonido y enseguida se daban la vuelta. Ni un arroyo, ni un estanque ni un pozo. Atravesaron algunos pueblos, pero lo que rebosaba de los pozos eran cadáveres de fusilados y ajusticiados. Los cuerpos, a veces doblados por la mitad, colgaban por los bordes de madera. Los soldados ya no miraban al fondo. Daban media vuelta. Siguieron caminando.

La sed iba en aumento. Llegó el mediodía. Oyeron disparos y se echaron cuerpo a tierra. Probablemente, el enemigo ya se les había adelantado. Siguieron avanzando, reptando por el suelo. Poco más allá, enseguida lo vieron, empezaba a ensancharse el camino. Ya se atisbaba una estación de tren abandonada. Ya empezaban las vías. El batallón la alcanzó a paso ligero; allí estarían seguros: un par de kilómetros de terraplenes los mantendrían a cubierto por ambos lados. El enemigo —quizá una sotnia de cosacos al galope— debía de estar a su misma altura al otro lado de la pendiente. Caminaban agazapados y sin hacer ruido entre los dos terraplenes. De pronto, uno exclamó: «¡Agua!». Y al instante habían visto todos el pozo que había en lo alto del terraplén, junto a una casita de guardavía.

—¡Quietos! —ordenó el mayor Zoglauer.

—¡Quietos! —repitieron los oficiales.

Pero a los hombres, muertos de sed, no había modo de retenerlos. Primero en solitario, después en grupos, los soldados echaron a correr por el terraplén; se oyeron disparos y los hombres cayeron. Los enemigos, desde el otro lado, disparaban a los soldados sedientos, y cada vez eran más los soldados sedientos que corrían hacia el mortífero pozo. Y para cuando la segunda sección de la segunda compañía se acercó al pozo, yacía sobre la pendiente verde del terraplén una docena de cadáveres.

—¡Compañía, alto! —ordenó el teniente Trotta; dio un paso a un lado y dijo—: ¡Yo os traeré el agua! ¡Que no se mueva nadie! ¡Esperad aquí! ¡Un cubo!

Le acercaron dos cubos de lona impermeable de la sección de ametralladoras. Agarró los dos, uno en cada mano, y echó a andar terraplén arriba hacia el pozo. Las balas silbaban a su alrededor, caían a sus pies, volaban casi rozándole las orejas, las piernas y la cabeza. Se inclinó por encima del pozo. Vio que, al otro lado, pasado el terraplén, les apuntaban dos filas de cosacos. No tenía miedo. Ni se le pasaba por la mente que pudieran darle como a los demás. Oía incluso los tiros que aún no habían sido disparados y, al mismo tiempo, el redoble de tambores de los primeros compases de la *Marcha Radetzky*. Estaba en el balcón de la casa de su padre. Debajo de él tocaba la banda militar. Ahora, el maestro Nechwal levantaba su pesada batuta negra de ébano con mango de plata. Ahora metía Trotta el segundo cubo en el pozo. Ahora tocaban los platillos. Ahora subía Trotta el cubo. Con un cubo rebosante en cada mano y las balas silbando a su alrededor, posó el pie izquierdo en el suelo para bajar por el terraplén. Ahora había dado dos pasos. Ahora ya no sobresalía por encima del borde del terraplén más que su cabeza.

Entonces recibió una bala. Dio un paso más y se desplomó. Los cubos llenos se tambalearon, se volcaron y se le derramaron encima. Del cráneo le empezó a brotar sangre caliente que caía a la tierra fría del terraplén. Desde abajo, los campesinos ucranianos de su sección exclamaron a coro:

—¡Alabado sea Jesucristo!

«Por siempre jamás, amén», quiso contestarles. Eran las únicas palabras en ruteno que sabía. Pero sus labios ya no se movieron. La boca se le quedó abierta. Sus blancos dientes apuntando hacia el cielo azul del otoño. La lengua se le fue poniendo azul y sintió que el cuerpo se le enfriaba. Luego murió.

Ése fue el final del teniente Carl Joseph, barón Von Trotta. Así de simple y poco propio para ser contado en los libros de lectura de las escuelas populares y burguesas de la monarquía real e imperial fue el final del nieto del héroe de Solferino. El teniente Trotta no murió sosteniendo el arma, sino dos cubos de agua. El mayor Zoglauer escribió al jefe de distrito. El viejo Trotta leyó la carta dos veces y dejó caer los brazos. La carta se le cayó de la mano y planeó hasta dar con la alfombra rojiza. El barón Von Trotta no se quitó los quevedos. Le temblaba la cabeza y los inestables cristalitos ovalados se echaron a temblar también como una mariposa de cristal sobre su nariz. Dos pesadas gotas de cristal brotaron al mismo tiempo de sus ojos, empañaron los cristales y corrieron hasta llegar a la barba. El cuerpo entero del barón Von Trotta permanecía quieto; lo único que le temblaba era la cabeza, de atrás adelante y de izquierda a derecha, y todo el rato temblaban también las alitas de cristal de los quevedos. Una hora o más permanecería el jefe de distrito sentado en su escritorio. Luego se puso de pie y se dirigió hacia la vivienda con su paso habitual. Sacó del armario el traje negro, la corbata negra y el brazalete negro de crep que había llevado mientras guardaba luto por su padre. Se cambió de ropa. No se miró al espejo. Le seguía temblando la cabeza. Se esforzaba por contener aquel cráneo inquieto.

Pero, cuanto más se esforzaba, más fuerte era el temblor. Seguía con los quevedos aleteándole sobre la nariz. Finalmente, el jefe de distrito se rindió e ignoró el temblor de la cabeza. Con su traje negro y su brazalete negro, se dirigió al cuarto de la señorita Hirschwitz, se asomó por la puerta y dijo:

—Ha muerto mi hijo, señorita Hirschwitz.

Se apresuró a cerrar la puerta, se fue a la jefatura y pasó de despacho en despacho, limitándose a asomar la cabeza por las puertas, anunciando: «Ha muerto mi hijo, señor tal. Ha muerto mi hijo, señor cual». Luego cogió sombrero y bastón y salió a la calle. Todos lo saludaban y contemplaban con asombro el temblor de la cabeza. Con este y con aquel se detuvo para decirles: «Ha muerto mi hijo». Pero no esperó a oír el correspondiente pésame contrito, sino que siguió andando, a ver al doctor Skowronnek. El doctor iba de uniforme, por las mañanas, para ejercer de oficial médico en el hospital de la guarnición, y por las tardes, en el café. Se levantó al ver llegar al jefe de distrito; notó el temblor de la cabeza del anciano y el brazalete de luto y supo lo que había pasado. Le cogió la mano al barón y fijó la mirada en su cabeza temblorosa, con los quevedos aleteando sobre la nariz. «Ha muerto mi hijo», repetía el barón Von Trotta. Skowronnek le sostuvo la mano a su amigo durante un buen rato, varios minutos. Ambos se quedaron de pie, de la mano. El jefe de distrito se sentó y Skowronnek depositó el tablero de ajedrez en otra mesa. Al acudir el camarero, el jefe de distrito dijo:

—Ha muerto mi hijo, camarero.

Y el camarero le hizo una profunda reverencia y le trajo un coñac.

—Otro —pidió.

Por fin se quitó los quevedos. Recordó que la noticia de la muerte de Carl Joseph se había quedado sobre la alfombra del despacho y se levantó y volvió a la jefatura del distrito. El doctor Skowronnek fue detrás de él. El barón Von Trotta pareció no darse cuenta, pero tampoco se sorprendió de que Skowronnek abriera la puerta del despacho sin llamar, entrara y se quedara allí de pie.

—Aquí está la carta —le dijo el jefe de distrito.

Aquella noche y muchas de las noches que siguieron, el anciano barón Von Trotta no durmió. La cabeza le temblaba y se agitaba incluso sobre los almohadones. A veces soñaba con su hijo. El teniente estaba de pie, frente a él, con la gorra de oficial llena de agua, y le decía: «Bebe, *papa*, que tienes sed». Este sueño se repetía a menudo y cada vez más. Y, poco a poco, el jefe de distrito consiguió llamar a su hijo todas las noches, y algunas Carl Joseph hasta venía varias veces. Entonces el barón Von Trotta empezó a anhelar la noche y la cama, pues el día lo impacientaba. Cuando llegó la primavera y los días empezaron a ser más largos, oscurecía las habitaciones por las mañanas y por las tardes y así prolongaba artificialmente sus noches.

El temblor de la cabeza ya no le desapareció. Y él mismo y el resto de la gente se acostumbró a que la cabeza le temblara todo el tiempo.

La guerra parecía preocuparle poco al barón Von Trotta. Si cogía algún periódico era para ocultar tras él el temblor de la cabeza. Entre él y el doctor Skowronnek no se habló nunca de victorias ni de derrotas. Por lo general, jugaban al ajedrez sin intercambiar palabra. Sin embargo, a veces uno le decía al otro:

—¿Se acuerda usted aún? ¿Se acuerda de aquella partida de hace dos años? Aquel día estaba usted igual de distraído que hoy.

Era como si hablaran de cosas que hubieran sucedido siglos atrás.

Había transcurrido mucho tiempo desde la noticia de la muerte de Carl Joseph; había pasado el ciclo de las estaciones, de acuerdo con las ancestrales e inquebrantables leyes de la naturaleza; pero las personas cubiertas por el velo rojo de la guerra apenas lo habían percibido. Y el jefe de distrito menos que ninguna. La cabeza le seguía temblando sin parar, como una fruta gorda con un tallo demasiado fino. Hacía mucho que el teniente Trotta debía de haberse descompuesto, o se lo habrían comido los cuervos que, en aquellos días, merodeaban sobre los mortíferos terraplenes; pero el jefe de distrito seguía teniendo la sensación de haber recibido la noticia de su muerte ayer. Y llevaba la carta del mayor Zoglauer —quien, por cierto, había fallecido también— en el bolsillo de la pechera; la volvía a leer todos los días y la conservaba con la misma frescura estremecedora de una tumba cuidada por manos atentas. ¿Qué le importaban al anciano barón Von Trotta los cientos de miles de muertos que, entretanto, habían seguido a su hijo? ¿Qué le importaban a él los precipitados y confusos decretos que dictaban sus instancias superiores semana tras semana? ¿Y qué le importaba a él que se hundiera el mundo, según veía venir con más claridad todavía que antaño el profético Chojnicki? Había muerto su hijo. Había terminado su misión. Se había hundido su mundo.

Epílogo

Únicamente nos queda dar cuenta de los últimos días del barón Von Trotta, el jefe de distrito. Casi transcurrieron como uno solo. El tiempo fue pasando y pasando, como un torrente ancho y uniforme, con un murmullo monótono. Las noticias de la guerra y de las diversas resoluciones y de decretos extraordinarios de los gobernadores le importaban poco al jefe de distrito. De todas formas, él se habría jubilado mucho antes. Solo había continuado en activo por exigencias de la guerra. Y así le parecía a veces estar viviendo una segunda vida, una más pálida, después de haber concluido ya mucho antes la primera, la de verdad. Sus días —esa sensación tenía— no avanzaban veloces hacia la tumba como los días del resto de la gente. Petrificado en el borde de aquellos días, como en su propia sepultura, así es como estaba el barón Von Trotta, jefe de distrito. Jamás se había parecido tanto al emperador Francisco José. A veces, hasta él mismo se atrevía a compararse con el emperador.

Pensaba en su audiencia en el palacio de Schönbrunn y, como hacen los viejos del pueblo cuando hablan de una desgracia común, le decía mentalmente a Francisco José: «¡Qué cosas! ¡Quién nos lo hubiera dicho en nuestros tiempos...! ¡A unos viejos como nosotros!».

El barón Von Trotta dormía poco. Comía sin prestar atención a lo que le servían. Firmaba documentos que no había leído en detalle. A lo mejor aparecía en el café por las tardes y el doctor Skowronnek no había llegado aún. Entonces, cogía un periódico —el *Fremden-Blatt*— con fecha de tres días antes y volvía a leer lo que ya sabía de sobra. Por otro lado, cuando el doctor Skowronnek le hablaba de las noticias de última hora, él se limitaba a asentir con la cabeza, como si ya estuviera enterado de todo hacía tiempo.

Un día recibió una carta. Una tal señora Von Taußig a la que no conocía en absoluto y que se encontraba prestando un servicio voluntario como enfermera en el manicomio Steinhof, en Viena, informaba al barón de que el conde Chojnicki, que había regresado del campo de batalla unos meses atrás, en estado de demencia, hablaba de él muy a menudo. En sus inconexos parlamentos, repetía una y otra vez que tenía que decirle algo importante al jefe de distrito. Así pues, en caso de que este tuviera alguna intención de viajar a Viena, tal vez su visita al enfermo podría contribuir a una inesperada recuperación de la lucidez, como ya se había producido en algunas ocasiones similares. El jefe de distrito lo consultó con el doctor Skowronnek.

—Todo puede ser —dijo Skowronnek—; si usted lo soporta, si no le supone mucho, quiero decir...

El barón Von Trotta dijo:

—Yo puedo soportar cualquier cosa.

Y decidió emprender el viaje de inmediato. Tal vez aquel enfermo supiera algo importante del teniente. Tal vez tuviera algo que darle al padre de manos del hijo. El barón Von Trotta se fue a Viena.

Lo condujeron a la sección militar del sanatorio. Era el final del otoño, un día cubierto; el manicomio estaba envuelto en la lluvia gris que llevaba días vertiéndose sobre el mundo. El barón Von Trotta se encontró sentado en un pasillo de un blanco cegador, mirando a través de las rejas de la ventana el enrejado, más denso, aunque mucho más delicado, de la lluvia, recordando el terraplén de la estación donde había muerto su hijo. «Se estará empapando», pensó el jefe de distrito, como si el teniente Trotta hubiera caído ese mismo día o el anterior y el cadáver aún estuviera reciente. El tiempo pasaba despacio. Veía pasar hombres con cara de loco y miembros atrozmente retorcidos; sin embargo, la locura no era nada horrible para el jefe de distrito, y eso que era la primera vez que pisaba un manicomio. Lo único horrible era la muerte. «¡Qué pena!», pensaba el barón Von Trotta. «Si Carl Joseph se hubiera vuelto loco en lugar de morir, ya me habría encargado yo de devolverle la cordura. Y si no lo hubiera conseguido, al menos lo habría ido a visitar a diario. A lo mejor se le habría quedado el brazo tan retorcido como a ese teniente que pasa. Pero habría seguido siendo su brazo, y un brazo descoyuntado se puede acariciar igual. ¡A unos ojos demenciados se los puede mirar igual! Lo importante es que habrían sido los ojos de mi hijo. ¡Afortunados los padres cuyos hijos están locos!»

Por fin apareció la señora Von Taußig, una enfermera como las demás. El barón Von Trotta solo se fijó en su uniforme, qué le importaba su cara. Ella, en cambio, lo observó durante un buen rato y luego dijo:

—Yo conocí a su hijo.

Entonces sí que levantó la vista el jefe de distrito para mirarla a la cara. Era el rostro de una mujer envejecida que seguía siendo guapa. Es más, la cofia de enfermera la hacía más joven, como a todas las mujeres, pues está en su naturaleza rejuvenecer por la gracia de la bondad y la compasión, y también por los símbolos externos de la compasión. «Esta mujer ha visto el mundo», pensó el barón Von Trotta.

—¿Hace cuánto que conocía usted a mi hijo? —le preguntó.

—Fue antes de la guerra —dijo la señora Von Taußig. Luego agarró del brazo al barón Von Trotta, lo condujo a lo largo del pasillo, igual que tenía por costumbre hacer con los enfermos, y le dijo en voz baja—: Nos amamos, Carl Joseph y yo.

El jefe de distrito preguntó:

—Discúlpeme, ¿fue por usted... aquel asunto?

—En parte también —dijo la señora Von Taußig.

—Vaya, vaya... —dijo el barón Von Trotta—. Por usted también.

Luego apretó ligeramente el brazo de la enfermera y prosiguió:

—¡Ojalá pudiera Carl Joseph seguir metiéndose en asuntos... por usted!

—Ahora vamos a ver al paciente —dijo la señora Von Taußig. Pues sintió que le brotaban las lágrimas y pensaba que no debía llorar.

Chojnicki estaba en un cuarto del que se habían llevado todos los objetos, porque a veces llegaba a sufrir ataques de rabia. Estaba sentado en un sillón que tenía las cuatro patas atornilladas al suelo. Al entrar el jefe de distrito, el conde se levantó, se dirigió hacia su invitado y le dijo a la señora Von Taußig:

—Tú, sal, Wally. Tenemos algo importante de lo que hablar.

Se quedaron solos. Había una mirilla en la puerta. Chojnicki se dirigió hacia ella, tapó la mirilla con la espalda y dijo:

—Bienvenido a mi casa.

Por algún misterioso motivo, su cabeza calva le pareció al jefe de distrito más calva todavía. Los grandes ojos azules y algo saltones del enfermo desprendían un vaho gélido, un helor que se le extendía por la cara, macilenta y al mismo tiempo como hinchada, y por el desierto del cráneo. De cuando en cuando, se le contraía la comisura del labio derecho. Era como si Chojnicki tratara de sonreír con la comisura derecha. Su capacidad de sonreír se había trasladado toda a esa comisura derecha y abandonado para siempre el resto de la boca.

—Siéntese —dijo Chojnicki—. Le he hecho venir para comunicarle una cosa importante. ¡No se lo diga a nadie! Aparte de usted y de mí, hoy en día no lo sabe nadie: ¡el viejo se muere!

—¿Y cómo lo sabe usted? —preguntó el barón Von Trotta.

Chojnicki, todavía pegado a la puerta, levantó el dedo hacia el techo de la habitación, se lo llevó luego a los labios y dijo:

—Me ha llegado desde arriba.

Luego se dio la vuelta, abrió la puerta, llamó a gritos a la hermana Wally —la señora Von Taußig—, que acudió de inmediato, y le dijo:

—La audiencia ha terminado.

Hizo una reverencia. El barón Von Trotta salió.

Recorrió los largos pasillos acompañado por la señora Von Taußig y bajó los anchos escalones.

—A lo mejor le ha servido —dijo.

El barón Von Trotta se despidió y quiso visitar a Stransky, consejero del ferrocarril. Ni él mismo sabía bien por qué. Fue a ver a Stransky, el que se había casado con una tal Koppelmann. Los Stransky estaban en casa. De entrada, no reconocieron al jefe de distrito. Luego ya lo saludaron, con embarazo, tristeza y frialdad a un mismo tiempo, según le pareció a él. Le sirvieron café y coñac.

—¡Carl Joseph! —dijo la señora Stransky, de soltera Koppelmann—. Cuando lo hicieron teniente, enseguida vino a visitarnos. Era un buen muchacho.

El jefe de distrito se acariciaba la barba y guardaba silencio. Entonces apareció el hijo de la familia Stransky. Cojeaba y resultaba desagradable de ver. Cojeaba mucho. «¡Carl Joseph no cojeaba!», pensó el jefe de distrito.

—Al parecer, el viejo está en su lecho de muerte —comentó, de repente, el consejero del ferrocarril.

Ahí, el jefe de distrito se puso de pie y se marchó. Ya sabía él que el viejo se moría. Se lo había dicho Chojnicki y Chojnicki siempre lo sabía todo. El jefe de distrito fue a ver a su amigo de juventud, Smetana, a la jefatura de la Casa Imperial.

—El viejo se muere —dijo Smetana.

—¡Iré a Schönbrunn! —dijo el barón Von Trotta.

Y tomó un coche a Schönbrunn.

La incansable y fina lluvia del campo envolvía el palacio de Schönbrunn igual que el manicomio Steinhof. El barón

Von Trotta recorrió la avenida, la misma que había recorrido hacía mucho mucho tiempo para asistir a aquella audiencia secreta por cierto asunto de su hijo. El hijo había muerto. Y también el emperador se moría. Y, por primera vez desde que había recibido la noticia de su muerte, se creyó en la certeza de que su hijo no había muerto por casualidad. ¡El emperador no puede sobrevivir a los Trotta!, pensó. ¡No puede vivir más que ellos! Los Trotta le salvaron la vida y él no sobrevivirá a los Trotta.

Se quedó fuera. Se quedó fuera entre la gente de clase baja. Un jardinero del parque de Schönbrunn, con delantal verde y una pala en la mano, se acercó y preguntó a los que estaban por allí:

—¿Qué hace ahora?

Y los que estaban por allí, guardabosques, cocheros, bajos funcionarios, porteros e inválidos, como lo había sido el padre del héroe de Solferino, le respondieron:

—Nada nuevo. Se muere.

El jardinero se alejó y se puso a ahuecar con la pala la tierra de los arriates, la tierra eterna.

Llovía, sin ruido, cada vez más y más. El barón Von Trotta se quitó el sombrero. Los bajos funcionarios de la corte pensaron que sería uno de ellos, o quizá uno de los carteros de la oficina postal de Schönbrunn. Y más de uno le preguntó al jefe de distrito:

—¿Lo conociste? ¿Al viejo?

—Sí —respondía el barón Von Trotta—. Habló conmigo una vez.

—Pues ahora se muere —dijo un guardabosques.

En ese momento entraba en la alcoba del emperador el sacerdote con el Santísimo Sacramento.

Francisco José tenía treinta y nueve con tres de fiebre, acababan de medírsela.

—Vaya, vaya... —le dijo al capuchino—, conque esto es la muerte.

Se irguió un poco entre los almohadones. Oía el incansable ruido de la lluvia al otro lado de las ventanas y, de cuando en cuando, un crujido de pasos sobre la gravilla. Le parecía que los ruidos sonaban unas veces muy lejos, y otras, muy cerca. A veces reconocía que el suave tamborileo en la ventana era la lluvia. Acto seguido, se le volvía a olvidar que era la lluvia. Varias veces preguntó a su médico: «¿Por qué suena ese susurro?», pues ya no era capaz de formular la palabra *murmullo,* aunque la tenía en la punta de la lengua. Después de preguntar por la causa del susurro, en cambio, creyó de verdad que cuanto oía era un susurro. La lluvia susurraba. Susurraban los pies de la gente que pasaba. La palabra y también los ruidos con los que la asociaba le gustaban cada vez más. Por otro lado, daba igual lo que preguntase, porque ya no lo oían. Tan solo movía los labios, aunque a él le pareciera que hablaba de forma audible para todos y no tan distinta de los últimos días. A veces se extrañaba de que no le respondieran. Con todo, no tardó en olvidar tanto sus preguntas como la extrañeza por no recibir respuesta alguna. Y de nuevo se entregó al dulce «susurro» del mundo, mundo este que vivía a su alrededor en tanto que él se moría..., y era como un niño que deja de resistirse al sueño, vencido por una canción de cuna y acurrucado en ella. Cerró los ojos. Al cabo de un rato, volvió a abrirlos y vio la sencilla cruz de plata y las cegadoras velas sobre la mesa en espera del sacerdote. Entonces supo que el padre capuchino no tardaría en llegar. Y movió los labios y empezó a rezar como le habían enseñado de niño: «Con humildad y arrepentimiento confieso mis pecados....». Pero eso ya tampoco lo oyó nadie. Por cierto, el emperador enseguida se dio cuenta de que el sacerdote ya estaba allí.

«He tenido que esperar mucho», dijo. Luego pensó en qué pecados tenía. «¡Soberbia!», se le ocurrió. «Sí, soberbio sí que he sido», dijo. Fue repasando un pecado tras otro, tal y como figuraban en el catecismo. «¡He sido emperador demasiado tiempo!», pensó. Pero creyó que lo había dicho en alto. «Todos los hombres se tienen que morir. También el emperador se muere». Y, en ese momento, tuvo la sensación de que, en algún lugar, lejos de allí, moría aquella parte de él que había sido imperial. «La guerra también es un pecado», dijo en voz alta. Pero el sacerdote no lo oyó. Francisco José se extrañó de nuevo. Cada día llegaban las listas de bajas, la guerra se prolongaba desde 1914. «¡Que le pongan fin!», dijo Francisco José. No lo oyeron. «¡Ojalá hubiera caído en Solferino!», dijo. No lo oyeron. «A lo mejor», pensó, «es que ya estoy muerto y hablo en calidad de muerto. Por eso no me entienden». Y se quedó dormido.

En el exterior, entre la gente de clase baja, el barón Von Trotta, hijo del héroe de Solferino, esperaba bajo la lluvia incesante, con el sombrero en la mano. Los árboles del parque de Schönbrunn eran un puro rumor y fragor, la lluvia los azotaba suavemente, con paciencia, sin parar. Caía la tarde. Empezaron a llegar curiosos. El parque se llenó de gente. La lluvia no cesaba. Los curiosos se iban alternando, se iban unos y venían otros. El barón Von Trotta no se movía. Llegó la noche y la escalinata se quedó vacía, la gente se fue a dormir. El barón Von Trotta se apretó contra el portón. Oía pasar los carruajes y a veces oía el picaporte de alguna ventana que se abría por encima de su cabeza. Se oían voces. Abrían el portón y lo volvían a cerrar. Nadie lo veía. La lluvia caía como un suave torrente, incansable, delicada, los árboles eran un puro rumor y fragor.

Por fin empezaron a tocar muy fuerte las campanas. El jefe de distrito se retiró. Bajó los suaves escalones y recorrió la avenida hasta llegar a la verja de hierro. Esa noche la habían dejado abierta. Recorrió todo el camino hasta el centro de la ciudad, con el sombrero en la mano, sin cruzarse con nadie. Caminaba muy despacio, como quien camina detrás de un coche fúnebre. Alboreaba el día cuando llegó al hotel.

Volvió a casa. También en la ciudad de W. llovía. El barón Von Trotta llamó a la señorita Hirschwitz y le dijo:

—Me voy a la cama, señorita Hirschwitz, estoy cansado.

Y, por primera vez en su vida, se metió en la cama de día.

No pudo dormir. Mandó que llamaran al doctor Skowronnek.

—Querido doctor Skowronnek —dijo—, ¿podría pedir que me trajeran al canario?

Le llevaron al canario de la casita del viejo Jacques.

—Póngale un terrón de azúcar —dijo el jefe de distrito. Y el canario recibió su terrón de azúcar—. ¡Qué animal tan encantador!

Y Skowronnek repitió:

—Qué animal tan encantador.

—Nos sobrevivirá a todos —dijo Trotta—. ¡Gracias a Dios! —Luego añadió—: Vaya a avisar al sacerdote. ¡Pero vuelva usted también!

El doctor Skowronnek esperó a que llegara el sacerdote. Luego volvió. El anciano barón Von Trotta estaba acostado sobre las almohadas, en silencio. Mantenía los ojos entrecerrados. Dijo:

—Deme la mano, querido amigo. ¿Me traería el cuadro?

El doctor Skowronnek se dirigió al gabinete, se subió a una silla y descolgó el retrato del héroe de Solferino de su alcayata. Cuando regresó, sujetando el cuadro con las dos manos, el barón Von Trotta ya no estaba en disposición de verlo. La lluvia tamborileaba suavemente contra el cristal de la ventana.

El doctor Skowronnek se quedó esperando, con el cuadro del héroe de Solferino sobre las rodillas. Pasados unos minutos, se puso de pie, tomó la mano del barón Von Trotta, se inclinó hacia su pecho, respiró hondo y le cerró los ojos al difunto. Era el día en que depositaban al emperador en la Cripta de los Capuchinos. Tres días más tarde dieron sepultura al cuerpo del barón Von Trotta. El alcalde de la ciudad de W. pronunció un discurso. También este discurso, como todos los de aquella época, comenzó mencionando la guerra. Luego, el alcalde dijo que el jefe de distrito había entregado a su único hijo al emperador y que, aun así, había seguido viviendo y cumpliendo con su deber. Entretanto, la lluvia incansable corría sobre la cabeza descubierta de los que se habían reunido en torno a la tumba, y todo lo envolvían el rumor y el fragor que desprendían los arbustos, las coronas y las flores al mojarse. El doctor Skowronnek, con el uniforme de oficial de infantería que no estaba nada habituado a llevar, se esforzaba por mantener la posición de firmes, aunque no la consideraba la expresión de condolencia más adecuada en absoluto. En el fondo, no dejaba de ser un civil. «La muerte no es un médico del Ejército Mayor, después de todo», pensaba. Luego fue el primero en acercarse a la tumba. No quiso la pala que le ofreció uno de los sepultureros, sino que se agachó, cogió un puñado de tierra mojada y lo desmigajó con la mano izquierda para ir dejando caer las miguitas sobre el ataúd con la derecha. Luego se retiró. Le vino a la mente que ya era la primera hora de la tarde; pronto sería la cita para la partida de ajedrez. Solo que ahora ya no tenía con quién jugarla. Decidió ir al café de todas formas.

Cuando salían del cementerio, el alcalde lo invitó a subir a su coche y el doctor Skowronnek subió.

—Me habría gustado añadir —dijo el alcalde— que el barón Von Trotta no podía sobrevivir al emperador. ¿No lo cree usted también, doctor?

—No sé —respondió el doctor Skowronnek—, yo creo que ninguno de los dos podía sobrevivir a Austria.

Frente al café, el doctor Skowronnek mandó parar el coche. Fue a sentarse, igual que todos los días, a la mesa de siempre. El tablero de ajedrez estaba dispuesto, como si el jefe de distrito no hubiera muerto. Se acercó el camarero para recogerlo, pero Skowronnek dijo: «Déjelo aquí». Y jugó una partida consigo mismo, sonriendo, mirando de cuando en cuando hacia el sillón vacío de enfrente; en sus oídos, el fino redoble de la lluvia de otoño, que seguía sonando incansablemente en los cristales.

FIN